DER PREDIGER

DER PREDIGER

GERECHTIGKEIT WIRD GEWAHRT

DIE PREDIGER-SERIE
BUCH 1

NATHAN BURROWS

$$1$$

Die Sonne brach über dem Horizont hervor und offenbarte eine Gruppe von Menschen, die auf einem kleinen Boot zusammengedrängt saßen, das gerade groß genug war, um ihr Gewicht zu tragen. Sie waren in zwei Gruppen aufgeteilt. Die kleinere Gruppe, die nur aus zwei Personen bestand, war an ihrer dunklen Kleidung und ihren Haaren zu erkennen. Sie waren beide männlich, zwischen zwanzig und dreißig und saßen am Heck des Bootes. Der ältere der beiden hatte die Hand an der Ruderpinne eines Außenbordmotors. Sein Begleiter rauchte und blies eine Rauchfahne in den neuen Tag, bevor er seine Zigarette in das fast ruhige Wasser des Ärmelkanals schnippte. Sie verschwand mit einem Zischen, das nur von den Möwen gehört wurde, die das Boot auf der Suche nach Futter umkreisten.

Die größere Gruppe war, mit einer einzigen Ausnahme, weiblich. Es waren acht Frauen, deren Alter eine Spanne von zwölf oder dreizehn Jahren bis vielleicht Mitte sechzig umfasste. Die Matriarchin der Gruppe, wenn sie das wirklich war, saß gebückt. Mit ihren von Arthritis geplagten

Fingern hielt sie ein Tuch fest, das um ihren Kopf geschlungen war. Ihre leuchtend orangefarbene Rettungsweste gab der älteren Frau eine groteske Gestalt. Die nächstjüngere Frau, vielleicht dreißig oder vierzig Jahre jünger, saß kerzengerade da und starrte auf die Küste, die jetzt endlich in der Ferne zu sehen war. Sie sah lediglich eine dunkle Linie am Horizont über dem Meer, aber sie wusste, dass ihr Ziel in Reichweite war.

So nah dran zu sein, erfüllte ihr Herz gleichermaßen mit Freude und Furcht. Dies war ihr versprochenes Land und vielleicht das versprochene Land für alle. Sie kannte nur ein paar der Mitreisenden. Ana und Elene waren Schwestern aus demselben Dorf wie sie, einer kleinen Ansammlung von Häusern namens Nakra im Nordwesten Georgiens. Das Dorf stand im Schatten des Berges Elbrus, seit die ersten Menschen sich dort niedergelassen hatten. In den letzten Monaten war es jedoch nicht mehr der Berg, der die Bevölkerung in den Schatten stellte, sondern die russischen Streitkräfte, die sich an der Grenze zur Republik Abchasien verschanzt hatten, um das zurückzuerobern, was ihrer Meinung nach rechtmäßig ihnen gehörte.

»Katya?«, flüsterte eine Mädchenstimme. Es war Ana, die jüngere der beiden Schwestern, die in ihrer Muttersprache Georgisch sprach. Die Frau wandte ihren Blick vom Horizont ab und sah das junge Mädchen an. Ana war erst zwölf Jahre alt, hatte aber schon die bezaubernde Schönheit, die viele Frauen dieser Gegend kennzeichnete. Sie hatten beide die gleichen Merkmale. Blondes Haar, so fein, dass es fast strähnig war, und hellgrüne Augen, die in Katyas Fall von Sorgenfalten umgeben waren. Ovale Gesichter mit rosigen Wangen.

»Was ist los, Ana?«, flüsterte Katya. Der Mann am Heck

des Bootes schaute sie eindringlich an. Katya war sich sicher, dass er nur Albanisch und natürlich Englisch sprach.

»Wie lange dauert es noch?«, erkundigte sich Ana. Sie zitterte und schlang ihren dünnen Mantel fester um ihre schmalen Schultern.

»Siehst du dort?«, antwortete Katya und nickte in Richtung Horizont. »Dieser Fleck über dem Meer – das ist England. Wir sind fast da.«

Katya beobachtete, wie Ana mit Elene flüsterte, bevor sie ihren Blick auf die anderen Passagiere richtete. Die ersten Sonnenstrahlen ermöglichten es ihr endlich, sie deutlich zu erkennen. Ihr Blick fiel auf den einzigen Mann in der Gruppe. Er trug ein langes, dunkelgraues Gewand und Sandalen an seinen bloßen Füßen. Die Kälte schien ihm nichts auszumachen und als er ihr in die Augen sah, bemerkte sie, dass diese genauso grau waren wie sein Gewand. Sein Kopf war kahl rasiert und das Licht glänzte auf seiner Kopfhaut. Zwischen seinen Füßen lag ein kleiner Stoffbeutel.

Als sie in der vergangenen Nacht an der französischen Küste das Boot bestiegen hatten, sah sie ihn zwar, hatte ihm jedoch kaum Beachtung geschenkt, da sie mehr damit beschäftigt gewesen war, ihre Tasche zu sichern, in die sie alles gepackt hatte, was sie zu brauchen glaubte. Katya nickte dem Mann zu, aber er reagierte nicht, sondern sah sie nur an. Sie war es gewohnt, dass Männer sie auf eine bestimmte Art und Weise ansahen, aber der Ausdruck dieses Mannes war weder begierig noch interessiert. Er sah sie einfach nur an. Katya öffnete den Mund und wollte gerade etwas sagen, als eine laute Stimme vom Heck her ertönte.

Sie drehte sich um und blickte zu den beiden Männern, als das Geräusch des Motors lauter wurde und sich der Bug des Bootes im Wasser hob. Die Bewegung ließ die alte Frau aufschreien und nach einer Rettungsleine greifen, die an der Seite des Bootes herunterhing. Der jüngere der beiden Männer stand halb auf, die Hände fest auf dem Gehäuse des Außenbordmotors. In der Dunkelheit der Nacht sah Katya hinter dem Boot einen Umriss. Es war ein weiteres Boot. Ein viel größeres Boot mit einem schwarzen gummibeschichteten Dollbord und einem massiven grauen Aufbau, der mit Fenstern versehen war.

Die beiden Männer am Heck des Bootes riefen sich in ihrer Sprache etwas zu und übertönten dabei den Lärm des Außenbordmotors. Katya schaute an ihnen vorbei zu dem sich schnell annähernden Boot, das vielleicht zweihundert Yards hinter ihnen lag. Während sie es beobachtete, drehte es sich leicht und sie konnte den Schriftzug lesen, der an der Seite des Aufbaus angebracht war: Border Force.

Die folgende Abfolge von Ereignissen war binnen Sekunden vollendet. Der jüngere Mann löste seine Hände vom Motorgehäuse, drehte sich um und machte ein paar Schritte ins Boot. Dann bückte er sich, als würde er etwas vom Deck aufheben. Als er sich aufrichtete, stellte Katya mit Schrecken fest, dass er seine Hände fest um die Fußgelenke der alten Frau gelegt hatte.

Mit einem markerschütternden Stöhnen hob er ihre Beine nach oben, neigte sie nach hinten und ließ sie in die Tiefen des Meeres fallen.

2

———————

Der Kapitän der Her Majesty's Coastguard Nimrod, ein ehemaliger Lieutenant-Commander der Royal Navy, der von seiner Mannschaft nur ›Skip‹ genannt wird, ließ das Fernglas von seinen Augen sinken. Er konnte nicht glauben, was er gerade gesehen hatte.

»Mann über Bord!«, rief er mit einer Stimme, die im Laufe der Jahre durch eine tägliche Packung Benson & Hedges tiefer geworden war. »Mann über Bord!«

Der Ruf wurde von den anderen Besatzungsmitgliedern gehört und eine eingespielte Routine auf der HMC Nimrod setzte sich in Gang. Das Besatzungsmitglied am hinteren Ende des Schiffs zeigte dirckt auf die Stelle, an der sich das kleine Schlauchboot befand, als Skip gesehen hatte, wie ein Passagier ins Wasser geworfen worden war. Ein anderes Mitglied der Besatzung bereitete einen Rettungsring vor.

Unter ihnen ruckelte das Boot, als die beiden Hamilton Wasserjets und Caterpillar-Diesel erwachten. Das Schiff beschleunigte von seiner Fahrgeschwindigkeit von zwanzig Knoten auf seine Höchstgeschwindigkeit von zweiunddreißig Knoten in einer Zeitspanne, die Skip wie eine Ewigkeit vorkam. Seine Hand glitt zum GPS, wo er auf die MOB-Taste tippte, obwohl er nicht glaubte, dass ein Notruf nötig war. Sie sollten in der Lage sein, den Mann über Bord zu bergen. Als Skip jedoch das orangefarbene Boot auf die Küste zusteuern sah, wurde ihm klar, dass dies auf Kosten der anderen Flüchtlinge geschehen würde.

Am frühen Morgen, noch vor Sonnenaufgang, hatte die HMC Nimrod gemächlich in der Gegend patrouilliert. Sie gehörte zu den kleinen Flotten, die sich bemühten, entweder die Küste zu bewachen oder Migranten zu retten, wenn das Wetter für die Überfahrt mit kleinen Booten günstig war. Ihre Aktivitäten hingen von der gelesenen Zeitung ab. Angesichts des wechselhaften englischen Klimas konnte sich das mehrmals am Tag ändern. Neben der Nimrod gab es ein weiteres Küstenpatrouillenschiff, ein Schwesterschiff, und zwei größere Kutter.

In anderen Teilen des Kanals waren drei auffällige orangefarbene Rettungsboote positioniert, die dank der Shadow R1 der Royal Air Force überwacht wurden. Die Sensoren der kleinen zweimotorigen Turboprop-Maschine konnten eine Maus aus meilenweiter Entfernung erkennen. Im Morgengrauen war die Shadow zu ihrer Basis zurückgekehrt und durch ein unbemanntes Luftfahrzeug ersetzt worden. Es war dieser Thales Watchkeeper, der das kleine Boot ausfindig gemacht hatte, das Skip jetzt kaum noch sehen konnte. Aber abgesehen von der Ortung des Bootes konnte der Watchkeeper nichts weiter tun. Die Küste war weitläufig und abgelegen und die Ressourcen der Behörden waren sehr begrenzt.

»Haben wir Sicht?«, sagte Skip zu seinem Co-Piloten, einem wortkargen Mann namens Williamson, mit dem er seit zwei Jahren zusammenarbeitete. Er stand neben Skip und presste sein eigenes Fernglas an die Augen.

»Da ist eine Schwimmweste «, antwortete Williamson mit grimmiger Miene, »aber ich kann niemanden darin sehen.«

Skip fluchte leise vor sich hin. Er wusste, was die Menschenschmuggler getan hatten und ebenso warum sie es getan hatten. Er war sich auch bewusst, dass sie mit ihrer Taktik erfolgreich gewesen waren. Die Priorität lag nämlich immer darin, einen Mann über Bord zu finden, anstatt ein kleines Bootes zu verfolgen. Das ließ darauf schließen, dass die Besatzung und die Passagiere mit ziemlicher Sicherheit keine Flüchtlinge waren.

Er zog sein Handy aus der Tasche und nachdem er sich vergewissert hatte, dass er ein Signal hatte, rief er das Kontrollzentrum in Lydd an, einer kleinen Stadt in den Sümpfen von Romney. Während er mit dem Mitarbeiter sprach, wurde die Nimrod langsamer und näherte sich der Stelle, an der die Person verschwunden war.

»Sie waren auf einem Kurs von etwa dreihundertvierzig Grad, also irgendwo zwischen Pett Level und Winchelsea. Kannst du den Old Bill schicken?« Er fluchte erneut, als er die Antwort des Mitarbeiters hörte. »Keine Polizei in der Nähe«, sagte Skip zu Williamson, nachdem er den Anruf beendet hatte. »Sie sind alle mit einem gestrandeten Boot und der einlaufenden Flut in Camber Sands beschäftigt.« Camber Sands ist zwar ein beliebtes Touristenziel an der Südküste Englands, hat aber auch einige der heftigsten und am schnellsten steigenden Gezeiten im Land.

Skip machte sich auf den Weg von der Brücke in den vorderen Teil des Schiffes. Dort angekommen, fischte einer der Besatzungsmitglieder gerade eine leuchtend orangefarbene Schwimmweste mit einem ausziehbaren Bootshaken aus dem Wasser. Er legte sie auf das Deck und Skip beugte sich nach vorne, um das durchnässte Stück Ausrüstung zu betrachten. Es fehlten funktionierende Clips für die Gurte, mit denen es an einer Person befestigt werden sollte.

»Seht ihr etwas?«, fragte er. Die verbleibenden vier Besatzungsmitglieder blickten alle auf das Meer hinaus und hatten sich hufeisenförmig aufgestellt, um so weit wie möglich über das Wasser zu schauen. Keiner von ihnen antwortete und damit war Skip alles gesagt, was er wissen musste.

Er hatte gerade gesehen, wie jemand umgebracht worden war.

3

———

Katya schnappte nach Luft, als das steife Schlauchboot mit hoher Geschwindigkeit auf dem Sand aufschlug und am Ufer aufsetzte. Gegenüber von ihr prallten Ana und Elene, die immer noch wegen des Erlebten weinten, mit voller Wucht gegeneinander, sodass sie fast das Gleichgewicht verloren und über die Seite kippten.

»Bewegt euch, bewegt euch!«, rief der ältere ihrer Kapitäne, wenn man ihn so nennen konnte, in einem starken Akzent auf Englisch. Mit einer Hand deutete er energisch auf den vorderen Teil des Bootes, mit der anderen zog er ein Messer aus seinem Gürtel. Eine Sekunde später hörte Katya einen lauten Knall, gefolgt von einem zischenden Geräusch und sie begriff, dass er das Messer in die weiche Oberfläche des Schlauchbootes gestochen hatte. Sein Komplize warf die Taschen auf den Sand, wobei einige von ihnen nicht ganz so weit fielen und im Wasser landeten.

Katya kämpfte gegen ihre aufkommende Panik an, ging zum vorderen Teil des Bootes, setzte sich hin und warf ihre Beine über den Rand. Sie bemerkte den Mann im grauen

Gewand, der bereits am Ufer stand und ihr seine Hand reichte. Sie nahm sie dankbar an und rutschte vom Boot, landete dabei ungeschickt auf dem festen Sand und verdrehte sich einen Knöchel.

»Geht es dir gut?«, fragte der Mann und richtete seine grauen Augen auf sie. Wie zuvor war sein Gesichtsausdruck gleichgültig. Er schaute sie nur an, während hinter ihnen ein weiterer lauter Knall gefolgt von einem Zischen zu hören war.

»Mir geht es gut«, sagte Katya und drehte sich zum Boot um, um Ana und Elene ohne Verletzungen beim Aussteigen zu helfen.

»Ich werde ihnen helfen«, sagte der Mann. Katya bemerkte, dass er Englisch mit einem amerikanischen Akzent sprach. Sie beobachtete, wie er an die Seite des Bootes ging, fast bis zu den Knien im Wasser stand, und seine Arme ausstreckte. Er winkte Ana zu, die ihn vom Boot aus anstarrte. Ein paar Sekunden später hatte er in jedem Arm ein Mädchen und lief zum Strand – scheinbar ohne sich um ihr Gewicht zu kümmern. Er setzte sie auf dem Sand ab und legte jedem der Mädchen eine Handfläche auf den Kopf. Katya konnte sehen, dass er etwas sagte, aber er war zu weit weg, als dass sie es hätte hören können.

Einen kurzen Augenblick später stand die Gruppe weiter oben am Strand, neben einer schmalen Straße. Katya schaute in beide Richtungen, aber alles, was sie sehen konnte, waren das Boot, der Sand und die Straße, die daneben verlief. Die Sonne war über den Horizont gestiegen und Katya sah das Boot, das ihnen vorhin gefolgt war. Es war noch ungefähr in derselben Position wie zuvor, aber jetzt entfernte es sich von ihnen. Während sie es beobachtete, drehte es sich langsam und änderte seinen Kurs. Es suchte nach etwas. Ein Kloß bildete sich in Katyas

Hals, als sie realisierte, dass es die Frau war, nach der sie suchten.

Sie drehte sich zu den beiden Männern um, die sich unterhielten, nachdem sie die Überreste des Schlauchboots zurück ins Meer gezogen hatten. Einer von ihnen – jener, der die Frau über die Seite geschubst hatte – sprach schnell, während er mit wütendem Finger auf einem Handy tippte. Sie wollte zu ihm hinübergehen, ihm eine Ohrfeige verpassen und ihn einen Feigling nennen. Sie wollte genau das tun, als sie bemerkte, dass die grauen Augen des Mannes im Gewand auf sie gerichtet waren. Seine Augenbrauen senkten sich um einen Bruchteil und er schüttelte langsam den Kopf hin und her. Das war die größte Gefühlsregung, die sie bei ihm gesehen hatte, seit die Sonne aufgegangen war. Selbst als die alte Frau über die Seite verschwunden war und Katya sich umgedreht hatte, um den Mann anzusehen, hatte er keine Miene verzogen. Es war alles so schnell passiert, dass niemand etwas hätte tun können, da sie beide auf der anderen Seite des Bootes gesessen haben.

Katya stand einen Moment lang regungslos da und überlegte, was sie tun sollte. Sie wollte den Mann mit dem Handy schlagen, aber sie zweifelte daran, dass das etwas bewirken würde, außer sich besser zu fühlen. Dann vernahm sie ein Motorgeräusch. Kurz darauf fuhr ein schmutziger grüner Transporter auf der schmalen Straße vor. Er sah aus wie die GAZelle-Transporter russischer Bauart, die auf den Straßen ihrer Heimatstadt alltäglich waren.

»Steigt ein, steigt ein!«, rief der Mann mit dem Handy. Ana und Elene gingen auf den Transporter zu, als der Fahrer, ein Mann, der ein Bruder der beiden anderen sein könnte, die Hintertüren aufriss. Katya hob ihre Tasche auf, aus der Meerwasser tropfte, und näherte sich langsam dem Transporter. Dann bemerkte sie, dass der Mann im Gewand mit dem Mann mit dem Handy sprach. Erneut konnte sie nicht hören, was er sagte, aber während sie zusah, trat der Mann mit dem Handy ein paar Schritte zurück und versteckte seine Hand hinter dem Rücken.

Als Katya das nächste Mal seine Hand sah, erkannte sie die gedrungene schwarze Form einer kleinen Pistole, die direkt auf den Mann im Gewand gerichtet war.

4

———

Caleb, um dem Mann im Gewand seinen christlichen Namen zu geben, blickte auf die kleine Pistole in den Händen des Mannes, dem er den Spitznamen ›Raucher‹ gegeben hatte. Sein Kollege, ›Nichtraucher‹, stand etwa fünf Fuß von ihnen entfernt und beobachtete das Geschehen gespannt.

Caleb hatte dem Raucher soeben erklärt, dass er keine Mitfahrgelegenheit brauchte und gerne zu Fuß gehen wollte. In der Ferne im Osten war ein orangefarbenes Leuchten am immer heller werdenden Himmel zu sehen, bei dem es sich um irgendeine Art von Zivilisation handeln musste. Es konnte nicht mehr als vier oder fünf Meilen entfernt sein und Caleb konnte das Zehnfache davon an einem Tag laufen. Dann hatte der Raucher die Pistole gezogen.

Die Pistole war schwarz und spitz zulaufend. Auf der linken Seite befand sich eine Sicherung, die, wie Caleb sehen konnte, entsichert war. Die Hand des Rauchers war fest um den braun gesprenkelten Griff gelegt und der Zeigefinger um den Abzug geschlungen. Das beunruhigte Caleb mehr als die Waffe selbst. Der Raucher war offensichtlich mit dem Gewicht der Waffe vertraut und da er an diesem Morgen bereits getötet hatte, wusste Caleb, dass er nicht zögern würde, es erneut zu tun.

Die Pistole war direkt auf Calebs Unterleib gerichtet. Für ihn sah sie aus wie eine Makarow, die seit den fünfziger Jahren in vielen Streitkräften des Ostblocks zum Einsatz kam. Wenn Caleb richtig lag, und das tat er meistens, war es eine einfache Waffe mit nur siebenundzwanzig beweglichen Teilen, die so gut verarbeitet war, dass man sie auf die Mündung fallen lassen konnte, ohne dass sie sich entlud. Die Genauigkeit des ersten Schusses war schlecht, aber das würde bei dieser Entfernung keinen Unterschied machen. Caleb wusste, dass er sich in einer ungünstigsten Entfernung zum Raucher befand, weshalb der Mann einen Schritt zurückgewichen war. Er war zu weit weg, um nach der Waffe zu greifen, aber nah genug, dass selbst ein Kind ihn nicht verfehlen könnte. Caleb schwankte ein wenig und sah, dass die Pistole ihm folgte. Das einzige bewegliche Teil, um das er sich sorgte, war die Kugel, die aus dem Ende des Laufs austreten konnte. Wenn die Pistole abgefeuert wurde, würde es ein Bauchschuss sein. Überlebensfähig, wenn es einem nichts ausmachte, für eine Weile in einen an den Bauch gebundenen Beutel zu scheißen, aber das hatte Caleb nicht vor.

»Okay, okay«, sagte er mit ruhiger Stimme und richtete seinen Blick auf den Raucher. »Ich verstehe dich.«

»Du arbeitest jetzt für uns«, brüllte der Raucher. Seine Worte waren kurz und knapp. Er deutete mit dem Kopf in Richtung des grünen Transporters. »Steig hinten in den Transporter ein.«

Caleb streckte seine Hände mit den Handflächen nach oben aus. Nicht als Geste der Kapitulation, sondern um dem

Raucher zu zeigen, dass er sich ergeben würde. Er ging ein paar Schritte zurück und drehte dem Mann dann den Rücken zu, um sich auf den Transporter zuzubewegen. Dabei sah er das erschrockene Gesicht der Frau, der er vom Boot heruntergeholfen hatte. Zu seiner Erleichterung waren die beiden jungen Mädchen bereits in den Transporter geklettert, bevor sie die Pistole gesehen hatten. Caleb passte seine Position leicht an, sodass die Kugel ihn und nur ihn treffen würde, falls der Raucher ihn von hinten erschießen wollte. Die anderen drei Frauen, die sie auf der Reise über den Kanal begleitet hatten, standen an der Seite und machten keine Anstalten, sich dem Transporter zu nähern. Sie wurden auch nicht dazu ermutigt und Caleb verstand, dass sie nicht mitkommen würden.

Wenige Augenblicke später saßen Caleb, die Frau und die beiden Kinder im hinteren Teil des Fahrzeugs, das dem Schriftzug auf der Rückseite zufolge ein Ford Transit war. Der Innenraum war kahl und hatte einen Holzboden. Beim Zuschlagen der Türen bemerkte Caleb, dass der Innengriff defekt war. Caleb konnte einen muffigen Geruch wahrnehmen, der ihm bekannt vorkam, den er aber nicht genau zuordnen konnte. War es womöglich Blut? Auf dem Boden war nichts zu sehen. Als sich der Transporter bewegte, wurde der Geruch allmählich durch einen anderen Geruch ersetzt, der eindeutig menschlich war.

Angst.

5

───────

Aleksander fluchte in seiner Muttersprache Albanisch, als die Zigaretten aus der Schachtel fielen und auf dem dreckigen Boden des Transporters landeten. Dann fluchte er erneut, als er seinen Bruder Mateo neben sich lachen hörte.

»Du solltest aufhören«, sagte Mateo. »Die sind schlecht für dich.«

»Nicht so schlecht wie eine Kugel im Hinterkopf, Mateo«, sagte Aleksander und beugte sich vor, um sie aufzuheben. Als er alle bis auf eine in die Packung gesteckt hatte, tauschte er die goldene Schachtel gegen ein Feuerzeug aus seiner Tasche aus und öffnete das Fenster einen Spalt breit. Ein paar Sekunden später paffte er zufrieden an einer Zigarette.

»Hast du mit dem Peshkop gesprochen?«, fragte Mateo. Aleksander verdrehte die Augen als Antwort.

»Ja, Mateo, ich habe dafür gesorgt, dass er erfährt, dass wir das Paket haben.«

»Gut«, antwortete Mateo mit einem simplen Nicken.

»Warum haben wir den Mann mitgebracht?«

»Um den Bosnier zu ersetzen.«

»Was ist mit dem Bosnier passiert?«

»Er ist gestorben.«

»Wie?«

»Sein Herz hat aufgehört zu schlagen«, antwortete Mateo und grinste Aleksander von der Seite an. »Es hatte eine Kugel in sich.«

Aleksander schaute aus dem Fenster zu seiner Linken, weil er das Gespräch nicht fortsetzen wollte. Er fragte sich, womit der Bosnier eine Kugel in der Brust verdient hatte. Wahrscheinlich ein Fluchtversuch. Aleksander war unruhig, wie so oft auf solchen Reisen, aber diesmal war es noch schlimmer. Die Frau, die er ins Meer geworfen hatte, gab keinen Laut von sich, als er sie in den Tod gestoßen hatte. Ihm wäre lieber gewesen, sie hätte geschrien oder zumindest zur Kenntnis genommen, dass er ihr Leben beendet hatte. Vielleicht, so dachte er, während er über die Tätowierung von Sonne und Mond auf seinem Handrücken rieb, war sie eine Bushtra, eine Hexe, die ein schlechtes Omen wünscht. Die Zeit war günstig für sie, um aktiv zu werden.

Es ging auf Ende April zu und die Walpurgisnacht würde bald vor der Tür stehen. Aleksander dachte an seine Kindheit zurück, als er und Mateo dabei zugesehen hatten, wie ihr Vater ein Lagerfeuer angezündet hatte, um die Teufel und Geister von ihrem Haus fernzuhalten. Ein unwillkürlicher Schauer lief ihm über den Rücken und er fragte sich, ob der letzte Gedanke der alten Frau, als sie schweigend ins Wasser gefallen war, ein Fluch über ihn und seine Familie gewesen war.

Außerhalb des Transporters, auf der gegenüberliegenden Seite von Aleksander, versperrte eine mit Gras bewachsene Böschung in der Größe des Transporters den Blick aufs Meer. Sie fuhren an einer Treppe vorbei, die zur

Spitze der Böschung führte, und als Aleksander einen orangefarbenen Rettungsring auf einem Pfahl sah, lachte er, teils aus Ironie, teils aus Nervosität. Der Himmel vor ihnen strahlte in tiefem Orange, das allmählich über ihren Köpfen in ein dunkles Blau überging. Er konnte das Salz der Meeresluft riechen, die durch sein Fenster drang. Die Straße vor ihnen und die dazugehörige Böschung, die das Meer dort halten sollte, wo es sein sollte, verliefen schnurgerade.

»In drei Komma zwei Meilen biegen Sie scharf links in die Sea Road ein«, sagte eine Frauenstimme im Navi.

Das erste Anzeichen von Zivilisation war ein paar Meilen später ein kleines Café mit einem leeren Parkplatz und einem einzigen Licht in einem Fenster. Vor dem Café standen eine Reihe von dunkelgrünen Picknickbänken und eine Holzkonstruktion mit einem grauen Dach, unter dem die Kunden bei Regen Schutz suchen konnten. Aleksander war überrascht, dass die Holzkonstruktion nicht größer war. Nach dem, was er in den letzten Monaten erlebt hatte, regnete es hier sehr viel. Vor dem Fenster des Cafés standen Hunderte von Wohnwagen, die zum Meer hin aufgereiht waren. In ein paar von ihnen brannten Lichter, vielleicht waren sie Frühaufsteher. Auf der anderen Straßenseite, ein paar hundert Yards weiter, standen richtige Häuser, die nicht im Wind wackelten oder im Regen laut waren. Sie kamen an einer Kirche vorbei – einem hässlichen roten Backsteinbau, dessen Zweck nur durch das große Holzkreuz auf dem Dach erkennbar war. Aleksander machte ein Kreuzzeichen, was seinen Bruder zu einem Lachen veranlasste, das er aber ignorierte.

Aleksander warf seine Zigarette aus dem Fenster und beobachtete im Außenspiegel, wie sie auf der Straße landete und ein kleines Funkenfeuerwerk verursachte.

»Halten wir unterwegs an?«, fragte er Mateo, wobei er

sich der Autorität seines älteren Bruders unterordnete. »Wie lange noch, vier Stunden?«

»Nein, das ist zu gefährlich«, antwortete Mateo.

»Was ist mit ihnen?« Aleksander nickte mit dem Kopf zum hinteren Teil des Transporters. »Der Peshkop wird nicht begeistert sein, wenn wir sie nach Pisse und Scheiße stinkend abliefern.«

»Auf dem Hof gibt es einen Schlauch«, sagte Mateo und sah seinen Bruder mit einem schiefen Lächeln an. »Damit kannst du sie abwaschen. Das würde dir doch gefallen, oder?«

Aleksander lachte, schloss die Augen und lehnte seinen Kopf auf dem Sitz zurück. Er stellte sich vor, wie die blonde Frau hinten schrie, während er mit dem Schlauch einen eiskalten Wasserstrahl auf ihren nackten Körper richtete. Sein Bruder hatte Recht.

Das würde ihm sehr gefallen.

6

Katya wurde wachgerüttelt, als der Transporter über ein Schlagloch fuhr und dabei ein wenig zur Seite kippte. Sie war erschöpft und hatte gefühlt tagelang nicht geschlafen. Als sie sich aufrichtete, um es sich bequem zu machen, wurde ihr klar, dass es in Wirklichkeit Tage waren. Sie hatte Kleidung angezogen, von der sie dachte, dass sie für die Reise bequem sein würde, eine Hose und eine lockere Bluse, aber wenn sie gewusst hätte, wie kalt es auf dem Kanal werden würde, hätte sie etwas Dickeres angezogen.

Neben ihr, auf dem harten Holzboden, lagen Ana und Elene zusammengerollt, beinahe aneinander gekuschelt, aber doch nicht ganz. Beide schliefen tief. Genauso wie der Mann im Gewand. Er saß aufrecht, den Kopf leicht nach vorne geneigt, und bewegte sich im Takt des Transporters. Sie fragte sich, ob er schlief oder einfach nur mit geschlossenen Augen dasaß. Sie betrachtete ihn im schwachen Licht der kleinen Glühbirne an der Decke.

Katya schätzte sein Alter auf irgendwo zwischen dreißig und fünfunddreißig. Am Strand war ihr aufgefallen, dass er etwas größer war als sie, also etwa 1,80 m groß. Die Art, wie er die Mädchen mühelos den Strand hinaufgetragen hatte, verlieh im Stärke, aber er war nicht muskulös. Er hatte eher die Kraft eines Langstreckenläufers als die Masse eines Fußballers. Er trug weder Schmuck noch zeigte er Tattoos oder sichtbare Zeichen. Das einfache graue Gewand bedeckte den Großteil seines Körpers, abgesehen von seinen Unterarmen und Unterschenkeln. Die Tasche zwischen seinen Füßen war aus dem gleichen Material wie das Gewand – eine Art Leinen, vermutete sie. Nach der Größe der Tasche zu urteilen, konnte nicht viel darin sein. Katya schloss ihre Augen für einen Moment und als sie sie wieder öffnete, sah sie den Mann im Gewand, der sie unverwandt ansah. Sein Gesicht war ausdruckslos. Er sah sie einfach nur an.

»Woher kommst du?«, fragte Katya ihn, als es offensichtlich war, dass er nichts sagen würde.

»Amerika«, antwortete er mit einem kurzen Ausdruck von Belustigung in seinen Augen. »Ursprünglich aus Texas.« Sie sahen sich ein paar Augenblicke lang an, sein Blick verließ nicht den ihren. Normalerweise hätte es Katya unangenehm berührt, so aufmerksam beobachtet zu werden, aber der Ausdruck in seinen Augen war auf irgendeine Art beruhigend. »Du?«

»Aus einer Stadt namens Nakra. Sie liegt in...«

»Georgien«, fiel er ihr ins Wort.

»Du kennst sie?«, fragte Katya und zog die Augenbrauen hoch.

»Ich kenne die Stadt«, antwortete der Mann im Gewand, »aber ich war noch nie dort.«

»Warst du jemals in Georgien?«

»Ich war schon mal da, ja.«

»Wann?«

»Vor langer Zeit.«

»Warum warst du dort?« Auf ihre Frage hin sah Katya, wie sich seine Mundwinkel zu einem Lächeln verzogen. Er hielt für ein paar Sekunden inne, bevor er antwortete.

»Gott schickte mich.«

»Hat er dich auch hierher geschickt?«

Der Mund des Mannes im Gewand kehrte wieder in seine Ausgangsposition zurück.

»Ich denke, das muss er. Warum sollte ich sonst hier sein?« Katya seufzte. Auf diese Frage gab es keine Antwort. »Du sprichst sehr gut Englisch«, sagte er.

»Danke«, antwortete sie automatisch. »Du auch, für einen Amerikaner.« Dieses Mal war sein Lächeln noch deutlicher und reichte fast bis zu seinen Augen.

»Vielen Dank. Mein Name ist übrigens Caleb.« Er reichte ihr die Hand, eine seltsame Geste unter diesen Umständen. Sie nahm sie und war überrascht von der Wärme in seinen Fingerspitzen.

»Ich bin Katya. Kurz für Ekaterina.« Sie schüttelten sich die Hand und Katya wollte sie nicht mehr loslassen.

»Katya«, sagte er langsam und ließ den letzten Vokal mit seinem Atem ausklingen. »Ein schöner Name.« Er blinzelte zweimal. »Rein.«

»Wie bitte?«

»Das kommt aus dem Griechischen und bedeutet *rein*«, erklärte Caleb, nahm seine Finger von Katya und legte seine Hand zurück in seinen Schoß. Sie rieb ihren Daumen über ihre Fingerspitzen. »Ekaterina.« Wieder dehnte er den letzten Vokal ihres Namens, wobei sein texanischer Akzent die Betonung verstärkte. »Was machst du?«

»Beruflich?«, fragte Katya. Als er mit dem Kopf nickte, fuhr sie fort. »Ich war Englischlehrerin, bevor die Russen kamen.« Caleb neigte seinen Kopf leicht zu den Türen des Transporters.

»Und nun, in diesem grünen und angenehmen Land?«, fragte er weiter. »Was wirst du hier tun?«

»Ich werde als Kindermädchen für eine reiche englische Familie arbeiten. Sie haben zwei Jungen, beide vier. Eineiige Zwillinge.«

»Ich verstehe«, antwortete Caleb und runzelte fast unmerklich die Stirn.

»Ich muss die Kosten für die Reise zurückzahlen.« Katya blickte auf die Wand, die sie von den drei Männern vorne trennte, und dann wieder zu Caleb, wobei sie sich auf sein graues Gewand konzentrierte. »Was ist mit dir? Was machst du?«

»Ich tue das, was *er* mir sagt.«

»Gott?«

»Wer sonst?«

»Bist du ein Priester?«

Caleb gab ein Geräusch von sich, das irgendwo zwischen einem Lachen und einem Husten lag. Katya war sich nicht ganz sicher.

»Nein.«

»Ein Mönch?«

»Nein.«

»Was bist du dann? Ein Prediger?«

Langsam breitete sich auf Calebs Gesicht ein Lächeln aus und er blickte sie an. Sie konnte sehen, wie Belustigung in seinen grauen Augen tanzte.

»Ja«, sagte er ruhig. »Ich denke, das könnte man so sagen.«

7

Als Aleksander aufwachte, griff er als Erstes in seine Tasche, um nach seinen Zigaretten zu suchen. Er tat dies zum Teil, um Mateo zu ärgern, aber hauptsächlich, weil er einfach eine rauchen wollte. Während er unruhig an das Fenster gelehnt geschlafen hatte, hatten sich die engen Straßen, auf denen sie zuvor unterwegs waren, in einen geteilten Highway verwandelt.

»Wo sind wir?«, fragte er seinen Bruder, während er das Feuerzeug an seine Zigarette hielt.

»Wir sind nur noch ein paar Meilen vom Expressway entfernt.«

Aleksander seufzte und stellte frustriert fest, dass sie noch nicht einmal an London vorbeigefahren waren. Obwohl sie diese Fahrt schon zum vierten Mal innerhalb von ebenso vielen Monaten zurücklegten, schien sie nie kürzer zu werden. Er zuckte zusammen, als hinter ihm jemand an die Trennwand klopfte.

»Was ist los?«, rief er und wechselte von Albanisch zu Englisch.

»Die Mädchen«, antwortete die Frau in gedämpfter

Stimme. »Sie müssen auf Toilette.« Aleksander fluchte leise vor sich hin.

»Dort vorne gibt es einen abgelegenen Rastplatz«, sagte Mateo. »Wir können dort anhalten und sie in den Wald gehen lassen.« Aleksanders Laune verbesserte sich bei dem Gedanken, die Frauen beim Urinieren zu beobachten. Wenige Augenblicke später signalisierte das regelmäßige Klicken des Blinkers, dass der Fahrer sich bereit machte zum Abbiegen. »Erst die Mädchen, dann die anderen beiden, einer nach dem anderen«, wies Mateo an, als ob Aleksander ohne seine Anweisung nicht zurechtkommen würde. Dann trat sein Bruder gegen eine Plastiktüte im Innenraum des Transporters. »Und gib ihnen Wasser, wenn sie wieder einsteigen.«

Als der Transporter zum Stehen kam, stieg Aleksander aus und drückte seine Zigarette unter seinem Sitz aus. Er sah sich um, um sicherzugehen, dass sie die einzigen Menschen in der Gegend waren, bevor er seine Pistole aus der Hose zog. Als er die Tür des Transporters öffnete, starrten ihn vier Augenpaare an. Drei von ihnen zeigten Angst, einer zeigte nur ein neugieriges Interesse. Die Waffe locker an seiner Seite haltend, deutete er mit der freien Hand auf die beiden Mädchen.

»Ihr zwei zuerst«, sagte er. Die Mädchen stiegen aus und mit einem Blick auf den Mann im Gewand schloss Aleksander die Tür und verriegelte sie. Neben ihm sahen sich die Mädchen um. Eine von ihnen, die ältere der beiden, sagte etwas in einer Sprache, die Aleksander nicht verstand.

»Sprich Englisch oder sag gar nichts!«, brüllte er sie an, woraufhin das Mädchen zusammenzuckte.

»Toilette?«, sagte sie mit starkem Akzent. Er deutete in Richtung des Waldes, der ein paar Yards von der Straße entfernt war.

»Da drüben, los!«

Die Mädchen flüsterten miteinander, bevor sie vorsichtig ein paar Yards weiter in den Wald hinein gingen. Die jüngere fing an zu weinen, als sie bemerkte, dass Aleksander sie beobachtete, doch ihre Schwester tröstete sie, während sie ihre Jeans herunterzog und sich ins Gras hockte. Wenig später tat das andere Mädchen dasselbe.

Nachdem sie ihr Geschäft erledigt hatten, stiegen sie wieder in den Transporter und Aleksander zeigte auf die Frau.

»Du bist die Nächste.« Sie schaute ihn angewidert an, aber sie konnte die Angst in ihren Augen nicht verbergen.

»Ich muss nicht«, antwortete sie und reckte ihr Kinn ein wenig vor. Auf der anderen Seite des Transporters hob der Mann im Gewand seine Hand.

»Ich muss«, sagte er, als Aleksander ihn ansah. Als er nickte, stand der Mann im Gewand langsam auf.

»Lass deine Tasche hier«, sagte Alexander. Wenigstens würde es ihn davon abhalten, wegzulaufen, wenn er seine weltlichen Besitztümer zurücklassen musste.

Der Mann im Gewand hielt inne und starrte Aleksander ein paar Sekunden lang an. Anschließend ließ er den Riemen der Leinentasche von seiner Schulter gleiten und reichte sie der Frau. Aleksander ging ein paar Schritte zurück und hob seine Pistole, als der Mann im Gewand aus dem Transporter stieg. Ohne ihm jegliche Beachtung zu schenken, ging der Mann im Gewand ein paar Schritte auf die Bäume zu und hob sein Gewand an. Ein paar Sekunden später hörte Aleksander ihn urinieren, scheinbar unbeeindruckt davon, dass jemand mit einer Pistole auf seinen Rücken zielte. Aleksander kam beinahe in Versuchung, ihm eine Kugel zu verpassen. Er hatte noch nie einen Mann getötet, während er sich erleichterte, und Aleksander fand, das wäre eine amüsante Geschichte, die er zu Hause erzählen könnte. Aber wenn der Bosnier tot war, gab es Arbeit auf dem Hof zu erledigen und darum wollte sich Aleksander auf keinen Fall kümmern, also ließ er seinen Arm sinken.

Einen Moment später war der Mann im Gewand fertig, nicht ahnend, dass Aleksanders Faulheit sein Leben gerettet hatte. Als er zum Transporter zurückkehrte, bedankte sich der Mann zu seiner Überraschung bei ihm. Fluchend schloss Aleksander die Tür, ging zur Beifahrerseite und stieg ein.

Sie waren wieder auf dem geteilten Highway, als Aleksander sich an die Wasserflaschen in der Tüte neben seinen Füßen erinnerte.

8

Caleb machte es sich hinten im Transporter bequem und schloss die Augen, um die Informationen, die er gerade erhalten hatte, zu verarbeiten. Die Fahrt schien nach Norden zu verlaufen, sie waren also vermutlich irgendwo südlich von London, so zumindest schätze er es anhand der groben Karte in seinem Kopf ein. Die Bäume, die er gesehen hatte, waren vorwiegend Laubbäume, hauptsächlich Eichen und Eschen. Der Wald wirkte wild und unberührt. Das an sich sagte ihm nichts, aber er konnte nicht anders, als dieses Wissen in seinem Hinterkopf zu behalten.

Er trug keine Uhr, aber Caleb wusste, dass es fast Mittag war – das konnte er sowohl am Stand der Sonne als auch an den leichten Schmerzen in seinem Bauch ablesen. Seit einer hastigen Konservenmahlzeit in Frankreich hatte er nichts mehr gegessen und die anderen auch nicht. Wenn sie beim nächsten Halt noch nicht am Ziel waren, würde er um etwas zu Essen bitten müssen, und sei es nur für die Kinder.

Er öffnete die Augen und richtete seine Aufmerksamkeit auf die beiden Mädchen, die schweigend nebeneinander saßen. Als er ihnen am Strand die Hände aufgelegt hatte, konnte er nicht nur ihre Angst, sondern auch ihre Widerstandsfähigkeit spüren. Vor allem die ältere war eine willensstarke junge Frau, mehr noch als ihre Schwester. Als er Katyas Hand genommen hatte, spürte Caleb dieselbe Angst und dieselbe Stärke, aber die beiden Eigenschaften wurden von einer tiefen Traurigkeit überlagert. Er betrachtete sie und nutzte dabei die Tatsache, dass sie ihre Augen geschlossen hatte. Caleb hoffte, dass sie schlief, denn die Menschen bemerkten für gewöhnlich, wenn er sie beobachtete.

Katya war, wie Caleb feststellte, eine der attraktivsten Frauen, die er seit langem getroffen hatte. Sie hatte eine hohe Stirn, ihr blondes Haar umrahmte das ovale Gesicht, das durch eine feste Kieferpartie betont wurde. Ihre hellgrünen Augen passten zu der Bluse, die sie trug und von der Caleb wusste, dass sie einen schlanken Körper mit wenig oder gar keinem Fett bedeckte. Als er vorhin aufgestanden war, um den Transporter zu verlassen, hatte er kurz seine Hand auf ihre Schulter gelegt und ihre Körperform durch den dünnen Stoff hindurch gespürt. Er ließ seinen Blick über ihren Körper gleiten und spürte dabei ein vertrautes Gefühl. Auch Männer Gottes hatten Triebe und Begierden und es gab keine Möglichkeit, sie zu unterdrücken.

Als er den Blick von der Frau abwandte, dachte Caleb an die Männer im vorderen Teil des Transporters. Sie waren jetzt zu dritt. Obwohl er den Fahrer nicht hatte sprechen hören, hatte er viele der gleichen Gesichtszüge und körperlichen Merkmale wie die beiden anderen. Sie waren Albaner, dessen war er sich aufgrund der Tätowierung des Rauchers sicher. Caleb war sich sicher, dass er in der albanischen Folklore von einer Halbgöttin gelesen hatte, die die Tochter der Sonne und des Mondes war. Wenn er sich richtig erinnerte, und das tat er meistens, benutzte sie Licht-punkte als Waffe. Caleb besaß viele Fähigkeiten, einige davon waren angeboren, andere hatte er erlernt und verfei-nert, aber diese gehörte nicht dazu.

Als er am Waldrand gestanden hatte, um einem ungebe-tenen Ruf der Natur zu folgen, hätte Caleb entkommen können. Der Raucher hatte dem Schatten zufolge seinen Arm entspannt und bis der Albaner ihn wieder hätte heben können, wären bereits mehrere große Bäume zwischen Caleb und der Waffe gestanden. Jedoch hätte er seine Tasche zurücklassen müssen und in der Tasche befanden sich Dinge, die er sehr schätzte. Nicht viele, und ein Groß-teil des Inhalts konnte ersetzt werden, aber es gab einige Gegenstände, die nicht ersetzt werden konnten. Es ging aber nicht nur um den Inhalt der Tasche. Es ging auch um Katya und die beiden jungen Mädchen.

Caleb war aus mehreren Gründen nach England gekommen. Ein Grund war, dass er noch nie zuvor hier gewesen war. Andere waren weniger offensichtlich, aber nicht weniger wichtig. Caleb glaubte, wenn auch nicht unbedingt an ein allmächtiges Wesen mit einem Plan, an einen höheren Sinn. Eine Art Gott – so beschrieb er es bei den seltenen Gelegenheiten, bei denen er danach gefragt wurde. Und diese Art von Gott hatte Caleb mit diesen Frauen und Männern bekannt gemacht.

Caleb lehnte seinen Kopf zurück auf die kühle Metall-wand des Transporters und schloss die Augen. Ein flüch-tiges Lächeln huschte über sein Gesicht und er genoss das ungewohnte Gefühl, das es in seinen Wangenmuskeln auslöste.

Die drei Männer im vorderen Teil des Transporters hatten keine Vorstellung davon, wie sehr sie in Schwierig-keiten steckten.

9

Vor etwa zwanzig Minuten hatte Katya bemerkt, dass sich der Rhythmus des Transporters verändert hatte. Es fühlte sich an, als würden sie jetzt auf einem unasphaltierten Weg fahren. Der Transporter fuhr auf jeden Fall langsamer und schwankte immer wieder hin und her. Sie warf einen Blick auf ihre Armbanduhr und streckte sich, in der Hoffnung, dass sie bald am Ziel sein würden. In ihrem Unterleib fühlte sich ihre Blase wie ein harter Ball an, aber gleichzeitig hatte sie auch Durst. Es waren mittlerweile fast drei Stunden seit ihrem Toilettenstopp vergangen. Wenn es eine Toilette gegeben hätte, dann hätte sie sie benutzt, aber sie wollte sich nicht vor dem bewaffneten Albaner erniedrigen.

»Ich habe Hunger«, verkündete Elene von der gegenüberliegenden Seite des Transporters. Ihre Schwester nickte zustimmend.

»Ich glaube, wir sind gleich da«, antwortete Katya und lächelte die beiden Mädchen an, um sie zu beruhigen. »Ihr werdet euer neues Zuhause bald sehen können.«

Man hatte ihnen erzählt, dass sie in einer Wohnung am

Rande der Stadt wohnen würden und ihnen einige Fotos gezeigt. Die Wohnung war klein, hatte aber zwei Schlafzimmer und einen kleinen Garten, auf den sich Elene und Ana freuten. Katya machte sich jedoch Sorgen. Wenn sie direkt zu ihrer Wohnung fuhren, warum fuhren sie dann über eine Straße, die sich wie ein Feldweg anfühlte?

»Was glaubst du, wohin wir fahren?«, fragte Katya Caleb und wechselte dabei ins Englische. Er regte sich, bevor er antwortete.

»Ich vermute, dass wir in einem Wald sind«, sagte er.

»Wie kannst du das wissen?«, fragte Katya ihn. Es war ja nicht so, dass sie aus einem Fenster schauen konnten.

»Das Geräusch des Motors ist gedämpfter als vorher, als ob es von den Bäumen absorbiert wird«, antwortete Caleb mit einem halben Lächeln im Gesicht. »Außerdem kann ich Terpene riechen.«

Katya schnupperte. Abgesehen von ihrem eigenen Körpergeruch konnte sie nichts riechen.

»Was sind Terpene?«, wollte sie wissen.

»Das sind chemische Verbindungen. Ich kann Pinen und Limonen riechen – Kiefer- und Zitrusduft. Ich würde also vermuten, dass wir durch einen Nadelwald fahren.«

Als der Transporter einige Augenblicke später zum Stehen kam und die hinteren Türen aufschwangen, sah Katya, dass Caleb richtig gelegen hatte. Sie hatten auf einer Lichtung angehalten, die von dunkelgrünen Nadelbäumen umgeben war. Vor dem Transporter stand ein gedrungenes, heruntergekommenes Haus mit einem schiefen Dach und verblassten roten Wänden. Es war keine Stadt in Sicht, geschweige denn eine Wohnung. Die beiden Mädchen sahen sich verwirrt um, während Caleb mit geschlossenen Augen sein Gesicht der Sonne zuwandte.

Katya beobachtete, wie der Fahrer sich auf das Haus

zubewegte und die beiden anderen Männer aus dem vorderen Teil des Transporters auf sie zu kamen.

»Wo sind wir?«, fragte sie den jüngeren der beiden. »Wo ist die Wohnung?«

»Wir werden ein paar Tage hierbleiben«, antwortete der Mann, sein Gesicht war neutral. »Die Wohnung wird noch hergerichtet.«

Katya sah sich das Haus an und stellte fest, dass es zwar schäbig war, aber nicht so schlimm, wie sie zunächst gedacht hatte. Neben dem Gebäude lag ein riesiger Haufen Baumstämme mit einer uralten Kettensäge und ein ebenso alter Traktor befand sich in einiger Entfernung hinter dem Haufen.

»Ich muss auf Toilette«, sagte sie und schaute hoffnungsvoll zu dem Albaner. Er sagte etwas in seiner Muttersprache zu dem anderen Mann, der daraufhin als Antwort nickte.

»Folge mir«, sagte der jüngere Mann.

Das Innere des Gebäudes präsentierte sich in einem weitaus besseren Zustand als das Äußere. Als Katya dem Mann in das Haus folgte, nahm sie die spärliche, aber angemessene Einrichtung wahr. Er führte sie durch eine Küche mit einem großen, stark vernarbten Tisch, umgeben von verschiedenen, ebenso vernarbten Stühlen, und einem riesigen Metallherd. In der Ecke hockte der Fahrer vor einem kleinen weißen Kühlschrank und packte etwas in eine Tragetasche. Im einfallenden Sonnenlicht tanzten Staubpartikel umher und die Luft roch muffig, aber dennoch sauber.

»Da drin.« Der Mann deutete auf eine Holztür, die von der Küche abzweigte. Katya öffnete sie und sah eine Toilette mit hochgeklapptem Sitz sowie ein Waschbecken. Beide entsprachen dem Rest des Hauses: funktional, aber sauber.

Katya schloss die Tür hinter sich und bemerkte, dass es

kein Schloss gab. Sie ging einen Schritt zum Waschbecken hinüber und schaute in den Spiegel darüber. Das Spiegelbild, das sie ansah, ähnelte ihr, wirkte aber deutlich älter als bei ihrem letzten Blick in einen Spiegel. Katya fuhr sich mit den Fingern durch die Haare und betrachtete dann ihre unteren Augenlider im Spiegel. Ihre Augen waren rot und gereizt.

Nichts würde den Albaner davon abhalten, die Tür zu öffnen, wenn sie auf der Toilette war, aber da sie wusste, dass sie nichts dagegen tun konnte, senkte Katya den Sitz, knöpfte ihre Jeans auf und setzte sich. Sekunden später seufzte sie erleichtert auf, während sich ihre Blase entleerte.

Nachdem sie die Toilette benutzt und sich die Hände mit einem winzigen, hotelgroßen Stück Seife gewaschen hatte, sammelte Katya etwas Wasser in ihren Handflächen und spritzte es sich ins Gesicht. Das kühle Wasser beruhigte ihre müden Augen, aber was sie wirklich brauchte, war Schlaf.

10

Caleb setzte sich im Schneidersitz hin, genau wie die beiden Mädchen, die bereits auf dem staubigen Boden im Schatten des Transporters saßen. Er legte seine Handfläche auf seine Brust.

»Caleb«, sagte er langsam, bevor er auf das ältere Mädchen deutete und die Augenbrauen hochzog.

»Ana«, antwortete sie einen Moment später und legte ihre Hand auf ihre eigene Brust. Dann zeigte sie auf die jüngere. »Elene.«

Er wiederholte ihre Namen und nickte ihnen abwechselnd zu.

»Schwestern?«, fragte er sie. Keine von ihnen antwortete. Elene sagte etwas zu Ana, das Caleb für eine Frage hielt, aber sie zuckte nur mit den Schultern. Jeder Versuch, sich weiter zu unterhalten, wurde durch die Rückkehr des Fahrers unterbrochen. Er warf eine weiße Plastiktüte auf den Boden zwischen ihnen und murmelte etwas in seiner Muttersprache, bevor er zu den beiden anderen Männern ging, die vorne am Transporter standen.

Caleb beugte sich vor und öffnete die Tüte. Darin

befanden sich verschiedene Sandwiches, die in Papier und Plastik eingewickelt waren, ein paar Chips und Flaschen mit Limonade und Wasser. Er nahm alles heraus, glättete die Tüte und legte die Sachen obenauf. Dann hielt er seine Hände mit den Handflächen nach oben und schloss kurz die Augen, um seinem Gott zu danken, dass er sie mit Lebensmitteln versorgt hatte.

»Esst, esst«, sagte er, als er die Augen wieder öffnete. Die beiden Mädchen beäugten das Essen misstrauisch, machten aber keine Anstalten, es zu essen.

Einen Moment später kam Katya aus dem Haus und setzte sich zu ihnen. Sie setzte sich im Schneidersitz hin, und zwar so, dass sie ein Viereck um das Essen bildeten. Caleb beobachtete, wie sie ein Sandwich in die Hand nahm, auf die Verpackung schaute und etwas zu den beiden Mädchen sagte. Ana nickte mit einem Lächeln auf den Lippen und Katya reichte ihr das Essen, bevor sie die Übersetzung für das nächste Sandwich wiederholte. Elene, so stellte Caleb fest, war wählerischer als das andere Mädchen, aber schließlich gelang es Katya, ihr etwas zu geben, das ihr schmeckte. Während sie aßen, unterhielten sich die beiden schnell und Caleb sah, wie Katya sie lächelnd ansah.

»Sie reden über die neuen Freunde, die sie finden werden, wenn sie in die neue Schule kommen«, erklärte sie ihm und wechselte wieder ins Englische. Caleb sah sie an und fragte sich, wie es wohl wäre, so mühelos die Sprache wechseln zu können. Er kannte nur Bruchstücke von Wörtern in anderen Sprachen. Einige auf Arabisch, einige auf Paschtu, sogar einige auf Dari und damit auch auf Farsi. Alles eher Befehle als Konversationen. »Käse oder Hähnchen mit Mayonnaise?«

»Das ist mir egal«, antwortete er. »Bitte, wähle du.« Hinter ihnen trugen die drei Männer die Taschen von Katya und den Mädchen ins Haus. Caleb beobachtete die Kinder beim Essen. Ihre Bewegungen waren bedächtig, fast höflich. Die jüngere der beiden tupfte sich mit einer Serviette die Mundwinkel ab.

»Woher kennst du die Mädchen?«, fragte Caleb Katya.

»Sie gehen auf die Schule, an der ich früher unterrichtet habe«, antwortete Katya. »Ich unterrichtete sie zwar nicht in einer meiner Klassen, aber ich kenne sie von dort.«

»Und ihre Eltern?« Ein finsterer Blick huschte über Katyas Gesicht, als sie seine Frage hörte, und sie schüttelte bedauernd den Kopf.

»Sie kommen aus dem Waisenhaus in der nächsten Stadt.« Er sah, wie sie ihren Blick auf das Sandwich senkte, wusste aber, dass sie es nicht ansah. Sie wollte ihn nicht ansehen. »Der Krieg«, fuhr sie fort, fast flüsternd. »Oder jedenfalls ein Überbleibsel davon. Ihre Eltern fuhren über eine russische Mine, die durch eine Überschwemmung freigelegt worden war. Sie hatten keine Chance.«

Caleb schaute wieder zu den Mädchen und versuchte sich vorzustellen, wie viel Schmerz sie in ihrem kurzen Leben schon durchgemacht hatten. Wahrscheinlich war es mehr als bei ihm, aber das meiste davon hatte er sich selbst eingebrockt. Er würde seinen Gott später fragen, warum ihnen das widerfahren war, aber er glaubte nicht, dass er antworten würde.

Katya riss das Käsesandwich auf, nahm einen großen Bissen und gab beim Kauen ein leises Summen von sich. Caleb nahm das Hühnersandwich in die Hand, schloss kurz die Augen, um für die Seele des Hühnchens zu beten, und öffnete die Packung. Er hasste Hühnchen, aber Treibstoff war Treibstoff.

Zehn Minuten später war sein Magen noch immer nicht ganz gefüllt. Caleb trank gerade seine Wasserflasche aus, als der Raucher aus dem Haus kam. Er näherte sich und gab Caleb ein Zeichen, dass er aufstehen sollte. Caleb stand auf und strich dabei einige Krümel von seinem Gewand.

»Jetzt wirst du arbeiten«, sagte der Albaner und deutete auf den Holzstapel neben dem Haus. Caleb folgte seinem Finger und sah einen Holzblock, an dem eine Holzaxt lehnte. »Brennholz.«

11

———

Aleksander saß am Küchentisch und zog seine Zigaretten aus der Tasche. Er steckte sich eine in den Mund und wollte sie gerade anzünden, als Mateo anfing zu sprechen.

»Nicht hier drinnen.«

»Warum nicht?«, antwortete Aleksander, die Flamme ein Stück vom Zigarettenende entfernt.

»Weil der Bischof später kommt.«

»Er kommt hierher?«

»Ja.« Mateo starrte Aleksander an, bis dieser nachgab und seinen Daumen vom Feuerzeug löste. Er würde gleich nach draußen gehen müssen. »Er will sehen, was wir für ihn haben.«

»Wir hätten mehr mitbringen sollen«, antwortete Aleksander. »Statt dieser anderen Frauen und des Mannes.«

»Die anderen Frauen und der Mann haben für die Reise bezahlt. Die, die wir haben, nicht. Außerdem haben wir einen Ersatz für den Bosnier und wir haben sein Geld.«

»Der Mann, was ist er? Eine Art Mönch? Was meinst du?«

»Ich weiß es nicht und es ist mir auch egal. War viel in den Taschen?«

Aleksander steckte seine Zigarette zurück in die Schachtel und betrachtete seinen Bruder.

»Nicht viel. Aber sie sind jetzt rein.« Er erwähnte nicht die Unterwäsche in der Tasche der Frau, die er so gerne durchwühlt hatte. Wenn er sie jetzt das nächste Mal ansah, würde er wissen, was sie unter ihrer Kleidung trug. So sehr er seinen Bruder auch liebte, Mateos völliges Desinteresse an Frauen enttäuschte ihn. »Wann wird der Bischof hier sein?«

Mateo schaute auf seine Uhr, bevor er antwortete. »In einer Stunde, vielleicht etwas später. Gjergj wird ihn abholen.« Er schaute durch das Fenster, wo der Fahrer neben dem Transporter stand und die Frauen beobachtete.

Aleksander schob den Stuhl zurück auf dem gefliesten Boden und stand auf. Ohne etwas zu seinem Bruder zu sagen, ging er zur Küchentür und wieder nach draußen, um seine Zigarette zu rauchen. Während er rauchte, beobachtete er zunächst einige Augenblicke lang die Frauen. Die junge Frau schlief tief und fest. Sie lag im Schatten des Transporters und benutzte ihre Jacke als Kopfkissen. Aleksander bewunderte ihren Körper und ließ seine Augen über ihn gleiten, während er ihn musterte. Dann richtete er seine Aufmerksamkeit auf die beiden Mädchen, die eine Art Kartenspiel spielten. Er hörte sie lachen, als die ältere der beiden eine Karte auf einen Kartenstapel legte und etwas sagte, bevor sie den gesamten Stapel in die Hände nahm.

Dann ging er zur Seite des Hauses und hörte zu seinem Erstaunen kein Geräusch vom Holzhacken. Als er den Holzstapel erreichte, sah er den Mann im Gewand auf dem Block sitzen, die Axt auf seinem Schoß. Er wetzte einen Schleifstein über das Axtblatt und schien Aleksander nicht zu hören. Als der Schatten des Albaners auf die Axt fiel, blickte der Mann im Gewand auf. Seine Augen waren grau und er zeigte keine Regung im Gesicht. Er schaute nur.

»Was machst du da?«, fragte Aleksander und dachte gleichzeitig darüber nach, woher der Mann den kleinen Schleifstein hatte.

»Ich schärfe die Axt«, sagte der Mann und konzentrierte sich wieder auf seine Arbeit. Aleksander sah zu, wie er die Axt in der einen Hand hielt und mit dem Schleifstein in der anderen Hand in kleinen Kreisen über das Axtblatt rieb. Dann fuhr er mit dem Finger waagerecht über das Axtblatt, bevor er die Axt umdrehte und dasselbe auf der anderen Seite wiederholte.

»Woher hast du den Stein?«

»Aus meiner Tasche«, antwortete der Mann, ohne aufzuschauen.

Aleksander realisierte, dass er die Tasche des Mannes nicht durchsucht hatte, als er die anderen kontrolliert hatte. Er würde das später nachholen müssen, obwohl er bezweifelte, dass viel darin war.

»Lass dir nicht zu viel Zeit«, sagte Aleksander. »Das Holz hackt sich nicht von selbst.«

»Aber wenn die Axt scharf genug ist«, antwortete der Mann im Gewand, der ihn immer noch nicht ansah, »geht es viel schneller.«

»Mach es bis siebzehn Uhr fertig«, sagte Alexander bestimmte und wandte sich zum Gehen. Aus dem Augenwinkel sah er, wie der Mann im Gewand einen Blick in die Sonne warf, bevor er nickte.

»Das mache ich, keine Sorge.«

12

Caleb ließ seinen Schleifstein im Uhrzeigersinn in kleinen Kreisen von der Spitze über das Axtblatt bis hinunter zum Hals wandern. Die Axt selbst war eine Holzspaltaxt mit einem keilförmigen Kopf. Auf der einen Seite hatte sie einen traditioneller Axtkopf, allerdings ohne den üblichen konkaven Teil mit Hohlschliff. Auf der anderen Seite ähnelte sie einem Vorschlaghammer. Ihr gerader Stiel aus Hickoryholz war fast rund. Die Axt war zweifellos eine gute Ausrüstung, solange sie neu war oder regelmäßig gepflegt wurde.

Er griff in seine Tasche, die an dem Holzblock lehnte, auf dem er saß, und zog eine kleine Dose mit Bienenwachs heraus. Mit dem Zeigefinger nahm er etwas davon und strich es über das Axtblatt. Sie war jetzt scharf. Nicht zu scharf, sonst würde sie sich im Block festsetzen, aber sie war mehr als scharf genug, um die Arbeit zu erledigen.

Caleb stand auf und balancierte die Axt in seiner rechten Hand, um den Schwerpunkt der vertikalen und horizontalen Ebene zu bestimmen. Dann untersuchte er den Griff, aber abgesehen von ein paar kleinen Unebenheiten im Holz gab es keine Aufplatzungen, Risse oder anderen Mängel. Die sorgfältige Pflege der Axt war ein Beweis für das Können des Axtmachers. Er schaute zum Haus hinüber, aber der Albaner war nirgends zu sehen und der Mann am Transporter schien in sein Handy vertieft zu sein. Caleb stellte seine Füße schulterbreit auseinander und setzte den rechten Fuß vor den linken. Er hielt die Spaltaxt in der rechten Hand und schwang sie, um einige grundlegende Schläge, Blöcke und Stellungen zu üben.

Es war schon eine Weile her, dass Caleb mit einer Axt hantiert hatte, und noch viel länger, dass er sie im Zorn benutzt hatte. Eine Spaltaxt war ganz anders als die imperiale Gardeaxt, mit der er trainiert hatte, aber während er sich bewegte, passte er seinen Körper an den Unterschied in Länge und Gewicht an. Zu seiner Überraschung fielen ihm die vor vielen Jahren erlernten Bewegungen innerhalb weniger Minuten wieder ein. Die Waffe war schwer und er übte, das Axtblatt am Ende jeder Bewegung anzuhalten. Bei den ersten Durchführungen schwankte der Kopf der Axt hin und her. Der Unterschied war nicht sehr groß, aber für Calebs Geschmack zu groß. Er passte seinen Griff am Hickoryholzgriff an, bis das Schwanken aufhörte. Dann hob Caleb einen Holzstamm auf, legte ihn auf den Block und hackte mit der Axt einige Keile aus der Kante. Er hob die Axt im beidhändigen Griff über seinen Kopf und ließ sie über seine rechte Schulter fallen. Dabei passte er seinen Atem der Rhythmus der Bewegung an und überließ dem Gewicht des Axtkopfes und der Schwerkraft so viel Arbeit wie möglich. Der Stamm auf dem Block spaltete sich mit einem zufriedenen Knall in zwei Teile. Als Caleb sich bückte, um eines der Stücke aufzuheben und weiter zu hacken, lächelte er.

Eine halbe Stunde später war Caleb mit einem dünnen

Schweißfilm bedeckt. Er hatte sein Gewand angepasst und die Ärmel um seine Taille gebunden, sodass sein Oberkörper nun frei war. Neben ihm wuchs der Haufen gehackter Baumstämme, während der andere Haufen langsam schrumpfte. Er hielt kurz inne, um sich auszuruhen, und stapelte anschließend die gehackten Stämme zu einem ordentlichen Haufen.

Es gab schlimmere Arten, den Tag zu verbringen, dachte Caleb, als er den Kopf zurücklegte und sich die Sonnenstrahlen auf das Gesicht scheinen ließ. Er atmete tief ein und genoss die frische Luft. Über seinem Kopf strahlte die Sonne und in der Brise lag ein berauschender Duft von Kiefernholz. Wenige Augenblicke zuvor hatte der Wind leicht gedreht und er nahm nun den unverwechselbaren Geruch einer Schweinefarm östlich des Bauernhauses wahr.

Calebs Zufriedenheit hielt jedoch nicht lange an. Die vier waren praktisch gefangen, eingesperrt in einem Gefängnis aus Ort und Entfernung. Für ihn selbst wäre es kein Problem gewesen, einfach in den Wald zu laufen und weiterzugehen, bis er einen anderen Ort gefunden hätte. Doch Katya und die Mädchen? Caleb bezweifelte, dass sie die Wanderung schaffen würden und er war unsicher, ob er für alle vier sorgen könnte, wenn sie so weit von der Zivilisation entfernt waren, wie er befürchtete.

Er dachte an Katya, als er die Axt nahm und sich wieder an die Arbeit machte. Sie war nicht dumm, aber sie war naiv. Die Männer, die sie festhielten, waren nicht die Art von Männern, die Jobs für Kindermädchen oder Familien für Waisenkinder organisierten. Es sei denn, es gab noch andere, was er bezweifelte. Er hatte gesehen, wie der jüngere Albaner Katya und die Mädchen angesehen hatte. Über die Jahre hinweg hatte er viele Männer gesehen, die

Frauen auf ähnliche Weise angesehen hatten, und das hatte selten positive Folgen gehabt – manchmal für die Frauen, manchmal für die Männer, wenn es welche gab, die eingriffen. Caleb legte einen Baumstamm auf den Block und spaltete ihn mit einem einzigen Schlag.

Er wurde allein gelassen. Keiner richtete eine Waffe auf ihn. Aber das Beste von allem?

Er hatte jetzt eine Waffe.

13

Als Katya ihre Tasche öffnete, wusste sie sofort, dass jemand sie durchwühlt hatte. Sie kniete in einem der Schlafzimmer des Hauses, einem großen, hellen Raum mit vier Einzelbetten. Eines davon stand eng an die Wand gepresst, die anderen drei waren weiter auseinander. Die Tasche lag auf dem Bett, das sie für sich beansprucht hatte, direkt neben der Tür.

Sie hob ihre Kleidung in einem Stapel heraus und legte sie auf die Bettdecke. Dann fuhr sie mit den Fingern über den Boden der Tasche, aber es war nichts zu finden. Frustriert hob Katya die Tasche hoch, drehte sie auf den Kopf und verteilte den restlichen Inhalt auf der Bettdecke. Ihr Kulturbeutel und ihr Schminketui rollten auf den Boden, aber sie ignorierte sie. Es war definitiv weg.

Katya stand auf und machte sich auf den Weg nach unten in die Küche, wobei ihre Wut mit jedem Schritt wuchs. Wie konnten sie es wagen? Sie hatten kein Recht, ihre Sachen zu durchwühlen, und sie hatten schon gar kein Recht, irgendetwas zu entnehmen. Als sie an der Küchentür ankam, stieß sie sie so heftig auf, dass sie zurückfederte und die drei Männer, die am Tisch saßen, zusammenzucken ließ. Die beiden Albaner vom Boot sahen zu ihr auf, während der dritte, der Fahrer, einfach wegschaute.

»Wo ist es?«, sagte Katya, verschränkte ihre Arme vor der Brust und reckte ihr Kinn nach vorne.

»Wo ist was?«, fragte der jüngere der beiden Männer.

»Mein Handy. Gib es sofort zurück!«

»Ich habe es nicht.« Er grinste sie an, was ihre Wut nur noch steigerte.

»Wie heißt ihr?«, fragte Katya in die Runde. Der Fahrer stand auf und ging zur Tür. Offensichtlich war er nicht in der Stimmung für einen Streit. Sie zeigte mit dem Finger auf den älteren der beiden Männer, von dem sie annahm, dass er wahrscheinlich derjenige war, der das Sagen hatte. »Du. Wie heißt du?«

Die beiden Männer tauschten einen Blick aus und der ältere murmelte dem anderen etwas auf Albanisch zu. Dann wandte er sich wieder Katya zu.

»Ich bin Mateo und das ist Aleksander.«

»Nun, Mateo«, sagte Katya und machte einen Schritt auf die beiden zu, »wo ist mein Handy?«

»Wir passen für dich darauf auf«, antwortete er. »Hier draußen wirst du sowieso keinen Empfang haben. Jedenfalls nicht mit einer georgischen Sim-Karte.«

»Habt ihr Empfang?«, schoss Katya zurück. »Mit einer albanischen?« Sein Gesichtsausdruck verriet ihr, dass er einen hatte.

»Du brauchst kein Handy«, sagte Aleksander bestimmt und sein Gesicht verfinsterte sich, als er langsam aufstand.

»Aber es ist mein Handy«, entgegnete Katya und versuchte, die Wut aus ihrer Stimme herauszuhalten. »Du hast kein Recht, es zu stehlen.«

»Hör zu, hör zu«, sagte Mateo ruhig. »Du wirst dein

Handy zurückbekommen. Mach dir keine Sorgen. Wie ich schon sagte, wir passen nur für dich darauf auf.«

»Aber es gehört mir«, sagte Katya und starrte Aleksander an. »Du bist ein Dieb!«

Katya erschrak, als Aleksanders nach ihr griff und sie knapp über dem Ellbogen packte. Seine Finger gruben sich in das zarte Fleisch und Katyas Keuchen verwandelte sich in einen Schmerzensschrei.

»Du bist eine...« Dann spuckte er ein Wort auf Albanisch aus, das Katya nicht kannte, aber seinem Tonfall zufolge war es alles andere als ein Kompliment.

Mateo sagte etwas in schnellem Albanisch und Aleksander ließ Katyas Arm los. Ihre andere Hand fuhr instinktiv über die Stelle, an der seine Finger sie gepackt hatten. Aleksander blickte sie an, setzte sich aber wieder hin.

»Wie lange werden wir hierbleiben?«, fragte Katya und richtete ihre Frage an Mateo. Er schien ihr der Vernünftigere von beiden zu sein.

»Nur ein paar Tage«, antwortete Mateo. »Später kommt jemand, der die Mädchen sehen will.«

»Ihre neue Familie?«, fragte sie. Aleksander lachte über die Frage, aber es war kein Humor darin.

»Genau«, antwortete er und ließ den Worten das gleiche Wort folgen, das er vor ein paar Sekunden benutzt hatte. »Einer aus ihrer neuen Familie kommt sie besuchen.«

14

»Willkommen, Bischof«, sagte Mateo auf Englisch, als er die Beifahrertür des Transporters öffnete. Dann trat er mit leicht gesenktem Kopf einen Schritt zurück, damit der Mann aus dem Transporters aussteigen konnte.

»Danke, Mateo«, antwortete der Mann, »aber bitte nenn mich Martin.«

»Wie du wünschst, Martin«, sagte Mateo.

Der Neuankömmling war Mitte sechzig, ein wenig größer als Mateo und hatte einen Fettring um seine Taille, die sich durch jahrelanges gutes Essen und Trinken angesammelt haben musste. Ein Spinnennetz aus feinen, roten Adern bedeckte seine Nase. Er schaute sich neugierig um, als ob er noch nie einen Wald gesehen hätte. Die Sonne ging gerade hinter den Bäumen unter und tauchte den Himmel in ein orangefarbenes Licht, während Rotmilane in den aufsteigenden Thermikströmungen über dem Wald ihre Kreise zogen.

»Hattest du eine angenehme Fahrt?«, erkundigte sich Mateo, als sie sich auf den Weg zum Bauernhaus machten.

»Ja, danke«, antwortete Martin. »Er ist ein Mann der wenigen Worte, dein Fahrer.«

»Gjergj?«, lachte Mateo. »Ja, das ist er. Das ist einer der Gründe, warum er ein so guter Fahrer ist. Er hat es nicht nötig, ständig auf Albanisch oder Englisch zu reden.«

»In der Tat«, antwortete Martin und hielt vor der Tür des Bauernhauses an. »Erzähl mir von deinen Gästen.«

»Es sind zwei Mädchen, eine Frau und ein Mann, der uns aushilft.«

»Ich dachte, ihr habt einen Bosnier, der das macht?«

»Haben wir auch«, antwortete Mateo und hielt ein paar Sekunden inne, bevor er fortfuhr. »Er arbeitet auf einer Schweinefarm.«

»Ich verstehe. Und die Mädchen? Sind sie so, wie ich sie beschrieben habe?«

»Ja, Bischof«, sagte Mateo. »Ich denke schon.«

»Und die Frau?«

»Sie ist Ende zwanzig, vielleicht Anfang dreißig.« Mateo sah, wie sich Martins Stirn runzelte. »Aber sicher noch nützlich. Sie spricht sehr gut Englisch.«

»Mir wurde gesagt, sie wäre ein Teenager«, sagte Martin und seine Stirn furchte sich noch tiefer. »Sie ist weniger nützlich, wenn sie älter ist.«

Mateo antwortete nicht. Es gab nichts, was er sagen konnte. Er war selbst überrascht gewesen, als die Frau am Strand ankam und älter war, als ihm angekündigt worden war. Aber seine einzige Wahl war, sie mitzunehmen oder zurückzulassen. Und er wollte lieber etwas haben als nichts.

»Was wissen sie?«, fragte Martin und ging einen weiteren Schritt auf die Tür zu.

»Die Frau wartet darauf, dass ihre Wohnung fertig wird und die Mädchen warten auf ihre Adoptivfamilie.«

»Ausgezeichnet, ausgezeichnet«, antwortete Martin und deutete auf die Tür. »Sollen wir reingehen?«

»Sicher, Martin«, meinte Mateo und öffnete die Tür. »Wir haben etwas Schnaps aus Skrapar, um dich willkommen zu heißen.«

In der Küche stand Aleksander auf, als Martin hereinkam. Auf dem Tisch standen eine Flasche Rakia, eine starke Spirituose, die aus zerdrückten Trauben destilliert wird, sowie drei Gläser. Aleksander hatte den Ofen wie angewiesen angemacht und Mateo befürchtete einen Moment lang, dass es in dem Raum zu heiß war.

»Willkommen, Bischof«, hörte Mateo Aleksander sagen. Die Art und Weise, wie er das Wort *Bischof* aussprach, verriet Mateo, dass sein Bruder die Willkommensfeier bereits ohne sie begonnen hatte. Er beobachtete, wie Aleksander die Flasche in die Hand nahm und die durchsichtige Flüssigkeit in die Gläser schüttete. »Das ist eine Flasche aus Muzhakë, die wir extra für dich mitgebracht haben. In diesem Dorf wird der beste Rakia des Landes hergestellt.«

»Das ist sehr nett von euch«, sagte Martin, während er das Glas hob und den Inhalt prüfte. Mateo warf einen Blick auf seinen Bruder. Er wusste, dass er keine Ahnung hatte, aus welchem Dorf der Rakia stammte. Aus Muzhakë war er jedenfalls nicht, wo allein der Name auf der Flasche den Preis verdoppeln würde. »Es riecht ziemlich stark«, fuhr Martin fort, während er an dem Glas schnupperte.

Gemeinsam hoben Mateo und Aleksander ihre Gläser und Martin stieß mit jedem von ihnen an.

»Gëzuar!«, rief Mateo, gefolgt von Aleksander.

»Cheers«, antwortete Martin und kippte das Glas zurück, um es zu leeren. Mateo sah ihn überrascht an, nachdem er gerade einen kleinen Schluck aus seinem eigenen Glas genommen hatte.

Martin hustete einmal und als Mateo ihn ansah, errötete sein Gesicht.

»Meine Güte«, sagte er und sah Mateo mit Tränen in den Augen an. »Der ist ganz schön stark.«

Zwanzig Minuten später, nach einigen weiteren Gläsern Rakia, nahm Mateo die Flasche und stellte sie auf den Tresen. Er schüttelte den Kopf in Richtung Aleksander, als er sicher war, dass Martin ihn nicht sehen konnte.

»Bischof?«, sagte Mateo und wartete, bis der Mann ihn ansah. »Vielleicht möchtest du jetzt die Gäste kennenlernen?«

Ein breites Grinsen breitete sich auf Martins Gesicht aus. Er rülpste einmal und presste dabei seine Hand auf sein Brustbein.

»Das wäre perfekt. Danke, Mateo«, antwortete Martin. »Ich freue mich schon sehr darauf, sie kennenzulernen.«

15

»Aber was ist, wenn er uns nicht mag, Katya?«

Katya seufzte, als sie Anas Haare bürstete. Ihre ständigen Fragen, seit sie erfahren hatten, dass ein Mann von der Adoptionsstelle zu Besuch kommen würde, gingen ihr auf die Nerven. Gleichzeitig aber konnte sie sich nicht vorstellen, wie es für die beiden Mädchen sein musste. Erst ihre Eltern zu verlieren und dann auch noch ihr Zuhause zu verlassen. Sie würden ein neues Leben in einem neuen Land beginnen, genau wie sie, und Katya war selbst nervös genug bei dieser Aussicht.

»Natürlich wird er dich mögen, Ana«, sagte Katya in einem beruhigenden Ton. »Was gibt es nicht zu mögen? Schau dich an. Du bist hübsch.« Sie hielt einen Moment inne und hielt die Bürste in der Luft. »Du bist auch kitzlig.« Während sie das sagte, tippte Katya auf Anas Bauch, wo sie gesehen hatte, wie ihre Schwester sie gekitzelt hatte, als die Mädchen gespielt hatten. Aber Ana kicherte nicht, sondern riss sich mit einem genervten Brummen von Katya los.

»Wo ist Elene?«, fragte Ana, als Katya näher an sie heranrückte, um ihr die Haare zu bürsten.

»Sie ist im Bad.«

»Sie braucht ewig.«

»Sie wird nicht mehr lange brauchen.« Katya schaute zur anderen Seite des Zimmers hinüber, wo Caleb auf seinem Bett saß. Es sah unbequem aus, wie er dasaß. Außerdem hatte er seine Decke über die Unterschenkel gezogen, obwohl es noch ziemlich warm war.

Als hätte sie das Gespräch der beiden gehört, kam Elene zurück ins Schlafzimmer, gerade als Katya ihr Trödeln erwähnte. Sie trug ein sommerliches Kleid aus einem leichten Stoff mit bunten Blumen. Elene drehte sich im Kreis und fächelte dabei den Rock auf.

»Was denkst du, Katya?«, fragte Elene. Im Gegensatz zu ihrer Schwester lächelte sie und freute sich über den bevorstehenden Abend. Katya sah sie an und erkannte zum ersten Mal, dass Elene an der Schwelle zur Frau stand. »Gefällt es dir?«

»Es ist ein wunderschönes Kleid, Elene. Du siehst umwerfend aus. Was denkst du, Caleb?«, fragte sie. Caleb schaute auf und Katya wurde bewusst, dass sie mit ihm auf Georgisch gesprochen hatte, also wechselte sie ins Englische. »Gefällt dir das Kleid?«

Caleb lächelte beide Mädchen abwechselnd an.

»Sie sehen beide wunderschön aus«, sagte er, bevor er sie ansah. »Und du auch.«

Katya spürte, wie ihr bei seinen Worten unerwartet heiß wurde. Sie hatte die schicksten Kleider angezogen, die sie mitgebracht hatte: eine hellgrüne Chiffonbluse und eine hellbraune Leinenhose. Beide Kleidungsstücke waren stark zerknittert, aber da sie kein Bügeleisen hatte, konnte sie nichts dagegen tun. Sie fragte sich, ob er bei dem Treffen mit dem Mann von der Adoptionsbehörde dabei sein würde, aber als Mateo sie wenige Augenblicke später abholte, machte er keine Anstalten, aufzustehen.

»Seid ihr bereit?«, fragte Mateo. Er sah nervös aus, aber Katya wusste nicht, warum. Sie wusste, dass Geld geflossen war, um die Adoption zu arrangieren. Sie wusste nicht, wie viel Geld, aber sie vermutete, dass es eine Menge war. Die Tante der Mädchen, die in Amerika lebte, hatte offenbar die Adoption finanziert. Katya war anfangs skeptisch gewesen, als Elene ihr das erzählt hatte, denn sie verstand nicht, warum die Tante sie nicht selbst adoptierte. Vielleicht war Mateo besorgt, dass die Vorbereitungen scheitern würden und er und sein Schwein von Bruder mit zwei Kindern zurückbleiben würden, um die sie sich kümmern müssten. »Er wartet in der Küche auf uns.«

Nach einem flüchtigen Blick auf Caleb führte Mateo sie die Treppe hinunter. Vor der Küchentür warf er den dreien einen kurzen Blick zu, bevor er sie öffnete und Elene und Ana hindurchgehen ließ. Elene nahm dabei Anas Hand und zischte ihr Anweisungen zu.

»Lächle und sei nett.«

In der Küche war es stickig, die Luft roch nach Holzrauch und Alkohol. Katya trat ein und stellte sich hinter die Mädchen. Sie blinzelte, um sich an das helle Licht einer einzigen Glühbirne an der Decke zu gewöhnen, das alles in ein scharfes Kontrastlicht tauchte. Hinter dem Tisch saß der Mann von der Adoptionsbehörde. Zu Katyas Überraschung war er viel älter, als sie erwartet hatte. Aus irgendeinem Grund erwartete sie, dass er ungefähr so alt sein würde wie sie und nicht doppelt so alt.

»Das müssen Ana und Elene sein«, sagte der Mann auf Englisch und streckte seine Arme aus. Er hatte einen dicken Bauch und ein rosiges Gesicht, das von einem alkoholisierten Lächeln gezeichnet war. »Ich bin Martin. Ich habe mich schon sehr darauf gefreut, euch kennenzulernen.« Hinter ihm stand, leicht schwankend, Aleksander.

Katya spürte, wie Mateo ihr mit dem Finger in den Rücken stupste.

»Übersetze für sie«, flüsterte er. Katya tat, wie ihr aufgetragen wurde, bevor sie selbst ein paar Worte hinzufügte.

»Sagt *Hallo*, auf Englisch. Wie wir es geübt haben.«

Sowohl Ana als auch Elene grüßten Martin in seiner Muttersprache, was sein Lächeln noch breiter werden ließ. Es verschwand leicht, als er Katya direkt ansah.

»Und du bist?«, fragte er, wobei sein Ton viel geschäftsmäßiger klang.

»Ich bin Katya«, antwortete sie. Sie wollte ihm gerade sagen, dass sie Englischlehrerin ist und als Kindermädchen arbeiten wird, als er sie unterbrach.

»Wie alt bist du?«

Katya hielt inne, bevor sie antwortete. Mit dieser Frage hatte sie nicht gerechnet.

»Ich bin achtundzwanzig«, sagte sie und beobachtete, wie Martin sich zu Mateo umdrehte und ihm ein fast unmerkliches Kopfschütteln zuwarf.

»Was denkst du, Martin?«, hörte Katya Mateo hinter sich fragen. Der ältere Mann dachte ein paar Sekunden lang nach, bevor er antwortete.

»Ich finde, sie sind beide absolut perfekt.« Er lächelte und starrte Ana und Elene an, als er das sagte. Die Art, wie er sprach, hatte eine unerwartete Wirkung auf Katya.

Ein Schauer lief ihr über den Rücken.

16

Caleb rutschte auf dem Bett hin und her und versuchte, es sich bequem zu machen. Seine Schultern schmerzten, nachdem er den größten Teil des Tages mit Holzhacken verbracht hatte. Die ungewohnte, wiederholte Bewegung hatte Schmerzen in seinen Trapezmuskeln und den Oberseiten beider Arme verursacht. Aber es war ein guter Schmerz. Caleb vermisste es, so aktiv zu sein, wie er es früher gewesen war. Der ungehackte Stapel Holz war seinen Schätzungen zufolge nur noch halb so groß wie zu Beginn. Er wusste, dass er ihn an einem einzigen Tag hätte abarbeiten können, aber er hatte keinen Grund dazu. Er schloss die Augen und versuchte, die Gespräche unten in der Küche zu verstehen, aber alles, was er hören konnte, waren gedämpfte, meist männliche Stimmen.

Ab und zu konnte er Katyas Stimme hören, die vielleicht für Ana und Elene übersetzte. Seine Gedanken drehten sich um seine Situation und die von Katya und den Mädchen. Die Albaner waren mit ziemlicher Sicherheit Kriminelle, was nicht unbedingt etwas Schlechtes war. Unter den

Gruppen von Geiselnehmern gab es schlimmere. Terroristen mussten ganz oben stehen, mit einer echten Chance, nicht zu überleben. Militär und Paramilitär waren nach Calebs Meinung wahrscheinlich die nächsten, abhängig von den Gründen für die Entführung. Kriminelle standen wahrscheinlich in der Mitte der Hierarchie, noch vor Geisteskranken und psychisch Gestörten, obwohl die Grenzen zwischen ihnen oft verschwommen waren.

Caleb schob Katya und die Mädchen für einen Moment beiseite, weil sie nicht wussten, dass sie entführt worden waren, dann analysierte er seine eigenen Gefühle. Er fühlte keine Panik oder Fassungslosigkeit angesichts seiner Situation. Es war nicht das erste Mal, dass er von bewaffneten Männern in seiner Freiheit eingeschränkt wurde und es würde wahrscheinlich auch nicht das letzte Mal sein – je nachdem, wohin sein Gott ihn schickte.

Caleb hatte sich, wie er erkannte, direkt in die Phase der Hypervigilanz begeben, die zu den üblichen Phasen der Anpassung an die Gefangenschaft gehörte. Aber an ihm war nichts normal. Die Merkmale dieser Phase beschrieben fast die Art, wie er sein Leben lebte. Er war wachsam und achtete auf die kleinsten Details. Mehr als einmal hatten diese Eigenschaften sein Leben und das Leben anderer gerettet.

In seinem Kopf listete er die Stressreaktionen auf die Gefangenschaft auf und erinnerte sich, dass er sie vor langer Zeit gelernt hatte. Was ihnen widerfahren war, war so unauffällig, dass es sich nicht wie eine Entführung anfühlte und tatsächlich hatten Katya und die Mädchen das Ausmaß ihrer Lage noch nicht ganz begriffen. Auch wenn die Mädchen kein Englisch sprachen, wusste Caleb, dass er irgendwann mit Katya allein sprechen musste. In der Zwischenzeit würde Caleb sich auf das konzentrieren, was er am besten konnte. Er bewahrte seine Ruhe, indem er sich zurückhaltend und nicht provozierend verhielt.

Offener Widerstand wäre kontraproduktiv. Caleb hatte schon mehr als einen Mann in solchen Situationen an seiner Männlichkeit sterben sehen. Wenn er sich wehrte, musste er schnell und brutal sein. Zum Glück, dachte Caleb, als die Tür zum Schlafzimmer geöffnet wurde, konnte er beides sein, aber nur, wenn es nötig war. Bis dahin würde er einfach zusehen. Wenigstens hatte er jetzt eine Waffe, die an der Seite des Hauses in der Nähe der Küchentür lehnte.

»Hey, Caleb«, sagte Katya, als sie ins Schlafzimmer kam, gefolgt von Ana und Elene. Caleb sah sie an. Ihre Stimme war stark und selbstbewusst, aber darunter lag auch ein Hauch von Angst. »Ana? Elene? Putzt euch die Zähne und macht euch fertig fürs Bett.«

Mit übertriebenen Seufzern gingen die beiden Mädchen zu ihren Taschen, um ihre Kulturbeutel und Nachthemden herauszuholen. Katya wartete, bis sie ins Badezimmer gegangen waren, bevor sie sich an Caleb wandte.

»Geht es dir gut? Du hast dich kein bisschen bewegt«, stellte sie fest.

»Alles gut, Katya.«

»Hast du meditiert?«, sagte Katya etwas zu laut.

»So ähnlich, ja. Wie war es?«

Katya warf einen Blick auf die Tür, bevor sie ihre Aufmerksamkeit wieder auf Caleb richtete. Als sie das nächste Mal sprach, war ihre Stimme fast ein Flüstern.

»Wir reden darüber, wenn sie eingeschlafen sind. Ich möchte mit dir sprechen.«

Caleb nickte als Antwort und sah zu, wie Katya ihren eigenen Kulturbeutel nahm. Sie schaute ihn noch einmal an, bevor sie ins Badezimmer ging, und er konnte die Unsicherheit in ihren Augen sehen. *Das ist gut*, dachte Caleb, während er seine Position auf dem Bett anpasste. Je eher Katya ihre missliche Lage erkannte, desto besser.

Draußen konnte er Schritte auf dem Kies vor dem Bauernhaus hören. Drei Paar Schritte, stellte er fest, nachdem er ein paar Sekunden lang gelauscht hatte. Vorhin, als der Transporter angekommen war, waren es drei Paar Schritte gewesen, also war der einzige Bewohner des Bauernhauses jetzt der Raucher. *Auch das ist gut.* Eine potenzielle Chance, auch wenn einige Hindernisse überwunden werden müssten. Aber sie konnten überwunden werden, und wenn sie überwunden waren, würde Caleb zwei Dinge sein.

Schnell und brutal.

17

»**K**ommt schon, ihr beiden«, sagte Katya mit so sanfter Stimme, wie sie konnte. »Hört auf, herumzualbern und putzt euch die Zähne.« Sie wollte die beiden so schnell wie möglich ins Bett bringen, damit sie mit Caleb reden konnte. Sie würden etwas unternehmen müssen.

Weder Martin noch die beiden anderen hatten vorhin etwas Ungewöhnliches gesagt. Sie hatten über die möglichen Orte gesprochen, an denen die beiden Mädchen in Zukunft leben könnten, sobald der ganze Papierkram erledigt wäre. Katya beobachtete Martin, während er mit ihnen sprach, und bemerkte die gelegentlichen Seitenblicke, die er vor allem Elene zuwarf. Als Übersetzerin konnte Katya zumindest das, was ihnen gesagt wurde, abmildern. Sie änderte nur ein paar Dinge. Aus den Wochen, die der Papierkram in Anspruch nehmen würde, wurden Tage, und aus dem Hinweis, dass die Mädchen arbeiten müssten, um zu ihrem Unterhalt beizutragen, wurde eine zufällige Geschichte über ein mögliches Haus in der Nähe eines

Spielplatzes. Katya achtete darauf, dass es zumindest in ihren Köpfen nicht anders war, als sie es sich vorstellten.

Während sie sich unterhielten, beobachtete Katya auch die beiden Albaner genau. Aleksander, der die meiste Zeit des Abends schweigend in der Ecke der Küche gesessen hatte, nahm heimlich Schlucke aus einem kleinen Flachmann, wenn er spürte, dass Mateo nicht hinsah. Mateo hingegen trank kaum etwas, sorgte aber dafür, dass Martins Glas nie weniger als halb voll war. Als Martin aufstand, um zu gehen, war er rot im Gesicht und lächelte, wie es nur betrunkene Männer taten.

»Das war ein wirklich schöner Abend«, sagte er, als sie sich verabschiedeten. Sein Blick verweilte wieder auf Elene, und zwar viel zu lange. Ein weiterer Schauer lief Katya über den Rücken, als sie darüber nachdachte, was er wohl denken mochte. »Mateo, komm. Wir haben auf dem Weg zum Bahnhof viel zu besprechen.«

Die Mädchen putzten sich die Zähne und stritten sich kurz darüber, welche Zahnbürste in welches Glas gehörte, bevor Katya sie zur Eile antrieb.

»Genug, geht ins Bett und schlaft«, sagte sie ihnen nicht unfreundlich. »Ich komme gleich nach.«

Allein betrachtete Katya sich im Spiegel und fragte sich, wie sie sie alle aus dieser misslichen Lage befreien könnte. Während sie sich selbst die Zähne putzte, überlegte sie kurz, ob sie versuchen sollten, sofort zu verschwinden, bevor Mateo zurückkam. Das Problem dabei war, dass sie nicht wusste, wie lange er brauchen würde. Sie hatten nichts darüber gesagt, wie weit der Bahnhof entfernt war. Es konnte eine Stunde oder mehr sein, aber auch viel näher. Außerdem, wohin sollten sie gehen? Es war Nacht, draußen gab es kein Licht außer dem Mond und den Sternen und sie hatte keine Ahnung, wie sehr ihnen beides helfen würde.

Als sie ins Schlafzimmer zurückkehrte, hatten beide Mädchen zu ihrer Erleichterung die Anweisung befolgt und sich in ihre Betten gelegt. Sie hörte, wie sie sich gegenseitig etwas zuflüsterten, als sie zu Caleb ging, der auf seinem Bett saß.

»Caleb, wir müssen hier weg«, sagte sie leise. Er sah sie an und nickte.

»Ja, das müssen wir.«

»Wann?«

»Nicht jetzt«, antwortete er. »Vielleicht morgen.«

»Aber wohin sollen wir gehen?«, fragte Katya. Caleb dachte einen Moment lang nach, bevor er antwortete.

»Lass das meine Sorge sein. Schließe deine Augen.« Katya tat wie ihr befohlen. »Du stehst an der Küchentür und schaust geradeaus auf die Bäume. Stell dir vor, du bewegst deine Augen auf zehn Uhr. Genau dort ist eine kleine Lücke in den Bäumen. Vom Bauernhaus bis zum Wald sind es etwa hundert Yards. Flaches Gelände. Es ist leicht, dorthin zu rennen.«

Katya schüttelte ihren Kopf von einer Seite zur anderen. »Ich kann mich nicht an eine Lücke in den Bäumen erinnern.«

»Sie ist da, glaub mir. Von dort aus werden wir aufbrechen. Wenn die Zeit gekommen ist und wir nicht zusammen sind, werden wir uns dort treffen. Du, ich und die beiden Mädchen.«

»Woher weiß ich, wann die Zeit gekommen ist?«

»Du wirst es wissen.«

Sie wurden von einem lauten Knall auf dem Flur vor dem Schlafzimmer unterbrochen, gefolgt von einem gemurmelten Satz auf Albanisch. Katya blickte auf und sah, wie Ana und Elene sich auf der anderen Seite des Zimmers aufsetzten und sich die Bettdecke bis zum Hals zogen. Eine

Sekunde später flog die Zimmertür auf. Es war Aleksander, der eine Pistole in einer Hand hielt. Als sie die Pistole sahen, schrien beide Mädchen auf.

»Haltet die Klappe«, schrie Aleksander, wobei er die drei Worte zu einem einzigen zusammenfügte. Katya spürte, wie Caleb seine Hand auf ihre legte, aber das trug nicht dazu bei, ihre Angst zu lindern. Der Albaner war betrunken. Sehr betrunken. Und er starrte Elene an. »Du.« Mit seiner freien Hand deutete er auf die junge Frau. »Steh auf!«

»Aleksander!«, sagte Katya, ließ Calebs Hand los und stand auf. Sie bahnte sich einen Weg um ihn herum, so dass sie zwischen dem Albaner und Elene stand. Während sie sich bewegte, richtete sich ihr Blick auf die schwarze Pistole in seiner Hand. »Aleksander«, sagte sie erneut, diesmal mit leiserer Stimme. »Tu das nicht.«

Er starrte über ihre Schulter, direkt auf Elene.

»Steh auf! Du kommst mit mir.«

»Nein, Aleksander«, sagte Katya. »Nein, das wird sie nicht.«

Ein paar Sekunden später starrte Katya direkt in den Lauf der Pistole, während hinter ihr beide Mädchen schrien. Trotz Aleksanders betrunkenem Zustand war die Waffe stabil und sie spürte, wie ihre Knie zitterten, als das Adrenalin sie durchströmte. Bis vor wenigen Augenblicken hatte sie noch nie eine Waffe in echt gesehen. Jetzt war eine direkt auf sie gerichtet.

»Doch, das tut sie«, sagte er und starrte diesmal direkt auf Katya. »Man muss ihr eine Lektion erteilen.«

18

Caleb beobachtete, wie Aleksander und Katya sich über den Lauf seiner Pistole hinweg anstarrten. Er richtete seine Beine unter sich so aus, dass er Katya über Aleksanders Schulter sehen konnte, aber er wusste, dass er nichts tun konnte, um ihr zu helfen. Er überlegte, ob er etwas sagen sollte, und sei es nur, um Aleksanders Aufmerksamkeit auf ihn zu richten, aber er wollte eine ohnehin schon gefährliche Situation nicht noch schlimmer machen.

Der Ausdruck auf Katyas Gesicht war eine Mischung aus Angst und Entschlossenheit. Sie leckte sich kurz über die Lippen und presste sie dann zusammen. Caleb konnte sehen, wie eine kleine Ader in ihrer Schläfe pulsierte. Ihr Herz raste, so viel konnte Caleb feststellen.

»Aleksander«, hörte Caleb Katya sagen. »Du brauchst die Waffe nicht auf mich zu richten. Bitte, nimm sie runter. Du erschreckst Elene und Ana.« Sie standen sich ein paar Sekunden lang gegenüber. »Bitte, Aleksander. Ana ist erst zwölf.«

Sehr gut, dachte Caleb. Ob sie sich dessen bewusst war

oder nicht, Katya sagte genau das Richtige, um die Situation zu deeskalieren. Sie benutzte die Vornamen und das Alter der Mädchen, um sie persönlich anzusprechen und versuchte, die Aufmerksamkeit des Albaners von Elene abzulenken, für die er sich mehr zu interessieren schien. Ob Aleksander zu betrunken war, um zu antworten, würden erst die nächsten Momente zeigen.

»Sie muss lernen«, sagte Aleksander mit undeutlicher Stimme. »Sie muss lernen, was sie tun muss.« Caleb sah, wie die Farbe aus Katyas Gesicht wich, als sie die Situation endlich begriff, aber zu seiner Erleichterung senkte Aleksander die Pistole. Katya öffnete den Mund, um etwas zu sagen, schloss ihn aber wieder, bevor sie Caleb hilflos ansah.

»Elene ist noch ein Kind, Aleksander«, sagte Katya einen Moment später.

»Jetzt ist sie noch ein Kind«, antwortete Aleksander mit einem grausamen Grinsen, »aber wenn ich mit ihr fertig bin, wird sie eine Frau sein.«

»Das bist nicht du, Aleksander.« Caleb beobachtete, wie Katya einen kleinen Schritt auf ihn zu machte. Ihr Gesichtsausdruck hatte sich verändert. Sie wirkte nicht mehr hilflos, sondern resigniert. »Sie ist ein Kind.« Caleb sah, wie Katya ihre Hand ausstreckte und Aleksanders freie Hand in ihre nahm. Sie drückte sie an ihre Brust. »Ich bin kein Kind. Ich bin eine Frau.« Sie ließ ihre Hand auf ihre Seite fallen und ließ Aleksanders Hand dort, wo sie war. Caleb sah, wie seine Fingerknöchel weiß wurden, während er Katya drückte, und er sah, wie ihre Augen vor Schmerz zuckten, aber sie sagte nichts. Einen Moment später bewegte Aleksander seine Hand, packte Katya am Oberarm und stieß sie zur Tür.

Caleb sah die Kinder an, als die Tür hinter Aleksander und Katya zufiel. Sie starrten ihn an und beiden flossen

Tränen über das Gesicht. Elene stellte Caleb eine Frage, die er nicht verstehen konnte. Als Antwort winkte er ihnen mit beiden Händen zu.

Einen Moment später saß Elene auf der einen und Ana auf der anderen Seite. Caleb legte seine Arme um die Mädchen und zog ihre Köpfe zu sich heran. Er sorgte dafür, dass eine Seite ihrer Köpfe an seiner Hüfte lag und ein Ohr am Stoff seines Gewandes, bevor er seine Handflächen über ihre anderen Ohren legte.

Im Zimmer nebenan konnte Caleb hören, wie Aleksander etwas auf Albanisch rief. Er schloss die Augen, denn er wollte sich nicht vorstellen, was Katya durchmachen musste. Caleb hörte eine Ohrfeige, gefolgt von einem Schrei von Katya. Es gab einen weiteren Schlag und einen weiteren Schrei, der abgebrochen wurde. Er hörte männliches Grunzen, gefolgt von weiteren Schreien von Aleksander. Was Caleb als nächstes hörte, überraschte ihn. Es war Lachen. Nicht das von Alexander, sondern das von Katya. Es gab einen weiteren Schlag, der aber nur dazu diente, ihr Lachen noch lauter werden zu lassen. Dann hörte Katyas Lachen plötzlich auf und wurde durch Rütteln und Klopfen ersetzt. Ein Schrei. Katya.

Sogar Caleb zuckte beim Klang des Schusses zusammen. Während ihm die Schreie der Mädchen noch in den Ohren klangen, hörte Caleb ein anderes Geräusch, das er gut kannte.

Es war das Geräusch eines Körpers, der auf den Boden gefallen war, gefolgt von Stille.

19

Als der Transporter über die unebene Straße fuhr, war Mateo froh, dass er nicht mehr so viel Rakia getrunken hatte. Ihm war bereits übel und sie hatten noch einen weiten Weg vor sich, bis sie das erreichten, was man in dieser Gegend eine Hauptstraße nannte. Martin hingegen schien sich von der ruckelnden Bewegung des Transporters nicht beeindrucken zu lassen. Mateo ließ das Fenster auf der Beifahrerseite ein wenig herunter, um etwas frische Luft in den Innenraum zu lassen.

»Es war also eine ereignislose Überfahrt?«, fragte Martin ihn. Mateo zog es vor, die alte Frau nicht zu erwähnen, die sein Bruder über den Bootsrand gekippt hatte, und nickte als Antwort.

»Ja, das war es«, sagte er. »Größtenteils ereignislos und wir haben sie alle hierhergebracht.«

»Ja, das habt ihr, Mateo, und ihr werdet gut für eure Mühen bezahlt werden.« *Nur nicht so viel, wie du bekommen wirst*, dachte Mateo, aber er behielt seine Meinung für sich.

»Wo wirst du sie hinbringen?«, fragte Mateo. »Die Mädchen.«

»Das Studio ist bereits für das Shooting vorbereitet. Sobald das erledigt ist, wird die ältere der beiden nach London gehen, zumindest für den Anfang.« Martin hickste und die Luft in der Kabine roch nach Rakia. Mateo kurbelte das Fenster noch ein Stückchen weiter runter. »Die jüngere hat schon einen Käufer in Liverpool. Aber auf der Post-Filming-Party werden schon viele Leute da sein.«

Es war Martins Wort *Käufer*, das Mateo ins Grübeln brachte. Sowohl er als auch Aleksander hatten sich keine Illusionen darüber gemacht, dass ihre Ware genau das war, nämlich Ware, aber sie hatten nie so explizit darüber gesprochen. Mateo wusste nichts von einem Shooting, aber das ging ihn ja auch nichts an. Er fragte sich kurz, welche Art von Männern Mädchen kauften, aber in der Welt der Kriminellen, genau wie in der Geschäftswelt, war Geld das Wichtigste. Und er und Aleksander bekamen eine Menge für ihren Anteil an der Reise des Mädchens.

»Was ist mit der Frau?«, fragte Mateo. »Wo wird sie hingehen?«

»Ach ja, die schöne Katya. Leider ist sie zu alt und zweifellos zu erfahren für die meisten meiner Kunden.« Martin hielt einen Moment inne, bevor er Mateo mit einem schiefen Grinsen ansah. »Vielleicht behalte ich sie für mich. Ich könnte eine Haushälterin gebrauchen. Wenn sie ihren Zweck erfüllt hat, gibt es in den Provinzen viele Orte, an denen sie von Nutzen sein könnte. Milton Keynes, vielleicht. Vielleicht auch Nottingham.«

Mateo, der keine Ahnung hatte, wo Milton Keynes oder Nottingham lag, schwieg. Der Gedanke, dass Katya als Martins Haushälterin arbeiten würde, wobei sie die meisten Dienste im Schlafzimmer leisten würde, war für ihn nicht von Belang. Genauso wie die Frage, was aus den Mädchen werden würde. Solche Dinge konnte er in seinem Kopf in eine Schachtel packen und verschließen.

»Wann ist eure nächste Reise geplant?«, fragte Martin Mateo ein paar Augenblicke später. Außerhalb des Transporters wurde die Straße weniger ausgefahren, während sich der Wald immer weiter ausbreitete. »Vielleicht in einem Monat oder so«, antwortete Mateo. »Das hängt vom Wetter ab. Das Problem ist, dass der Preis für die Boote steigt, je besser das Wetter wird.«

»Warum besorgt ihr euch nicht einfach ein größeres Boot?«, fragte Martin. » Bringt mehr auf einmal rüber?«

»Die Behörden haben es zuerst auf die größeren Boote abgesehen. Das lohnt sich mehr.« Mateo starrte aus dem Fenster, als die Bäume dem offenen Ackerland wichen. Am Himmel war gerade noch genug Licht, um einzelne Tierhütten auf eingezäunten Lichtungen zu erkennen. »Wir müssen das Ganze in einem kleinen Rahmen halten. Je mehr Ware wir mitbringen, desto größer ist das Risiko, dass wir, sagen wir mal, unerwünschte Aufmerksamkeit erregen.«

»In der Tat, Mateo«, antwortete Martin. »Sehr weise.« Mateo sah ihn an, als er das sagte und bemerkte, dass sein Gesichtsausdruck viel härter geworden war. »Aber du musst mir bringen, was ich verlange. Diese Frau? Ich bekomme nicht viel für sie.«

»Dann werden wir sie behalten. Wenn du keine Verwendung für sie hast.«

»Nein, Mateo, das werdet ihr nicht. Ich habe bereits gesagt, dass ich sie gebrauchen kann und werde. Aber ich werde nicht für sie bezahlen.«

Mateo zuckte zusammen bei dem Gedanken, dass zehntausend Pfund einfach so verschwinden würden. Aber die Preise, die die Mädchen erzielten, würden es ausgleichen.

~

DREISSIG MINUTEN SPÄTER, von denen die meiste Zeit in unangenehmer Stille verbracht worden war, fuhr der Transporter auf den Bahnhofsparkplatz. Mateo schaute sich die kleinen Gebäude an, die die abgelegene Haltestelle ausmachten. Die einzigen Züge, die hier halten würden, waren kleine Nahverkehrszüge, die an jedem Bahnhof zwischen hier und London hielten. Martin könnte an jedem von ihnen aussteigen. Mateo hatte keine Ahnung und es war ihm auch egal, wo der Mann wohnte.

»Bring sie hierher«, sagte Martin und drückte Mateo ein Stück Papier in die Hand. Er öffnete die Tür und das Innenlicht ging an. Mateo warf einen Blick auf die Adresse, da er die Stadt nicht kannte. »Übermorgen. Die Party findet erst ein paar Tage später statt, aber ich will sie unter meiner Kontrolle haben, auch die Frau. Ich traue deinem Bruder nicht.« Mateo sagte nichts. Das tat er auch nicht, aber bevor er den Hof verließ, hatte er dafür gesorgt, dass Aleksander niemanden anfassen durfte.

»Ich wünsche dir eine gute Rückreise«, sagte Mateo. Martin antwortete nicht, sondern stieg einfach aus dem Transporter aus und ging in Richtung Bahnhof.

Mateo drehte sich zu Gjergj um, der Martin beobachtete. Obwohl er kein Wort des Gesprächs von vorhin verstanden hatte, fasste er Martin auch ohne Englischkenntnisse zusammen.

»Was für ein Schwein«, sagte Gjergj auf Albanisch.

Mateo nickte nur.

20

Aleksander betrachtete die auf dem Schlafzimmerboden liegende Frau. Er war fast wieder nüchtern geworden, als die Waffe losgegangen war, aber dass sie vor ihm lag, war nicht seine Schuld. Es war ihre.

»Scheiße«, murmelte Aleksander und stupste ihren Körper mit seinem Fuß an. Mateo würde ihn umbringen.

Er zog seinen Flachmann aus der Tasche, schraubte den Deckel ab und trank ihn mit einer einzigen Bewegung halb leer. Das letzte, was Mateo vor der Abfahrt gesagt hatte, war, dass er keine von ihnen anfassen durfte. Aleksander hatte angenommen, dass das Mädchen kein Wort darüber verloren hätte, was er mit ihr vorgehabt hatte. Oder genauer gesagt, was er wollte, dass sie bei ihm macht. Dann hatte sich die Frau ihm als Gegenleistung auf einem Teller angeboten. Aber jetzt das.

Aleksander hockte sich neben die Frau auf den Boden und rollte sie auf den Rücken. Er schaute auf die Vorderseite ihrer Bluse. Als er nach dem Stoff griff, stellte er fest, dass er die Bluse nicht wieder zuknöpfen konnte, da sie zerrissen war. Aleksander grübelte kurz und überlegte, welche Geschichte er wohl am überzeugendsten präsentieren konnte. Er war sich bewusst, dass er sie nicht hier, in seinem Schlafzimmer, zurücklassen konnte. Es gab keine Geschichte, die Mateo ihm abkaufen würde, warum sie mit ihm hier drin war.

Er stöhnte, als sich in seinem Kopf ein Plan bildete. Im Tank des Traktors war noch Benzin. Er könnte sie zur Schweinefarm bringen und behaupten, dass sie entkommen war. Aleksander wusste aber, dass das nicht gut für ihn enden würde. Er würde behaupten müssen, dass sie ihn irgendwie überwältigt, ihn entwaffnet und dann geflohen war. Selbst wenn Mateo die Geschichte glauben würde, würde er ihn für schwach halten, weil er eine solche Situation zugelassen hätte. Aber nicht nur das, stellte Aleksander fest, als er auf seine Uhr sah. Er würde keine Zeit haben und die Schweine womöglich auch nicht. Wenn er diese Geschichte erzählte und Mateo noch etwas auf der Schweinefarm fände, wäre das noch schlimmer.

Aleksander lehnte sich zurück und leerte den Flachmann. Er musste sie zurück in ihr Zimmer bringen und dann Mateo eine Version der Geschehnisse erzählen. Dass sie nach seiner Waffe gegriffen und sie sich geprügelt hatten. Dass die Waffe während des Kampfes losgegangen war.

Er stand auf, rollte die Schultern nach hinten und zuckte zusammen, als ein Gelenk in seinem Nacken knackte. Dann beugte er sich vor und packte die Handgelenke der Frau. Während er sie über den Boden schleifte, fiel ihm auf, wie schwer ein menschlicher Körper war, wenn er nur noch ein totes Gewicht war.

Als er die Tür zu ihrem Schlafzimmer mit seinem Rücken aufstieß und sie hineinzog, schrien die beiden

Mädchen, bevor er sie mit einem Blick zum Schweigen brachte. Der Mann im Gewand sagte nichts, während Aleksander die Frau zu ihrem Bett brachte und sie hinten an ihrer Leinenhose packte. Aleksander zog sie mit einem Stöhnen auf das Bett. Er wischte sich mit dem Handrücken über die Stirn und wunderte sich über den Schweiß, der ihm auf der Stirn stand. Dann drehte er sich zu dem Mann im Gewand um, der im Schneidersitz auf dem Bett saß, wie schon den ganzen Abend. Er schaute Aleksander mit keiner erkennbaren Miene an, seine grauen Augen waren fast genauso leblos wie die der Frau.

Aleksander lachte, woraufhin eines der Mädchen wimmerte. Der Mann im Gewand konnte ihn anstarren, so viel er wollte.

Man konnte einem Mann durch bloßes Anschauen nicht wehtun.

21

A ls Aleksander Katya mit sich genommen hatte, wusste Caleb mit absoluter Sicherheit, dass der Albaner nicht eines natürlichen Todes sterben würde. Das Geräusch des Schusses bestätigte dies nur.

Ana und Elene warteten, bis sich die Tür hinter dem Albaner geschlossen hatte, bevor sie ihre Bettdecken beiseite warfen und durch den Raum zu Katya eilten, die auf dem Bett lag.

»Es ist alle gut«, sagte Caleb. Obwohl er wusste, dass sie ihn nicht verstanden, hoffte er dennoch, dass sie die Beruhigung, die er versuchte, in seinen Tonfall zu legen, aufnehmen würden. »Es wird ihr gut gehen. Katya ist nur bewusstlos.«

Caleb wusste, dass es riskant war, das zu sagen. Katya könnte alles andere als okay sein, aber er stützte seine Vermutung auf mehrere Dinge. Erstens: Es gab keine Anzeichen für äußere Blutungen. Das bedeutete zwar nicht, dass Katya keine Kugel abbekommen hatte, aber Caleb hatte noch nie gesehen, dass jemand eine Kugel abbekommen und nicht geblutet hatte. Er hatte sich beide Seiten ihres

Körpers angesehen, als Aleksander sie auf das Bett gehoben hatte, und nichts deutete darauf hin, dass sie angeschossen worden war. Es gab keine dunklen Löcher in ihrer Kleidung mit verräterischen Schmauchspuren, die von einer aus nächster Nähe abgefeuerten Waffe stammen könnten.

Aber nur weil kein Blut zu sehen war, hieß das noch lange nicht, dass sie nicht blutete. Ein Oberschenkel kann einen Liter Blut fassen, ohne dass dabei ein Tropfen den Boden berührt. Die Brust zwischen drei und vier. Der Bauch kann sogar mehr als Katyas gesamtes Blutvolumen aufnehmen, ohne dass ein einziger Bluttropfen zu sehen ist. Aber ein solch katastrophaler innerer Blutverlust ging mit anderen Anzeichen einher, wie der Zyanose, der auffälligen Blaufärbung der Schwerverletzten. Von seinem Platz aus konnte er eines von Katyas Ohrläppchen sehen. Es war rosa und gut durchblutet, nicht blass oder zyanotisch.

Das Dritte, was Caleb sehen konnte und was seine Vermutung bestätigte, war das rhythmische, wenn auch flache Heben und Senken ihrer Schultern beim Atmen. Kein ruckartiges Atmen, kein Schnappen nach Luft.

Er beobachtete, wie Elene die Situation in die Hand nahm, sich nach vorne beugte und Katya an der Schulter rüttelte. Sie sagte Katyas Namen, gefolgt von etwas, das Caleb nicht verstand. Es gab einen kurzen Wortwechsel zwischen den Mädchen, dann stand Ana auf und verließ eilig den Raum. Als sie zurückkam, hatte sie einen feuchten Waschlappen in der Hand, mit dem Elene Katya die Stirn abwischte. Caleb verlagerte seine Position auf dem Bett und Elene sah zu ihm hinüber und sagte etwas mit wütender Stimme. Caleb wusste, dass sie ihn fragte, warum er ihnen nicht half, aber wenn er ihnen sagte, warum, würde sie das nur noch mehr beängstigen.

Einen Moment später wurden sie durch ein tiefes

Stöhnen von Katya belohnt. Caleb atmete aus, ohne zu merken, dass er die Luft angehalten hatte. Er vermutete, dass Katya mit einer Pistole geschlagen oder mit irgendetwas getroffen worden war, das sie bewusstlos gemacht hatte. Aber bei einer solchen Handlung konnte im Schädel noch viel schief gehen. Eine intrakranielle Blutung könnte eine Schwellung verursachen, die den Hirnstamm durch die Schädelbasis nach unten drückt. Eine diffuse axonale Verletzung oder eine Hirnprellung, bei der innere Strukturen durchtrennt wurden, könnte sich erst nach Stunden oder sogar Tagen bemerkbar machen.

Katya stöhnte erneut und Caleb sah, dass sie sich bewegte. Das war gut.

»Katya?«, sagte er mit einer autoritären Stimme, die beide Mädchen zusammenzucken ließ. »Kannst du mich hören?« Sie rollte sich auf den Rücken und drehte ihren Kopf, um ihn anzuschauen. Auch das war gut. Ihre Augen waren glasig und er beobachtete, wie sie sich bemühte, sich auf ihn zu konzentrieren. »Katya?« Elene wollte ihr wieder über die Stirn wischen, aber Katya schob ihre Hand weg und setzte sich mühsam auf. »Katya, bleib, wo du bist«, sagte Caleb, aber sie ignorierte ihn, schwang ihre Beine über die Bettkannte und blieb für einen Moment so sitzen. Caleb konnte Schweißperlen auf ihrer Stirn sehen.

Dann sprang sie auf die Füße, schwankte ein paar Mal hin und her und eilte anschließend durch den Raum zur Tür. Ein paar Sekunden später hörte Caleb das Geräusch von Erbrechen. Das war zwar nicht gut, aber die Tatsache, dass Katya sich bewegte, schon.

Das würde jedoch nichts an Aleksanders Lebenserwartung ändern.

Katya spürte, wie sich ihr Magen erneut zusammenzog und stöhnte, als sie sich aufrichtete, aber es gab nichts mehr, das sie hätte hochwürgen können. Mit geschlossenen Augen kniete sie vor der Schüssel, um nicht sehen zu müssen, was ihr Körper gerade ausgespuckt hatte. Nach einem kurzen Stöhnen stand sie einen Moment später auf und drückte die Spülung, bevor sie den Deckel schloss.

Sie ging durch das kleine Badezimmer zum Waschbecken und spritzte sich etwas kaltes Wasser ins Gesicht. Dann betrachtete sie sich im Spiegel. Die linke Seite ihres Kiefers war gerötet, dort, wo Aleksander sie geschlagen hatte, Sekunden nachdem die unkontrollierte Waffe abgefeuert worden war, die sie ihm hatte nicht entreißen können. Ihr Kopf wurde dabei zur Seite geschleudert und der Schlag war so heftig, dass sie noch vor dem Aufkommen auf dem Boden bewusstlos geworden war. Katya war noch nie so getroffen worden. Die schlimmste Prügelei, in die sie je verwickelt gewesen war, hatte in der Schule stattgefunden und bestand nur aus ein paar Ohrfeigen und dem Versuch, das Mädchen, mit dem sie stritt, an den Haaren zu ziehen. Diese Auseinandersetzung war jedoch vorbei, bevor sie richtig begonnen hatte.

Katya öffnete und schloss ihren Mund ein paar Mal. Es war schmerzhaft, aber als sie mit ihren Fingern über die rote Haut fuhr, glaubte sie nicht, dass etwas gebrochen war. Sie tastete mit ihrer Zunge das Innere ihres Mundes ab und fand mit der Zungenspitze einen Schnitt, aber zu ihrer Erleichterung keine lockeren Zähne. Sie wollte sich gerade noch mehr Wasser ins Gesicht spritzen, als es leise an der Tür klopfte. Es war Elene, die mit einem besorgten Gesichtsausdruck durch den Türspalt spähte.

»Geht es dir gut, Katya?«, fragte das Mädchen. Katya zwang sich zu einem Lächeln. Sie konnte Ana direkt hinter Elene sehen, deren Gesicht den gleichen Ausdruck trug.

»Mir geht es gut, Elene«, antwortete Katya. »Ich bin nur gestolpert und habe mir dabei den Kopf gestoßen.«

»Was ist mit dem Schuss?«, wollte Ana wissen und streckte sich auf Zehenspitzen, um über die Schulter ihrer Schwester zu sehen.

»Aleksander hat ein großes Wildschwein vor dem Bauernhaus gesehen«, antwortete Katya und lächelte breit. »Also hat er in die Luft geschossen, damit das große Schweinchen wegläuft.« Keines der Mädchen lächelte und Katya wusste, dass sie ihr nicht glaubten.

»Warum hat der Mann dir nicht geholfen?«, fragte Elene. »Der Mann in dem Kleid?«

»Caleb?«, fragte Katya. »Ich bin mir nicht sicher. Aber es ist ein Gewand, kein Kleid.«

»Können wir ihm trauen?« Der Gesichtsausdruck von Elene verriet Katya, dass es dem Mädchen egal war, wie Calebs Kleidungsstücke hießen.

»Ja, wir können ihm vertrauen«, sagte Katya und versuchte, die Unsicherheit in ihrer Stimme zu verbergen.

Als sie ins Schlafzimmer zurückkehrten, winkte Caleb Katya zu sich heran. Nach anfänglichem Zögern folgte sie seiner Aufforderung und setzte sich neben ihn auf das Bett, wobei sie bemerkte, dass seine Augen an ihrem Körper auf und ab wanderten. Aber nicht auf eine lüsterne Art und Weise. Er schaute nur.

»Sieh mich an, Katya«, sagte er. Als sie das tat, hob er seine Finger und legte sie auf beide Seiten ihres Gesichts, direkt vor ihre Ohren. Seine Berührung war so sanft, dass sie gar nicht spürte, dass er sie berührte. »Öffne deinen Mund.« Sie tat es. »Hast du Schmerzen?«

»Es tut weh.«

»Kannst du deinen Kiefer hin und her bewegen?« Das konnte sie. »Zeig mir deine Zähne. Sind welche locker?« Katya schüttelte den Kopf. »Hat er dich geschlagen?«

»Ja«, antwortete Katya, ihre Stimme war fast ein Flüstern. Caleb nickte einmal mit dem Kopf und sie glaubte, einen Ausdruck der Entschlossenheit über sein Gesicht huschen zu sehen, aber so schnell wie er gekommen war, war er auch wieder verschwunden. »Du konntest mir nicht helfen?«, fuhr Katya fort, wobei sie ihre Stimme leise hielt, damit die Mädchen sie nicht hören konnten.

Caleb ließ seine Hände auf ihre Schultern fallen und sie spürte, wie er sie ein wenig zur Seite schob. Als er über ihre Schulter zu Elene und Ana schaute, wurde ihr klar, dass er versuchte, ihnen die Sicht zu versperren. Sie ließ sich bewegen und beobachtete dann, wie Caleb die Decke von seinen Füßen wegzog.

»Ich hätte es getan, wenn ich gekonnt hätte, Katya«, sagte er mit leiser Stimme. Sie schaute nach unten und sah eine dicke Fessel um einen seiner Knöchel mit einer schweren Gliederkette, die unter der Decke verlief. Die Haut um die Fessel herum war aufgeschürft und blutete. Katya zuckte zusammen und Caleb legte seinen Finger auf ihre Lippen.

»Oh, mein Gott«, sagte sie. »Was sollen wir bloß tun?«

Caleb lächelte sie an, während er seine Füße wieder zudeckte.

»Mach dir keine Sorgen, Katya«, sagte er, wobei sich seine Stimme durch das Lächeln veränderte. »Das ist nicht mein erstes Rodeo.«

23

———

»Was hast du getan?«, wollte Mateo wissen, während er unter dem Küchentisch seine Fäuste ballte und löste. Auf der anderen Seite des vernarbten Holzes saß Aleksander mit gesenktem Kopf und roch stark nach Alkohol.

»Ich hatte keine Wahl, Mateo«, antwortete Aleksander. »Sie hat nach der Waffe gegriffen.«

»Warum sollte sie das tun? Was hast du in dem Moment mit ihr gemacht?«

»Nichts.«

»Das glaube ich dir nicht. Warte hier!«

Mateo stand auf, während Aleksander wieder so wurde, wie er immer war, wenn Mateo wütend auf ihn war. Er war mürrisch und schweigsam, so wie er es schon als Kind gewesen war. Mateo ignorierte seinen Bruder und machte sich auf den Weg aus der Küche und die Treppe des Bauernhauses hinauf. Als er die Tür zum Schlafzimmer erreichte, öffnete er sie so leise wie möglich und sah den Mann im Gewand und die Frau auf dem Bett des Mannes sitzen, beleuchtet von einer kleinen Nachttischlampe. Beide sahen zu ihm auf, als er hereinkam. Mit einem kurzen Blick auf die beiden Mädchen, die beide fest schliefen, machte er ein paar Schritte auf sie zu und sah in ihr Gesicht. Mateo fluchte auf Albanisch, als er die blauen Flecken an ihrem Kiefer sah. Er hatte im Laufe der Jahre einige Schläge von seinem jüngeren Bruder einstecken müssen und wusste, dass er ganz schön zuschlagen konnte.

Die Frau, Katya, starrte ihn herausfordernd an. Für ein paar Sekunden dachte Mateo darüber nach, sich für das Verhalten seines Bruders zu entschuldigen. Aber was hätte das für einen Sinn? Schließlich war sie für sie wertlos und nur insofern nützlich, weil sie sie bei Martin gut dastehen lassen würde. Zumindest, bis er sie satt hatte. Ohne ein Wort zu sagen, drehte sich Mateo um und verließ den Raum.

Er machte sich auf den Weg zurück nach unten und dachte dabei nach. Es hätte schlimmer sein können, das wusste Mateo. Aleksander konnte, selbst wenn er nüchtern war, eine Menge Prügel austeilen. Damals in Albanien gab es eine Frau, eine Hure, die ihn irgendwie verärgert hatte. Mateo konnte sich nicht erinnern, wie sie ihn verärgert hatte oder wie sie hieß. Das Einzige, woran er sich erinnern konnte, war ihr zerschmettertes Gesicht und die Tatsache, dass es drei Tage gedauert hatte, bis sie in einem örtlichen Krankenhaus starb. Als Mateo in der Küche ankam, war er immer noch wütend, aber etwas beruhigt, dass der Schaden nicht allzu groß war.

»Du bist ein verdammter Idiot«, sagte Mateo, als er zurück in die Küche ging. Aleksander schaute ihn erst an, als Mateo ein Schnapsglas mit Rakia vor ihm auf den Tisch stellte. Er hob sein eigenes Glas in die Richtung seines Bruders. »Gëzuar.«

»Gëzuar«, antwortete Aleksander und hob das Glas mit

einem leichten Lächeln auf seinem Gesicht. Mateo leerte sein Glas zur Hälfte, bevor er es wieder auffüllte.

»Wie geht es weiter?«, fragte Aleksander, während er an seinem eigenen Glas nippte und ihren Streit scheinbar vergessen hatte.

»Martin will die Frau«, antwortete Mateo.

»Da bin ich mir sicher, der alte Dreckskerl.«

»Aber er zahlt nicht für sie, weil sie zu alt ist.« Mateo hörte seinen Bruder fluchen, aber er ignorierte ihn. Mit etwas Glück war der blaue Fleck in ihrem Gesicht schon wieder verschwunden, wenn sie für Martin arbeitete. Wenn nicht, würde er vielleicht mit ein paar frischen verdeckt werden, wenn sie ein bisschen streitlustig war. »Er will, dass die Mädchen übermorgen bei ihm abgeliefert werden.«

»Wo?«

»Ich habe keine Ahnung. Ich habe die Adresse. Gjergj wird wissen, wo.«

»Und das Geld?«

»Martin wird zahlen«, sagte Mateo und nippte an seinem Rakia. »Das tut er immer.«

»Wir sollten mehr von ihm verlangen. Wir könnten wahrscheinlich das Doppelte verlangen und würden trotzdem bezahlt werden.« Aleksander war vieles, dachte Mateo, als er seinen Bruder betrachtete, aber er war kein Geschäftsmann. »Was ist mit morgen?«

»Wir lassen den Mann arbeiten und sie kann das Haus putzen.« Mateo sah sich in der Küche um und bemerkte die schmutzigen Gläser und Teller, die sich neben der Spüle stapelten. »Das Haus ist ein Schweinestall. Du und Gjergj könnt in die Stadt fahren, um Vorräte zu besorgen. Hier gibt es kaum etwas zu essen.«

»Was, du willst, dass ich einkaufen fahre?«

»Ja, Aleksander. Ich will, dass du einkaufen fährst.«

Mateo starrte ihn an. »Jetzt trink aus und geh ins Bett.« Er hielt dem Blick seines Bruders stand, bis sich der trotzige Ausdruck auf seinem Gesicht verflüchtigt hatte.

»Wie du willst, vëlla.«

»Das solltest du dir gut merken, Aleksander. Ich bin dein vëlla, dein Bruder. Diese Position bringt Verantwortung mit sich, die in beide Richtungen geht, oder hast du das vergessen?«

Mateo sah Aleksander an, der auf den Küchentisch starrte. Würde er sich dafür entschuldigen, dass er die Anweisungen seines älteren Bruders nicht respektiert hatte, keinen ihrer Gäste anzufassen? Als Aleksander ohne ein Wort aufstand, wurde Mateo klar, dass er das nicht tun würde. Er seufzte und freute sich auf ein paar Momente allein mit dem Rest des Rakias als Gesellschaft.

Trotzdem, dachte er ein paar Augenblicke später, als er das Glas abstellte und einen Schluck Rakia aus der Flasche nahm. Da er das Temperament seines Bruders kannte, war sich Mateo einer Sache bewusst: Es hätte schlimmer sein können.

24

———

Caleb saß auf dem Bett und spürte die Wärme von Katyas Schenkel neben seinem. Das Bett war nicht groß genug, damit sie getrennt voneinander sitzen konnten, aber das wollte Caleb auch gar nicht und da Katya nicht versuchte, sich zu entfernen, tat er es auch nicht. Sie warteten, bis die Schritte auf der Treppe verklungen waren, bevor sie ihr Geflüster wieder aufnahmen.

»Wann haben sie das gemacht?«, fragte Katya und nickte zu Calebs Füßen. »War es Aleksander?« Caleb nickte.

»Ich denke, er wollte mich aus dem Weg haben und sicher sein für den Besuch«, antwortete er. »Aber er wollte mich nicht nur für den Besuch aus dem Weg haben.« Caleb dachte an Aleksanders Gesichtsausdruck, als er Caleb mit der auf ihn gerichteten Waffe zwang, sich selbst zu fesseln. Es war ungewöhnlich für Caleb, aber er hatte den Mann falsch eingeschätzt und seine wahren Absichten nicht erkannt. Die Kette führte zu einem dicken Rohr, das an der Wand des Schlafzimmers entlanglief. Wie der Rest des Hauses war es alt, aber solide. Caleb hatte das andere Ende der Kette untersucht, aber es hatte nicht lange gedauert, bis er gemerkt hatte, dass er sich nicht befreien konnte. Nicht ohne den Schlüssel für die Fußfessel oder eine starke Säge und er hatte keines von beiden.

»Hast du seine Augen gesehen, als er Elene angesehen hat?«, flüsterte Katya. Caleb dachte nach, bevor er antwortete. Er hatte den Blick gesehen und er hatte auch den Blick in den Augen des Albaners gesehen, als er Katya angestarrt hatte. Es war derselbe.

»Als er dich ins Schlafzimmer gebracht hat. Hat er...?«, fragte Caleb und ließ seine Stimme verstummen.

»Nein«, sagte Katya ein paar Sekunden später. »Er hat mich ein paar Mal geohrfeigt. Er hat meine Bluse aufgerissen, damit er...« Sie holte tief Luft. »Mich anfassen konnte. Dann hat er seine Hose aufgeknöpft.« Zu Calebs Überraschung fing sie an zu kichern, aber das Lachen konnte die Angst in ihren Augen nicht verbergen. »Er bekam keinen hoch. Deshalb fing ich auch an zu lachen.«

»Was ist dann passiert?«

»Er hat mich erneut geohrfeigt und versucht, seine Hose wieder hochzuziehen. Die Waffe lag auf dem Nachttisch, also wollte ich sie nehmen.« Katya beugte die Finger ihrer rechten Hand und Caleb bemerkte mehrere Kratzer darauf. »Aber sie ging los. Da hat er mich geschlagen.« Sie holte noch einmal tief Luft. »Danach kann ich mich an nichts mehr erinnern.«

»Du hättest getötet werden können, Katya«, sagte Caleb. Er sah, wie sie zu den Betten hinüberschaute, in denen die beiden Mädchen schliefen.

»Das wäre es wert gewesen«, flüsterte sie.

»Nein, Katya, das wäre es nicht. Wer würde ihnen dann helfen?«

»Wir müssen fliehen, Caleb. Wer weiß, was sie mit ihnen

machen werden? Mit uns?«, sagte Katya mit zitternder Stimme. Caleb wusste durch Aleksanders Gesichtsausdruck und sein Verhalten, was den beiden Mädchen und Katya bevorstand. Ein Horror, der sich immer und immer wieder wiederholen würde. Was ihn selbst betraf, so wurde ihm klar, dass er jemand anderen ersetzt hatte. So gesehen war er im Gegensatz zu den weiblichen Entführten entbehrlich. »Wirst du uns helfen? Bei der Flucht?«

Caleb hielt inne, bevor er antwortete. Das war nicht das, wofür er nach England gekommen war, aber sein Gott hatte ihn hierhergeschickt. Er schloss für einen Moment die Augen und erinnerte sich an frühere Erlebnisse, bei denen sein Gott ihn an einen unerwarteten Ort geführt hatte. Mehr als einmal waren am Ende der Reise mehrere Leichen zurückgeblieben, deren Seelen in den Händen ihrer eigenen Götter lagen. Er selbst wäre mehrmals fast einer von ihnen geworden.

»Ja, Katya«, sagte Caleb, nachdem er ein kurzes Gebet zu seinem Gott gesprochen hatte, um sicherzugehen, dass er *seinen* Wünschen folgte. »Natürlich werde ich das tun.«

25

Aleksander zischte leise durch die Zähne, als Ana eine Packung Haargummis in den Einkaufswagen legte. Die Haargummis landeten direkt neben einigen anderen Artikeln, die sie bereits hineingelegt hatte: eine neue Haarbürste und ein paar Haarnadeln. Sie hatten beschlossen, sie sicherheitshalber mit zum Einkaufen zu nehmen. Mateo war überzeugt, dass keine der beiden etwas Dummes tun würde, wie z. B. zu fliehen, wenn sie getrennt wären. Aleksander hatte sich dagegen ausgesprochen, vor allem, weil er nicht auf Ana aufpassen wollte, aber auch, weil es riskant war. Mateo war anderer Meinung, denn das Mädchen sprach kaum zwei Worte Englisch. »Wohin soll sie denn laufen?«, hatte er gefragt.

Wenn sie ihre vier Gäste für ein paar Tage unterbringen wollten, brauchten sie etwas zu essen. Außerdem, dachte Aleksander, als er den Wagen in den Gang mit den alkoholischen Getränken lenkte, musste er etwas trinken. Der Wagen war fast voll – hauptsächlich Konserven und nicht verderbliche Lebensmittel – und er wollte nur noch fertig werden und zum Hof zurückkehren. In der Öffentlichkeit fühlte er sich angreifbar, erst recht mit dem Mädchen. Er beschloss, dass er Recht gehabt hatte und Mateo im Unrecht war. Das war ein Risiko für die gesamte Operation.

»Bist du fertig?«, sagte Alexander zu Ana, als sie zu den Kassen gingen. Sie schaute ihn nur mit einem leeren Blick an.

Die gelangweilte Frau mittleren Alters hinter der Kasse seufzte, als sie die Waren über den Scanner zog, und versuchte, Ana anzulächeln, was aber nicht erwidert wurde. Aleksander, der unbedingt gehen wollte, warf die Waren einfach in die Tüten im Einkaufswagen.

Als er sein Portemonnaie herausholte, um die Einkäufe zu bezahlen, bemerkte Aleksander, dass Ana eine kleine Gruppe von Leuten anstarrte, die am Ausgang des Supermarktes stand. Es waren vier oder fünf von ihnen, alles grauhaarige Frauen, die hinter einem mit einer Flagge drapierten Tisch standen. Die Flagge war wie die englische, mit einem großen roten St. Georgs-Kreuz in der Mitte auf einem rein weißen Hintergrund. Aber diese hier hatte zusätzlich vier kleinere rote Kreuze in jeder Ecke. Aleksander sah, wie Ana ihn ansah und dann zu den Frauen zurückblickte, die beim Verlassen des Ladens Lebensmittel von den Kunden einsammelten. Auf einem handgefertigten Banner hinter ihnen stand *Lebensmittelspenden für Georgien.*

»Warte«, sagte Aleksander, als Ana sich von ihm löste und auf die Frauen zuging. *Scheiße.* Zur Überraschung der Kassiererin warf er fünf Zwanzig-Pfund-Scheine auf das Fließband und schnappte sich den Einkaufswagen, um Ana so schnell wie möglich zu folgen. Sie hatte die Frauen hinter dem Tisch erreicht und sprach in schnellen Sätzen mit ihnen, aber er konnte an ihren verwirrten Gesichtern erkennen, dass sie kein Wort verstehen konnten.

»Komm schon, Ana«, sagte Aleksander und zwang sich zu einem Lächeln, bevor er die Frauen ansah. »Tut mir leid, sie ist ein bisschen aufgeregt.« Er griff nach unten und schlang seine Finger um Anas Oberarm, aber sie versuchte, sich loszureißen. Sekunden später schrie sie auf. Er verengte seinen Griff um ihren Arm, was sie nur noch mehr schreien ließ. Mehrere Kunden schauten zu dem Aufruhr hinüber, als Ana etwas in ihrer Muttersprache rief und auf die auf dem Tisch drapierte Flagge zeigte.

Aleksander zog Ana ein paar Schritte zur Tür, lenkte den Einkaufswagen mit einer Hand und zog sie mit der anderen mit. Mit einem Lächeln im Gesicht versuchte er allen, die ihn beobachteten, zu versichern, dass alles in Ordnung war. Es brauchte nur einen Kunden, der Georgisch sprach, um zu verstehen, was sie rief, und alles wäre vorbei. Die beiden hatten fast die Tür zum Supermarkt erreicht. Aleksander spürte die frische Luft auf seinem Gesicht, als er eine männliche Stimme hörte, die voller Autorität sprach.

»Ist alles in Ordnung, Sir?« Es war ein kräftig gebauter Mann, der eine schwarze Hose und ein weißes Hemd trug. Auf seiner Brust prangte ein Abzeichen mit einem einzigen Wort. *Security.* »Was ist hier los?«

26

Mit einem kurzen Blick in Calebs Richtung bückte sich Mateo mit dem Schlüssel für die Fußfessel in der Hand. Der Metallring um den Knöchel des Mannes war viel zu eng – das geschwollene Fleisch darunter war Beweis genug dafür. Er verfluchte seinen Bruder, während er das Schloss öffnete. Als Mateo die Fessel entfernte, war die Haut unter der Stelle, wo sie gewesen war, rot und wund.

»Danke«, hörte er Caleb sagen.

»Sie war zu eng«, sagte Mateo und nickte Caleb zu, als er aufstand. Er steckte den Schlüssel zurück in seine Jackentasche und zog sein Handy aus der Hose. »Ich schreibe Aleksander eine SMS und bitte ihn, dir einen Verband und eine Salbe zu besorgen.«

»Du hast also Handysignal?«, sagte Katya von der anderen Seite des Raumes. Mateo ignorierte sie und tippte eine Nachricht an seinen Bruder.

»Du brauchst mich nicht ans Bett zu fesseln, Mateo«, sagte Caleb. »Ich werde nicht weglaufen.«

Mateo beäugte den Mann im Gewand misstrauisch und ignorierte die Tatsache, dass nicht er es war, der ihn ans Bett gekettet hatte. Es war Aleksander.

»Woher soll ich das wissen?«, fragte ihn Mateo, der einen Schritt zurücktrat und ihm dabei zusah, wie er seinen Knöchel massierte. Caleb stoppte und sah ihn mit seinen grauen Augen an.

»Weil du mein Wort hast«, antwortete er, »und ich stehe zu meinem Wort.«

Mateo lachte und wollte sich gerade zum Gehen wenden, als Katya das Wort ergriff.

»Er hat Caleb nicht angekettet, damit er nicht weglaufen konnte«, sagte sie. »Aleksander hat ihn angekettet, damit er versuchen konnte, mich zu vergewaltigen.«

»Was?« Mateo drehte sich um und sah sie an. Als er sie ansah, positionierte Katya ihr Gesicht so, dass er den frischen Bluterguss an ihrem Kiefer sehen konnte. Dann hob sie ihre Hand und winkte Mateo lächelnd mit dem kleinen Finger zu. »Aber er ist doch kein richtiger Mann, dein Bruder.«

Mateo spürte, wie die Wut über ihre Worte in seiner Brust aufstieg. Was sie gerade beschrieben hatte, war wahrscheinlicher, als dass sie nach der Waffe gegriffen und mit Alexander um die Kontrolle darüber gekämpft hatte. Er hatte gewusst, dass Aleksander gelogen hatte, als er ihm diese Geschichte aufgetischt hatte. Schon als sie klein waren, konnte Aleksander nie überzeugend lügen. Wenn das, was Katya ihm gerade erzählt hatte, wahr war – und dessen war sich Mateo sicher – dann hatte Aleksander nicht nur gegen seinen Willen gehandelt, sondern auch Schande über die ganze Familie gebracht. Sie mochten vieles sein, aber seine Familie war keine Vergewaltiger.

»Sag ihr, sie soll mit mir kommen«, sagte Mateo und deutete auf Elene, die auf ihrem Bett saß und immer noch die Decke über sich gezogen hatte, obwohl sie schon seit Stunden wach waren. »Ihr zwei macht euch fertig. Es gibt viel zu tun.«

»Ich brauche meine Tasche«, sagte Caleb. »Ich kann mich nicht ohne meine Tasche fertig machen.«

»Okay, ich hole sie gleich.« Er wartete, während Katya für ihn übersetzte. Das Mädchen schüttelte zweimal den Kopf und blickte zu Mateo, aber Katya blieb hartnäckig. Einen Moment später schob Elene ihre Decke weg. Mateo konnte sehen, dass sie bereits vollständig angezogen war. Er versuchte, sie anzulächeln, aber sie wollte ihm nicht einmal in die Augen sehen.

Mateo ging die Treppe hinunter in die Küche, gefolgt von Elene. Er wies auf einen Stuhl und holte, nachdem sie sich gesetzt hatte, eine Schüssel aus dem Schrank. Mateo füllte sie mit Müsli und dem Rest der Milch und stellte sie vor das Mädchen.

»Iss«, sagte er und versuchte, seine Stimme väterlich zu halten. »Frühstück.«

Elene beäugte die Schüssel misstrauisch, aber ein paar Sekunden später begann sie zu essen. Mateo ließ sie alleine und kehrte mit Calebs Tasche ins Schlafzimmer zurück. Er warf sie auf den Boden des Schlafzimmers und ein Teil des Inhalts fiel heraus. Abgesehen von ein paar grundlegenden Hygieneartikeln wie einem Rasiermesser enthielt sie nicht viel. Aleksander und er wollten das Rasiermesser eigentlich behalten, aber es war klein und kaum größer als ein Taschenmesser.

»Da«, sagte Mateo. »Tu, was du tun musst, aber beeil dich.«

In der Hosentasche klingelte Mateos Handy. Er holte es

heraus und schaute auf den Bildschirm. Auf dem Bildschirm war eine Benachrichtigung zu sehen. Eine Textnachricht von Gjergj. Mit einem Seufzer wischte Mateo über den Bildschirm, denn er wusste, dass es keine gute Nachricht sein würden. Das war es auch nicht.

Mateo, es gibt ein Problem mit dem Mädchen.

27

Katya brauchte nicht lange, um sich für den bevorstehenden Tag fertig zu machen. Sie wusch sich und wechselte ihre Unterwäsche und stellte fest, dass sie nirgendwo eine Waschmaschine gesehen hatte. Nachdem sie sich angezogen und die Wäsche zusammengerollt hatte, kehrte sie ins Schlafzimmer zurück. Caleb saß im Schneidersitz in der Mitte des Raumes und hatte einen kleinen runden Spiegel auf seinem Knie balanciert. Er fuhr sich mit dem Rasiermesser über den Kopf und wischte es nach jedem Zug zwischen seinen Fingern ab. Katya beobachtete ihn einen Moment lang, fasziniert von der Tatsache, dass er seine Augen geschlossen hatte.

»Machst du das jeden Tag?«, fragte sie ihn, wobei sie darauf achtete, ihre Frage zwischen den Zügen zu stellen. Sie wollte nicht, dass er beim Klang ihrer Stimme aufsprang und sich in die Kopfhaut schnitt.

»Ja«, antwortete Caleb. Ein leises Kratzen ertönte, als er einen weiteren Zug ausführte. Ein weiterer Fingerwisch.

»Benutzt du keinen Rasierschaum oder sowas?«

»Das ist nicht nötig, wenn es jeden Tag gemacht wird

und die Klinge scharf gehalten wird.« Sie beobachtete, wie er das Rasiermesser wieder zwischen den Fingern hin und her bewegte und verstand nicht, wozu der Spiegel diente, wenn er es mit geschlossenen Augen tat.

»Was passiert mit den Haaren? Die du gerade wegrasiert hast?«

»Es sind kaum welche da«, antwortete Caleb. »Es ist mehr wie Staub.« Dann murmelte er etwas vor sich hin.

»Wie bitte?«, fragte Katya ihn.

»Aus dem Staub der Erde ist alles entstanden und zum Staub der Erde kehrt alles zurück«, sagte Caleb mit leiser Stimme. Dann öffnete er die Augen und Katya sah einen Hauch von Humor darin. »Das ist aus der Bibel.«

»Es ist also eine religiöse Sache, sich jeden Tag den Kopf zu rasieren?«, fragte sie ihn. Caleb hielt die Augen offen und richtete seine Aufmerksamkeit auf die Seiten seines Gesichts. Katya beobachtete, wie er mit der Klinge über den Kieferwinkel fuhr. In dem kleinen Spiegel konnte sie den sorgfältigen Fortschritt sehen. »Sagt Gott dir, dass du deinen Kopf rasieren sollst?«

Caleb machte ein leises Geräusch mit seinen Lippen, bevor er das Rasiermesser über seine Oberlippe und dann zu seinem Kinn führte und es nach jedem Strich wieder abwischte. Als er sein Ritual beendet hatte, antwortete er auf ihre Frage.

»Nein, Katya«, sagte er. »Er hat es mir gegenüber nie erwähnt und ich ihm gegenüber auch nicht.« Caleb packte das Rasiermesser weg und steckte es in seine Tasche. Er stand auf und Katya war überrascht, wie schnell er vom Schneidersitz in den Stand vor ihr gewechselt hatte. »Sollen wir gehen?«

WENIGE AUGENBLICKE später gingen sie zu viert den Weg entlang, der vom Bauernhaus wegführte. Katya und Caleb gingen voran, während Mateo und Elene zwanzig Fuß hinter ihnen waren. Das gab Katya und Caleb die Möglichkeit, sich zu unterhalten.

»Von den beiden«, sagte Caleb leise, »ist Aleksander der Gefährlichste. Er ist auch der Unberechenbarste.« Katya nickte. »Mateo hat das Sagen. Daran gibt es keinen Zweifel.«

»Und der Fahrer?«, fragte Katya. Sie hatte den Mann nicht einmal sprechen hören.

»Er ist genau das. Der Fahrer.« Sie gingen ein paar Augenblicke schweigend weiter. Caleb schien tief in Gedanken versunken. »Wir müssen mit den Mädchen sprechen. Sie sollen wissen, was wir vorhaben.«

»Was haben wir vor?«

Auf Katyas Worte folgte ein weiteres Schweigen von Caleb. Während sie auf seine Antwort wartete, nahm Katya ihre Umgebung in Augenschein. Sie gingen einen Feldweg entlang, der Wald lag vielleicht zwanzig Fuß rechts und links neben ihnen. Rechts von ihnen war ein kleiner Bach, den sie plätschern hörte, und die Luft war erfüllt von dem Duft der Bäume. Über ihnen wärmte die Sonne die Luft.

»Wir müssen warten, bis wir alle zusammen sind«, sagte Caleb einen Moment später. Katya sah ihn stirnrunzelnd an. Das war kein besonders guter Plan. »Deshalb halten sie die Mädchen getrennt. Sie wissen, dass eine von ihnen nicht ohne die andere fliehen wird. Aber irgendwann wird sich eine Gelegenheit ergeben.«

»Aber hast du einen Plan?«, fragte Katya und versuchte, die Frustration aus ihrer Stimme zu halten.

»Ich habe keinen«, antwortete Caleb und schaute zum Himmel. »Aber *er* hat einen.«

28

———

Daniel McArthur wollte schon als kleiner Junge Polizist werden. Sein Lieblingsspiel damals war es, so zu tun, als würde er die anderen Kinder wegen verschiedener erfundener Vergehen verhaften. Was er nicht wollte, war als Wachmann in einem Supermarkt zu arbeiten, aber er sah es als Übung für den Fall, dass die Polizei ihn annahm. Vielleicht, so dachte Daniel, als er den Mann und seine Tochter vor sich betrachtete, würde es das vierte Mal sein, dass er Glück hatte.

»Ich habe gefragt, ob alles in Ordnung ist, Sir?«, sagte Daniel. Er sah den Kunden an und versuchte, sich jedes Detail einzuprägen. Der Mann war kleiner als er, stämmig, aber nicht dick, und hatte dunkles Haar. Er hatte ein markantes Gesicht, das Daniel so lange studierte, bis er sich sicher war, dass er ihn aus einer Reihe von Verbrecherfotos herausfiltern oder mit einem Künstler zusammenarbeiten könnte, um ein Porträt von ihm nachzubilden.

»Alles in Ordnung«, sagte der Mann. Er hatte einen ausländischen Akzent, mit Betonung auf dem »s« in »Alles«.

Daniel machte sich eine gedankliche Notiz. Osteuropäisch. Höchstwahrscheinlich aus Polen. Sie waren die größte Gruppe aus Übersee in der Gegend.

»Ist das Ihre Tochter?«, fragte Daniel und nickte dem Mädchen zu, dem die Tränen über das Gesicht liefen.

»Nein«, antwortete der Kunde. »Ich bin ihr Onkel.« Er wandte sich an das Mädchen und sagte etwas in einer Sprache, die Daniel nicht verstand. Wie die meisten Briten konnte Daniel nur Englisch sprechen und seine übliche Reaktion auf eine fremde Sprache war, lauter Englisch zu sprechen. Das Mädchen schaute den Kunden nur ausdruckslos an.

»Sie scheint verärgert zu sein«, sagte Daniel. Er richtete seine Aufmerksamkeit auf das Mädchen und ging in die Hocke. Er hatte irgendwo gelesen, dass es wichtig ist, mit einem Kind auf Augenhöhe zu sein, wenn man es befragte. »Geht es dir gut?«, fragte er, wobei er darauf achtete, deutlich für sie zu sprechen.

»Sie spricht kein Englisch«, sagte der Kunde etwas nervös.

Das Mädchen sagte etwas zu Daniel, ihre Stimme war eindringlich und flehend. Sie wollte etwas von ihm, aber er konnte nicht verstehen, was. Daniel kannte sich mit Altersangaben nicht so gut aus, aber er dachte, sie sei vielleicht neun oder zehn Jahre alt. Während er versuchte, sich ihre Kleidung zu merken, fuhr ein schmutziger grüner Transit vor und parkte direkt vor den Türen des Supermarktes.

»Hey, Kumpel«, sagte Daniel und hob eine Hand zum Fahrer des Transporters. »Du kannst da nicht parken. Du versperrst den Eingang.« Das Mädchen fing wieder an zu reden und sah Daniel mit einem verzweifelten Blick an. Ihre Stimme wurde immer lauter, je mehr sie sprach. Sie wollte offensichtlich etwas, aber er hatte keine Ahnung, was.

Der Kunde, der eine Hand um den Oberarm des Mädchens geschlungen hatte, stellte seine Einkaufstasche ab. Er zischte dem Mädchen etwas zu, das zu ihm aufsah. Dann sagte er noch etwas und streckte seine Hand flach aus, bevor er sie über seinen Hals führte. Für Daniel klang es wie ein Name. Eleanor? Was auch immer es war, es brachte das Mädchen innerhalb von Sekunden zum Schweigen.

»Sie ist wütend, weil ich ihr keine Puppe gekauft habe«, sagte der Kunde und zeigte auf den Transporter. »Können wir gehen?«

Daniel hielt ein paar Sekunden inne, bevor er antwortete. Abgesehen davon, dass sie einen Aufruhr verursacht hatten, war, soweit er sehen konnte, kein Vergehen begangen worden. Das kleine Mädchen war wegen irgendetwas sehr wütend, aber dass ihr keine Puppe gekauft wurde, machte für Daniel Sinn.

»Okay, Sir«, sagte er zu dem Kunden. »Sie können gehen. Ich wünsche Ihnen einen schönen Tag.«

Der Kunde sagte nichts, sondern packte das Mädchen so schnell er konnte in den Transporter und setzte es vorne auf den mittleren Sitz. Dann schob er die Einkaufstasche in den Fußraum, bevor er selbst einstieg und das Mädchen zwischen die beiden Männer quetschte. Als der Transporter losfuhr, bemerkte Daniel, dass er sich nicht angeschnallt hatte. Er hob sein Handy, um das Nummernschild des wegfahrenden Transporters zu fotografieren, obwohl das automatische Nummernschilderkennungssystem es erfasst hatte, als der Transporter auf den Supermarktparkplatz gefahren war. Er wollte, dass sie wussten, dass er auf der Hut war.

»Lincolnshire Polizei. Wie kann ich Ihnen helfen?«

»Morgen Lincolnshire, hier ist Sainsbury's in der Tritton Road. Ich habe eine verdächtige Aktivität zu melden.«

Am anderen Ende der Leitung gab es eine Pause, bevor Daniel die Telefonistin seufzen hörte.

»Morgen, Daniel. Was hast du dieses Mal für uns?«

29

———

Caleb wurde langsamer und erlaubte Mateo und Elene, den Abstand zwischen ihnen zu verringern. Kurz nachdem Aleksander mit Gjergj und Ana gegangen war, hatte Mateo ihnen gesagt, dass er Arbeit für sie hätte, die sie erledigen müssten. Er hatte sie aus dem Bauernhaus geführt und nun gingen sie einen Weg entlang, der von dem Gebäude wegführte.

»Sag Mateo, dass Elene müde ist«, sagte er zu Katya. »Mal sehen, ob wir ihn überreden können, eine kleine Pause zu machen.«

Katya drehte sich um und sah Elene an. Ihr Gesicht war rosa und heiß von der Sonne.

»Mateo, können wir kurz anhalten und uns ausruhen?«, fragte sie den Albaner. Er schaute auf seine Uhr und nickte dann mit dem Kopf.

»Fünf Minuten«, sagte Mateo barsch. »Mehr nicht.«

»Danke«, sagte Caleb und schaute ihm ein paar Sekunden lang in die Augen. Caleb ging zum Bach, setzte sich ans Ufer und zog seine Sandalen aus. Er hielt beide Füße in das kühle Wasser und genoss das Gefühl, während es über die aufgeplatzte Haut an seinem Knöchel rann. Katya setzte sich neben ihn und streifte ihre eigenen Schuhe ab. Sie saßen einige Augenblicke in geselligem Schweigen, während Caleb ihre Umgebung analysierte.

Der Weg, an dem sie saßen, verlief gerade, wie eine Römerstraße. Die Reifen eines Traktors hatten tiefe Spurrillen in den Boden gedrückt und in der Mitte des Weges wuchs ein Streifen Gras. Caleb konnte sehen, dass die Stelle, an der sie saßen, ein idealer Ort für einen Kontrollpunkt war, da er jeden, der sich zu Fuß oder mit einem Fahrzeug näherte, über Hunderte von Yards hinweg sehen konnte. Die dichten Bäume auf beiden Seiten des Weges würden eine Annäherung zu Fuß durch den Wald schwierig, langsam und laut machen. Das größte Risiko, wenn es hier einen militärischen Kontrollpunkt gäbe, wären Scharfschützen. Es wäre ein Leichtes, jemanden von beiden Enden des Weges aus zu erschießen.

Caleb berührte mit seiner Hand eine Pflanze, die neben dem Bach wuchs. Sie hatte breite, haarige Blätter, die fast wie Flügel geformt waren, und kleine weiße Knospen, die in ein paar Tagen blühen würden. Er pflückte eine große Handvoll Blätter von der Pflanze und steckte sie in seine Tasche.

»Ist das ein Snack für später?«, fragte Katya ihn lächelnd.

»Nein, das nicht«, antwortete er. »Das ist Beinwell. Er kann aber gegessen werden. Daraus lässt sich ein guter Fritter machen.«

»Was ist ein Fritter?«

»Das ist so etwas wie ein frittierter Kuchen.«

»Wie buchstabiert man das?«

Caleb buchstabierte das Wort und beobachtete, wie Katya die Stirn runzelte, als sie versuchte, es sich zu merken. Dann lehnte er den Kopf zurück und genoss die Sonnenstrahlen auf seinem Gesicht. Es war bei weitem nicht so heiß wie in Texas, aber die drückende Hitze war etwas, das er im Lone Star State nicht vermisste.

»Wo hast du so gutes Englisch gelernt?«, fragte er sie, wohl wissend, dass Mateo ihr Gespräch mithören konnte.

»Mein Vater stammt aus England, aber er zog nach Georgien, als er noch klein war. Seine Eltern kamen ursprünglich von dort.«

»Das erklärt es«, antwortete Caleb.

»Aber ich habe ihn nie kennengelernt.« Katya drehte sich zu ihm um und er konnte die Traurigkeit in ihren Augen sehen. »Er ist gestorben, bevor ich geboren wurde.« Sie wandte den Blick von ihm ab und seufzte. »Aber er hatte meiner Mutter Englisch beigebracht, also hat sie mich unterrichtet.«

Caleb dachte einen Moment lang nach. Das war wohl die Art von Katyas Mutter, die Erinnerung an ihn aufrecht zu erhalten.

»Darf ich fragen, was mit ihm passiert ist?«

»Er ist im Krieg gefallen.« Caleb sagte nichts und wartete darauf, dass sie fortfuhr. Wenn sie darüber reden wollte, konnte sie das tun. Aber Caleb wollte keinen Druck machen, wenn sie es nicht wollte. Er rechnete in seinem Kopf nach. Ihr Vater wäre in den frühen Neunzigern gestorben, was den Krieg, um den es ging, ein wenig eingrenzte. »Der Patriotische Krieg des Volkes Abchasiens, um ihn richtig zu benennen. Obwohl ich nicht glaube, dass er besonders patriotisch war.«

»Er war ein Abchase?«, fragte Caleb und versuchte sich zu erinnern, wer in diesem Konflikt wer gewesen war.

»Ja, aber er war einer der Guten. Nicht, dass es ihm geholfen hätte.« Eine einzelne Träne bahnte sich ihren Weg über Katyas Wange und Caleb musste sich zurückhalten, um sie nicht mit seinem Finger wegzuwischen. »Er war angewidert von dem, was seine abchasischen Landsleute taten und versuchte, mit den Georgiern in den Norden zu fliehen. Aber er schaffte es nicht. Er wurde von seiner eigenen Seite in den Rücken geschossen.«

»Es tut mir leid, Katya«, sagte Caleb, als klar war, dass sie nichts mehr sagen würde.

»Warum?«, schoss sie zurück. »Warum tut es dir leid?« Katya stand auf und wischte sich den trockenen Schlamm von der Rückseite ihrer Jeans. Caleb schwieg, denn er wusste, dass es nichts gab, was er auf diese Frage hätte sagen können. Er schloss für ein paar Sekunden die Augen und hoffte, dass Katyas Vater im Tod den Frieden gefunden hatte, der ihm im Leben verwehrt geblieben war.

»Wegen des Schmerzes, den du immer noch fühlst, Katya«, murmelte er leise vor sich hin. »Deshalb tut es mir leid.«

30

———

»Was macht er denn jetzt?«, fragte Aleksander Gjergj.

Der Fahrer schaute in den Seitenspiegel, bevor er antwortete.

»Er ist am Handy. Ich glaube, er hat gerade ein Foto von dem Transporter gemacht.«

Aleksander dachte einen Moment lang nach und überlegte, was er am besten tun sollte. Wahrscheinlich gar nichts, aber es war sehr knapp gewesen. Sie hätten das Mädchen auf dem Hof zurücklassen sollen, aber Mateo hatte darauf bestanden, dass die Schwestern getrennt wurden. Wenn etwas passiert wäre, wäre es Mateos Schuld gewesen, nicht seine. Er wollte Gjergj gerade vorschlagen, die Nummernschilder des Transporters auszutauschen oder vielleicht sogar das Fahrzeug ganz loszuwerden und einen neuen Transporter zu stehlen, als sein Handy klingelte. Er seufzte, als er auf den Bildschirm blickte. Es war Mateo.

»Was ist los?«, sagte Mateo, als Aleksander abnahm und ihm nicht einmal Zeit gab, *Hallo* zu sagen.

»Nichts ist los, Mateo«, antwortete Aleksander. »Wir

haben die Einkäufe erledigt und sind gerade auf dem Rückweg. Wie kommst du darauf, dass etwas nicht stimmt?«

»Ich habe eine SMS von Gjergj bekommen. Da stand, es gäbe ein Problem?«

»Nein, kein Problem«, sagte Aleksander mit einem Seitenblick auf Gjergj. Warum hatte er das getan? »Das Mädchen hat im Supermarkt einen Aufstand gemacht, das war alles. Aber es ist in Ordnung.«

»Du hättest sie im Transporter lassen sollen.«

»Du hast mir gesagt, ich soll sie immer bei mir haben.«

»Dann hättest du Gjergj schicken sollen, um die Einkäufe zu erledigen.«

»Aber er spricht kein Englisch.« Aleksander holte tief Luft und versuchte, sein Temperament unter Kontrolle zu halten. Er wusste, dass es nichts gab, was er sagen konnte, um Mateo zu besänftigen. »Was machst du gerade?«, fragte er und versuchte, Mateo auf ein anderes Thema zu bringen.

»Ich bringe sie zur Schweinefarm, um sie den Tag über zu beschäftigen. Gramoz hat angerufen.«

Aleksander zögerte bei dem Namen. Es gab nur wenige Menschen, vor denen er Angst hatte, aber der Anführer ihrer Gruppe und gleichzeitig ihr Onkel, Gramoz, war einer von ihnen. Er war ein brutaler Mann, schnell mit seinen Fäusten und Stiefeln, wenn er wütend war, was meistens der Fall war. Aber wenigstens war er in Albanien und nicht in England.

»Was wollte er?«, fragte Aleksander.

»Martin hat ihn angerufen. Er war nicht glücklich darüber, dass die Frau so alt ist, also hat er nach einem Ersatz gefragt.«

»Von wem?« Das waren keine guten Nachrichten. Je enger sie ihre Organisation zusammenhielten, desto besser. Martin wusste, dass Aleksander und Mateo in den nächsten

Wochen keine weiteren Leute herbringen konnten, also musste eine dritte Partei miteinbezogen werden.

»Von den Hajri-Brüdern«, antwortete Mateo.

Aleksander nickte. Sie hatten schon einmal mit den Brüdern zusammengearbeitet und er wusste, dass sie gut in ihrem Job waren.

»Wann?«, fragte er seinen Bruder.

»Heute Abend oder vielleicht morgen. Das hängt davon ab, wie lange sie brauchen, um ein Boot zu bekommen. Sie haben die Pakete bereits identifiziert.«

»Pakete?«, sagte Aleksander. »Es gibt mehr als eins?«

»Zwei Mädchen, beide zehn. Ihre Eltern sind bei ihnen, aber die Hajris werden sich auf dem Weg um sie kümmern.« Wenn Mateo über ihr Schicksal besorgt war, hörte man es nicht in seiner Stimme. Aber Aleksander wusste, dass er es nicht war. Mateo kümmerte sich immer nur um das, was er tat, und nicht um andere. »Haben wir genug zu essen?«

»Ich glaube schon«, antwortete Aleksander. »Wenn es nur für ein paar Tage ist, sollte es uns gut gehen. Werden wir Geld für sie bekommen?«

»Nein«, sagte Mateo und Aleksander konnte die Frustration in seiner Stimme spüren. »Die Hajris schon, aber wir nicht. Laut Martin ist das eine Geste des guten Willens unsererseits.«

Aleksander beendete das Gespräch und wandte sich an Gjergj, der am Navigationssystem des Transporters herumfuchtelte.

»Hast du das gehört?«, fragte Aleksander ihn. »Es gibt noch zwei weitere Pakete.« Gjergj nickte nur zur Antwort. »Was machst du da?«

»Ich programmiere das Ding so um, dass es uns auf die Nebenstraßen bringt «, sagte Gjergj. »Ich traue dem Wachmann nicht.«

Aleksander nickte zustimmend. Das war eine vernünftige Entscheidung. Er drehte sich zu Ana um, die alle dreißig Sekunden oder so schniefte. Sie weinte nicht mehr. Aleksander war versucht, ihr eine kräftige Ohrfeige zu geben, um ihr eine Lektion zu erteilen für das, was sie im Supermarkt getan hatte, aber er wollte sich ihr Gejammer nicht länger anhören.

Er lehnte sich in seinem Sitz zurück und schaute aus dem Fenster des Transporters auf die grüne Landschaft dahinter. Neben ihm schniefte Ana erneut. Aleksander schloss die Augen. Schon bald würde sie viel Grund zum Weinen haben. Aleksander wusste, dass Martin und seine Freunde dafür sorgen würden.

Katya konnte die Schweine riechen, bevor sie sie sah. Der Geruch war erdig und unverwechselbar. Nicht unangenehm, aber doch so stark, dass Elene das Gesicht verzog.

»Igitt«, sagte das Mädchen zu Katya. »Was ist das für ein Geruch?«

»Das sind Schweine«, antwortete Katya. »Hast du sie jemals aus der Nähe gesehen?« Damals in Nakra, ihrer Heimatstadt in Georgien, lagen die nächstliegenden Schweinefarmen, die Katya kannte, weit entfernt in den Bergen.

»Nein«, antwortete Elene und der Hauch eines Lächelns erschien auf ihrem Gesicht. »Gibt es kleine Schweine?«

»Vielleicht. Das werden wir gleich sehen.«

Der Geruch wurde stärker und als sie um eine scharfe Kurve bogen, konnte Katya die Schweinefarm auf einer Lichtung neben dem Weg sehen. Sie war viel kleiner, als sie sich vorgestellt hatte. Es waren vielleicht zehn Schweine, die sich um ein kleines Gebäude in der Mitte des Geländes tummelten, das von einem kleinen Zaun eingegrenzt war.

Das Gebäude bestand aus stark verwittertem Wellblech und ein Loch in der Wand diente als Tür. Als sie sie und die anderen sahen, fingen die Schweine an zu quieken und herumzulaufen.

»Sie sind so süß«, sagte Elene lachend. Sie näherten sich dem Zaun und stellten sich ein wenig dahinter. »Beißen sie?«

»Ich weiß nicht«, antwortete Katya. Sie wechselte ins Englische und stellte die Frage an Mateo.

»Das sind keine Haustiere«, antwortete er mit einem Knurren. »Aber sie kann es selbst herausfinden, wenn sie will.«

Katya warnte Elene davor, die Schweine zu streicheln, während Caleb auf den Zaun zuging und sich hinhockte. Ein paar der Sauen kamen auf ihn zu und er streckte die Hand aus und kratzte einer von ihnen den Kopf.

»Sei vorsichtig«, rief Elene. Caleb drehte sich um und sah sie an.

»Sie will nicht, dass du gebissen wirst«, erklärte Katya. Caleb lächelte nur, bevor er antwortete.

»Warum sollten sie das tun?«, fragte er und kratzte immer noch den Kopf der Sau.

Katya beobachtete, wie Mateo zu einer Holzkiste neben dem Zaun ging. An der Kiste lehnte ein Strohballen. Er klappte den Deckel der Kiste auf, griff hinein und holte zwei große, leere Plastikwasserfässer heraus. Dann griff er erneut hinein, um eine lange Bürste und eine Mistgabel herauszuholen. Mateo reichte Caleb die Wasserfässer und deutete dabei auf einen metallenen Wassertrog.

»Du kannst das Wasser darin benutzen, um die Wände und den Boden des Stalles zu reinigen.« Mateo reichte Katya die Bürste. »Wenn der Boden sauber geschrubbt ist, kannst du ihn mit frischem Stroh ersetzen. Lass das alte

Stroh einfach neben dem Gebäude auf einem Haufen liegen. Der Bauer, der sie füttert, wird sich darum kümmern.«

»Hervorragend«, murmelte Katya vor sich hin. Sie hatte gewusst, dass sie arbeiten würde, wenn sie in England ankam, aber sie hatte sich nicht vorgestellt, dass es das Ausmisten eines Schweinestalls sein würde. Caleb hingegen schien sich auf die Arbeit zu freuen.

»Wenn der Trog leer ist, füllst du ihn mit frischem Wasser auf«, sagte Mateo und wandte sich an Caleb, der daraufhin nickte. »Das Mädchen bleibt bei mir. Wenn ihr fertig seid, kommt zurück zum Hof.« Katya sah, wie er auf seine Uhr schaute. »Ihr solltet bis Mittag fertig sein.«

»Kann sie nicht bei uns bleiben?«, fragte Katya und erinnerte sich an das, was am Abend zuvor passiert war.

»Sie bleibt bei mir«, erwiderte Mateo. Dann wurde sein Gesicht weicher. »Aber sie wird in Sicherheit sein. Mach dir keine Sorgen.« Sie sah, wie Caleb seinen Kopf bei Mateos Bemerkung zur Seite neigte und fragte sich, was er wohl dachte. Hinter seinen Augen lag eine leichte Kälte, die verschwand, sobald er merkte, dass sie ihn ansah. Katya wandte sich an Elene und erklärte ihr, was der Plan war, und versicherte ihr, dass sie mit Mateo zurechtkommen würde. In Wahrheit dachte Katya, dass es so sein würde. Mateo war sicherlich der weniger temperamentvolle der beiden Brüder.

Elene kicherte, als Caleb, nachdem er die Wasserfässer im eingezäunten Bereich abgestellt hatte, sein Gewand hochzog, um über den Zaun zu steigen. Zu ihrer Überraschung lachte er, als ein Schwein seine Schnauze an seinem nackten Bein rieb. Katya hatte ihn noch nie lachen gehört, aber es war eines der beruhigendsten Geräusche, die sie seit ihrer Ankunft in diesem Land gehört hatte. Sie beobachtete ihn, wie er auf den Boden schaute und mit seiner Sandale gegen etwas stieß, bevor er darauf trat.

»Komm schon, Katya«, rief Caleb ihr zu, seine Stimme war leicht und verspielt. »Kommst du oder schaust du nur zu?«

»Wir sehen uns später, Elene«, sagte Katya, während sie auf den Zaun zuging. Caleb streckte seine Hand aus, um sie zu stützen, als sie über den Zaun stieg, sein Griff um ihre Finger war fest und beruhigend. Mateo wollte gerade weggehen, als Katya sah, dass Caleb sich in dem kleinen Gelände umsah.

»Mateo?«, sagte Caleb. Der Albaner blieb stehen und drehte sich um.

»Was?«

»Wo ist der Wasserhahn, um den Trog wieder aufzufüllen?«

Während Katya ihn beobachtete, breitete sich ein grausames Lächeln auf Mateos Gesicht aus, das sie dazu brachte, ihre früheren Gedanken zu überdenken.

»Er ist hinten auf dem Hof«, sagte Mateo. »In der Nähe des Holzstapels. Die Bewegung wird dir guttun.«

32

Martin verschränkte seine Finger und betrachtete den Mann, der ihm gegenübersaß. Robert, sein Sicherheitsbeauftragter und inoffizieller Stellvertreter, sah ihn mit einem leicht amüsierten Gesichtsausdruck an. Er war Mitte dreißig, korpulent, aber kräftig und fühlte sich in seinem Anzug nicht wohl.

»Alle Vorbereitungen sind getroffen, Martin«, sagte Robert. »Es gibt keinen Grund, sich Sorgen zu machen.«

Sie saßen im Salon in Martins Haus, das nach den Maßstäben der meisten Menschen ein Palast war. Das Haus wurde im georgianischen Stil gebaut, obwohl es erst ein paar Jahre alt war. Martin hatte das Grundstück, auf dem es stand, von einem Bauern aus der Gegend gekauft und das Haus nach seinen Vorstellungen bauen lassen. Dazu gehörte auch der Keller, der einige ziemlich ungewöhnliche Spezifikationen hatte, die in den ursprünglichen Zeichnungen des Architekten für den Bauausschuss der Gemeinde nicht enthalten waren. Aber er war in den endgültigen Plänen enthalten und es wurde genug Geld zwischen Martin, dem Architekten und den Bauunternehmern gewechselt, um die Existenz des Kellers geheim zu halten. Denn, so hatte Martin damals gedacht, was nützt einem das Geld der Familie, wenn man es nicht ausgeben kann?

»Aber hier ist eine weitere Gruppe von Leuten involviert«, antwortete Martin. »Je mehr Leute involviert sind, desto höher ist das Risiko.«

»Je höher das Risiko, desto höher die Belohnung«, sagte Robert und sein amüsierter Gesichtsausdruck änderte sich nicht. »Außerdem, Martin, habe ich sie sorgfältig geprüft. Man kann ihnen vertrauen.«

»Vertrauen?« Martin lachte. »Ich traue ihnen nicht über den Weg. Sie sind Berufsverbrecher.«

Robert antwortete nicht und Martin wusste, dass er der Esel war, der den anderen Langohr schimpfte. Er und Robert waren genauso schlimm, wenn nicht noch schlimmer.

»Wir können ihnen vertrauen, dass sie liefern, was sie versprechen«, sagte Robert einen Moment später. »Das ist alles, was sie tun müssen. Gramoz hat sich für sie verbürgt. Die Pakete werden in den nächsten Tagen hier sein. Bis zum Wochenende.«

»Noch ein Mann, dem ich meinen Hund nicht anvertrauen würde«, antwortete Martin. »Wenn ich einen Hund hätte«, fügte er im Nachhinein hinzu und sah sich an den vertäfelten Wänden des Salons um. Zu seinem Entsetzen sah er ein großes Spinnennetz in einer Ecke des Raumes hängen. »Wo wir gerade von Hunden sprechen. Wo ist Natalka?«

»Ich habe sie nicht gesehen«, antwortete Robert. »Warum? Ist alles in Ordnung?«

»Sie hat das verfluchte Ding übersehen«, sagte Martin und gestikulierte wütend auf das Netz. »Sie ist eine miserable Haushälterin. Finde sie! Schick sie her!« Robert nickte und stand auf. Eine Sekunde lang blieb er fast stramm stehen und Martin fragte sich, ob er das Militär vermisste. Seinen Nachforschungen zufolge hatte Robert einige Zeit in einer der Spezialeinheiten verbracht, diese aber in Misskredit verlassen. Martin kümmerte sich nicht im Geringsten darum, was das für ein Misskredit war, aber nachdem er Robert mit Natalka auf einer seiner versteckten Kameras in Aktion gesehen hatte, glaubte er es zu wissen. Eine von Roberts Stärken war seine Fähigkeit, Menschen zu verletzen, ohne Spuren zu hinterlassen, wie Natalka herausgefunden hatte, als Martin sie ihm als Weihnachtsgeschenk geliehen hatte. Dass er seither immer wieder von diesem Geschenk Gebrauch machte, hielt Martin nicht für angemessen, aber Natalka würde schon bald woanders arbeiten. Außerdem war es ihm egal.

Martin bewegte seine Maus, um den Computer auf seinem Schreibtisch aufzuwecken und überprüfte seine gesicherten E-Mails. Es gab vier ungelesene E-Mails, alle von Gästen, die ihre Teilnahme am Wochenende bestätigten. Martin nickte und lächelte. Sie waren alle hochrangig und hatten besondere Anforderungen, die die Pakete von Gramoz sehr gut erfüllen würden. Und was noch wichtiger war: Sie waren alle bereit, viel Geld für die Erfüllung dieser Anforderungen fließen zu lassen. Martin, ohne dass Robert es wusste, filmte sie gerne heimlich dabei. Zu den vielen Veränderungen im Keller gehörte neben der Schalldämmung, die auch die schrecklichsten Schreie dämpfen würde, auch eine Reihe von versteckten Überwachungskameras.

Man kann niemals genug Druckmittel haben, dachte Martin, als er die E-Mails löschte – zumindest nicht in den Kreisen, in denen diese Gäste verkehrten.

33

Sergeant Mark Bush hatte noch knapp zehn Minuten bis zum Ende seiner Schicht und fast zehn Jahre bis zum Ende seiner Karriere als Einsatzbeamter. Er saß mit seinem Kollegen, Constable Tony Elliott, im Streifenwagen, der an einem Weg stand, der zu einem Feld führte. Es war einer von Marks Lieblingsplätzen. Es war friedlich, ruhig und ab und zu kam jemand um die Ecke gerast und direkt ins Blickfeld der Radarkamera.

»Heute ist nicht viel los«, sagte Sergeant Bush zu seinem Kollegen, der in ein Spiel auf seinem Handy vertieft war. Er schaute zu ihm rüber und fragte sich, warum jeder unter dreißig Jahren am Handy zu kleben schien. Tony runzelte die Stirn, als etwas Schlimmes auf dem Bildschirm passierte, bevor er die Kopfhörer auf das Armaturenbrett legte.

»Nein«, antwortete Tony mit einem resignierten Seufzer. »Es ist sehr...«

»Sprich es nicht aus«, warf Bush grinsend ein. »Das würde uns sicher Unglück bringen.«

Gerade als er das sagte, sahen die beiden Polizisten

einen schmutzigen grünen Transporter, der auf sie zukam. Bush warf einen Blick auf den kleinen Bildschirm seiner Kamera. Der Transporter fuhr mit genau neunundzwanzig Meilen pro Stunde, eine Meile pro Stunde unter dem Tempolimit. Neben ihm bemerkte Bush, wie Tony sich in seinem Sitz versteifte und sich nach vorne lehnte, um aus der Windschutzscheibe zu schauen.

»Ich bin mir ziemlich sicher, dass es einen Anruf von der Zentrale wegen des Transporters gab, Sarge.« Bush sah, wie er ein paar Seiten in seinem Notizbuch überflog. Sein Blick wanderte von der Seite zu dem Transporter und wieder zurück. »Ja, es gab einen.«

»Wann?«, antwortete Bush. Er erinnerte sich nicht an irgendwelche Anrufe der Zentrale.

»Du warst zu der Zeit hinter einem Baum«, sagte Tony.

»Ah, okay.« Bush hatte vor etwa dreißig Minuten einem Ruf der Natur Folge geleistet, was Tony zu einer unnötigen Bemerkung über die Größe seiner Blase veranlasst hatte. »Worum ging es?«

»Ein Wachmann im Supermarkt hat verdächtiges Verhalten gemeldet. Ein Mann und ein junges Mädchen haben sich gestritten.«

»Du hast keine Kinder, oder, Tony?«, fragte Bush seinen Kollegen und wusste, dass die Antwort Nein lautete. Er wartete, bis Tony den Kopf schüttelte, bevor er fortfuhr. »Ich sage dir, mein Sohn, wenn du Kinder hast, streitest du dich die ganze Zeit mit denen.«

»Ich dachte, deine sind in den Zwanzigern?«, sagte Tony.

»Sind sie auch«, antwortete Bush, »aber trotzdem streiten wir uns weiterhin. Es bedeutet nur, dass du sie nicht so einfach auf ihre Zimmer schicken kannst.«

Der Transporter näherte sich in gleichmäßigem Tempo und Bush sah zwei Männer im vorderen Bereich. Der

Beifahrer war mit etwas im Fußraum beschäftigt und als der Transporter vorbeifuhr, hob der Fahrer die Hand zum Gruß, sah die beiden Beamten aber nicht an.

»Willst du ihn anhalten?«, fragte Tony.

»Eigentlich nicht«, antwortete Bush mit einem Blick auf seine Uhr. Es waren nur noch ein paar Minuten, bis sie zurück zur Wache fahren und ihre Schicht beenden konnten. Seine Frau, eine Krankenschwester in der örtlichen Notaufnahme, hatte an diesem Tag Frühschicht und würde Abendessen kochen. »Ich habe nicht einmal ein Mädchen in dem Transporter gesehen. Du etwa?«

»Nein.«

Bush schaute seinen jüngeren Kollegen an und wusste, dass es ihm in den Fingern juckte, den Transporter zu stoppen – und sei es nur, um etwas zu tun. Abgesehen von einer Autofahrerin, die versucht hatte, sich aus einem Strafzettel heraus zu weinen, hatten sie die ganze Schicht über fast nichts gemacht. Genau das gefiel Bush, aber Tony war noch jung und enthusiastisch.

»Dann aber schnell.«

Tony grinste, als er den Knopf drückte, um die leistungsstarken Motoren ihres BMW 330d Saloon Interceptor zu starten. Bush verbarg sein eigenes Lächeln, denn er wusste, dass der Transporter nicht so schnell fahren konnte. Tony brauchte wenig Ermunterung, um mit seinen Sirenen zu fahren und warum sollte er das in diesem Auto auch? Der Motor schnurrte leise vor sich hin und Tony fuhr vom Weg ab und auf die Straße.

Sergeant Bush griff nach dem Mikrofon, um die Zentrale zu informieren. Er konnte sich nicht vorstellen, dass der Stopp sehr lange dauern würde, also würden sie vielleicht doch bald wieder auf der Wache sein.

34

―――――

Caleb schloss die Augen, während Mateos Stimme in seinen Hinterkopf verschwand. Er hielt immer noch Katyas Hand und brauchte nur ein paar Sekunden der Konzentration. Caleb konnte Menschen nicht immer auf diese Weise spüren, aber er dachte, dass er etwas von Katya sehen könnte. Er hatte Recht.

Katya war verängstigt, erschrocken. So viel wusste er bereits, aber unter ihrer Angst lag eine Stärke, die ihn überraschte. Und tief unter dieser Stärke glaubte Caleb noch etwas anderes zu spüren. Kummer. Nicht den normalen Kummer eines Kindes, das seine Eltern verloren hatte. Der Zeitpunkt, an dem Katya ihren Vater verloren hatte, entsprach nicht dem natürlichen Lauf der Dinge. Es war auch nicht die quälende, ständige Trauer eines Elternteils, der ein Kind verloren hatte. War es ein Liebhaber? Ein Ehemann? Vielleicht ein naher Geschwisterteil?

»Caleb?«, hörte er Katya sagen und der Moment war vorbei. »Geht es dir gut?« Caleb zwang sich zu einem Lächeln, als er Katyas Hand losließ.

»Mir geht's gut, danke«, antwortete er. »Ich habe nur,

ähm, nachgedacht. Das ist alles.« An ihrem neugierigen Gesichtsausdruck konnte Caleb erkennen, dass Katya ihm nicht glaubte, aber sie sagte nichts weiter. Er beobachtete, wie sie auf die Bürste in ihrer Hand hinunter und dann zum Schweinestall hinüberschaute. »Lass uns einen Moment hinsitzen«, sagte er, stellte die beiden Wasserfässer auf den Boden und setzte sich auf eines davon. Katya stellte die Bürste weg und tat es ihm gleich. »Wir müssen reden.«

»Okay«, antwortete Katya mit einem nervösen Lächeln. »Lass uns reden.«

Caleb hielt einen Moment lang inne und dachte nach. »Wir müssen diesen Ort verlassen«, sagte er. »Du und die Mädchen seid in Gefahr. In sehr großer Gefahr. Wir müssen uns irgendwo in der Nähe in Sicherheit bringen.«

»Ich glaube nicht, dass es in der Nähe etwas gibt, Caleb«, erwiderte Katya. »Wir sind hier mitten im Nirgendwo.«

»Es muss etwas geben«, sagte Caleb. »Das hier ist England. Alles ist nah beieinander. Aber du hast Recht, wir brauchen mehr Informationen darüber, wo wir sind.«

»Wann sollen wir gehen?«

»So schnell wie möglich.«

»Aber wenn wir alle zusammen sind, sind auch sie bei uns.«

»Nicht in der Nacht.«

»Aber die Fessel?«

»Vielleicht kann ich Mateo überreden, mich nicht anzuketten.«

Caleb sah Katya ein paar Sekunden lang nachdenklich an, bevor sie antwortete.

»Dann heute Nacht? Wenn er einverstanden ist?«

»Vielleicht, oder vielleicht morgen Nacht.« Caleb schaute einen Moment lang zu den Bäumen. Er könnte einfach alleine gehen. Einfach in Richtung der Bäume laufen und sich in Sicherheit bringen. Es gab nichts, was ihn aufhalten konnte. Katya folgte seinem Blick und stand auf, als wüsste sie, was er dachte.

»Wir warten also auf heute Nacht«, sagte sie und nickte. »Wenn Mateo dich nicht ankettet, warten wir bis mitten in der Nacht und schleichen uns dann raus.« Sie lachte, aber es war kein Humor in ihrer Stimme. »Was kann schon schief gehen?«, fragte sie ihn mit hoher Stimme. »Was glaubst du, wie weit die Hauptstraße entfernt ist?«, fragte sie einen Moment später, als sich ihre Stimme wieder normalisiert hatte.

Caleb hielt inne. Nachdem sie mit dem Transporter die Straße verlassen hatten, waren sie nach seiner Schätzung fast vierzig Minuten auf dem holprigen Weg gefahren, bevor sie das Bauernhaus erreicht hatten. Angesichts des Zustands der Straße konnte die Geschwindigkeit des Transporters nur zehn bis fünfzehn Meilen pro Stunde betragen haben. Das bedeutete, dass sie jede Minute eine Viertelmeile zurückgelegt hatten. Die Straße war mindestens zehn Meilen entfernt, wenn nicht mehr. Nachts, im Dunkeln, mit zwei Kindern. Und nur Wälder, in denen sie sich verstecken konnten, falls man ihr Verschwinden entdeckte.

»Ich denke, es ist ein weiter Weg«, antwortete Caleb, stand auf und richtete sein Gewand wieder. »Aber wir haben keine andere Wahl. Wir müssen gehen.«

»Caleb«, sagte Katya und legte ihre Hand auf seinen Unterarm, als er an ihr vorbeigehen wollte. Er blieb stehen und drehte sich zu ihr um.

»Was wird mit den Mädchen passieren, wenn wir nicht gehen? Was wird mit mir passieren?«

Als Caleb vorhin über den Zaun gestiegen war, wurde seine Aufmerksamkeit auf etwas auf dem Boden gelenkt, das im Licht geglitzert hatte. Als er den Gegenstand untersuchte – wobei er darauf achtete, dass Mateo und Katya nichts davon mitbekamen – erkannte Caleb, dass es eine Uhr war. Es war kein Armband mehr, sondern nur noch ein kurzer, abgekauter Lederstummel.

Er schaute zu den Schweinen, die herumliefen und mit ihren Schnauzen die Erde beschnüffelten. Es war nicht ihre Schuld. Sie hatten genau das getan, wozu Gott sie bestimmt hatte. Fressen.

»Katya«, antwortete Caleb und sprach langsam. »Ich glaube, dass du und die Mädchen in großen Schwierigkeiten steckt.«

35

Als er zum Bauernhaus zurückkehrte, schwitzte Mateo stark. Es schien, als würde es ein warmer Tag werden. Er ging in die Küche, dankbar für die kühle Luft, gefolgt von Elene, die sich mit einem übertriebenen Seufzer auf einen Stuhl fallen ließ. Ihr Gesicht war rosa und gerötet und sie sah genauso unwohl aus, wie Mateo sich fühlte. Er ging zum Schrank und holte zwei Gläser heraus, von denen er eines mit Milch aus dem Kühlschrank und das andere mit Wasser aus dem Wasserhahn füllte. Mateo stellte das Glas mit der Milch vor das Mädchen.

»Madloba«, sagte sie, aber Mateo hatte keine Ahnung, was das Wort bedeutete. Es hätte Danke bedeuten können, es hätte aber auch eine abfällige Bemerkung über ihn sein können. Als er beobachtete, wie sie die Milch hinunterschluckte, entschied er, dass es wahrscheinlich Ersteres war.

Er setzte sich ihr gegenüber an den Tisch und griff nach seinem Handy. Es zeigte eine einzige Textnachricht. Sie war von seinem Onkel, Gramoz.

Ruf mich an, stand in der Nachricht. Mateo nippte an

seinem Wasser, während er auf den Bildschirm schaute. Er wollte nicht unbedingt mit seinem Onkel sprechen, aber er wusste, dass er keine andere Wahl hatte. Gegenüber von ihm hatte Elene ihr Glas Milch ausgetrunken, hielt das leere Glas hoch und sah ihn mit hochgezogenen Augenbrauen an. Mateo deutete mit einem Nicken auf den Kühlschrank und wischte über den Bildschirm, während sie ihr Glas wieder auffüllte. Zu seiner Überraschung nahm Elene dann sein Glas vom Tisch und füllte es mit Wasser auf.

»Mirëmëngjes«, sagte Mateo, als Gramoz seinen Anruf entgegennahm. *Guten Morgen.* Gramoz ignorierte seine Begrüßung, wie er es normalerweise tat, und kam gleich zur Sache.

»Die Pakete werden heute Nacht transportiert. Sie sollten bei Tagesanbruch ankommen«, sagte Gramoz. Seine Stimme war tief und rau und Mateo stellte sich vor, wie er in einem Mundwinkel seine charakteristische selbstgedrehte Zigarette hatte. »Du wirst den Transport schicken.« Das war eine Feststellung, keine Bitte.

»Sind es zwei? Hat man sich um die anderen gekümmert?«

»In einem Graben irgendwo im Bjeshkët e Namuna«, antwortete Gramoz. Mateos Brust zog sich bei der Erwähnung der albanischen Alpen zusammen. Die zerklüfteten Gipfel im Norden des Landes waren nicht umsonst als die verfluchten Berge bekannt.

»Sie sind albanisch?«, fragte Mateo und hoffte, dass die Antwort Nein lauten würde, dass die Pakete nur durch Albanien transportiert wurden, sie aber nicht albanisch waren. Vielleicht aus Montenegro oder dem Kosovo.

»Natürlich sind sie das«, sagte Gramoz. »Woher soll ich sie sonst so kurzfristig bekommen? Das ist deine Schuld, Mateo.«

Mateo überlegte einige Sekunden, ob er die letzte Aussage seines Onkels in Frage stellen sollte. Katyas Alter war nicht seine Schuld. Sie war ihm von einem anderen Teil von Gramoz' schmutzigem kleinen Imperium geliefert worden, einem Team, das Mateo weder kannte noch mochte. Aber er wusste, dass es keinen Sinn haben würde.

Gramoz beendete das Gespräch ohne ein weiteres Wort und Mateo steckte das Handy zurück in seine Tasche. Er schaute zu Elene, die ihr Glas Milch ausgetrunken hatte und aus dem Fenster starrte. Er konnte die Gedanken daran, was mit ihr passieren würde, in eine Schublade in seinem Kopf stecken, wo es keine Rolle spielte. Schließlich war es nicht er, der sie missbrauchen würde. Was Männer mit ihrem Eigentum machten, war ihre Sache, aber Mateo gefiel der Gedanke nicht, dass albanische Mädchen die gleiche Tortur durchmachen mussten. Das passte nicht so gut in die Schublade. Was, wenn sie wie er aus der Region Gheg stammten?

Wenn sie albanisch waren, dann waren es auch ihre Eltern. Das bedeutete, dass Gramoz gerade die Tötung eines albanischen Mannes gebilligt hatte. Das verstieß gegen ihren Kanun, die Gewohnheitsrechte, die sein Volk seit Jahrhunderten befolgte. Die Familie des Mannes könnte, wenn sie gute Beziehungen hat, eine Blutrache anzetteln. Bei der letzten Gjakmarrja, die Mateo erlebt hatte, war fast eine ganze Familie ausgelöscht worden und einige wenige wurden aus ihrer Region verbannt. Mateo hatte gehört, dass sie sich in Schweden versteckten und hofften, dass die Blutschuld beglichen war. Aber er wusste, dass das nicht der Fall war. Solche Schulden wurden nie beglichen, solange es Überlebende gab.

Vielleicht, so dachte Mateo schweren Herzens, war es an der Zeit, einen Plan in die Tat umzusetzen, den er schon seit einiger Zeit in Betracht gezogen hatte. Er war so vorsichtig mit seinem Geld umgegangen, dass er fast genug hatte, um zu verschwinden und eventuell ein neues Leben zu beginnen. Wenn sie für diesen Job, für Elena und Ana, bezahlt werden würden, würde er sicherlich genug haben. Er wusste, dass er auch im Rahmen des Kanun Loyalitätsverpflichtungen gegenüber seiner Familie hatte, aber er hatte auch noch eine andere Schublade in seinem Kopf, in die diese Verpflichtungen passen würden.

Sein Handy vibrierte mit einem eingehenden Anruf. Mateo seufzte, als er auf den Bildschirm schaute. Es war Aleksander. Er lehnte den Anruf ab, aber nach ein paar Sekunden vibrierte es erneut.

»Was jetzt?«, sagte Mateo, als er abnahm.

36

———

Katya beobachtete Caleb, wie er mit dem Fass, auf dem sie gesessen hatten, den Trog bis zur Hälfte füllte. Er schien in Gedanken versunken zu sein, während er darauf wartete, dass sich der Trog füllte. Sie hatte seinen Blick gesehen, als er kurz zuvor zu den Bäumen geschaut hatte. Es war ein Ausdruck der Sehnsucht, als ob er nur noch in den Wald gehen und nie wieder zurückkehren wollte. Katya hätte es ihm nicht verübelt, wenn er das getan hätte. Bevor sie das Boot in Frankreich bestiegen hatten, waren sie sich nie begegnet und er war ihnen nichts schuldig. Mit der Bürste in der Hand ging sie zu dem kleinen Gebäude und wich dabei ein paar neugierigen Schweinen aus.

»Mein Gott, ist das eklig«, murmelte Katya, als sie den Stall mit eingezogenen Kopf durch das Loch im Wellblech betrat. Sie blinzelte ein paar Mal, während sie darauf wartete, dass sich ihre Augen an die Dunkelheit gewöhnten. Die Luft im Inneren stank. Eine Mischung aus Fäkalien und Ammoniak brannte in ihrer Nase und in ihren Augen und sie fragte sich, wann der Stall das letzte Mal gereinigt worden war. Das Licht im Inneren des Gebäudes flackerte, als Caleb ebenfalls eintrat.

»Warum bist du hier, Caleb?«, fragte Katya, während sie begann, den Boden zu schrubben. Caleb hatte die kleine Mistgabel mitgebracht und schaufelte damit einen Haufen ranziges Stroh auf.

»Meinst du aus einer existenziellen Perspektive?«, erwiderte Caleb. Katya schaute ihn an und sah in der Düsternis ein Lächeln auf seinem Gesicht. »Oder meinst du, warum ich hier bin und mit dir einen Schweinestall ausmiste?«

»Du weißt, was ich meine«, sagte sie und erwiderte sein Lächeln nicht. Seine Worte von vorhin, dass sie in Schwierigkeiten steckten, gingen ihr nicht mehr aus dem Kopf.

»Ich muss irgendwo sein, Katya.« Caleb balancierte einen großen Haufen Stroh auf der Mistgabel. Er schob ihn in Richtung der Öffnung in der Wand. »Und im Moment bin ich hier.«

Katya seufzte. Das war nicht die Antwort, die sie erwartet hatte. Sie fegte das Stroh hin und her, sodass ein kleiner Strohhaufen entstand, den Caleb mit der Mistgabel aufheben konnte und versuchte einen anderen Ansatz.

»Erzähl mir etwas über dich«, sagte sie, ohne ihn anzusehen. »Ich weiß kaum etwas über dich, aber du weißt eine Menge über mich.«

»Was würdest du gerne wissen?«

Sie seufzte wieder. Er machte ihr die Sache schwer. »Warst du schon immer ein Prediger?«

»In gewisser Weise, ja, ich denke schon. In der einen oder anderen Form.«

»Aber du gehörst nicht zu einer Kirche?«

»Nein.« Caleb hievte den Strohhaufen aus der Öffnung,

die als Tür diente, und wandte sich dem nächsten zu. »Nein, tue ich nicht.« Katya war sich nicht sicher, aber sie glaubte, für den Bruchteil einer Sekunde einen dunklen Blick in seinen Augen zu erkennen.

»Warum bist du nach England gekommen?« Für einen Moment dachte sie, er würde antworten, dass er irgendwo sein musste, aber er tat es nicht. »Und warum bist du mit dem Boot gekommen? Hast du keinen Reisepass?« Caleb antwortete einige Augenblicke lang nicht, sondern stach weiter in den Misthaufen, den Katya anhäufte. Sie arbeiteten schweigend, bis er aufhörte zu schaufeln und sich ihr zuwandte.

»Drei Fragen in einer«, antwortete Caleb mit einem schwachen Lächeln. »Ich bin nach England gekommen, um etwas oder jemanden zu finden. Ich bin mir noch nicht sicher, was genau. Und ich bin mit dem Boot gekommen, weil ich zwar einen Reisepass habe, ihn aber lieber nicht benutze.«

»Warum nicht?«, sagte Katya und wischte sich über die Stirn. Es wurde heiß im Schuppen und die Anstrengung war nicht gerade hilfreich. »Bist du auf der Flucht vor etwas? Oder vor jemandem?«

»Nein, es ist nur einfacher so. Sollen wir uns einen Moment ausruhen?«

Erleichtert bückte sich Katya und ging aus dem Stall, um sich im Schatten daneben auszuruhen. Sie war durstig, aber das einzige Wasser in der Nähe war im Trog der Schweine. Sie setzte sich hin und prüfte den Boden, um sicherzugehen, dass sie sich nicht in etwas setzte, das die Schweine dort hinterlassen hatten. Wenige Augenblicke später kam Caleb zu ihr. Als sie sich zu ihm umdrehte, starrte er wieder mit demselben abwesenden Blick in den

Wald wie zuvor. Katya wollte unbedingt, dass er blieb, aber sie wollte ihn nicht so direkt fragen. Vielleicht, so dachte sie, würde er ja bleiben, wenn er einen Grund dazu hätte.

»Hast du Brüder oder Schwestern?«, fragte sie ihn.

»Ich hatte mal einen Bruder, aber er ist gestorben.« Caleb drehte sich um und sah sie an, aber in seinem Gesicht war keine Trauer zu sehen. »Das ist schon lange her. Ich habe keine Schwestern und meine Eltern sind beide tot. Es gibt also nur mich.«

»Keine Frau oder Freundin?«

»Nein.«

»Einen Freund?«

»Nein«, antwortet Caleb mit einem Lächeln.

»Hattest du jemals eine Frau oder Freundin?«

»Ehefrau? Nein. Freundinnen? Ja.« Sein Lächeln wurde breiter. »Ich bin kein Mönch.«

Sie saßen einige Augenblicke lang in fast geselligem Schweigen.

»Ich könnte schlafen«, sagte Katya und gähnte. Caleb stand auf und ging zu der Kiste. Dann hob er den frischen Strohballen auf, als ob er aus nichts bestünde. Er stellte den Ballen in den Schatten des Schuppens und klopfte ihn ab.

»Mach es dir hier gemütlich«, sagte er.

»Ich kann nicht. Es gibt viel zu tun.«

»Du kannst.«

Katya stand auf und ließ sich von Calebs Hand aufhelfen. Sie gähnte erneut und setzte sich auf den Ballen.

»Vielleicht nur für ein paar Augenblicke«, sagte Katya und schwang ihre Beine auf den Ballen. »Weckst du mich, bevor du wieder anfängst?«

»Natürlich werde ich das«, antwortete Caleb. »Jetzt mach die Augen zu. Du bist erschöpft.«

Sie tat wie ihr befohlen und atmete tief ein. Das Letzte, woran sie sich erinnerte, war Calebs Hand auf ihrer Stirn, mit der er ihr eine Haarsträhne aus dem Gesicht strich. Sie hörte, wie er ein leises Geräusch von sich gab, aber das verklang, als der Schlaf sie einholte.

37

»Mateo«, sagte Aleksander und versuchte, die Panik aus seiner Stimme herauszuhalten. »Hinter uns ist ein Polizeiauto.«

Er hörte Mateo am anderen Ende der Leitung leise fluchen.

»Wo ist das Mädchen?«, fragte Mateo. Sein Tonfall war scharf und Aleksander konnte die Anspannung darin spüren.

»Sie ist im Fußraum«, antwortete Aleksander und gab Ana dabei einen Tritt. Sie schrie auf, also trat er sie noch einmal, diesmal härter. Die kleine Schlampe machte viel mehr Ärger als sie wert war und Alexander war versucht, ihr eine Lektion zu erteilen, die sie nicht vergessen würde. Wenn es ihm gelänge, Mateo betrunken zu machen und selbst nüchtern zu bleiben, könnte er ihr in dieser Nacht vielleicht eine erste Einführung in ihr neues Leben geben.

»Tu ihr nicht weh, du Idiot!«, rief Mateo in die Leitung. Aleksander hielt einen Moment inne. In der Gegenwart seines Bruders würde er es nicht wagen, ihm ins Gesicht zu sagen, dass er ein Idiot ist. »Was machen die da? Die Polizei?«

Aleksander warf einen Blick in den Seitenspiegel. Er konnte das Polizeiauto hinter ihnen erkennen. Es war vielleicht fünfzig Yards entfernt und fuhr genauso schnell wie sie. Aleksander sah, dass der Polizist auf dem Beifahrersitz ein Mikrofon an seinen Mund hielt.

»Sie tun nichts«, sagte Aleksander. »Sie sind direkt hinter uns und das schon seit ein paar Minuten. Was soll ich tun?«

»Nichts«, sagte Mateo. »Sag Gjergj, er soll Ruhe bewahren. Es könnte ein Zufall sein.«

»Das ist es nicht. Wir sind an ihnen vorbeigefahren und sie sind uns hinterhergefahren. Ich habe das Mädchen aber außer Sichtweite gebracht.« Aleksander wusste, dass ihnen das nicht helfen würde, wenn sie angehalten werden würden. Auch wenn sie kein Englisch sprach, wusste er, dass sie sich mehr für sie interessieren würden als der Wachmann es getan hatte.

»Der Transporter ist doch legal, oder?«

»Gjergj?«, sagte Aleksander zu seinem Kollegen. »Mateo will wissen, ob der Transporter legal ist?«

»Natürlich ist er legal«, antwortete Gjergj mit zusammengebissenen Zähnen. Aleksander sah, wie seine Augen auf den Seitenspiegel blickten. Als sie das Geschäft gestartet hatten, hatten sie beschlossen, dass das Fahrzeug ordnungsgemäß zugelassen und versichert sein musste. Das war ein Risiko, da es Gjergj persönlich mit dem Fahrzeug verband, aber die Alternative war, dass es von jeder Kamera für Kennzeichenerkennung als gestohlen oder illegal gemeldet werden könnte. In einem Land, in dem es mehr Überwachungskameras als Menschen gab, war das kein Risiko, das sie eingehen konnten. »Steuern, Versicherung, alles.«

Aleksander gab das an Mateo weiter. Am anderen Ende der Leitung herrschte eine Stille, die Aleksander wie eine Ewigkeit vorkam. Schließlich ergriff sein Bruder das Wort, aber es war nicht das, was Aleksander hören wollte.

»Okay, sobald die Luft rein ist, rufst du mich sofort zurück.«

»Was meinst du mit *rein*?«, schoss Aleksander zurück. Der Transporter war zwar legal, aber er selbst war immer noch im Besitz einer Schusswaffe, ganz zu schweigen von dem entführten Kind im Fußraum.

»Wenn kein Polizeiauto mehr hinter euch ist.«

»Was wirst du tun?«

»Ich kann nichts tun, um euch zu helfen, Aleksander«, sagte Mateo. Aleksander wusste, dass sein Bruder Recht hatte, aber gleichzeitig hasste er ihn dafür, dass er es sagte. »Wenn ich in den nächsten dreißig Minuten nichts von dir höre, dann ist alles vorbei. Du bist auf dich allein gestellt.« Um Mateo gegenüber fair zu sein, hatten sie besprochen, was passieren würde, wenn einer von ihnen von den Behörden erwischt werden würde. Aleksander wusste, dass er nicht zögern würde, das Gleiche zu tun, wenn ihre Rollen andersrum wären.

Aleksander beendete das Gespräch und schaute erneut in den Seitenspiegel. Er teilte Gjergj mit, was Mateo gesagt hatte, und dieser schien die Möglichkeit, dass ihre Operation beendet werden könnte, gelassener zu sehen. Aber Gjergj war nur der Fahrer. Er hatte nicht so viel Einfluss auf das Spiel wie Aleksander und Mateo.

Hinter ihnen sah Aleksander, wie der Polizist auf dem Beifahrersitz sein Mikrofon weglegte und etwas zu dem Fahrer sagte. Ein paar Sekunden später hörte er ein Geräusch, das ihn bis ins Innerste erschreckte.

Es war das *whoop whoop* einer Sirene.

38

Caleb stöhnte, als er die Wasserfässer hochhob. Er wusste, dass jedes von ihnen zwanzig Kilogramm wog und ein Fassungsvermögen von fünfundzwanzig Litern hatte. Er hatte sie nicht bis zum Rand gefüllt, aber sie waren trotzdem schwerer als er erwartet hatte. Dies war seine zweite Tour und er würde mindestens eine weitere machen müssen, bis der Wassertrog für die Schweine voll war.

Während Katya immer noch auf dem Heuballen schlief, hatte Caleb den Schweinestall so leise wie möglich ausgemistet, um sie nicht zu wecken. Sie würde schon früh genug aufwachen, dachte er, als er den Weg zurückging. Der schattige Bereich, in dem sich der Ballen befand, wurde immer kleiner und er wusste, dass sie aufwachen würde, sobald die Sonne ihr Gesicht erreichte. Aber hoffentlich würde sie ausgeruht sein, wenn dies geschah.

Seine Arme und Schultern schmerzten von der Anstrengung, aber Caleb ging stetig weiter den Weg entlang. Er war fast genau auf halbem Weg zurück zu dem kleinen Gelände, als er anhielt und die Fässer abstellte.

Vorhin hatte er eine kleine Lücke in der Baumreihe gesehen, die er sich genauer anschauen wollte. Wenn er Recht hatte, und das hatte er meistens, führte die Lücke zu einem Pfad, der zu gleichmäßig war, um natürlich zu sein. Als er sich der Lücke näherte und seine Schultern rollte, um den Schmerz zu lindern, konnte er sehen, dass er Recht gehabt hatte. Der Pfad war gerade und kein Tier, das er kannte, zog eine richtige Linie durch das Unterholz, nicht dass es unter dem dichten Blätterdach der Kiefern viel Unterholz gäbe.

Als er den Pfad entlangging, fühlte sich Caleb in seine Kindheit zurückversetzt. An einem sonnigen Nachmittag, viele Jahre zuvor, war er mit seinem Bruder und zwei Freunden einen ähnlichen Pfad entlanggelaufen. Sie erkundeten die Wälder in der Nähe von Lufkin, tief im Osten von Texas, wohin sein Vater sie auf der Suche nach Arbeit mitgenommen hatte. Als Kinder waren sie genauso abenteuerlustig wie sein Vater auf der Suche nach einer sinnvollen, bezahlten Arbeit gewesen. Caleb lächelte bei der Erinnerung, sowohl wegen der Einfachheit seines damaligen Lebens als auch wegen derjenigen, die jetzt nicht mehr da waren und nie mehr zurückkehren würden.

Nach etwa hundert Yards schlug der Pfad einen leichten Winkel nach links ein, bevor er in eine Lichtung mündete. In der Mitte der Lichtung, die viel kleiner war als der Schweinestall, befand sich das, was Caleb suchte. Er blickte auf den hohen Turm und die Metalltreppe, die spiralförmig nach oben führte. Obwohl er Tausende von Meilen von dem in Lufkin entfernt war, konnte der Feuerwachturm von derselben Firma gebaut worden sein. Im Gegensatz zu dem Turm, den er vor vielen Jahren mit seinem Bruder bestiegen hatte, war die Treppe zu diesem Turm durch nichts blockiert. Wahrscheinlich, weil keine Kinder in der Nähe waren, die sich gegenseitig herausforderten, den Turm zu besteigen.

Caleb stieg die Treppe hinauf und fragte sich, wann das letzte Mal jemand oben gesessen und den Horizont nach Rauchschwaden abgesucht hatte. Er bezweifelte, dass die Engländer Flugzeuge benutzten, um nach Bränden zu suchen. Der Wald war sicher zu klein, um das tun zu können. Nicht so wie die Wälder in Texas. Selbst die Wälder von East Central Texas würden ein ganzes Zehntel des Landes einnehmen, in dem er sich gerade befand, und das war für texanische Verhältnisse ein kleiner Wald.

Als er die Spitze des Aussichtsturms erreichte, war Caleb von der Anstrengung ganz außer Atem. Er suchte den Boden der Plattform ab, sah aber keine Anzeichen für menschliche Behausungen. Keine leeren Wasserflaschen, keine Essensverpackungen. Keine Anzeichen dafür, dass jemand vor kurzem hier gewesen war. Wie auch immer die Engländer nach Waldbränden Ausschau hielten, sie benutzten keine Türme. Er schaute zur Sonne, um sich zu orientieren und drehte sich nach Norden. Die Baumgrenze reichte so weit, wie er sehen konnte. Im Osten, ein paar hundert Yards entfernt, lag der Schweinestall. Er konnte gerade noch die Gestalt von Katya erkennen, die immer noch auf dem Heuballen lag, und erlaubte sich ein Lächeln. Calebs Augen folgten der Fährte. Ungefähr eine Meile weiter östlich von der Lichtung, auf der der Schweinestall stand, befand sich eine weitere, viel größere Lichtung. Dort befand sich eine Gruppe von Gebäuden mit roten Dächern, die um einen zentralen Platz angeordnet waren. Caleb hob die Hand, um seine Augen vor der Sonne zu schützen und blinzelte, als er verschiedene landwirtschaftliche Maschinen sowie ein kastenförmiges Auto oder einen Kombi sah, die in der Nähe des Gebäudes geparkt waren.

Caleb machte sich einen Moment lang einen Spaß daraus, ein imaginäres Artilleriefeuer auf den Bauernhof in der Ferne abzufeuern, wobei er sein erstes Geschoss absichtlich fünfzig Yards links vom Ziel landete, damit er die Kugeln für die letzte Salve laufen lassen konnte. Dann richtete er seine Aufmerksamkeit auf den Westen. Er konnte das Bauernhaus und den Weg sehen, auf dem sie hergefahren waren, aber er verschwand nach etwa hundert Yards in den Bäumen. Er erinnerte sich daran, dass der Weg gerade oder fast gerade gewesen war. Das bedeutete, dass die Hauptstraße ungefähr zehn Meilen in diese Richtung entfernt war. Aber was die Zivilisation anging, konnte er außer dem Bauernhaus und dem Schweinestall nichts weiter als Bäume sehen.

Vielleicht war England doch nicht so klein, wie er gedacht hatte.

39

Katyas Augen flatterten, als das Sonnenlicht über ihr Gesicht fiel. Sie öffnete sie kurz, bevor sie sie wieder schloss und ihre Position auf dem Ballen veränderte, um ihre Augen zu schützen. Als sie sie wieder öffnete und ein paar Mal blinzelte, sah sie Caleb, der langsam auf sie zuging, mit einem Wasserfass in jeder Hand. Sein Oberkörper war nackt, die Ärmel seines Gewandes waren um seine Taille geschlungen und sie bemerkte, wie sich die Sehnen seiner Arme unter dem Gewicht der Fässer anspannten.

»Ich dachte, ich hätte gesagt, du sollst mich aufwecken«, sagte Katya, setzte sich auf und streckte sich. »Wie lange habe ich denn geschlafen?«

»Du hast die Ruhe gebraucht, Katya«, antwortete Caleb. Er stellte die Wasserfässer neben dem Trog ab. Einige der Schweine trotteten zu ihm hinüber, aber als sie merkten, dass er kein Futter für sie hatte, zogen sie sich zurück. Katya stand auf und schaute in das kleine Gebäude. Auf dem Boden lag frisches Stroh und eines der Schweine schob es auf dem nun sauberen Boden herum und gab dabei ein zufriedenes Schnüffelgeräusch von sich. »Willst du etwas Wasser, bevor ich den Trog fülle? Die Fässer sind sauber, falls du durstig bist?«

Katya ging zu Caleb hinüber und bemerkte, dass sein Oberkörper von einem dünnen Schweißfilm bedeckt war. Er war muskulös, aber sein Körperbau entsprach eher dem eines Langstreckenläufers als dem eines Bodybuilders. Als sie näherkam, konnte sie mehrere Narben auf seinem Oberkörper sehen. In der Nähe seines rechten Schlüsselbeins befand sich eine kleine, faltige Narbe, deren Blässe sich von der umgebenden gebräunten Haut abhob. Weiter unten auf der linken Seite seines Bauches befand sich eine blasse Linie, die so gerade war, dass sie chirurgisch aussah, bis Katya die gepunkteten Linien von groben Nähten sah. Als ob Caleb sich ihres Blickes bewusst wäre, wickelte er die Ärmel seines Gewandes heraus und steckte seine Arme wieder in das Gewand. Peinlich berührt schaute Katya weg. Sie murmelte eine Entschuldigung, war sich aber nicht sicher, ob er sie gehört hatte.

Als er sein Gewand zugeknöpft hatte, drehte sich Caleb zu Katya um und hob mit hochgezogenen Augenbrauen eines der Wasserfässer an. Ohne ein Wort zu sagen, trat sie mit ausgestreckten Händen vor, die Handflächen nach oben und übereinander gelegt, als ob sie das Abendmahl empfangen würde. Es war viele Jahre her, dass sie das getan hatte.

Caleb goss ihr Wasser in die Handfläche, wobei seine Augen die ihren nicht verließen. Sie spritzte sich das Wasser ins Gesicht und erschrak über dessen Temperatur.

»Oh Gott, ist das kalt«, sagte sie lachend.

»Willst du nicht etwas trinken?«, sagte Caleb. »Wie ich schon sagte, die Fässer sind ziemlich sauber.« Katya streckte ihre Hände wieder aus und dieses Mal trank sie daraus, anstatt sich das Wasser ins Gesicht zu spritzen. »Noch mehr?«, fragte er. Sie nickte als Antwort.

»Danke«, sagte Katya, als sie fertig war. »Das fühlt sich so viel besser an.«

»Es sind die einfachen Freuden, meinst du nicht auch?«, erwiderte Caleb und schaute zum Himmel hinauf. »Die Sonne scheint, es ist ein schöner Tag.« Er kippte das Fass hoch und begann, den Trog zu füllen.

»Wann werden wir reden, Caleb?«, fragte Katya ihn. »Über unsere Situation?«

Caleb antwortete zunächst nicht, sondern konzentrierte sich auf seine Arbeit. Als das Fass leer war, schaute er sie an, bevor er den Deckel des zweiten Fasses abschraubte.

»Bald«, sagte er, während das Wasser in den Trog plätscherte. »Vorher muss ich noch mehr Informationen sammeln.«

»Was für Informationen?«, schoss Katya zurück und versuchte vergeblich, ihre Verärgerung zu verbergen. Caleb schaute sie nur mit grauen Augen an. »Wir sollten so schnell wie möglich verschwinden.«

»Wohin?« Seine Antwort war einfach und niederschmetternd.

»Es muss doch irgendwo etwas geben. Wie du schon sagtest, England ist ein kleines Land.« Sie verschränkte die Arme vor der Brust. »Wir könnten ihnen Transporter stehlen.«

»Solange wir die Schlüssel haben, ja. Es sei denn, du kannst ihn kurzschließen?« Caleb sah sie mit einem leicht amüsierten Gesichtsausdruck an, was sie nur noch mehr ärgerte. »Wir sollten zurück zum Bauernhaus gehen«, sagte er und hob die beiden leeren Fässer auf.

Sie gingen eine Weile schweigend weiter, während Katya in Gedanken versunken war. Ein paar Mal schaute sie zu

Caleb hinüber, aber er schien nicht in der Stimmung zu sein, zu reden. Sie mochte ihn, aber gleichzeitig hatte er die Angewohnheit, sich in sich selbst zu verkriechen. Es gab eine Redewendung dafür, an die sie sich nur schwer erinnern konnte. Als es ihr gelang, schnippte sie erfreut mit den Fingern.

»Geht es dir gut?«, fragte Caleb und sah bei dem Geräusch auf.

»Was ist dir denn für eine Laus über die Leber gelaufen?«, sagte sie und unterdrückte ein Lächeln.

»Mir ist viel mehr als nur eine Laus über die Leber gelaufen, Katya«, antwortete Caleb mit gleichmäßiger Miene.

Ihre Freude darüber, dass sie sich den Satz gemerkt hatte, schwand, als sie sah, wie er einer schläfrigen Biene auswich, die vor ihnen über den Weg flog. Sie sah ihm ein paar Sekunden lang zu, bevor sie wieder neben ihm herlief. Nach ein paar hundert Yards hatte sie sich entschieden, was sie tun wollte.

Caleb hatte bis zum Abend des nächsten Tages Zeit, seine Informationen zu sammeln, was auch immer das sein mochte. Dann, nach Einbruch der Dunkelheit, würde sie mit den Mädchen fliehen. Mit oder ohne ihm.

40

Martin stöhnte und erschauderte, als Natalka unter ihm eine Reihe anerkennender Laute von sich gab, von denen er wusste, dass sie alles andere als echt waren. Aber, so dachte er, als er ein letztes Mal in sie eindrang, war ihm ihr Vergnügen egal, genauso wie ihr sein Vergnügen egal war. Er nahm sich einfach sein Vergnügen, egal wie.

»Oh, mein Gott, Martin«, sagte Natalka in stark akzentuiertem Englisch. »Das war unglaublich.« Sie stieß den Atem durch ihre Wangen aus und lächelte zu ihm hoch. »Mir ist so warm.«

Sie befanden sich in einem der Gästezimmer von Martins Haus. Es war eines der wenigen Zimmer, in denen keine versteckten Kameras installiert waren, weshalb er es benutzte, wenn er mit ihr oder einer anderen Frau zusammen war, die er unterhalten wollte. Oder, genauer gesagt, von ihr unterhalten werden wollte. Martin rollte sich von Natalka herunter, widerstand dem Drang, ihr das blöde Lächeln aus dem Gesicht zu schlagen, und ging ins Bad, um sich ein Handtuch zu holen. Als er zurückkam, lag Natalka immer noch nackt auf dem Bett, auf einer Seite liegend und sah ihn an. Sie war nach Martins Meinung eine der besser aussehenden Frauen, die bei ihm als Haushälterin gearbeitet hatten. Sie war Anfang zwanzig, schlanker als bei ihrer Ankunft und hatte schnell gelernt, was Martin mochte und was nicht. Trotz allem, was er und Robert in den letzten Monaten mit ihr angestellt hatten, wirkte sie immer noch unschuldig. Am Anfang war das noch echt gewesen. Aber jetzt dachte er, dass es eine sorgfältig aufgebaute Maske war, die sie trug, um ihre Gunst zu gewinnen, die nun aufgebraucht war.

»Ich werde dich versetzen, Natalka«, sagte Martin. Dem Stirnrunzeln auf ihrem Gesicht nach zu urteilen, verstand sie ihn nicht, also zeigte er mit dem Finger auf sie. »Du«, sagte er und deutete auf die Schlafzimmertür, »gehst an einen anderen Ort.«

»An einen anderen Ort?«, fragte Natalka. »Aber ich bin gerne deine Haushälterin.« Sie versuchte es mit einem verführerischen Lächeln, aber Martin hatte es schon einmal gesehen und wusste, dass es nicht echt war. »Ich mag, was wir tun. Die Art und Weise, wie du mich dazu bringst...«

»Genug«, sagte Martin. »Zieh dich an.«

»Wo gehe ich hin?«, fragte Natalka, während sie nach ihrer Unterwäsche griff. Martin beobachtete, wie sie ihr Höschen musterte und feststellte, dass es zerrissen war, bevor sie es vorsichtig in ihrer Hand zusammenknüllte.

»Ich habe einen Ort in der Nähe von Milton Keynes«, antwortete Martin. »Ein Massagesalon. Du wirst dort arbeiten, bis deine Schulden beglichen sind.« Er war bereits gelangweilt, sowohl von diesem Gespräch als auch von dieser Frau. »Du hast gesagt, dir gefällt, was wir tun?« Natalka zögerte, bevor sie nickte.

»Ja, das stimmt«, sagte sie mit leiser Stimme und hob ihre Jeans vom Boden auf.

»Jetzt kannst du es mit vielen anderen Männern tun.«

Martin ignorierte den entsetzten Gesichtsausdruck von Natalka, als er sich umdrehte und seine eigenen Sachen aufhob. Als er aus dem Bad zurückkam, flossen bei ihr die Tränen. Sie drehte sich zu ihm um und wollte gerade etwas sagen, als er sie unterbrach.

»Wechsle die Laken«, sagte er, ohne sie anzusehen. »Sie sind schmutzig.«

Martin verließ das Schlafzimmer, schlug die Tür hinter sich zu und machte sich auf den Weg ins Wohnzimmer. Er ging zu einem Schrank, der wie eine Weltkugel aussah, und öffnete den Deckel, bevor er einen feinen Malt und ein Kristallglas aussuchte, um ihm gerecht zu werden. Martin fügte gerade ein paar Tropfen Wasser hinzu, um den Torf zu lösen, wie er in einem Buch gelesen hatte, als Robert den Raum betrat.

»Schick Natalka nach Milton Keynes«, sagte Martin und nippte an seinem Drink. Wenn Robert von Martins Entscheidung überrascht war, war er so klug, es nicht zu zeigen. »In ein paar Tagen wird ein Ersatz für sie eintreffen.« Er drehte sich um und starrte seinen Sicherheitschef an. »Aber du darfst das neue Mädchen nicht anfassen, bis ich dir sage, dass du es darfst.«

»Du hattest einen Anruf, als du beschäftigt warst, Martin«, antwortete Robert. Er reichte ihm einen Zettel mit einer darauf gekritzelten Handynummer. Martin machte sich nicht die Mühe, die Nummer anzuschauen. Es würde ein Wegwerfhandy sein, also keine Nummer, die er kennen würde. Dann erwähnte Robert den Namen eines Politikers mit wundervollen Beziehungen. Martin interessierte sich nicht für die Politik und nur am Rande für die Beziehungen des Mannes. Ihn interessierte vor allem, wie tief der Politiker in die Tasche greifen konnte, und das war beachtlich.

»Danke«, sagte Martin und steckte das Papier in seine Tasche. Als Robert keine Anstalten machte, sich zu bewegen, ging Martin ein paar Schritte auf seine Bürotür zu. Kurz bevor er es betrat, drehte er sich zu dem anderen Mann um. »Als ich Natalka verließ, war sie ein bisschen aufgebracht. Vielleicht kannst du sie trösten, bevor sie uns für immer verlässt?«

Auf Martins Vorschlag hin erschien ein schiefes Lächeln auf Roberts Gesicht.

»Ich glaube, ich weiß genau, was sie braucht«, sagte Robert.

»Sei nur nicht zu enthusiastisch mit ihr«, antwortete Martin. »Sie wird am ersten Tag anfangen müssen, zu verdienen.« Ohne auf eine Antwort zu warten, ging Martin in sein Büro und schloss die Tür hinter sich. Er ging zu einer Schublade in dem großen Mahagonischreibtisch und zog ein brandneues Handy heraus. Es war noch nie benutzt worden und wurde von Robert gegen Bargeld an einem Marktstand ohne Kameras gekauft. Einen Moment später hörte er eine vertraute tiefe Baritonstimme.

»Hallo?«, sagte die Stimme. Bei diesem Anruf würden keine Namen genannt werden.

»Wie kann ich helfen?«, fragte Martin. Es war ungewöhnlich, dass seine Kunden ihn direkt anriefen. Die meisten zogen es vor, sich hinter der Anonymität einer gesicherten E-Mail zu verstecken.

»Ich habe einen Vorschlag für die Pakete, die du hast«, antwortete die Baritonstimme. »Ich denke, es wird dir gefallen.«

41

»Was sollen wir tun?«

Aleksander konnte das Zittern in Gjergjs Stimme hören, als er die Frage stellte. Er blickte auf Ana hinunter, die immer noch im Fußraum des Transporters hockte. Er war versucht, sie noch einmal zu treten, aber das würde nicht helfen. Sie hatten nicht viele Möglichkeiten. Sie befanden sich in einem Transporter auf einer ruhigen Straße, mit einem Polizeiauto hinter ihnen, das versuchte, sie anzuhalten, und mit einem entführten Mädchen.

Er griff nach dem kalten Metall der Pistole, die er in seinem Hosenbund trug. Würde er genug Zeit haben, um die beiden Polizisten zu erschießen? Er wusste aus einer Fernsehsendung, die er auf dem kleinen Fernseher im Wohnzimmer des Bauernhauses gesehen hatte, dass alle Polizeiautos in diesem Land mit Kameras ausgestattet waren. Aber vielleicht könnte er schon längst weg sein, wenn sich jemand die Aufnahmen ansah? Aleksander schlüpfte aus seiner Jacke. Bevor er sie über das Mädchen legte, starrte er sie so bedrohlich an, wie er konnte, und presste einen Finger an seine Lippen. Mit dieser Geste gab es keine Sprachbarriere und er sah, wie sie nickte, als er sie mit dem Kleidungsstück bedeckte. Wenigstens konnte sie jetzt nicht mehr gesehen werden.

»Aleksander?«, sagte Gjergj. »Was soll ich tun?« Seine Stimme klang fast panisch und das Mädchen im Fußraum war still geworden. Vielleicht hatte sie die Situation mitbekommen, obwohl sie sie nicht verstehen konnte. Hinter ihnen ertönte erneut die Sirene des Polizeiautos.

»Da«, sagte Aleksander und zeigte auf eine kleine Einfahrt am Straßenrand, die zu einem Bauernhof führte. »Fahr da ran.« Er musste die Sache einfach durchziehen. Er würde die Polizisten erschießen, wenn es sein musste. Dann könnten sie verschwinden. Das Einzige, was sie mit dem Transporter verband, war Gjergj, und um den konnte man sich kümmern. Das wäre eine Schande, dachte Aleksander, als der Transporter langsamer wurde. Er mochte Gjergj, aber Geschäft ist Geschäft.

Der Transporter kam zum Stehen und kippte leicht, als Gjergj auf den Randstreifen fuhr. Zu spät erkannte Aleksander, dass er zu nah am Tor stand, um die Tür zu öffnen. Das bedeutete, dass er die Polizisten aus dem Inneren des Transporters heraus erschießen musste, was die Sache verkomplizierte. Aber es war ja nicht so, dass sie zurückschießen konnten. Die Polizisten hier waren so machtlos, dass sie nicht einmal Schusswaffen bei sich trugen.

Er schob seine Hand hinter seinen Rücken und zog die Pistole aus seinem Hosenbund, bevor er sie neben seinem Oberschenkel versteckte. Das Polizeiauto hielt ein paar Yards vor dem Transporter und versperrte die Straße komplett. Aleksander hörte Gjergj fluchen, als sich die Beifahrertür des Polizeiautos öffnete und ein stämmiger Polizist herauskam.

»Guten Morgen, meine Herren«, sagte der Polizist, nachdem Gjergj mit zitternder Hand das Fenster heruntergekurbelt hatte. Aleksander sah den Polizisten an. Er trug eine schwarze Schutzweste, in die seine Daumen in der Nähe der Achselhöhlen eingehakt waren. Würde sie eine Kugel aufhalten? »Schöner Tag, nicht wahr?«

»Er spricht kein Englisch«, antwortete Aleksander in Gjergjs Namen. »Gibt es ein Problem?« Seine Hand verkrampfte sich um den Griff der Pistole und er lehnte sich zur Seite, um zu sehen, ob er eine freie Schussbahn auf den Fahrer hätte, wenn er den Beamten am Fenster erschießen würde.

»Ganz und gar nicht, Sir«, antwortete der Beamte mit ausdruckslosem Gesicht. »Nur eine Routinekontrolle. Könnten Sie Ihren Freund bitte nach seinem Führerschein fragen?«

»Er will deinen Führerschein«, sagte Aleksander und wechselte ins Albanische. »Gib ihn ihm einfach, ganz ruhig.« Gjergj griff in seine Tasche und holte seinen Führerschein heraus. Als er ihn dem Polizeibeamten reichte, ließ er ihn fast fallen.

»Danke«, antwortete der Polizist, während er sich die Plastikkarte mit Gjergjs Foto ansah. »Was haben Sie heute vor?«

»Wie bitte?«, antwortete Aleksander und verstand die Frage nicht.

»Wohin fahren Sie?«, fragte der Polizist. Er reichte Gjergj den Führerschein zurück. Unter der Jacke zappelte das Mädchen, aber Aleksander war sich nicht sicher, ob der Polizist es bemerkt hatte. Er wollte sie mit dem Fuß treten, aber er wollte auch nicht, dass sie aufschrie.

»Wir fahren zum Bauernhof«, antwortete Aleksander.

»Welchem Bauernhof?«

»Äh, ich weiß nicht genau, wie er heißt.«

»Sie wissen nicht, wie der Bauernhof heißt, zu dem Sie fahren?«

»Nein.« Aleksander zeigt auf das Navi. »Es steht da drin.«

Der Polizist beugte sich ein wenig vor, um auf den kleinen Bildschirm zu schauen. Die kleinste Bewegung des Mädchens unter der Jacke würde sie verraten.

»Halliwell Bauernhof«, sagte der Polizist und las auf dem Bildschirm ab. »Kann nicht behaupten, dass ich ihn kenne. Wo ist er?«

»Wir folgen einfach der Frau.« Aleksander zeigte wieder auf den Bildschirm. »Sie sagt es uns.«

»Sie arbeiten dort?«

»Ja.«

»Und was machen Sie da?«

Gerade als Aleksander antworten wollte, gab der andere Polizist einen Ton von sich.

»Mark?« Der Polizist, der am Transporter stand, drehte sich um und sah seinen Kollegen an. Aleksander hatte freie Schussbahn auf den Mann auf dem Fahrersitz, auch wenn das bedeutete, dass Gjergj eine glühende Patronenhülse ins Gesicht bekommen würde. »Wir haben einen Einsatz, Kumpel.«

Aleksanders Finger verkrampften sich um den Griff der Pistole, als er sie zu heben begann. Eine für den Fahrer, eine für seinen Kollegen. Ein kurzes Wendemanöver und schon wären sie auf dem Weg. Zu seinen Füßen zappelte das Mädchen erneut, als der Polizist einen Blick auf Aleksander warf. Diesmal hatte er die Bewegung bemerkt.

»Was ist da drunter?«, fragte er und starrte Aleksander an.

42

———

Caleb blieb die meiste Zeit des Weges zurück zum Bauernhaus still. Er wusste, dass Katya reden wollte, aber er brauchte Zeit, um zu verarbeiten, was vor sich ging. Als er noch eine Uniform trug, mussten sie sich oft überlegen, welche Handlungsmöglichkeiten sie in einem bestimmten Fall hatten. Caleb erinnerte sich daran, wie sein kommandierender Offizier sie nach Handlungsmöglichkeiten gefragt hatte. Was sind unsere Handlungsmöglichkeiten für diese Situation, fragte er sie in Bezug auf eine Vielzahl von Situationen. Manche waren gut, aber meistens waren sie eher schlecht. Es war eine logische Denkweise, die er zu schätzen wusste.

Die erste Handlungsmöglichkeit war immer, nichts zu tun. Und genau das war der Punkt, an dem er gerade war. Es gab keinen Plan, jedenfalls noch nicht. Die Option war, nichts zu tun und abzuwarten, was passiert. Wenn er das tun würde, was würde dann passieren? Die Mädchen würden zweifellos irgendwohin gebracht werden, wahrscheinlich an einen anderen Ort als Katya. Das Einzige, was sicher war, war, dass die Mädchen nicht adoptiert werden würden und dass Katya nicht als Kindermädchen arbeiten würde. Würden die drei Männer den Bauernhof verlassen, wenn die Frauen gegangen waren? Wenn ja, was würde dann aus Caleb werden? Er hatte keine Uhr, die er den Schweinen zum Schnüffeln in ihrem Stall hinterlassen konnte.

Die zweite Handlungsmöglichkeit war im Allgemeinen eher eine radikale Option. Hart zuschlagen, als Erster zuschlagen und schnell zuschlagen mit den meisten verfügbaren Waffen in so kurzer Zeit wie möglich. Dieser Weg war zumindest für die kommandierenden Offiziere in der Basis immer verlockend gewesen. Aber immer die am wenigsten zu bevorzugende Option für diejenigen, die vor Ort waren. Gelegentlich überlebte jemand den Angriff und ein verwundeter Hund biss mit aller Macht zu.

Dann blieb nur noch der Mittelweg, mit dem sich Caleb im Moment beschäftigte. Er hatte eine gedankliche Karte des Bauernhauses, zu dem sie gingen, im Zentrum. Ground Zero. Es gab einen Weg, der plus minus zweihundertzehn Yards in einem Winkel von neunzig Grad zum Schweinestall führte. Weitere eintausendsiebenhundert Yards weiter befand sich auf seiner mentalen Karte eine kleine Ansammlung von Rechtecken, die den Standort des Bauernhofkomplexes zeigten, den er vom Turm aus gesehen hatte. Hundertsiebzig Grad vom Bauernhaus entfernt lag der Weg, den sie genommen hatten. Aber abgesehen von diesen Orientierungspunkten bestand der Rest der Karte aus einem grünen Wald.

Caleb hatte nur eine echte Waffe. Die Axt. Oder zwei, wenn er die Mistgabel mitzählte, aber die war im Schweinestall. Es überraschte ihn, dass sie ihm erlaubt hatten, sie zu benutzen, aber die Tatsache, dass sie ihm mehrere Dinge gesagt und mehrere Möglichkeiten angedeutet hatten, sagte ihm, dass sie nicht damit rechneten. Es sagte ihm, dass sie nicht damit rechneten, dass er sich wehren würde und das deutete auf Nachlässigkeit oder zumindest Selbstgefälligkeit ihrerseits hin. Vielleicht waren sie an Gewalt nicht gewöhnt? Vielleicht konnten sie zwar gut reden, waren aber nicht in der Lage, zu handeln? Caleb hatte nur eine Waffe gesehen, nämlich die, die Aleksander in der Hand gehabt hatte und er hatte den Eindruck, dass er sie zu benutzen gewohnt war. Aber jede Waffe, egal ob Klinge oder Schusswaffe, war nur in den richtigen Händen nützlich. Und im Moment befand sich die Waffe in den falschen.

»Katya?«, sagte Caleb, als sie einige hundert Yards vom Bauernhaus entfernt waren, und drehte sich um, um sie anzusehen. Sie hob die Hand, um ihre Augen vor der Sonne zu schützen, und während die Sonne auf ihre Kleidung schien, war ihre Bluse durchsichtig. Ein plötzlicher Heißhunger durchfuhr ihn und er schloss für ein paar Sekunden die Augen, um ihn zu verdrängen. Es war schon lange her, dass er mit einer Frau zusammen gewesen war.

»Was?«, antwortete Katya. Er konnte die Anspannung in ihrer Stimme spüren.

»Hast du schon mal eine Waffe benutzt?«

Sie sah ihn nur an und gab ihm die Antwort, die er zu kennen glaubte, ohne zu sprechen.

»Ich bin Englischlehrerin, Caleb«, sagte sie. »Also nein, ich habe noch nie eine Waffe benutzt.«

Caleb drehte sich um und ging weiter auf das Gebäude zu. Was sie gerade gesagt hatte, würde in Texas überhaupt keinen Sinn ergeben. Aber sie waren nicht in Texas.

»Caleb?« Katya war ein paar Schritte gejoggt, um ihn einzuholen. Sie streckte die Hand aus und nahm seine Hand in ihre, was ihm einen weiteren Stich versetzte. Ihre

Finger waren weich und kühl auf seinen. »Caleb, bitte. Wir müssen etwas tun.«

Er schaute sie an und achtete darauf, dass seine Augen auf den ihren ruhten. Ein anderer Blick würde nur den Hunger stillen und das war eine Ablenkung, die er nicht gebrauchen konnte.

»Das werden wir, Katya«, sagte er, fast flüsternd. »Ich verspreche dir, das werden wir.«

»Aber was?«

Caleb holte tief Luft, bevor er antwortete.

»Ich arbeite daran.«

43

»**W**as ist los?«, brüllte Mateo in der Sekunde, in der er den Anruf entgegennahm, ins Handy. »Aleksander?«

»Es ist alles in Ordnung«, hörte er seinen Bruder sagen. »Wir sind wieder auf der Straße. Die Polizei ist weg.«

»Was meinst du mit *weg*?«, schoss Mateo zurück. Wenn sein blöder Bruder etwas getan hätte, würde er nicht zögern, ihn den Wölfen vorzuwerfen. Und wenn er der Polizei etwas angetan hätte, würde es eine Menge Wölfe geben. »Was hast du getan?« Zu seiner Überraschung lachte Aleksander.

»Nichts, Mateo«, sagte Aleksander. »Ich habe nichts getan. Musst du immer so schlecht von mir denken?« Mateo verkniff sich eine Antwort, während er darauf wartete, dass sein Bruder fortfuhr. »Sie sind irgendwohin zu einem Einsatz gefahren. Wir haben angehalten, aber dann kam etwas über ihr Funkgerät rein, also haben sie uns in Ruhe gelassen.«

Mateo atmete erleichtert auf. Er bekreuzigte sich mit seiner freien Hand, führte seine Finger an die Lippen und küsste sie und hob seine Hand zum Dank an die Seele ihrer Mutter. Sie hatte auf sie aufgepasst, so wie sie es immer tat.

»Wo seid ihr jetzt?«, fragte Mateo.

»Wir sind etwa fünfundvierzig Minuten entfernt«, antwortete Aleksander. »Wir sind gerade dabei, auf den Weg zu fahren.«

»Und das Mädchen?«

»Ihr geht es gut. Ruhig wie ein Mäuschen.«

»Gut. Wir essen zu Mittag, wenn ihr zurück seid. Dann schicken wir sie wieder an die Arbeit.«

Mateo beendete das Gespräch und drehte sich gerade um, als die Frau und der Mann im Gewand das Bauernhaus betraten. Sie sahen beide erschöpft von der Sonne aus, vielleicht sogar leicht verbrannt. Er deutete auf das Waschbecken.

»Trinkt etwas«, sagte er.

Mateo sah zu wie Caleb zu einem Schrank ging und ihn öffnete. Er griff hinein und holte drei Gläser, die er an der Spüle füllte und auf den Tisch stellte.

»Dürfen wir uns setzen?«, fragte er Mateo und schaute auf den Tisch. Mateo nickte und sah zu, wie sie sich setzten. Die Erleichterung auf dem Gesicht der Frau war offensichtlich. »Ich habe dir auch ein Glas eingeschenkt, Mateo«, sagte Caleb. Er lächelte Mateo fast an, aber nicht wirklich, und Mateo musste sich zusammenreißen, bevor er dem Mann dankte.

Wenige Augenblicke später, als zwei leere Gläser und ein volles noch auf dem Tisch standen, stand Caleb auf und fragte, ob er auf die Toilette gehen könne. Mateo nickte und Caleb ging an ihm vorbei, wobei er ihn mit seinem Gewand streifte. Wenige Augenblicke später hörte Mateo die Spülung des Spülkastens.

»Wo ist Elene?«, fragte Katya Mateo.

»Sie ist oben, im Schlafzimmer. Ich glaube, sie schläft.«

»Warum tust du das, Mateo? Uns hier festhalten?«

»Es ist nur für einen Tag oder so. Nur so lange, bis wir alles fertig haben.« Er konnte an ihrem Gesichtsausdruck erkennen, dass sie ihm nicht glaubte, aber das war ihm egal. Sie wollte gerade etwas anderes sagen, als Caleb zurückkam.

»Ihr könnt euch im Schlafzimmer ausruhen«, sagte Mateo zu den beiden, um sie aus dem Weg zu haben. »Wir werden in einer Stunde essen, sobald Aleksander zurück ist.«

Caleb ging zum Tisch und sammelte die beiden leeren Gläser ein. Er füllte sie wieder auf und ging zur Tür, wobei er Mateo erneut streifte.

Mateo folgte ihnen die Treppe hinauf ins Schlafzimmer, wo Katya mit einem dankbaren Seufzer auf ihrem Bett zusammensackte. Caleb ging zu seinem eigenen Bett und setzte sich hin, wobei er einen Blick auf die schlafende Elene warf.

»Du musst das nicht tun, Mateo«, sagte Caleb, als Mateo die Fußfessel aufhob. »Ich will dir nichts Böses.«

Mateo antwortete nicht, sondern legte Caleb die Fessel um den Knöchel. Nicht um den, der noch die Schürf-wunden von Aleksander trug, sondern um den anderen. Er achtete darauf, dass er sie nicht zu fest anzog. Der Mann im Gewand würde ihnen nichts nützen, wenn er nicht laufen konnte.

Als Caleb gefesselt war, kehrte Mateo in die Küche zurück. Er setzte sich an den Tisch und zückte sein Handy. Ein paar Sekunden später sprach er mit Gramoz, der nicht erfreut klang. Aber das tat er ja auch selten.

»Es gibt eine Verzögerung bei den Paketen«, sagte

Gramoz. »Das Wetter ist nicht gut. Also werden die zusätzlichen Pakete morgen nicht bei euch sein.«

»Wann denn dann?«, fragte Mateo. Je eher sie eintrafen, desto eher konnten sie weiterziehen. Erst dann würden Mateo und Aleksander den Rest ihres Geldes erhalten.

»Sie werden kommen, wenn das Wetter gut genug ist«, sagte Gramoz und knurrte in die Leitung. »Halte einfach deinen Kopf unten und die Hosen deines Bruders oben.«

»Ja, Onkel«, antwortete Mateo, aber er bemerkte, dass er mit sich selbst sprach. Es sah so aus, als würden ihre Gäste länger bei ihnen bleiben, als er gedacht hatte. Das war alles, was er brauchte. Aleksander konnte nicht einmal einkaufen gehen, ohne in Schwierigkeiten zu geraten, und je mehr Zeit er in Katyas Gesellschaft verbrachte, desto schwieriger würde es werden, ihn zu kontrollieren. Vielleicht wäre es einfacher, wenn sein Bruder sich einfach mit der Frau vergnügen würde?

Mateo seufzte und schaute auf sein Handy. Der Versuch, Aleksander zu kontrollieren, zögerte das Unvermeidliche nur hinaus.

44

—————

Katya legte sich auf das Bett, zog die Decke über sich und schloss die Augen. Sie wusste, dass sie nicht schlafen konnte; nicht, nachdem sie an diesem Morgen ein Nickerchen gemacht hatte. Als sie die Decke einen Moment später beiseite schob, sah sie Caleb, der sie ansah. Er sagte nichts. Er schaute sie nur an, aber sein Blick hatte nichts Unbehagliches an sich. Im Gegenteil, er beruhigte sie, als sie ihre Augen wieder schloss.

Sie wusste, dass sie etwas tun musste. Die Tatsache, dass Mateo Caleb angekettet hatte, wenn auch nur für kurze Zeit, sagte ihr, dass er auch in der Nacht seine Fessel tragen würde. Das bedeutete, wenn sie zusammen etwas unternehmen wollten, mussten sie es vorher tun. Die Alternative war, Caleb zurückzulassen und Katya wusste nicht, was sie von dieser Option hielt. Sicherlich konnte er auf sich selbst aufpassen. Katya hatte nicht das Gefühl, dass er in irgendeiner Weise gefährdet war. Nur sie und die Mädchen waren ihrer Meinung nach wirklich in Gefahr.

Katya seufzte, warf die Decke von sich und stand so leise auf, wie sie konnte, um Elene nicht zu wecken. Caleb sah sie immer noch an, aber als Katya ihn ansah, schloss er die Augen und setzte sich auf das Bett, als würde er meditieren. Vielleicht tat er das auch. Sie ging in das kleine Badezimmer im Obergeschoss und stellte sich, nachdem sie die Tür hinter sich geschlossen hatte, auf den Klodeckel, um das kleine Fenster über der Toilette zu öffnen. Die Scharniere waren alt und sie brauchte ein paar Versuche, um das Fenster zu öffnen. Als es sich öffnete, war die Bewegung von einem leichten metallischen Quietschen begleitet. Katya hielt inne und lauschte auf Schritte oder ein anderes Zeichen, dass Mateo sie gehört hatte, aber es war nichts zu hören. In der Nacht würde das Geräusch noch stärker zu hören sein.

Sie beugte sich vor, um aus dem Fenster zu schauen, und fuhr mit den Händen über den Rahmen. Katya konnte sich hindurchzwängen, da war sie sich sicher. Die Mädchen würden kein Problem sein. Aber Caleb? Katya war sich nicht sicher. Als sie nach unten blickte, sah Katya ein schräges Dach unter sich und dann einen Abhang, der vielleicht zwei oder drei Fuß in die Tiefe führte. Das war ein großer Abstand, besonders für die Mädchen, aber es war machbar, wenn sie Caleb zurückließen. Katya konnte auch die Lücke in den Bäumen ausmachen, auf die Caleb sie zuvor hingewiesen hatte.

Katya schloss das Fenster und öffnete es wieder. Diesmal war das Quietschen nicht so laut, also wiederholte sie die Bewegung noch ein paar Mal, um das Scharnier zu lockern. Als sie damit fertig war, war es zwar leiser, aber es machte immer noch ein Geräusch. Sie musste herausfinden, was sich unter dem Dach befand und wie der Boden beschaffen war. Katya vermutete, dass es das Badezimmer im Erdgeschoss war, was Sinn machen würde. Wenn es das war, würde sie vielleicht niemand hören. Sie konnte immer noch etwas Bettzeug hinwerfen, um den Lärm zu dämpfen. Nachdem sie sich vergewissert hatte, dass der Riegel des Fensters geschlossen war, aber nicht zu fest, setzte sich Katya auf den Toilettendeckel.

Sie brauchte dringend eine Dusche oder – auch wenn das nicht möglich war – ein Bad. Ihr eigener Körpergeruch machte sich bemerkbar – wenn nicht für andere, dann für sie selbst. Katya hatte Ana gefragt, ob sie ein paar grundlegende Hygieneartikel mit einkaufen könnte, aber sie war sich nicht sicher, ob Aleksander ihr das erlauben würde. Wenn sie etwas Vertrauen zu Mateo aufbauen könnte, könnte sie ihn vielleicht zum Einkaufen begleiten? Es gab noch ein paar andere Dinge, die sie brauchte. Aber sie würde niemanden bitten, sie für sie zu kaufen. Sie brauchte sie noch nicht, aber das würde sie in den nächsten Tagen tun und sie würde Aleksander nicht bitten, ihr Hygieneartikel zu kaufen.

Vielleicht brauchte Elene auch welche, Katya wusste es nicht. Wenn nicht, dann konnte dieser Tag nicht mehr allzu weit entfernt sein. Hatte überhaupt jemand mit dem armen Mädchen darüber gesprochen? Soweit Katya wusste, wurde das Waisenhaus, aus dem Elene und Ana stammten, von Frauen der örtlichen Kirche geleitet. Aber auch Frauen, die in die Kirche gingen, hatten ihre Periode.

Katya stand auf und drehte den Wasserhahn auf, nur für den Fall. Dann trocknete sie sich die Hände an einem schimmeligen Handtuch und kehrte ins Schlafzimmer zurück. Elene schlief noch.

»Katya?«, sagte Caleb und schaute sie an. »Komm und setz dich hierher.« Er klopfte mit der Hand auf die Seite seines Bettes. Sie tat wie ihr geheißen und setzte sich ein wenig von ihm entfernt hin . Als er seine Hand ausstreckte und sie auf ihre legte, sah sie, wie er für ein paar Sekunden die Augen schloss. »An wann denkst du? Heute Nacht? Morgen Nacht wäre besser. Dann ist der Mond heller.«

»Was meinst du?«, antwortete Katya überrascht.

»Es ist ein langer Fall vom Dach, besonders für Ana«, sagte Caleb und nahm seine Hand weg. »Aber wenn du dich auf die rechte Seite des Hauses fallen lässt, ist der Boden dort weicher. Lass Elene zuerst gehen und gib dann Ana an zu ihr hinunter.«

Katya sah ihn an und spürte einen Kloß im Hals, mit dem sie nicht gerechnet hatte.

»Was ist mit dir?«, flüsterte sie und wollte, dass er seine Hand wieder auf ihre legt.

»Ich werde schon klarkommen«, sagte Caleb und lächelte schief. »Gott wird auf mich aufpassen.«

45

Martin beobachtete, wie Robert auf dem großen Computerbildschirm vor ihm fleißig am Arbeiten war. Als er angefangen hatte, hatte Natalka sich bemüht, anerkennende Laute von sich zu geben, aber innerhalb weniger Minuten waren diese in so laute Schreie übergegangen, dass Martin gezwungen war, die Lautstärke herunterzudrehen. Jetzt war sie still und hatte die Augen fest geschlossen. Martin wusste, dass sie darauf wartete, dass Robert seine Arbeit zu Ende brachte, Stoß für Stoß.

Da er keine Lust mehr hatte, Robert und Natalka weiter zu beobachten, schaltete Martin den Bildschirm aus. Er hatte nur zugeschaut, um sicherzugehen, dass Robert sie nicht markierte. Natalkas Körper musste makellos sein, sonst konnte sie nicht arbeiten, und wenn sie nicht arbeitete, verdiente sie auch kein Geld für Martin. Martins Gedanken drehten sich um das Gespräch mit seinem politischen Kunden. Was er vorgeschlagen hatte, war höchst ungewöhnlich und würde alle anderen Kunden von Martin maßlos irritieren. Aber das konnte nur passieren, wenn sie von dem Vorschlag des Politikers wussten. Martin hatte nicht vor, es ihnen mitzuteilen – nicht angesichts der hohen Summe, die auf dem Tisch lag – und da noch ein weiteres Paket auf dem Weg war, würden sie nichts davon mitbekommen. Alles, was es brauchte, war ein wenig Finesse, und darin war Martin sehr gut.

Martin stand auf, durchquerte den Raum und stellte sich vor das Fenster. Hinter der Glasscheibe erstreckte sich eine riesige Rasenfläche bis zu einem schmalen Streifen Fluss am Ende des Gartens. Der Fluss war nicht immer so über das Land geflossen wie jetzt und er hatte jemandem viel bezahlen müssen, um ihn so umzuleiten, wie er es wollte. Aber jetzt war es perfekt. Es gab sogar ein kleines, strohgedecktes Gartenhaus neben dem Wasser, das einige seiner Gäste gelegentlich nutzten. Die Jalousien an den Fenstern sorgten für die nötige Privatsphäre, wenn sie gebraucht wurde.

Er würde Natalka vermissen, in gewisser Weise. Er vermisste sie immer, wenn er sie verlegen ließ. Aber das Wissen, dass er sie auf ihre Reise geschickt hatte, gab ihm etwas Trost – etwas, das Martin immer gern tat. Er genoss das Wissen, dass sie das, was sie mit anderen Männern taten, zuerst mit ihm getan hatten. Das war der einzige Grund, warum Martin Roberts außerschulische Aktivitäten tolerierte.

Martin ging zurück zu seinem Schreibtisch und nahm den Bericht in die Hand, den Robert für ihn vorbereitet hatte. Er setzte sich in den mahagonifarbenen Kapitänsstuhl und lehnte sich ein wenig zurück, während er ihn las. Der Bericht enthielt Informationen über zwei der zusätzlichen Sicherheitskräfte, die Robert für die bevorstehende Party an diesem Wochenende eingestellt hatte. Viele der Formulierungen in dem Bericht verstand Martin nicht. Zu viele Abkürzungen mit drei Buchstaben und Namen von Einheiten, von denen er noch nie gehört hatte. Aber die Männer sahen gut aus, dachte Martin, als er sich ihre Fotos ansah. Beide waren groß, die Art von Masse, die nur Muskeln geben können. Sie waren erfahren, fähig und laut seinem Kontakt im Verteidigungsministerium in London sehr unehrenhaft aus der britischen Armee entlassen worden.

Solange sie diskret waren und nicht zu viele Fragen stellten, war Martin zufrieden. Keiner der Männer, die ihm aus Roberts Bericht entgegensahen, schien die Intelligenz zu haben, Fragen zu stellen. Sie waren nicht umsonst als Infanteristen bekannt. Sie mussten nur dafür sorgen, dass die Leute auf der Party nicht gestört wurden, während sie sich amüsierten.

Martin legte den Bericht auf den Schreibtisch und sah in seinem Kalender nach. Er erwartete morgen den Besuch eines anderen Mannes, was ein Grund für Natalkas Abreise war. Der Besucher, in gewisser Weise sein Vorgesetzter, würde ihre Anwesenheit in seinem Haus nicht gutheißen. Die meisten Leute in der Organisation, für die sie arbeiteten, würden ihre Anwesenheit in seinem Haus nicht gutheißen. Und der Spaß, den er mit ihr hatte, könnte zu seiner Entlassung führen. Aber Martin war hoch genug in seiner Organisation, um sich darüber keine Sorgen zu machen.

»Ich denke, ich könnte eine Weile im Gartenhaus verbringen«, murmelte Martin vor sich hin. Er ging zu seinem Getränkeschrank und schenkte sich einen großen Drink ein. Diesmal Bourbon, um seinen Geschmack zu treffen.

Zwanzig Minuten später saß Martin am Fluss und betrachtete die schöne Aussicht, die er hatte. Aber er langweilte sich.

»Ja, Boss?« Robert ging wie immer nach zwei Klingeltönen an sein Handy.

»Hat sie sich gewaschen?«, fragte Martin. Robert würde wissen, von wem er sprach.

»Ja, hat sie«, antwortete Robert.

»Schick sie ins Gartenhaus.«

Martin beendete das Gespräch und stand auf. Er ging ein paar Schritte zu einem der Fenster und zog die Jalousien herunter. Martin wusste, dass die einzige Person, die hineinsehen konnte, Robert war, aber es zahlte sich aus, diskret zu sein.

Wenigstens schrie Natalka nicht, wenn sie bei ihm war.

46

Caleb riss ein Stück vom Brötchen ab – dankbar für die Nahrung, wenn auch nicht für den Geschmack. Ihm gegenüber saßen Ana und Elene am Küchentisch, während Katya einen Topf auf dem Herd umrührte. Was auch immer in dem Topf war, es roch fantastisch. Caleb war nach den Anstrengungen des Nachmittags so hungrig, dass er es gar nicht erwarten konnte, etwas zu essen.

Der Transporter war gegen dreizehn Uhr zurückgekehrt, aber sie hatten Caleb und Katya mit den Mädchen im Schlafzimmer zurückgelassen. Sie konnten im unteren Stockwerk Schreie hören, hatten aber keine Ahnung, worum es bei dem Streit ging. Während die Brüder sich gegenseitig anschrien, sprach Katya mit Ana über ihre Fahrt. Das Mädchen erzählte ihnen, dass der Transporter von einem Polizeiauto angehalten worden war, nachdem Aleksander – der böse Mann, wie Ana ihn nannte – von einem Wachmann im Supermarkt angesprochen worden war. Aber weil Ana nicht verstehen konnte, was die anderen sagten, und weil sie, als das Polizeiauto sie anhielt, unter einem Mantel steckte, konnte sie nicht sagen, was passiert war. Katya hatte Caleb alles auf Englisch erzählt.

»Das sind doch gute Nachrichten, oder?«, hatte Katya ihn gefragt. »Die Polizei, meine ich.« Caleb war sich da nicht so sicher und erklärte, dass die Polizei sie hatte gehen lassen, also hatten sie keinen Verdacht geschöpft.

Als das Geschrei verstummt war, kam Mateo ins Schlafzimmer.

»Du«, hatte er gesagt und zeigte auf Caleb. »Komm mit!« Nachdem er die Fessel abgenommen hatte, folgte Caleb Mateo zur Vorderseite des Bauernhauses. Dort lag ein riesiger Haufen grober Kies, an den eine Schubkarre und ein Spaten gelehnt waren. Mateo wies Caleb an, die Schubkarre zu füllen und sie dorthin zu bringen, wo der Weg zur Hauptstraße begann. Dann zeigte er auf ein Schlagloch. »Fülle es, dann fülle die anderen.«

Da er wusste, dass die Aufgabe nur dazu diente, ihn zu beschäftigen, ließ sich Caleb Zeit. Während er arbeitete, dachte er an einen Artikel, den er einige Jahre zuvor über die Golden Gate Bridge in San Francisco gelesen hatte. In dem Artikel ging es um das Team von Malern, die ständig daran arbeiteten, die Brücke zu streichen, indem sie mit Pinseln jede einzelne der sechshunderttausend Nieten strichen. Wenn sie dann das Ende der Brücke erreicht hatten, fingen sie von vorne an.

»Was ist in dem Topf, Katya?«, fragte Caleb. Katya schaute zu ihm auf, bevor sie antwortete. Sie sah jetzt ganz anders aus. Nachdem sie an diesem Nachmittag mit Hilfe der Mädchen das Haus von oben bis unten geputzt hatten, waren die drei mit einer Dusche belohnt worden. Alexander hatte zu Caleb gesagt, dass er duschen könne, nachdem alle anderen geduscht hatten. Mit kaltem Wasser, denn es würde kein warmes Wasser mehr geben. Caleb machte das nichts aus. Kalte Duschen waren charakterstärkend.

»Ich fürchte, das ist Eintopf aus der Dose«, sagte Katya mit einem Lächeln. Sie hatte ihr Haar zu einem lockeren Pferdeschwanz gebunden, der ihr kantiges Gesicht zur Geltung brachte, und trug frische Kleidung. Der Unterschied war nach Calebs Meinung gewaltig. Sie sah entspannter und menschlicher aus, als er sie bisher gesehen hatte. »Ich habe ein paar zusätzliche Zutaten aus dem Schrank hinzugefügt, um es ein bisschen interessanter zu machen, aber es ist immer noch ziemlich fade.«

Er beobachtete, wie Katya einen Löffel in den Topf tauchte und mit der Hand unter dem Löffel zu ihm hinüberging, um eventuelle Tropfen aufzufangen. Sie schürzte die Lippen und pustete auf das Essen, bevor sie ihm den Löffel zum Mund führte, als wäre er ein Kind. Caleb öffnete seinen Mund und ließ sich von ihr füttern, wobei er ihr in die Augen schaute. Der Eintopf war für Calebs Geschmack alles andere als fade. Und die Art und Weise, wie er serviert wurde, war fast schon sinnlich.

»Wir essen zuerst, Schlampe.« Katya zuckte beim Klang von Aleksanders Stimme zusammen und Caleb drehte sich zu dem Albaner um. Er lehnte gegen den Türrahmen und während Caleb zusah, fuhr er mit seinen Augen an Katyas Körper auf und ab. Als ob sie die Musterung gespürt hätte, wandte sich Katya ab. Aleksander ging zum Tisch hinüber, streckte seine Hand aus und schlug Caleb das Brötchen weg. Es fiel auf den Boden und hinterließ eine Spur von Krümeln. Caleb sagte nichts, sondern verschränkte die Hände vor sich und schaute auf den Tisch.

Wenige Augenblicke später, nachdem die Albaner hereingekommen waren, sich Schüsseln mit Eintopf und Brot genommen hatten und wieder gegangen waren, schaute Caleb auf den Teller vor ihm. Er hatte sich vergewissert, dass er als Letzter seine Portion bekam und dass die Mädchen genug bekamen. Als Katya die gleiche Portion in ihre und seine Schüssel gab, gab Caleb ihr mit dem Löffel etwas davon zurück. Dann schloss er die Augen und sprach ein kleines Gebet für die Seelen der Tiere, die diese Mahlzeit möglich gemacht hatten. Er war fast fertig, als er hörte, wie Elene etwas zu Katya sagte.

»Sie will wissen, wofür du betest?«, fragte Katya Caleb.

»Ich bete für die Tiere, die diese Mahlzeit ermöglicht haben«, antwortete er. »Dass ihre Reise in den Tod eine gute war, aber das willst du vielleicht nicht erklären.« Er sah, wie Katya einen Moment lang nachdachte, bevor sie etwas in ihrer Muttersprache zu den Mädchen sagte. Dann sahen sich Ana und Elene an und brachen in Gelächter aus.

»Was hast du ihnen gesagt?«, fragte er. Katya sah ihn an, während die Mädchen weiter kicherten. Sie strahlte, und ihr ganzes Gesicht leuchtete auf.

»Ich habe ihnen gesagt, dass du deinen Gott um Vergebung bittest.«

»Vergebung für was?« Caleb sah die Mädchen an und hob die Augenbrauen, was sie nur noch lauter kichern ließ.

»Vergebung, wenn mein Eintopf dich im Schlaf furzen lässt.«

47

Aleksander rülpste geräuschvoll und lehnte sich in seinem Sessel zurück. Gegenüber, in dem kleinen Wohnzimmer des Bauernhofs, wischte Mateo mit seinem Brot die Reste des Eintopfs aus der Schüssel. Gjergj, fast so, als wolle er nicht im selben Raum wie die Brüder sein, hatte schnell gegessen und stand vor dem Bauernhaus.

»Ich habe immer noch Hunger«, sagte Aleksander und stupste mit der Hand auf seine leere Schüssel. »Sie hat nicht genug Essen gemacht.«

»Sie hat das gemacht, was du ihr gekauft hast«, antwortete Mateo. »Wenn du mehr willst, musst du zurück zum Supermarkt fahren. Hier. Bring die Schüsseln weg.«

Aleksander lachte über seinen Bruder, stand auf und ging in die Küche.

»Ihr«, sagte er und deutete auf die beiden Kinder. »Geht rein und holt die Schüsseln.« Die Mädchen sahen ihn nur mit einem leeren Blick an.

»Ich hole sie«, sagte Katya und stand auf.

»Nein, ich habe gesagt, dass sie es tun sollen«, antwortete Aleksander. »Sag ihnen, was ich gesagt habe.«

Er wartete, während Katya seinen Befehl übersetzte. Als sie zu Ende gesprochen hatte, sahen ihn beide Mädchen mit Angst in den Augen an. Elene sagte etwas zu Katya, die mit einer ruhigen Stimme antwortete. Als die Mädchen aufstanden, konnte Aleksander sehen, dass sie Angst hatten, und vor allem der ängstliche Ausdruck von Elene erregte ihn. Vielleicht, dachte Aleksander, als er sie und ihre Schwester aus der Küche gehen sah, könnten sie bei der nächsten Reise ein zusätzliches Paket nur für ihn mitbringen?

»Nach oben, Priester«, sagte Aleksander zu Caleb. Der Mann betrachtete ihn über seine leere Schüssel hinweg. Aleksander konnte seinen Gesichtsausdruck nicht lesen. Er war wie ein unbeschriebenes Blatt. Der Albaner schlug mit der Hand auf den Tisch, so dass Katya und das andere Mädchen zusammenzuckten. »Ich sagte, nach oben! In dein Schlafzimmer. Es gibt Arbeit zu erledigen.«

Caleb stand auf und stellte seine Schüssel neben dem Waschbecken ab. Dann drehte er sich um und ging mit leicht gesenktem Kopf an Aleksander vorbei. Einen Moment später hörte Aleksander die Treppe knarren. Jetzt waren nur noch er und Katya in der Küche.

Aleksander machte drei schnelle Schritte über den gefliesten Boden. Seine Hand schoss hervor und griff nach Katyas Hals, sein Finger grub sich in das weiche Fleisch. Aleksander hob seine Hand so weit er konnte und zwang sie auf ihre Zehenspitzen und mit dem Rücken gegen einen der Küchenschränke. Er hielt sie ein paar Sekunden lang fest, aber außer dem Zischen der Luft durch ihre Zähne, während sie versuchte zu atmen, gab sie keinen Laut von sich. Sie sah ihn nicht einmal an, sondern starrte auf die gegenüberliegende Wand und blinzelte wütend. Aleksander beugte sich vor, so dass sein Mund nur noch ein Stück von ihrem Ohr entfernt war.

»Bald, Schlampe«, sagte er. »Bald gibt es nur noch dich und mich.« Aleksander konnte sehen, wie sich ihr Gesicht rötete und sich die Adern in ihrem Nacken zu wölben begannen. Er drückte ein letztes Mal auf das weiche Gewebe, bevor er sie losließ.

Katya atmete tief durch, während ihre Hände zu ihrer Kehle wanderten und sie mit dem Rücken an den Schrank rutschte. Als Ana und Elene aus dem Wohnzimmer zurückkamen, saß sie auf dem Boden und massierte mit den Fingern ihren Hals. Elene sagte etwas zu ihr, stellte die Schüsseln in ihren Händen auf den Tisch und rannte quer durch die Küche. Aleksander ignorierte sie und machte sich auf den Weg zum Schlafzimmer.

Als er dort ankam, stand Caleb in der Mitte des Raumes und blickte zur Tür. Er hatte immer noch den gleichen ausdruckslosen Gesichtsausdruck. Als er am Eingang des Zimmers stehen blieb, überlegte Aleksander, ob er seine Pistole ziehen sollte, um sicherzugehen, dass er nicht irgendetwas versuchen würde. Aber was sollte er schon versuchen? Er war nur ein Mann in einem Gewand.

»Diese beiden Betten«, sagte Aleksander und deutete auf die Betten, in denen die beiden Mädchen am Abend zuvor geschlafen hatten. »Sie müssen in das Schlafzimmer gegenüber gebracht werden.« Er sah, wie Calebs Augenbrauen in die Höhe gingen, aber der Mann war so klug, nicht zu fragen, warum.

Aleksander trat einen Schritt zurück auf den Treppenabsatz und sah zu, wie Caleb die Betten abzog. Er faltete die Bettwäsche in präzise Rechtecke und legte sie auf sein eigenes Bett. Dann nahm er die Matratzen ab und brachte sie in den anderen Raum, bevor er zurückkam, um die Bettgestelle zu holen. Aleksander lachte, als Caleb zurückkam, um die Bettgestelle zu holen. Sie waren aus massivem Holz und – wie Aleksander wusste, da er und Gjergj sie zuvor bewegt hatten – sehr schwer. Aber er machte keine Anstalten, ihm zu helfen, noch wurde er darum gebeten.

Zu Aleksanders Überraschung war es für Caleb ein Kinderspiel, die schweren Gestelle zu bewegen. Er war stärker als er aussah. Als Caleb mit der Wäsche zurückkam und die Gestelle in den anderen Raum gebracht hatte, folgte Aleksander ihm ins zweite Schlafzimmer. Caleb baute die Betten in aller Stille wieder auf und passte die Position der beiden neuen Betten an die der beiden bereits vorhandenen an, damit sie gleichmäßig standen. Als er fertig war, waren die Laken gestrafft und glatt.

Während er Caleb in die Küche schickte, kehrte Aleksander ins Wohnzimmer zurück. Mateo hatte im Kamin ein Feuer für später gemacht, wenn es kalt sein würde, und saß in einem Sessel und nippte an einer Bierflasche. Aleksander holte sich eines aus dem Kühlschrank und setzte sich seinem Bruder gegenüber.

»Das Schlafzimmer ist fertig«, sagte er. Mateo nickte als Antwort.

»Gut. Aber sie werden frühestens übermorgen hier sein.« Mateo nahm einen langen Schluck aus seiner Flasche. »Schlechtes Wetter.«

»Das hättest du mir sagen können, bevor ich die Betten umgestellt habe«, antwortete Aleksander. Mateos Grinsen verriet ihm, dass er wusste, dass Aleksander nicht derjenige gewesen war, der sie umgestellt hatte. »Und was jetzt?«

»Jetzt?«, sagte Mateo. »Jetzt warten wir.«

48

Katya nippte an dem Glas Wasser, das Elene ihr angeboten hatte. Das kühle Wasser, das ihre Kehle hinunterlief, war erfrischend, verstärkte aber auch den stechenden Schmerz in ihrem Nacken, als sie schluckte. Sie war kurz davor gewesen, ohnmächtig zu werden, als Aleksander endlich seinen Griff gelöst hatte. Und der letzte Druck, den er ihr verpasst hatte, hatte dazu geführt, dass ihr für ein paar Sekunden schwarz vor Augen geworden war.

»Geht es dir gut?«, flüsterte Elene, obwohl nur Katya und die Mädchen in der Küche waren. »Hat er dir wehgetan?«

»Nein«, antwortete Katya und räusperte sich. »Nein, hat er nicht.«

»Ich mag ihn nicht«, sagte Elene.

»Er ist ein böser Mann«, fügte Ana hinzu und flüsterte ebenfalls. »Ich mag es nicht, wie er dich ansieht, Katya.« Für jemanden, der so jung war, war Ana sehr scharfsinnig.

»Ich auch nicht, Ana«, sagte Katya. »Aber hört zu, ich möchte mit euch beiden reden.«

Die drei setzten sich verschwörerisch an den Tisch.

»Was ist los, Katya?«, fragte Elene.

»Ich möchte, dass ihr beide heute Abend sehr mutig und sehr erwachsen seid, okay?«, sagte Katya. »Könnt ihr das für mich sein?« Die beiden Mädchen nickten einstimmig mit dem Kopf. »Heute Nacht, mitten in der Nacht, werden wir aus dem Fenster im oberen Badezimmer klettern und weglaufen.«

»Aber es ist zu hoch«, sagte Ana und ihre Augen weiteten sich. »Wir werden uns beim Rausspringen verletzen.«

»Das werdet ihr nicht, Ana«, erwiderte Katya. »Draußen gibt es ein Dach, auf dem wir landen können und von dort aus können wir auf den Boden gelangen. Du musst vielleicht ein bisschen springen, aber es ist nicht weit.«

»Wohin gehen wir?«, fragte Elene. Katya verkniff sich ihre erste Antwort. Das ist mir egal. Irgendwohin, nur nicht hierher.

»Wir werden dem Weg zurück zur Straße folgen und Polizisten finden, wie die, die du vorhin gesehen hast, Ana«, sagte Katya. »Aber es werden nicht nur zwei sein, die sie schicken, um die Männer zu holen, die uns festhalten. Sie werden Hunderte schicken.«

»Mit Gewehren?« Ana stand der Mund halb offen, ihre Augen waren groß.

»Mit sehr vielen. Und auch Polizeihunde, nehme ich an.« Katya lächelte, als Anas Augen sich noch mehr weiteten.

»Was ist mit Caleb?«, fragte Elene. »Kommt er auch mit?«

Katya hielt inne, bevor sie antwortete und überlegte, wie sie die Frage am besten beantworten sollte. Konnte sie den Kindern sagen, dass Caleb gefesselt war? Sie wusste nur, dass er in dieser Nacht auf jeden Fall angekettet sein würde. Wenn sie ihn nicht einmal ein Nickerchen ohne die Fesseln machen ließen, würden sie ihn auch nicht ohne sie schlafen lassen.

»Das glaube ich nicht, nein«, sagte sie einen Moment später.

»Aber was ist, wenn sie ihm wehtun?« Katya sah Elene an und streckte ihre Hand aus, um eine einzelne Träne aus ihrem Augenwinkel zu wischen.

»Sie brauchen Caleb, um die ganze Arbeit für sie zu erledigen«, sagte Katya. »Aber sobald wir in Sicherheit sind, wird er auch weglaufen.«

»Werden wir ihn wiedersehen?«

»Natürlich werden wir das.«

»Woher wissen wir, wann es Zeit ist zu gehen?«, fragte Ana.

»Ich werde euch wecken, aber ihr müsst ganz leise sein.« Katya legte ihre Hände wie ein Paar Pfoten vor sich. »Wie kleine Mäuse.« Elene lächelte kurz über diese Geste.

»Ich habe Angst, Katya«, sagte Ana. »Was ist, wenn sie hinter uns herlaufen, bevor wir bei der Polizei sind?«

»Dann rennen wir eben schneller, Ana.« Es war Elene, die Anas Frage beantwortete. »Du hast zu Hause immer die Rennen gewonnen, nicht wahr? Ich wette, du bist sogar schneller als Katya?«

»Nein!«, sagte Katya mit einem Ausdruck spöttischen Entsetzens. »Keiner ist schneller als ich! Nicht einmal du, Ana.« Sie hielt inne. »Bist du es?«

»Vielleicht«, antwortete Ana. »Ich könnte es sein.«

»Lass uns ein Rennen veranstalten, während wir fliehen. Wer am leisesten und am schnellsten zu den Bäumen rennt, gewinnt.«

»Was gewinnen wir?«, fragte Ana.

»Das ist eine Überraschung«, sagte Katya, die nicht wusste, was sie sonst sagen sollte. »Aber es ist eine sehr gute. Was meint ihr?« Sie schaute die beiden Mädchen an, bis sie beide mit dem Kopf nickten.

Wenige Augenblicke später, als sich das Gespräch von der Frage, was die Überraschung sein könnte, abgewandt hatte, sagte Ana, dass sie auf Toilette müsse. Als sich die Küchentür hinter ihr geschlossen hatte, wandte sich Elene an Katya.

»Katya?«, sagte sie. »Was Ana über die Art gesagt hat, wie er dich ansieht?«

»Ja? Was ist damit?«, antwortete Katya.

»Ich weiß nicht, warum, aber er sieht mich genauso an.« Elene hielt für ein paar Sekunden inne, mit einem tiefen Stirnrunzeln im Gesicht. »Darf ich dir eine Frage stellen?«

»Natürlich darfst du das, Schätzchen.«

»Wir werden doch nicht adoptiert, oder?«

Katya spürte einen stechenden Schmerz in ihrer Brust, als Elene sie fragte. Sie wollte weinen oder sie umarmen oder beides. Aber sie glaubte nicht, dass sie irgendwas davon tun konnte. Wie sollte sie darauf reagieren? Der Ausdruck auf Elenes Gesicht war anders. Entschlossen. Fast erwachsen, aber nicht ganz. Katya entschied sich für die Wahrheit.

»Nein, Elene«, sagte Katya und griff nach ihrer Hand. »Nein, das werdet ihr nicht.«

»Was haben sie dann mit uns vor? Mit dir?«

Dieses Mal wusste Katya, dass sie nicht die Wahrheit sagen konnte. In der Hoffnung, dass Elene die Lüge nicht durchschauen würde, antwortete sie.

»Ich weiß es nicht, Elene«, sagte Katya. »Ich weiß es nicht.«

Elene hielt ein paar Sekunden inne, bevor sie antwortete. Ihr Gesichtsausdruck hatte sich unmerklich verändert. Jetzt war es Enttäuschung, die sich, während Katya zusah, in Angst verwandelte.

»Doch, du weißt es, Katya«, sagte sie mit zittriger Stimme. »Ja, das tust du.«

———

49

»Sag ihnen, sie sollen sich beeilen«, sagte Mateo zu Katya. Seine Verärgerung war offensichtlich. Die beiden Mädchen waren in dem kleinen Badezimmer im Obergeschoss und putzten sich die Zähne. Er beobachtete, wie sie durch die Tür etwas zu Ana und Elene sagte. Sie antworteten, aber er hatte keine Ahnung, was sie gerade gesagt hatten.

»Warum sind sie verlegt worden?«, fragte Katya. »Sie möchten beide lieber im selben Raum wie Caleb und ich sein.«

»Weil wir es gesagt haben«, schoss Mateo zurück. Er war nicht in der Stimmung für Fragen.

Mateo trat einen Schritt zurück, als Caleb die Treppe hochkam, gefolgt von Aleksander, der die Pistole locker an seiner Seite hielt. Er nahm den Geruch von frischer Seife wahr, als Caleb an ihm vorbeiging, und fragte sich kurz, ob es noch heißes Wasser gegeben hatte. Aleksander hatte den Wasserhahn in der Küche laufen lassen, um sicherzugehen, dass es keins mehr gab. Es war kleinlich, aber sein Bruder hatte diese Eigenschaft in Hülle und Fülle.

»Ich nehme an, er ist nicht aus der Dusche geflüchtet?«, sagte Mateo zu seinem Bruder. Aleksander antwortete nicht, sondern grinste nur. Die beiden Männer gingen ins Schlafzimmer und einen Moment später hörte Mateo ein metallisches Klicken. Er wartete einen Moment, bis Alexander wieder die Treppe hinuntergegangen war.

Während er Katya an der Badezimmertür stehen ließ, ging Mateo ins Schlafzimmer, wo Caleb jetzt auf seinem Bett saß. Mateo griff in seine Tasche nach dem Schlüssel für die Fußfessel und hockte sich hin, um sie zu lösen, denn er wusste, dass Aleksander sie viel zu fest geschlossen hatte. Er hatte Recht.

»Eine Fußfessel ist nicht nötig«, sagte Caleb zu Mateo. »Wenn ich fliehen wollen würde, hätte ich das schon längst getan.« Mateo hielt inne. Da hatte er Recht. Caleb hatte viele Gelegenheiten zu fliehen gehabt, aber er hatte keine davon genutzt. »Bitte?«

»Nein, noch nicht«, antwortete Mateo. »Vielleicht morgen, wenn wir glauben, dass man dir vertrauen kann.« Er schaute auf Calebs Gesichtsausdruck, in der Erwartung, Enttäuschung zu sehen, aber da war nichts. Überhaupt kein Ausdruck. Caleb schaute nur.

Mateo stand auf und ging. Als er zum Treppenabsatz zurückkkam, waren die beiden Mädchen bereits im Bad fertig. Katya deckte sie im anderen Schlafzimmer mit den Bettdecken zu. Mateo sah ihnen einen Moment lang zu. Die Szene wirkte fast heimelig, denn Katya benahm sich wie ihre Mutter, während sie die Laken um sie herum glättete.

Er schüttelte den Kopf und lief die Treppe hinunter. Sie waren Produkte, das war alles. Seine Aufgabe war es, sie in dieses Land zu bringen. Was andere mit ihnen machten, ging ihn nichts an. Solange Mateo sein Geld bekam, war das das Einzige, was zählte.

Als Mateo ins Wohnzimmer kam, saß Aleksander wie immer im Sessel und nippte an einer Bierflasche. Mateo ging zum Kühlschrank und holte sich selbst eins.

»Wo ist Gjergj?«, fragte Mateo Aleksander.

»Draußen, am Handy«, antwortete Aleksander. »Er sagt, hier drinnen hat er keinen Empfang.«

Sie saßen schweigend da und nippten beide an ihren Bieren.

»Gibt es etwas Neues über das nächste Paket?«, fragte Aleksander nach ein paar Augenblicken.

»Ich habe vorhin mit Gramoz gesprochen«, antwortete Mateo irritiert. »Ich habe es dir schon gesagt. Es gibt eine Verzögerung wegen des Wetters.«

»Wie lange?«, fragte Aleksander, nachdem er laut geflucht hatte. Mateo zuckte nur mit den Schultern. Aleksander fluchte erneut und hatte gerade die Flasche an seine Lippen gehoben, als es fünf Mal schnell an der Küchentür klopfte.

»Was zum Teufel will der denn?«, sagte Mateo und stand auf. »Was ist los?«, rief er, als er sich der Tür näherte.

»Mateo, Aleksander«, rief Gjergj durch die Tür. »Kommt raus.«

Gefolgt von seinem Bruder, öffnete Mateo die Tür, um zu sehen, was Gjergj wollte. Ein tiefes Dröhnen lag in der Luft und Gjergj deutete in den Himmel. Mateo folgte seinem Finger und sah einen Fleck am Himmel, der immer größer wurde. Es war ein Hubschrauber. Ein kleiner Hubschrauber, vielleicht nur mit zwei Personen besetzt. Als er sich näherte und deutlicher wurde, sah Mateo, dass er schwarz war und weiße Streifen an der Seite hatte. Der Hubschrauber bewegte sich langsam und in einer geraden Linie. Wenn er seinen derzeitigen Kurs beibehielt, würde er direkt über das Dach des Bauernhauses fliegen.

»Geht wieder rein«, sagte Mateo und wies auf die Tür. Als sie wieder im Haus waren, ließ er die Tür einen Spalt offen, um den Hubschrauber beobachten zu können. »Aleksander, als du vorhin mit der Polizei gesprochen hast, hast du ihnen gesagt, wo der Hof ist?«

»Natürlich nicht«, schoss Aleksander zurück. »Für was hältst du mich? Für dumm?«

»Er hat es gesehen.« Es war Gjergj. »Auf dem Bildschirm des Navis. Der Polizist hat es gesehen.«

Mateo schaute zu dem Hubschrauber hinauf, der jetzt nahe genug war, um die Buchstaben auf der Seite zu lesen. Es war ein einziges Wort.

POLIZEI.

50

Caleb beobachtete, wie Katya von ihrem Bett aufsprang, zum Fenster rannte und wild mit den Armen nach dem kleinen Hubschrauber fuchtelte, der gerade vorbeiflog. Er konzentrierte sich ein paar Sekunden lang auf das Geräusch der Rotoren. Es gab keine Anzeichen dafür, dass das Flugzeug langsamer wurde, schneller flog oder sich neigte. Ohne es anzusehen, wusste Caleb, dass es gerade und waagerecht flog. Selbst wenn einer der Insassen Katya winken sehen würde, würde er wahrscheinlich nur zurückwinken.

»Es ist die Polizei!«, sagte Katya und ihre Aufregung war offensichtlich. »Caleb! Es ist die Polizei!« Sie winkte dem Hubschrauber weiter zu, aber er entfernte sich jetzt vom Bauernhaus. »Warum halten sie nicht an?« Einen Moment später, als das Geräusch der Rotoren in der Ferne verstummte, ließ sie ihre Arme fallen. Als sie sich wieder zu Caleb umdrehte, stand ihr die Enttäuschung ins Gesicht geschrieben.

»Katya«, sagte Caleb und griff in seine Tasche. »Ich habe etwas für dich.« Hoffentlich war es etwas, das sie von dem

Hubschrauber ablenken würde. »Ich habe es heute Morgen gemacht, als du geschlafen hast.« Er zog eine Mullbinde heraus, zwischen dessen Lagen ein grüner Stoff eingebettet war.

»Was ist das?«, fragte Katya, ging zu seinem Bett und setzte sich neben ihn.

»Das ist ein Breiumschlag.« Er hielt ihn hoch und drückte ihn sanft auf den blauen Fleck, den Aleksander mit seiner Faust verursacht hatte. »Nicht der Beste, den ich je gemacht habe, aber er wird helfen.«

»Woraus ist er gemacht?«, fragte sie und legte ihre Hand auf seine. Caleb wurde daran erinnert, wie kühl ihre Finger waren.

»Beinwell«, antwortete er. »Man nennt ihn auch Strickknochen oder Beinwurz, aber schon seit vielen Jahren nicht mehr.«

»Ist das eine Pflanze?«

»Ja«, sagte Caleb. »Sie hat viele heilende Eigenschaften. Lege es vor dem Schlafengehen unter deinen Kiefer und der blaue Fleck wird am Morgen kaum noch zu sehen sein.«

»Danke, Caleb«, antwortete Katya. Sie sah ihn einige Augenblicke lang an und er fragte sich, was sie wohl dachte. Dann sah er, wie ihr Blick auf die Fessel an seinem Knöchel fiel. »Hast du Mateo gefragt?«

»Habe ich. Aber er sagte, nicht heute Abend. Vielleicht morgen.«

»Also gehen wir morgen.« Ihre Augen trafen seine und er wusste, dass es eine Feststellung war, keine Frage.

»Nein, ihr geht heute Nacht.«

»Aber was ist mit dir?«

»Ich werde euch einholen.«

»Wie?« Katya blinzelte ein paar Mal und er spürte, dass sie versuchte, nicht zu weinen.

»Ich werde euch einholen«, sagte Caleb erneut. »Ich komme und finde euch.«

»Gehst du zur Polizei?«, fragte sie ihn. »Und bittest sie, dir zu sagen, wo wir sind?«

»Ja, Katya. Das werde ich tun.« Er lächelte sie an, aber sie antwortete nicht.

Katya stand auf und Caleb beobachtete, wie sie das Zimmer zu ihrem eigenen Bett durchquerte. Sie legte sich darauf und drehte sich um, so dass sie von ihm abgewandt war. Einen Moment später konnte er sehen, wie ihre Schultern zitterten.

Caleb legte sich zurück und machte es sich so bequem, wie es die Eisenfessel um seinen Knöchel zuließ. Er schloss die Augen, aber er wusste, dass das leise Schluchzen von Katya bedeuten würde, dass er nicht schlafen würde. Dass er nicht schlafen könnte.

Stattdessen konzentrierte er sich auf die Geräusche des Waldes. Er konnte zwei Waldohreulen hören, die sich gegenseitig riefen. Das sich wiederholende *hoo hoo hoo* des Männchens wurde von einem einzelnen, höheren *hoo* des Weibchens beantwortet. Er versuchte, sich die beiden vor seinem geistigen Auge vorzustellen, aber er glaubte nicht, dass er jemals eine in natura gesehen hatte. Caleb versuchte, sich von dem Geräusch beruhigen zu lassen, als Katya nach einigen Augenblicken aufhörte zu schluchzen. Aber an ihrer Atmung erkannte er, dass sie nicht schlief.

Ungefähr dreißig Minuten später, als die Nacht bereits angebrochen und sogar die Eulen verstummt waren, hörte Caleb das Geräusch von Katyas Laken. Er hielt seine Augen geschlossen, damit sie nicht dachte, sie würde ihn stören, als sie ins Bad ging. Die Dielen knarrten unter ihrem Gewicht, als sie den Raum durchquerte. Dann hörte Caleb, wie die Tür geöffnet und wieder geschlossen wurde. Einen Moment später hörte er, wie das Fensterscharnier quietschte und gleichzeitig der Spülkasten gespült wurde. Caleb erlaubte sich ein Lächeln über ihren Einfallsreichtum. Wenn sie später in der Nacht gingen, würde das Fenster bereits offen sein.

Die Tür öffnete sich wieder und Caleb hörte, wie Katya sie hinter sich schloss und der Riegel klackte, als sie ihn zuschob. Weitere Schritte, aber dann blieb sie stehen. Ein weiteres Rascheln war zu hören, ähnlich dem, das sie mit ihren Laken gemacht hatte, aber viel leiser. Dann senkte sich sein Bett, als sie sich darauf setzte, ihre Beine hochschwang und sich neben ihn legte.

»Katya«, sagte Caleb im Flüsterton.

»Pst«, antwortete Katya und drückte ihren Körper an seinen. Caleb schloss seine Augen. Er konnte jede Kurve ihres Körpers durch sein Gewand hindurch spüren und ihren Atem an seinem Ohr. Als sie mit ihren Lippen über sein Ohrläppchen strich, löste das ein längst vergessenes Gefühl in ihm aus. Pures Verlangen.

»Katya«, sagte er wieder. »Katya, nein.« Er öffnete seine Augen und drehte sich zu ihr um. Ihre Lippen waren nur ein bisschen voneinander entfernt. »Du musst das nicht tun.«

51

»Was zum Teufel machen wir jetzt?«, schrie Aleksander Mateo an, der ihn anbrüllte.

»Aleksander, beruhige dich doch«, antwortete sein Bruder. Aleksander sah ihn an und bemerkte seinen selbstgefälligen Gesichtsausdruck. War ihm eigentlich klar, wie schlimm die Sache war? »Es deutet nichts darauf hin, dass sie wegen uns hier waren.«

»Warum sollten sie sonst über das Bauernhaus fliegen, wenn sie nicht wegen uns hier waren?«, schoss Aleksander zurück. »Im Umkreis von mehreren Meilen gibt es nichts anderes. Das ist ein ziemlicher Zufall, findest du nicht?«

»Warum sollten sie einen Hubschrauber über uns fliegen, wenn sie kommen würden? Vor allem, wenn auf der Seite Polizei steht.«

»Das ist Aufklärung«, sagte Aleksander. »Sie werden sich jetzt das Video ansehen. Den Grundriss des Hofes, die Fluchtwege. Alles.«

Er ging zum Kühlschrank und holte ein Bier heraus, ohne Mateo oder Gjergj zu fragen, ob sie eins wollten. Gjergj war wie immer in sein Handy vertieft. Er stand am

Küchenfenster und hielt sein Handy nahe an die Scheibe heran. Einen Moment später drehte er sich um und hielt es Aleksander entgegen. Auf dem Bildschirm war eine Art Foto zu sehen.

»Was ist das?«, fragte Aleksander ihn.

»Das ist Google Earth«, antwortete Gjergj. »Schau. Das ist der Bauernhof. Aus dem Weltraum.«

»Und jetzt?«

»Es zeigt das, was du gerade gesagt hast, dass sie vom Hubschrauber aus suchen würden. Grundriss und Fluchtwege.«

»Siehst du?«, sagte Mateo und ein Lächeln erschien auf seinem Gesicht. »Sie müssen nicht mit dem Hubschrauber über den Bauernhof fliegen.«

»Wir sollten gehen«, sagte Aleksander, während er sich in seinen Sessel fallen ließ. »Mir gefällt das nicht.«

»Wohin gehen?«, erwiderte Mateo.

Aleksander seufzte und nahm einen langen Schluck von seinem Bier. »Seit wir hier sind, haben wir noch nie einen einzigen Hubschrauber gesehen«, sagte er und starrte erst seinen Bruder und dann Gjergj an. »Und dann fliegt am selben Tag, an dem wir von der Polizei angehalten werden, ein Polizeihubschrauber über den Bauernhof. Ich sage dir, das gefällt mir nicht.«

»Es muss dir nicht gefallen, Aleksander«, antwortete Mateo in demselben Ton, den er immer benutzte, wenn er von einem Thema ablenken wollte. Einem herablassenden Ton. »Wie Gjergj schon sagte, können sie alles, was sie brauchen, im Internet finden. Sie würden kein Geld dafür verschwenden, einen Hubschrauber über uns zu fliegen, um es zu besorgen, oder?«

»Wenn du das sagst, Mateo«, sagte Aleksander. Es hatte keinen Sinn, zu argumentieren. Mateos Entschluss stand fest. »Also warten wir einfach hier, bis die anderen Pakete ankommen?«

»Ja, Aleksander.« Mateo seufzte. »Wie ich schon sagte, wir müssen einfach warten.«

»Aber es ist langweilig. Es gibt nicht einmal einen Fernseher.«

»Dann geh doch in den Wald spazieren.«

»Vielleicht mache ich das«, sagte Aleksander. »Vielleicht gehe ich mit der Hure von oben im Wald spazieren. Das würde sie nicht so schnell vergessen, das kann ich dir sagen.« Er stand auf und holte sich noch ein Bier. »Ich gehe eine rauchen.«

»Mach das, Aleksander«, antwortete Mateo mit einem Seitenblick auf Gjergj.

Aleksander machte sich auf den Weg nach draußen und dachte über den Blick nach, den die beiden anderen Männer gerade ausgetauscht hatten. Was hatte das zu bedeuten? Während er sich eine Zigarette anzündete, fragte er sich, ob sie etwas planten. Vielleicht wollten sie ihn aus dem Geschäft drängen? Aleksander lachte bei dem Gedanken. Mateo war ein Narr, aber nicht so ein großer Narr. Blut war Blut und sie waren Brüder. Mateo war verpflichtet, Aleksander seinen Anteil am Erlös auszuzahlen, sonst würde er entehrt werden. Und Aleksander glaubte nicht, dass Mateo den Mut für eine so schwere Beleidigung hatte.

Er paffte an seiner Zigarette und blickte auf die Bäume, die im Licht des Mondes nur undeutlich zu erkennen waren. In der Ferne hinter den Bäumen hörte Aleksander ein leises Donnergrollen und er erschauderte unwillkürlich. Als er und Mateo Kinder waren, erzählte ihnen ihr Vater immer Geschichten über die Kulshedra, einen furchterregenden weiblichen Drachen mit vielen Köpfen, der Menschen bei Sichtkontakt verschlang. Besonders kleine

Jungen. Aleksander und Mateo hatten viele Abende zusammengekauert in ihren Betten verbracht und dem Donner draußen in den Bergen gelauscht. Laut ihrem Vater war der Lärm ein Zeichen dafür, dass eine Kulshedra in der Nähe war. Wenn der Lärm lauter wurde, kam sie näher. Die Legenden sprachen auch von dem Drangue, einem halbmenschlichen, geflügelten göttlichen Helden und Beschützer der Menschen. Ein Drangue war das Einzige, das eine Kulshedra besiegen konnte, aber laut ihrem Vater hatte das noch niemand geschafft.

Der Donner grollte erneut, dieses Mal etwas lauter. Aleksander erschauderte erneut, als er auf die Bäume blickte. Da ertönte ein Kreischen im Wald und er zuckte zusammen, wobei er fast seine Zigarette fallen ließ. Ein Tier, nicht eine Kulshedra. Er war viel zu alt für solch dummen Geschichten, aber er mochte Wälder trotzdem nicht. Böse Dinge kamen aus ihnen, da war er sich sicher.

Aleksander schnippte seine Zigarette nach einem letzten Zug weg und beobachtete das Funkenfeuerwerk. Mit einem letzten Blick auf die Bäume ging er zurück ins Haus.

»Was muss ich nicht tun?«, fragte Katya. Sie lehnte ihren Kopf leicht zurück, damit sie sich auf seine Augen konzentrieren konnte und ließ ein Lächeln über ihr Gesicht huschen. Was sie tat, war ein Risiko, aber sie wollte sichergehen, dass Caleb sie suchen würde, nachdem sie gegangen waren. Sie mochte ihn. Unter normalen Umständen, obwohl sie sich kaum noch daran erinnern konnte, was normal war, wäre sie nicht so offen gewesen. Aber sie mochte ihn sehr.

»Das hier, Katya«, sagte Caleb. »Was du jetzt tust.«

»Ich mache gar nichts«, antwortete sie und verwandelte ihr Lächeln in einen falschen Schmollmund. »Ich liege nur hier. Neben dir.« Sie beobachtete, wie er seine Augen schloss und den Kopf gerade hielt. Wenn er sie öffnete, würde er an die Decke starren.

»Das wäre nicht richtig. Was ist, wenn Ana oder Elene reinkommen?«

»Das werden sie nicht. Sie sind erschöpft.« Sie streckte ihre Finger aus und fuhr mit ihnen über seine Lippen, aber er reagierte nicht. Katya ließ ihre Hand auf seine Brust gleiten, bevor sie ihr Bein anhob, so dass ihr Innenschenkel auf seinen Knien ruhte. »Willst du nicht?«

»Es geht nicht ums Wollen, Katya«, antwortete Caleb, der seine Augen immer noch geschlossen hatte. »Oder um das Bedürfnis. Es wäre einfach nicht richtig. Nicht hier. Nicht jetzt.«

»Warum nicht?«, sagte Katya. »Glaubst du, Gott könnte uns beobachten?«

»Gott schaut immer zu. Er hört immer zu.«

»Tut er das?« Katya wollte, dass Caleb seine Augen öffnete und sie ansah. Sie mochte es, wenn er sie ansah. Als sie merkte, dass Caleb ihre Frage nicht beantworten würde, schob sie ihren Schenkel an seinen Beinen hoch und beobachtete aufmerksam seinen Gesichtsausdruck. Als ihr Schenkel das erreichte, wonach sie suchte, sah sie das kleinste Zucken seiner Augenlider. Es gab nicht viel zu verbergen, wenn man ein Gewand trug. »Bist du sicher, dass du es nicht willst? Dein Körper sagt etwas anderes.«

»Katya«, sagte Caleb und bewegte mit seinem Arm sanft ihren Oberschenkel zurück in Richtung seiner Knie. Schließlich öffnete er seine Augen und sah sie an. »Mein Körper tut genau das, wofür er geschaffen wurde, nämlich auf eine äußerst attraktive Frau zu reagieren.« Ein schwaches Lächeln zeichnete sich auf seinem Gesicht ab. »Eine, die nicht viel anhat.«

»Also ist es kein *Nein*?«, antwortete Katya. »Sondern ein *Nicht jetzt*?«

»Vielleicht, Katya«, sagte Caleb und sein Lächeln verblasste. »Du bist verletzlich. In Gefahr. Jetzt ist nicht der richtige Zeitpunkt für uns. Du musst schlafen.«

Katya seufzte und merkte, dass der Moment vorbei war. Wenn es überhaupt einen Moment gegeben hatte.

»Ich bin nicht müde. Außerdem... Was ist, wenn ich nicht aufwache?«

»Du wirst aufwachen«, antwortete Caleb. »Ich werde dich wecken, wenn es Zeit ist.«

»Was ist, wenn du einschläfst?«

»Das werde ich nicht. Ich bin nicht so müde wie du und ich kann schlafen, wenn du und die Mädchen weg sind.«

»Willst du, dass ich zurück in mein eigenes Bett gehe?«, fragte Katya und schob ihren Körper näher an seinen. »Oder kann ich hierbleiben?«

»Natürlich kannst du hierbleiben, Katya«, antwortete Caleb und rückte seine Position ein wenig zurecht, damit sie es beide bequem hatten.

»Kann ich dich etwas fragen?«, fragte Katya einen Moment später.

»Ich dachte, du wolltest schlafen?« Sie konnte an der Art, wie Caleb sprach, erkennen, dass er lächelte.

»Ja, gleich. Aber vorher habe ich noch eine Frage.«

»Okay. Schieß los.«

»Woran denkst du, wenn du meditierst?« Es herrschte eine lange Stille, bevor Caleb antwortete.

»Ich denke eigentlich an gar nichts. Meditieren ist kein Denken.«

»Was tust du dann also, wenn du nicht denkst?«

»Ich erkenne meine Gefühle an. Ich lasse nicht zu, dass sie mich kontrollieren, sondern lasse sie vorbeiziehen.«

»Warum?« Katya öffnete ihre Augen und sah ihn an. »Was ist mit deinen Gefühlen los?«

»Es ist nichts falsch mit ihnen, Katya. Emotionen sind ein Teil von uns, aber sie können Menschen kontrollieren, anstatt dass Menschen sie kontrollieren.«

»Aber wenn sie ein Teil von uns sind, wie können sie uns dann kontrollieren?«

Caleb öffnete die Augen und wandte sich ihr lächelnd zu.

»In einem Strom von Wasser stehst du. Du versuchst nicht, ihn zu stoppen. Du spürst, wie das Wasser an dir vorbeirauscht, aber du bleibst stark, ohne weggeschwemmt zu werden«, sagte er. »Und jetzt geh schlafen.« Er lehnte sich zu ihr und drückte ihr einen Kuss auf die Stirn. Seine Lippen waren trocken und die Geste hatte nichts Sexuelles an sich, aber es war einer der sinnlichsten Küsse, die Katya je erlebt hatte.

»Ich mag dich, Caleb«, sagte Katya, während sie ihre Augen schloss und sich an ihn drückte. »Ich mag dich sehr, Prediger, aber ich habe dich noch nie wirklich predigen hören.«

»Es ist ein bisschen wie Sex, Katya.«

»Inwiefern ist Predigen wie Sex?«, antwortete sie mit einem leichten Lächeln auf dem Gesicht.

»Es gibt eine Zeit und einen Ort dafür. Und das hier ist weder das eine noch das andere. Schlaf jetzt«, flüsterte Caleb. »Schlaf.«

Katya lächelte. Es war, als würde er versuchen, sie in den Schlaf zu hypnotisieren, aber sie hörte ihn nicht ein drittes Mal sprechen. Sie schlief bereits.

53

Caleb atmete durch seine Nase ein, zählte bis fünf und atmete langsam durch seinen Mund aus. Sein Körper reagierte immer noch auf Katyas Anwesenheit. Er fühlte sich unwohl, aber es war die Art von Unbehagen, die den meisten Männern, auch Caleb, nichts ausmachte. Er wusste, dass er das Richtige getan hatte, aber es war schwer gewesen. Sehr schwer.

Neben ihm atmete Katya tief. Caleb drehte sein Gesicht und sah sie an. Er ließ sich Zeit und nahm jeden Zentimeter ihres Gesichts wahr. Sie sah so friedlich aus und er hoffte, dass sie das auch war. Denn das, was kommen würde, würde schwierig werden – für sie und für die Mädchen. Während er sie beobachtete, konnte Caleb sehen, wie Katyas Augen unter ihren Lidern flackerten. Träumte sie etwa? Caleb war sich nicht sicher, ob er jemals einen Traum gehabt hatte. Als Kind hatte er vielleicht geträumt, aber als Erwachsener glaubte er nicht, dass er geträumt hatte. Wenn er schlief, schlief er.

Caleb richtete sich auf und griff nach dem Kataplasma, das neben dem Kopfkissen lag. Mit langsamen Bewegungen richtete er Katyas Kopf so aus, dass das Material genau auf dem blauen Fleck auf ihrer Wange lag. Die Tatsache, dass sie auf seine Berührung nicht im Geringsten reagierte, bestätigte seine Vermutung. Katya schlief tief und fest, ihr Körper erholte sich von den Strapazen des Tages. Er bewegte sich ein Stück von ihr weg und wartete, bis sie ihre Position leicht veränderte, ohne aufzuwachen. Dann legte er sich für ein paar Augenblicke neben sie, ein bisschen Platz zwischen ihren Körpern. Wenn Katya aufwachen würde, dann jetzt, also musste er warten, bis er sicher sein konnte, dass sie noch schlief.

Während er das tat, dachte er an Ana und Elene. Vorhin, bevor Katya an sein Bett gekommen war, hatte sie die Kinder hereingebeten, um ihm gute Nacht zu sagen. Er hatte ihnen die Hände auf den Kopf gelegt, seine Augen geschlossen und für sie gebetet. Katya hatte ihnen bereits von ihrer geplanten Flucht erzählt und er konnte ihre Angst bis in die Fingerspitzen spüren. Von den beiden fand Caleb, dass Ana die Widerstandsfähigere war, obwohl sie die Jüngere war. Sie würde jedes Quäntchen dieser Widerstandsfähigkeit brauchen, nicht nur an diesem Abend, sondern auch in den kommenden Tagen.

Caleb schaute wieder zu Katya, die immer noch träumte. Er fragte sich, wovon sie träumte, während er mit seinen Augen ihre Lippen nachzeichnete. Caleb versuchte, nicht daran zu denken, wie es wäre, sie zu küssen, aber er gab nach und erlaubte sich die kürzeste Fantasie. Prediger oder nicht, er war immer noch ein Mann und Katya war immer noch eine Frau. Eine sehr schöne Frau. Mit einem kurzen Kopfschütteln, um seine Gedanken zu vertreiben, bewegte Caleb seine Beine langsam so, dass er auf der Bettkante saß. Dabei hielt er die Fessel an seinem Knöchel fest, damit sie kein Geräusch machte. Dann griff er mit der anderen Hand unter sein Kopfkissen und holte das kleine Seifenstück aus dem Badezimmer im Erdgeschoss hervor. Auf der Oberfläche war der Umriss des Schlüssels eingeprägt, den er Mateo aus der Tasche gezogen hatte, als er ihn vorhin gestreift hatte, nur um ihn kurz darauf wieder zurückzugeben.

Er untersuchte den Abdruck und maß die Größe der Einschnitte und Kerben entlang des Abdrucks. Caleb hatte es geschafft, den Schlüssel bis zu seiner Schulter in die Seife zu drücken. Das war alles, was er brauchte. Anhand der Zacken auf dem Abdruck konnte er den inneren Mechanismus des Schlosses erkennen, der seine Fessel sicherte. Es gab fünf federbelastete Stifte, die, wenn sie ausgerichtet waren, heraussprangen und den Riegel lösten.

Caleb griff unter das Kissen und zog zwei Haarnadeln heraus, die er aus Anas Haar entfernt hatte, als er seine Hand auf ihren Kopf gelegt hatte. Er legte die Fessel auf den Boden und verbog eine der Nadeln, bis das eine Ende einen Winkel von neunzig Grad zum anderen Ende bildete. Das war zwar grob, aber als Spannschlüssel würde es sich gut eignen. Er schob ihn in das Schloss und übte etwas Druck aus, um das Schloss offen zu halten, wobei er darauf achtete, das weiche Metall der Haarklammer nicht zu zerbrechen. Mit der anderen Hand führte er die zweite Klammer in das Schloss ein und bewegte sie vorsichtig hin und her, um die Klammern über den Zylinder zu drücken. Eine der Klammern fühlte sich fest an und Caleb musste ein paar Mal daran wackeln, um sie zu lösen, aber das Schloss war nicht kompliziert. Ein paar Sekunden später öffnete sich das Schloss mit einem zufriedenstellenden Klicken.

Mit einem letzten Blick auf Katya löste Caleb die Fessel, legte sie sanft auf den Boden und rieb sich die Haut an seinem Knöchel. Er wollte sie unbedingt küssen, auch wenn sie schlief. Nach dem, was vorhin passiert war, glaubte er nicht, dass es ihr etwas ausmachen würde, aber wenn sie aufwachte und den Kuss erwiderte, glaubte Caleb nicht, dass sein Körper es zulassen würde, dass sein Gewissen ihm sagen dürfte, was er tun sollte.

Caleb stand auf und holte tief Luft. Er zählte bis fünf und atmete aus.

Es war Zeit.

54

Mateo riss die Augen auf und stöhnte. Seine Blase war wie ein schmerzender Ball in seinem Unterleib. Das letzte Bier war ein Fehler gewesen. Vorsichtig, um Aleksander nicht zu stören, der auf seinem Bett auf der anderen Seite des Zimmers leise schnarchte, schwang Mateo seine Füße aus dem Bett und ging ins Badezimmer.

Einen Moment später, als sich sein Unbehagen gelegt hatte, ging Mateo in die Küche, um sich ein Glas Wasser zu holen. Laut seiner Uhr war es kurz nach zwei Uhr morgens, also konnte er sich wenigstens auf eine ordentliche Portion Schlaf freuen, wenn er wieder ins Bett ging. Es gab nichts Schlimmeres, dachte er, als um vier oder fünf Uhr aufzuwachen und dann wieder ins Bett zu gehen, wenn der Tag nur noch wenige Stunden entfernt war.

»Was zum Teufel?«, sagte Mateo und flüsterte, obwohl nur er im Bad war. Gerade hatte es im Wald westlich des Bauernhauses einen Lichtblitz gegeben. Nur für den Bruchteil einer Sekunde, aber da war definitiv jemand. Mateo konzentrierte sich auf die Baumgrenze, die von einem schwachen Mond beleuchtet wurde. Als er sie beobachtete, sah er einen weiteren Lichtblitz. »Punë muti!«, sagte Mateo, etwas lauter. *Verdammt!*

Er schlich über den Küchenboden und öffnete die Tür, wobei er darauf achtete, im Schatten zu bleiben. Aus der Richtung, aus der der Lichtblitz kam, hörte er einen Hund im Wald bellen. Mateo fluchte erneut und schloss die Tür. Halb rennend kehrte er ins Schlafzimmer zurück und eilte hinüber zu Aleksanders Bett.

»Aleksander!«, flüsterte Mateo und rüttelte an der Schulter seines Bruders. »Aleksander! Wach auf!«

»Was ist los?« Aleksander drehte sich um und versuchte, die Bettdecke über sich zu ziehen.

»Wach auf! Da draußen ist jemand.«

Mateo beobachtete, wie Aleksander sich kerzengerade in seinem Bett aufsetzte und trotz der späten Stunde sofort wach war.

»Was?«, fragte er Mateo. »Wer?«

»Ich habe ein paar Taschenlampen gesehen und einen Hund bellen gehört. Ich glaube, das ist die Polizei.« Jetzt war Aleksander an der Reihe zu fluchen.

»Ich habe es dir gesagt«, sagte Aleksander. Selbst im schwachen Licht sah Mateo den grimmigen Blick auf seinem Gesicht. »Ich habe dir gesagt, dass sie kommen würden. Was sollen wir tun?«

»Wir müssen verschwinden. Ich wecke Gjergj und sage ihm, er soll den Transporter bereit machen. Du gehst hoch und weckst die Mädchen. Ich komme gleich nach, um zu helfen.«

Mateo ging zum anderen Bett und weckte Gjergj. Dabei sah er, wie Aleksander eine Rolle graues Klebeband vom Boden aufhob. Nach dem Vorfall im Supermarkt hatte Aleksander eines der Nebengebäude des Hofes durchsucht und war mit dem Klebeband zurückgekommen. Das nächste Mal, so hatte er Mateo gesagt, würde er dafür sorgen, dass das Mädchen schweigt. Mateo hatte sich gefragt, wie das in einem Supermarkt funktionieren sollte, hatte aber nichts gesagt. Ausnahmsweise könnte Aleksanders vorausschauendes Denken hilfreich sein. Das Letzte, was sie brauchten, war, dass die Mädchen schrien, während sie versuchten, sich an der Polizeisperre vorbei zu schleichen, die um den Bauernhof errichtet worden war.

»Gjergj!«, sagte Mateo und schüttelte den Fahrer. »Gjergj, wach auf. Die Polizei ist hier.« Gjergj wachte nicht so schnell auf wie Aleksander, aber als er wieder zu sich kam, waren seine Augen groß.

»Wo?«

»Sie sind draußen. Im Wald.« Mateo versuchte, seine Stimme zu beruhigen und seine Besorgnis zu verbergen. »Ich habe sie gerade gesehen. Sie umzingeln den Bauernhof.«

55

Aleksander widerstand der Versuchung, seinem Bruder noch etwas zu sagen. Er hatte versucht, es Mateo zu sagen, aber nein, der wollte nichts davon wissen. Das war typisch, dachte Aleksander, als er das Klebeband abmachte. Aleksander musste immer tun, was Mateo sagte, nur weil er der Älteste war. Das war schon immer so gewesen, auch als sie noch Kinder waren. Was Mateo sagte, geschah – selbst wenn er sich irrte, wie jetzt. Aleksander wollte lächeln, weil er Recht hatte, aber jetzt war nicht der passende Zeitpunkt dafür.

Er stieg langsam die Treppe hinauf, um niemanden zu wecken. Das Erste, was er tun musste, war, die Frau zum Schweigen zu bringen. Wenn er das schaffte, würden die Mädchen leichter zu kontrollieren sein. Wenn sie jedoch anfing zu schreien, würde das nicht nur sie aufwecken, sondern auch die Polizei draußen alarmieren. Aleksander wusste wenig über die Taktiken der Polizei, weder in Albanien noch hier in England, aber er wusste, dass sie Zeit brauchen würden, um sich vorzubereiten. Die Herausforderung bestand darin, vor diesem Zeitpunkt zu verschwinden.

Aleksander hielt vor der Schlafzimmertür inne und riss ein Stück Klebeband von der Rolle. Er wollte es ihr auf den Mund kleben, bevor sie aufwachte.

Die Türklinke quietschte, als er sie öffnete, aber Aleksander glaubte nicht, dass es laut genug war, um sie zu wecken. Er machte die Tür langsam auf und spähte hinein. Ein dünner Streifen Mondlicht erhellte den Raum, aber er brauchte trotzdem ein paar Sekunden, um zu erkennen, was hier vor sich ging. Das Bett der Frau war leer, aber als er zu Caleb hinüberschaute, sah er ihr Haar auf seinem Kissen liegen.

»Was zum Teufel?«, murmelte Aleksander, als er merkte, dass sie allein im Bett lag. Aleksander vergaß alle Versuche, sich zu verstecken, und schritt mit drei großen Schritten durch den Raum. Er beugte sich vor und hob die Fessel vom Boden auf. Das Schloss war geöffnet, aber wie? Im Bett rührte sich Katya. Ihre Hand fuhr über die Bettdecke und als sie merkte, dass sie allein war, öffnete sie die Augen.

Aleksander griff nach dem dünnen Laken, das Katya bedeckte, und zog es zurück. Dann legte er ihr die Fessel um den Knöchel und schloss mit leicht zitternden Händen das Schloss.

»Was tust du da?«, sagte Katya. Ihre Stimme war undeutlich, fast so, als wäre sie betrunken. Alexander griff mit seiner Hand nach oben und hielt ihr den Mund zu. Dabei bemerkte er, dass er den Streifen Klebeband auf den Boden fallen gelassen hatte, während er das Schloss angebracht hatte. Als er es mit der freien Hand aufhob, sah er, wie Katyas Augen durch den Raum huschten.

»Wo ist er?«, zischte Aleksander durch knirschende Zähne. Er ließ seine Hand leicht los, damit sie sprechen konnte.

»Ich weiß es nicht!«, antwortete Katya. Ihr schockierter

Gesichtsausdruck verriet Aleksander, dass sie die Wahrheit sagte. »Er war hier. Aber ich weiß nicht, wo er jetzt ist.«

Aleksander klebte ihr das Klebeband über den Mund und ließ seine Hände schnell auf ihre Handgelenke fallen. Katya schien immer noch im Halbschlaf zu sein und reagierte nicht darauf, dass ihr der Mund zugeklebt worden war. Sie reagierte auch nicht, als Aleksander sie wieder auf das Bett drückte und einen ihrer Arme hinter ihren Rücken zog, nachdem er sie umgedreht hatte. Erst als er anfing, das Klebeband um ihr Handgelenk zu wickeln, fing sie an, sich zu wehren, weil sie wohl endlich begriff, was er tat. Aber es war zu spät für sie, um zu verhindern, dass er ihre Handgelenke mit dem Klebeband umwickelte.

»Bleib, wo du bist«, sagte er zu ihr, wobei er so viel Autorität in seine Stimme legte, wie er aufbringen konnte. Er nahm sich einen Moment Zeit, um sie zu betrachten, wie sie gefesselt auf dem Bett lag und nur knappe Unterwäsche trug, bevor er den Raum verließ.

Auf dem Treppenabsatz blieb Aleksander stehen und wartete, bis er Mateo die Treppe hinaufsteigen hörte. Während er wartete, dachte er darüber nach, wohin der Mann im Gewand gegangen war. Hatte er die Mädchen irgendwohin gebracht und hatte er vor, für die Frau zurückzukehren? Aleksanders Pistole lag immer noch unten, neben seinem Bett. Sollte er zurückgehen und sie holen?

»Mateo, er ist weg«, flüsterte Aleksander, als sein Bruder zu ihm kam. Ein Stirnrunzeln machte sich auf Mateos Gesicht breit. »Caleb. Er ist weg.«

»Wie?«

»Ich weiß es nicht«, schoss Aleksander zurück. Mateos Stirnrunzeln vertiefte sich, wie immer, wenn er fluchte. »Aber er ist nicht im Schlafzimmer.«

»Okay, wenn er weg ist, ist er weg. Holen wir die

Mädchen«, sagte Mateo. Aleksander überlegte kurz, ob er die Möglichkeit ansprechen sollte, dass Caleb ihre wertvollen Pakete mitgenommen hatte, entschied sich aber dagegen. Sie würden es früh genug herausfinden. »Hast du das Klebeband?«

»Ich nehme die ältere, Elene«, sagte Aleksander. Er hoffte, dass sie sich wehren würde. Er mochte es, wenn sie sich wehrten.

»Okay«, antwortete Mateo. »Aber tu ihr nicht weh.« Aleksander schnaubte leise vor sich hin. Mit seinem Bruder war nicht zu spaßen. »Komm schon, lass uns gehen. Wir müssen uns beeilen.«

Aleksander riss zwei Streifen von der Klebebandrolle ab und reichte Mateo einen davon.

»Bist du bereit?«, sagte er und legte seine Hand auf den Türgriff.

»Lass uns reingehen«, antwortete Mateo. Aleksander öffnete die Tür. Sie brauchten nur, dass beide Mädchen anwesend waren.

56

———

Als Caleb die Lücke in der Baumreihe erreichte, die zum Aussichtsturm führte, atmete er schwer von der Anstrengung. Er war nicht vom Bauernhaus dorthin gelaufen, sondern hatte sich schnell bewegt. Das Letzte, was er wollte, war, dass Aleksander und Mateo ihm auf den Fersen waren, obwohl er sicher war, dass er das Bauernhaus verlassen hatte, ohne irgendjemanden dabei zu stören. Bevor er aus dem Badezimmerfenster stieg, hatte er etwas Bienenwachs aus seiner Tasche auf das Scharnier gestrichen, um es noch mehr zu dämpfen. Es war sehr eng gewesen und Caleb hatte schon gedacht, er müsste einen anderen Ausgang finden.

Caleb verlangsamte sein Tempo, als er den Weg verließ. Das Mondlicht drang nicht in den Wald ein und er ging mit ausgestreckten Armen weiter und ließ die hohen Farne auf beiden Seiten des Weges über seine Finger streifen. Die Leiter knarrte, als er sein Gewicht darauflegte, aber das machte Caleb nichts aus. Er war jetzt weit genug weg und außerdem bezweifelte er, dass die Brüder überhaupt von

der Existenz des Turms wussten. Als er die Leiter hinauf-
stieg, zwang sich Caleb, sich zu entspannen. Er hatte es
geschafft.

In der Ferne bellte ein Hund. Caleb hielt einen Moment
inne, um zu lauschen. Er hatte halb damit gerechnet, dass
auf das Bellen das Heulen eines Kojoten folgen würde, der
den Rest seiner Familie auf einen Eindringling oder eine
Beute aufmerksam machte. Aber es war nur ein einzelnes
Bellen von einem, so schätzte Caleb, mittelgroßen Hund.
Das Bellen war zu tief, um von einem Fuchs zu stammen.
Vielleicht ein Spaniel oder ein Retriever. Der Hund bellte
erneut und Caleb neigte seinen Kopf, um die Richtung zu
bestimmen, aus der das Bellen kam. Es war die gleiche
Richtung wie die des Bauernhauses, das er gerade verlassen
hatte. Stirnrunzelnd setzte Caleb seinen Aufstieg fort.
Anders als zu Hause in Texas, wo Gruppen wilder Kojoten
umherstreiften, gab es in England keine wilden Hunde,
soweit er wusste.

Ein paar Augenblicke später erreichte Caleb die Spitze
des Turms. Er wusste, dass er sich im Mondlicht abzeichnen
konnte, aber dazu müsste jemand direkt auf den Turm
schauen und das hielt Caleb für unwahrscheinlich. Zuerst
schaute er sich das Bauernhaus an, aber es gab keine Anzeichen von Leben. Kein Licht in den Fenstern, keine offen-
sichtliche Bewegung, die er wahrnehmen konnte. Dann
wandte er sich dem Schweinestall zu, der gerade noch in
der Dunkelheit unter ihm zu sehen war. Dahinter lag das
Haus des Schweinebauern, sein nächstes Ziel. Dort würde
es Dinge geben, die er brauchen würde. Klamotten. Vielleicht auch Essen. Vielleicht sogar eine Waffe, obwohl Caleb
sie nicht brauchte. Wenn es in dem Haus eine Waffe gab,
dann höchstwahrscheinlich eine Schrotflinte. Nicht gerade
die diskreteste Waffe, mit der man durch das Land ziehen

konnte. Aber es gab auch keine Anzeichen von Leben in diesem Bauernhaus. Caleb würde es erst wissen, wenn er das Haus erreicht hatte, aber von seinem jetzigen Aussichtspunkt aus konnte er keine Fahrzeuge sehen. Die landwirtschaftlichen Maschinen, die er vorhin gesehen hatte, waren noch da, aber wo der Kombi gestanden hatte, war nur Leere.

Das war ein Rückschlag. Caleb hatte sich darauf verlassen, dass er das Fahrzeug entweder heimlich oder mit Gewalt übernehmen konnte. Wenn nicht, würde ihn das sehr aufhalten, vor allem, weil er nicht wusste, wo das nächste Fahrzeug sein würde. Aber wenn das Bauernhaus leer war, wäre es einfacher, das Gebäude zu durchsuchen.

Caleb schaute kurz in den Himmel, um den Nordstern zu finden. Dann richtete er seinen Blick auf den Horizont und begann, sich langsam im Kreis zu drehen. Er begann in nördlicher Richtung und brauchte nicht lange, um das zu finden, wofür er auf den Turm geklettert war. Fast direkt südöstlich von seinem Standort war ein schwaches oranges Leuchten zu sehen. Es war sehr weit weg. Fünfzehn Meilen, vielleicht mehr. Dem Licht nach zu urteilen, vermutete Caleb, dass es sich um eine kleine Stadt handelte. Vielleicht auch ein Dorf. Auf jeden Fall aber eine Zivilisation. Der Sonnenaufgang würde in dreieinhalb, vielleicht vier Stunden sein. Wenn Caleb sich nicht zu lange Zeit mit der Suche im Bauernhaus lassen würde, könnte er schon da sein, wenn die Sonne am Horizont aufgehen würde.

Während er sich die Richtung der Stadt vor Augen hielt, stieg Caleb vom Turm hinunter. Er machte sich auf den Weg zurück, die Arme wieder ausgestreckt, um in der Mitte zu bleiben. Als er die Straße erreichte, bog Caleb nach links in Richtung des Hauses des Schweinebauern ab. Er würde nur zehn oder fünfzehn Minuten brauchen, um es zu erreichen.

Während er ging, war Caleb versucht, anzuhalten und

sich umzudrehen, um sich das Bauernhaus anzuschauen, in dem Katya und die Mädchen schliefen. Aber er tat es nicht.

Caleb schaute nie zurück.

Katya zerrte so fest sie konnte, aber das Klebeband an ihren Handgelenken gab nicht nach. Sie versuchte verzweifelt, ihre Hände nach vorne zu beugen und ihre Unterarme zu verdrehen, um ihre Finger in eine Position zu bringen, in der sie das Ende des Klebebands erreichen konnte – vergeblich. Ihre Handgelenke waren fest gefesselt und drückten gegen ihren Rücken. Katya konnte nicht einmal das Klebeband, das ihren Mund bedeckte, gegen die glatten Bettlaken drücken.

Ihre Nasenflügel blähten sich vor Anstrengung auf und Katya schaffte es, ihre Position so zu verändern, dass sie die Tür zum Schlafzimmer sehen konnte. Aleksander hatte sie offen gelassen und sie konnte Mateo und ihn vor der Tür von Ana und Elene sehen. Sie unterhielten sich miteinander und Aleksander zog Streifen von der Klebebandrolle in seinen Händen ab.

Katyas Herz hämmerte in ihrer Brust, als sie versuchte, zu begreifen, was vor sich ging. Sie schlief nicht mehr neben Caleb, sondern war geknebelt und gefesselt und Calebs Fessel hing jetzt an ihrem eigenen Knöchel. Wo war er? Wo war er hingegangen? Katya spürte, wie ihr die Tränen in die Augen stiegen, als sie an den Abend zuvor zurückdachte, als er ihre Annäherungsversuche abgewehrt hatte. Jetzt wusste sie, warum er sie abgewiesen hatte. Weil er gehen wollte. War es eine Art von verzerrter Ehre? Nicht mit ihr zu schlafen, weil er wusste, dass er sie nie wieder sehen würde?

Katya sah zu wie Mateo die Schlafzimmertür der Mädchen öffnete. Die beiden Männer betraten das Schlafzimmer. Eine Sekunde später ertönte ein Schrei, der, wenn überhaupt, nur eine Sekunde lang anhielt, bevor er verstummte. Katya konnte nicht in das Zimmer sehen, aber sie hörte dumpfe Schläge und ein kratzendes Geräusch. Das nächste, was sie sah, erfüllte ihr Herz mit Angst. Es war Aleksander, mit einem schiefen Lächeln im Gesicht. Über seine Schulter hing Elene, die sich windete. Ihr Mund war, wie der von Katya, zugeklebt und die Handgelenke mit Klebeband umwickelt. Elenes Augen trafen auf die von Katya und sie sah den Schrecken in ihnen, als Aleksander das Mädchen auf seine Schulter hievte. Sein Arm war um Elenes Taille geschlungen und Katya sah, dass seine Knöchel weiß wurden, als er sie in ihre Seite grub, um sie an einer Bewegung zu hindern. Dann verschwand Elene aus Katyas Blickfeld, während Aleksander die Treppe hinunterging.

Ein paar Sekunden später sah Katya Ana durch die Tür. Wie Elene waren auch ihr Mund und ihre Handgelenke mit Klebeband gefesselt, aber Mateo trug sie mit einem Arm unter ihren Beinen und dem anderen um ihre Schultern. Er sagte etwas, während er sie trug, aber Katya wusste, dass Ana ihn nicht verstehen konnte. Dann verschwand Mateo auch schon.

Katya kämpfte erneut gegen das Klebeband, das ihre Arme fesselte. Auch wenn sie sie befreien konnte, war sie immer noch an das Bett gefesselt. Aber sie musste etwas tun. Wo wollten sie die Mädchen hinbringen? Und wo war Caleb?

Wenige Augenblicke später lag Katya erschöpft auf dem Bett. Ihre Schultern schmerzten, ein tiefer Schmerz, der durch das Zappeln noch schlimmer geworden war. Das Einzige, was sie erreicht hatte, war, dass sich das Klebeband um ihre Handgelenke zu einer dünnen Schnur zusammengezogen hatte, die ihre Haut noch mehr aufscheuerte. Sie hielt einen Moment inne, um zu lauschen. Vor dem Bauernhaus hörte sie Schritte auf dem Kies. Dann das Geräusch einer Fahrzeugtür, die sich öffnete und wieder schloss. Katya schluchzte, denn sie wusste, dass die Mädchen in den Transporter gepackt worden waren. Sie wurden weggebracht.

Katya spürte, wie ihr bei dem Gedanken, dass die beiden mitgenommen und sie zurückgelassen wurde, die Tränen kamen. Was, wenn sie nie zurückkamen? Wie lange würde sie ohne Wasser und Essen überleben? Würden es Tage sein? Wochen? Sie schluckte und versuchte, nicht zu weinen. Wenn sich ihre Nase mit Rotz und Tränen füllte und ihr Mund zugeklebt war, würde es ihr schwer fallen, zu atmen. Entspann dich, sagte sie sich. Entspann dich einfach.

Aber das konnte Katya auf keinen Fall tun.

Mateo hielt am Transporter an, Ana immer noch in seinen Armen. Vor ihm öffnete Alexander die Seitentür, das andere Mädchen immer noch über die Schulter gehängt. Das Geräusch, das sie beim Öffnen machte, ließ Mateo zusammenzucken.

»Leise«, flüsterte er und schaute zu den Bäumen, wo er vorhin die Taschenlampen gesehen hatte. Außer Dunkelheit war dort nichts zu sehen, aber er wusste, dass er sich das nicht eingebildet hatte. Mateo ignorierte Aleksanders gemurmelte Antwort und setzte Ana auf den Boden. Er deutete auf die nun offene Tür, aber sie schüttelte den Kopf und blickte ängstlich in das dunkle Innere des Transporters. Aleksander hatte Elene in das Innere des Transporters gesetzt und sie hineingestoßen. Mit einem weiteren Fluch drehte er sich um und hob Ana grob auf – eine Hand unter jeder ihrer Achseln. Sie quiekte durch das Klebeband, als er das tat, und Mateos Blick fiel wieder auf die Bäume.

Mateo ging ein paar Schritte auf den Transporter zu. Die Art und Weise, wie sie die Hände der Mädchen vor ihnen gefesselt hatten, bedeutete, dass nichts sie davon abhalten würde, das Klebeband zu entfernen und zu schreien. Aber die einzige andere Möglichkeit war, dass sie sich vorne in den Transporter setzten, wo sie gesehen werden konnten. Er bezweifelte auch, dass sie alle auf den Vordersitz passen würden. Mateo hatte nicht die Absicht, hinten in den Transporter zu steigen und er war sich sicher, dass Aleksander das auch nicht tun würde. Also mussten sie das Risiko eingehen.

»Geh zurück und hol die Frau«, flüsterte Mateo Aleksander zu. Er wurde mit einem Grinsen belohnt, das er jedoch ignorierte. Jetzt war nicht der richtige Zeitpunkt für einen Pisswettbewerb mit seinem kleinen Bruder. »Aleksander, geh einfach.« Mit einem Stirnrunzeln machte Aleksander auf dem Absatz kehrt und tat wie ihm geheißen. Mateo sah ihm nach, wie er auf das Bauernhaus zuging und zog dabei die Pistole aus dem Hosenbund.

Mateo ging zur Schiebetür des Transporters und schaute hinein. Beide Mädchen starrten ihn mit großen Augen an. Elenes Gesicht war tränenüberströmt. Aleksander war nicht gerade sanft gewesen, als er sie getragen hatte, und Mateo hoffte, dass sie nicht verletzt war. Das würde Martin gar nicht gefallen. Er hob den Zeigefinger an seine Lippen und machte ein leises Geräusch. Dann schob er die Tür zu und ging zur Beifahrerseite des Transporters. Auf dem Vordersitz lag ein Rucksack, den sie eilig mit so vielen Habseligkeiten gefüllt hatten, wie sie gerade finden konnten. Mateo wusste, dass es noch Sachen im Haus gab, aber nichts, was sie identifizieren konnte.

»Gjergj?«, fragte Mateo durch das offene Fenster. »Sind wir bereit?« Gjergj nickte als Antwort.

»Ja«, antwortete er. »Ich habe es noch einmal überprüft. Es ist auf Elektroantrieb eingestellt, also kein Motorengeräusch.«

»Gut.« Mateo schaute Gjergj an. Er sah nervös, aber entschlossen aus. »Sobald Aleksander mit der Frau zurück ist, fahren wir los, ja?«

»Wohin fahren wir?«

»Weg von hier, das ist alles, was zählt. Darum kümmern wir uns später.«

»Ich brauche eine Zigarette«, sagte Gjergj mit einem schwachen Lächeln.

»Später.«

Mateo schaute aus der Windschutzscheibe auf die Baumgrenze. Ein paar Sekunden später gab es einen Lichtblitz im Wald.

»Hast du das gesehen?«, fragte er Gjergj. Dann gab es einen weiteren Blitz. »Kommen sie? Starte den Motor!«

Mit zitternden Fingern drückte Gjergj einen Knopf auf dem Armaturenbrett. Eine Reihe von Lichtern leuchtete vor ihm auf, aber der Transporter blieb still.

»Was ist mit Aleksander?«, fragte Gjergj Mateo. Was dann geschah, beantwortete Gjergjs Frage für ihn.

Aus der Richtung der Bäume ertönte ein Geräusch. Es war definitiv kein normales Geräusch.

Es war ein Schuss. Sehr laut. Ganz in der Nähe. Mateo drehte sich zu Gjergj und seine Augen weiteten sich, als das Echo des Schusses auf der Lichtung widerhallte.

»Fahr! Fahr! Fahr!«, sagte Mateo und schlug mit der Hand auf das Armaturenbrett.

59

———

Caleb erstarrte bei dem Geräusch des Schusses. Er hielt den Atem an. Das Geräusch kam aus der Richtung des Bauernhauses. Es war ein tiefes und kräftiges Geräusch. Eine Schrotflinte im Gegensatz zu einer Pistole. Caleb war zu weit weg, um noch etwas anderes zu hören, wie zum Beispiel das Chung-Chung-Geräusch des Nachladens einer Pumpgun. Aber eine Schrotflinte war eine Schrotflinte. Eine überzeugende Waffe in den richtigen – oder falschen – Händen.

Er befand sich in einem Raum, von dem er annahm, dass es das Schlafzimmer des Schweinebauern war.

Es war, wie er schon vom Turm aus vermutet hatte, unbewohnt. Anhand der spärlichen Habseligkeiten, die sich im Gebäude befanden, vermutete Caleb, dass der Schweinebauer woanders wohnte und das Haus nur gelegentlich betrat. Er vergewisserte sich kurz, dass es leer war, bevor er ein Fenster einschlug und durch das Fenster in die Küche kletterte. Caleb hatte zuerst den Kühlschrank nach Lebensmitteln durchsucht, aber außer einer Milchtüte, die so alt war, dass sich ihr Inhalt gelöst hatte, gab es nichts. In einem der Küchenschränke hatte er ein paar Konserven und ein paar Packungen Kekse gefunden, die er holen wollte.

Caleb trug eine dunkelblaue Jeans und einen dünnen, ebenfalls dunkelblauen Fleece mit Dreiviertelreißverschluss. Als der Schuss fiel, durchwühlte er gerade eine Schublade und suchte nach einem dicken Paar Socken. Der Schweinebauer war etwas größer als Caleb und seine Füße waren vielleicht eine halbe Nummer größer, aber dicke Socken würden bedeuten, dass die Stiefel, die er gefunden hatte, passen würden.

Während er weiter in der Schublade wühlte, dachte Caleb darüber nach, was er gerade gehört hatte. Soweit er wusste, hatten die Brüder keine Schrotflinte besessen. Nur eine Pistole. Vielleicht gab es irgendwo im Haus noch eine – was für ein Bauernhaus selbst in England nicht ungewöhnlich war – aber warum sollte einer von ihnen sie um diese Zeit benutzen, noch bevor die Sonne aufgegangen war? Das konnte nur eines bedeuten: Es waren noch andere Leute da. Leute, die bewaffnet waren. Nicht nur bewaffnet, sondern auch bereit, ihre Waffen einzusetzen. Waren es vielleicht andere Menschenhändler? Kam es zu einer Art Bandenkrieg? Caleb wusste es nicht und es ging ihn auch nichts an, dachte er, als er ein dickes Paar Wollsocken aus der Schublade holte.

Caleb setzte sich auf das Bett, um die Socken anzuziehen, gefolgt von den Stiefeln, die jetzt fast perfekt passten. Dann ging er zu einem Schrank in der Ecke des Zimmers, um zu sehen, was er noch Nützliches finden konnte. Als er die Tasche sah, die in den Boden des Schranks gestopft war, nickte er zufrieden. So konnte er seine eigene Tasche zusammen mit dem Essen aus der Küche unterbringen. Er nahm die Tasche heraus und schüttelte den Staub von ihr ab.

In einer Schublade neben dem Bett befanden sich Unterhosen, die er in die Tasche legte. Als er die Socken und die Unterwäsche wegschob, sah er unten in der Schublade ein altes pornografisches Magazin. Eine Frau mit wasserstoffblonden Haaren starrte ihn an, ihre unglaublich prallen Brüste steckten in einem knappen Bikinioberteil. Caleb beugte sich vor und schaute auf das Datum auf dem Cover des Magazins. Es war über zehn Jahre alt und die Frau auf der Vorderseite war anscheinend die Frau eines Lesers, genau wie die anderen Frauen darin. Er schüttelte den Kopf und fragte sich, wie einsam ein Mann sein musste, um eine Zeitschrift wie diese nicht nur anzuschauen, sondern sie auch noch so lange aufzubewahren. Er dachte kurz an Katya und daran, wie sich ihr Körper an diesem Abend an seinem angefühlt hatte, aber er schloss sowohl die Schublade als auch die Erinnerung daran.

Als er mit der Tasche in die Küche zurückkehrte, füllte Caleb sie mit seiner eigenen Tasche, dem Essen vom Tisch und seinem sorgfältig gefalteten Gewand. In dem Haus entdeckte er keine Spiegel, aber er brauchte sein Aussehen nicht zu überprüfen, um zu wissen, dass er mit diesem Outfit in der Zivilisation weniger auffallen würde, als wenn er ein Gewand trug.

Caleb hob die Tasche auf seinen Rücken, als er das Haus verließ, und stellte die Riemen so ein, dass sie bequem auf seinen Schultern lagen. Das Fehlen eines Fahrzeugs war zwar ein Rückschlag, aber das störte ihn nicht lange. Er schaute in den Himmel, um sich zu orientieren. Das orangefarbene Leuchten, das er vom Turm aus gesehen hatte, war noch weit entfernt, aber das machte ihm nichts aus.

Er holte tief Luft und rannte los.

Der Schuss hallte noch in seinen Ohren, als Aleksander sich hinter der Spüle hinhockte. Er lauschte ein paar Sekunden lang aufmerksam und hörte mehrere Dinge. Das erste waren männliche Stimmen, die auf Englisch riefen. Er konnte ihre Worte nicht verstehen, aber es klang, als wären es mehrere Personen. Das zweite war das Geräusch von Kies, der unter den Reifen zerquetscht wurde. Er stand auf und spähte über das Waschbecken und aus dem Fenster. Der Transporter fuhr weg, der Elektromotor gab kein Geräusch von sich.

Aleksander stand auf, rannte zur Tür und riss sie auf. Der Transporter war vielleicht hundert Yards entfernt und fuhr mit hoher Geschwindigkeit. Mateo und Gjergj fuhren weg. Ohne ihn. Er überlegte, ob er hinterher sprinten sollte, aber er wusste, dass er sie nie einholen würde. Er fluchte vor sich hin und überlegte, was er tun sollte. Sollte er rennen?

Seine Aufmerksamkeit wurde auf ein Licht in den Bäumen gelenkt. Die Pistole fest in der Hand, ging er ein paar Schritte zurück ins Haus, damit er nicht gesehen werden konnte. Als er das Licht sah, trat ein Mann aus der Baumreihe in das Mondlicht. Er war von Kopf bis Fuß in Tarnkleidung gekleidet. In der einen Hand hielt er eine Schrotflinte, in der anderen eine große Taschenlampe. Aleksander sah, wie er ein paar Schritte vorwärts ging und sich bückte, um den Boden zu untersuchen. Hinter ihm tauchte ein zweiter Mann in ähnlicher Kleidung auf. Der zweite Mann hatte ebenfalls eine Taschenlampe, aber keine Schrotflinte.

»In welche Richtung ist es gegangen?«, hörte Aleksander den zweiten Mann rufen. Als Antwort zeigte der erste Mann über die Lichtung zur Baumgrenze auf der anderen Seite des Bauernhauses.

»Da lang.«

Aleksander fing an zu lachen. Diese Männer waren keine Polizisten. Sie waren Jäger und verfolgten das Tier, das sie gerade angeschossen hatten. Die großen Lichter, die sie benutzten, würden Tiere erstarren lassen. Alles, vom Kaninchen bis zum Reh. Er beobachtete, wie sie über die Lichtung liefen, ohne zu merken, dass sie beobachtet wurden. Der erste Mann blieb ein paar Mal stehen und ging wieder in die Hocke, um den Boden zu untersuchen. Er folgte dem Blut.

Sein Lachen hielt jedoch nicht lange an. Auch wenn die Gefahr, von der Polizei gefasst zu werden, nun nicht mehr bestand, änderte das nichts an der Tatsache, dass Mateo geflohen war. Ohne ihn und mit ihrer wertvollen Fracht. Das würde er mit seinem Bruder besprechen müssen, wenn er ihn eingeholt hatte.

Aleksander ging in den Raum, den die drei Männer als Schlafzimmer benutzt hatten, um sein Handy zu holen. Er würde Mateo anrufen und ihm sagen, dass die Luft rein war. Soll er doch mit eingezogenem Schwanz zurückkommen.

Aber als er den Raum durchquerte, um sein Handy zu holen, war es weg. Kein Handy, kein Ladegerät. Aleksander fluchte leise, als er feststellte, dass fast alle ihre Besitztümer verschwunden waren. Er erinnerte sich daran, dass Mateo Gjergj gesagt hatte, er solle alles zusammensammeln, als sie die Mädchen von oben holten.

Er kehrte in die Küche zurück, holte sich ein Bier aus dem Kühlschrank und setzte sich an den Tisch, um es zu trinken und nachzudenken. Wenigstens hatte Gjergj das Bier und das Essen zurückgelassen. Aleksander wusste, dass er ein paar Möglichkeiten hatte. Er konnte warten, um zu sehen, ob Mateo zurückkam. Vielleicht versteckten sie sich nur auf der Straße, bis klar war, was los war? Aber was, wenn sie es nicht taten? Was, wenn sie gar nicht die Absicht hatten, zurückzukehren?

Aleksander hatte Mateo in den letzten Wochen genau beobachtet. Er wusste, dass er etwas vorhatte, aber er war sich nicht sicher, was. Vielleicht war es das – er wollte ihn einfach im Stich lassen. Seinen eigenen Bruder. Aleksander hatte seine neue Verschwiegenheit bemerkt, wenn es um Geld ging. Die Tatsache, dass er seinen Pass nie aus der Tasche nahm. Aleksander war nicht dumm, egal was sein Bruder dachte. Wenn Mateo die Mädchen an ihren Bestimmungsort brachte, würde er und nur er das Geld bekommen. Sicher, Gjergj würde einen Anteil bekommen, aber Mateo konnte den Rest behalten und Aleksander konnte nichts dagegen tun. Konnte sein eigener Bruder ihm das wirklich antun? Seufzend hob Aleksander die Flasche an seine Lippen und nahm einen großen Schluck. Ja, dachte Aleksander. Er konnte es.

Seine Traurigkeit schlug im Laufe der nächsten dreißig Minuten und einiger weiterer Flaschen Bier in Wut um. Nicht genug, um betrunken zu sein, aber es war auch kein

Rakia mehr da. Ein schabendes Geräusch ertönte über seinem Kopf und Aleksander drehte sich zu der Tür um, die zur Treppe führte.

Er stand auf und seine Wut kochte in seiner Brust hoch. Wenn sein Bruder verschwunden war, würde er nicht so schnell wiederkommen. Das bedeutete, dass er zurückblieb, um die Frau zu entsorgen.

Ein grausames Lächeln breitete sich auf Aleksanders Gesicht aus, als er sich auf den Weg zur Tür machte. Er konnte genauso gut etwas Spaß haben, bevor er die Schweine fütterte.

61

———

Mateo atmete ein paar Mal tief durch, als der Transporter leise den Weg hinunterfuhr. Sein Herz schlug immer noch schnell und seine Fingerspitzen kribbelten. Er versuchte, sich zu beruhigen, aber eine Welle der Übelkeit traf ihn im Bauch.

»Gjergj«, sagte er schroff. »Halte den Transporter an.«

Kaum war der Transporter zum Stehen gekommen, stieg Mateo aus und übergab sich am Rande des Weges. Er spuckte einen Klumpen Schleim in die Vegetation und holte noch einmal tief Luft, in der Hoffnung, dass er sich nicht übergeben musste.

»Geht es dir gut, Mateo?«, rief Gjergj vom Fahrersitz aus.

Mateo nickte, beugte sich vor und legte die Hände auf die Knie. Wenige Augenblicke später, als die Übelkeit fast verschwunden war, kletterte er wieder in den Transporter.

»Tut mir leid«, sagte er zu Gjergj, der ihn nur besorgt ansah. »Nur die Nerven, das ist alles.« Gjergjs Gesichtsausdruck nach zu urteilen, glaubte er ihm nicht.

»Was machen wir jetzt?«, fragte Gjergj. »Mit den Mädchen weiterfahren, oder...?« Er drehte seinen Kopf über die Schulter in die Richtung, aus der sie gerade gekommen waren.

»Wir können nicht mehr zurück«, sagte Mateo. »Der Ort wird von Polizisten wimmeln.«

»Aber was ist, wenn es nicht die Polizei war?«, erwiderte Gjergj. »Ich verstehe nicht, warum sie auf uns schießen sollten. Hast du gesehen, ob der Transporter vorhin beschädigt wurde?«

Mateo antwortete nicht, sondern stieg wieder aus dem Transporter aus. Er ging langsam um ihn herum und suchte im Licht der Taschenlampe seines Handys nach Schäden, aber es gab keine. Nicht einmal eine Delle konnte er durch den Schlamm sehen. Worauf die Polizei auch immer geschossen hatte, es war nicht der Transporter gewesen. Als er um das Fahrzeug herumging, dachte er darüber nach, was Gjergj gerade gesagt hatte. Mateos Wissen über die britische Polizei beschränkte sich darauf, Sendungen wie Police Interceptors auf Fernsehern in heruntergekommenen Hotelzimmern zu sehen, aber er hielt sie für ziemlich diszipliniert. Daher ist es unwahrscheinlich, dass sie unangekündigt auf Dinge schießen würden.

»Vielleicht hast du Recht«, sagte Mateo und schloss sich Gjergj vorne am Transporter an, wo er gerade eine rauchte. »Aber nach dem Hubschrauber? Ich glaube nicht, dass wir das Risiko eingehen können.« Er dachte einen Moment nach. »Ich sage, wir setzen sie ab. Vielleicht können wir ein anderes Fahrzeug vom Bischof nehmen und Aleksander und die Frau holen?«

»Die Adresse, die du bekommen hast, ist nicht weit weg«, antwortete Gjergj. »Weniger als eine Stunde, laut Navi.«

Mateo dachte weiter nach. Wie würde Martin wohl reagieren, wenn sie nur die Mädchen ablieferten und nicht die Frau? Es war ja nicht so, dass er für sie bezahlte. Oder, und das war der Gedanke, der sich in seinem Kopf festigte, sie könnten die Mädchen abliefern, das Geld holen und sich davonmachen. Den Ausbruch wagen, an den er schon seit einiger Zeit gedacht hatte? Seine Hand glitt in die hintere Hosentasche, in der sein Pass versteckt war. Auf das Geld konnte er von überall aus zu greifen, aber was war mit seinem Bruder?

Er beobachtete Gjergj beim Rauchen und war fast neidisch auf die Fähigkeit des Mannes, einfach nichts zu tun, sondern ein einfaches Vergnügen zu genießen. Die Tatsache, dass es ein einfaches Vergnügen war, das den Mann wahrscheinlich umbringen würde, entging Mateo nicht, aber er beneidete ihn trotzdem ein wenig. Mateo musste sich irgendwie vergewissern, dass Aleksander im Gewahrsam der Polizei war. Wenn das der Fall war, konnte er in dem Wissen fliehen, dass er Aleksander nicht im Stich gelassen hatte, sondern zu seiner eigenen Sicherheit geflohen war.

»Wir haben zwei Möglichkeiten, Gjergj«, sagte Mateo, während sich langsam ein Plan in seinem Kopf formte. »Wir könnten die Mädchen zum Bischof bringen und dann zurückkommen. Wie ich gerade gesagt habe.«

»Was ist die zweite Möglichkeit?«, antwortete Gjergj einen Moment später, nachdem er die Zigarette unter seinem Schuh ausgedrückt hatte.

»Wir gehen jetzt zurück und schauen, ob die Polizei da ist. Sie werden überall auf dem Hof sein, wenn sie so leicht zu entdecken sind. Und wenn nicht, holen wir Aleksander und die Frau und fahren dann zum Haus des Bischofs.«

Mateo beobachtete, wie Gjergj eine weitere Zigarette in der Schachtel inspizierte.

»Wenn du sagst, wir gehen zurück, meinst du mich?«, fragte er Mateo.

»Jemand muss auf die Mädchen aufpassen«, antwortete Mateo und warf Gjergj einen Blick zu, von dem er hoffte, dass er nicht zu selbstgefällig wirkte. »Du gehst zu Fuß und siehst nach, was los ist, und kommst dann zurück. Dann werden wir entscheiden.«

Wenige Augenblicke später, als er Gjergj dabei beobachtete, wie er den Weg entlang in die Dunkelheit stapfte, wurde Mateo klar, was er gerade getan hatte. Er hatte es nicht beabsichtigt, aber er hatte gerade seinen Anteil am Geld erhöht, wenn er die Mädchen allein zum Haus des Bischofs bringen würde. Und was, wenn die Polizei diesen Weg zurückverfolgte? Dann wäre er ein leichtes Opfer.

Mateo kehrte zum Transporter zurück und kletterte auf den Fahrersitz. Er trommelte einen Moment lang mit den Fingern auf dem Lenkrad.

Was sollte er tun?

62

Katya hatte es geschafft, sich in eine bequeme Position auf dem Bett zu bringen, aber ihre Schultern schmerzten so sehr, dass es sich anfühlte, als wären sie ausgekugelt. Sie hatte keine Ahnung, wie spät es war, aber sie schätzte, dass es mindestens dreißig Minuten her war, seit sie den Schuss gehört hatte. Als sie den Schuss gehört hatte, war sie so sehr aufgesprungen, dass sie fast vom Bett gefallen wäre. Auf das Geräusch folgte eine Phase großer Aufregung, gemischt mit Angst. War es die Polizei? Wurde Katya gleich gerettet? Oder war es etwas ganz anderes? Als die Zeit verging und nichts weiter passierte, war ihre anfängliche Freude über das Geräusch in Verzweiflung über ihre Lage umgeschlagen.

Sie hob den Kopf, als sie ein Geräusch aus dem Inneren des Bauernhauses hörte.

Ein paar Sekunden später folgte ein weiteres Geräusch, ein Knarren. Katyas Herz schlug ihr bis zum Hals, als sie merkte, dass jemand die Treppe hinaufkam. Sie wünschte sich so sehr, dass es Männer in Uniformen waren, die die Türen einschlugen und POLIZEI schrien! Aber das waren sie nicht. Jemand kam und sie war sich sicher, dass sie wusste, wer.

Als sich die Tür zum Schlafzimmer öffnete, wurden ihre Befürchtungen wahr. Es war Aleksander. Er hielt die Pistole in der einen und die Rolle Klebeband in der anderen Hand. Er legte beide Gegenstände auf den Tisch neben ihrem Bett auf der anderen Seite des Zimmers und ging zu dem Bett, in dem sie lag. Das Bett von Caleb.

Aleksander griff nach unten und zupfte an der Ecke des Klebebands, das ihren Mund bedeckte. Mit einer einzigen Bewegung riss er es weg. Katya keuchte vor Schmerz, bevor sie tief durch den Mund einatmete. Als Aleksander wieder durch den Raum ging und die Rolle Klebeband nahm, atmete sie so tief wie möglich ein. Er würde es vielleicht gleich auswechseln und sie wollte das Beste daraus machen, richtig atmen zu können, wenn auch nur für ein paar Augenblicke. Doch als Aleksander zurückkam, holte er ein kleines Messer aus seiner Tasche und schnitt damit das Klebeband um ihre Handgelenke durch.

Katya unterdrückte einen Schrei, als sich ihre Schultern wieder in ihre normale Position rückten. Der Schmerz in ihrem Rücken war unerträglich, aber sie wollte ihm nicht die Genugtuung geben, zu wissen, wie sehr sie sich quälte.

»Danke«, flüsterte sie mit zusammengebissenen Zähnen.

Alexander antwortete nicht, sondern löste ein neues Stück Klebeband von der Rolle. Er packte ihr Handgelenk, wickelte das Klebeband darum und zog ihre Hand in Richtung des Bettgestells. Bevor Katya merkte, was er tat, war ihr Handgelenk am Bett befestigt. Dann folgte die andere Hand. Ihre Arme bildeten nun die Form eines Y, so dass ihr Körper völlig entblößt war. Als er das Laken, unter das sie sich gezwängt hatte, wegzog und dabei eine grausame Grimasse zog, waren seine Absichten glasklar.

Katya schloss die Augen, weil sie nicht sehen wollte, wie seine Augen über ihren Körper wanderten.

»Bitte tu das nicht, Aleksander«, sagte sie. Er machte ein paar Schritte auf sie zu.

»Es wird nicht so sein wie beim letzten Mal, Schlampe«, antwortete Alexander. Sie konnte Bier in seinem Atem riechen. »Hier ist niemand außer dir und mir. Die Schüsse? Das waren Jäger, die auf der Suche nach Nahrung waren. Sie sind schon lange weg, genauso wie mein Bruder, der Bastard.«

Katya öffnete die Augen und sah Aleksander direkt neben sich. Er hatte das Messer in der Hand und sie zuckte zusammen, als er es gegen ihre Wange drückte.

»Aleksander, bitte«, sagte Katya und versuchte vergeblich, die Angst aus ihrer Stimme zu halten.

»Hier sind nur du und ich«, sagte er und strich ihr mit der Klinge über die Wange. »Niemand wird uns stören.« Sie spürte, wie die Klinge zu ihrem Hals hinunterglitt und erschauderte. Sie war nicht scharf, aber das brauchte sie auch nicht. »Mein Bruder hat die Mädchen genommen und ist abgehauen. Er hat dich und mich zurückgelassen.« Er richtete sich auf und aus den Augenwinkeln konnte Katya sehen, dass er sich im Schritt rieb. »Warum amüsieren wir uns nicht ein bisschen, bevor wir uns verabschieden?«

Katya verkrampfte ihre Arme, aber das Klebeband gab nicht nach. Sie konnte nicht einmal versuchen, ihn zu treten und selbst wenn, was würde das schon nützen?

»Warum, Aleksander?«, fragte Katya und spielte auf Zeit, obwohl sie wusste, dass es aussichtslos war. »Warum tust du das?«

Sein Lächeln war eines der grausamsten, das Katya je gesehen hatte.

»Weil ich es kann, Katya«, sagte er höhnisch. »Weil ich es kann. Also, bist du bereit zu spielen?«

Das Messer senkte sich auf Katyas Brust und sie keuchte, als sie das Metall an ihrer Brust spürte. Aleksander drehte es und versuchte, den Stoff ihres BHs zu durchtrennen, als Katya das einladendste Geräusch hörte, das sie je in ihrem Leben gehört hatte. Fünf langsame Klopfzeichen an der Tür des Bauernhauses. Es war Gjergj. Das bedeutete, dass sie zurück waren.

»Du willst mich wohl verarschen«, sagte Aleksander, als er aufstand. Er richtete das Messer auf Katya, die vor Erleichterung kurz vor den Tränen stand. »Das ist noch nicht vorbei, du Schlampe. Du wirst bekommen, was du verdient hast. Denk an meine Worte.«

63

»Mateo«, sagte Martin und versuchte, die Irritation aus seiner Stimme herauszuhalten. »Was führt dich zu dieser unchristlichen Stunde hierher?« Vor der Türschwelle standen zitternd die beiden Mädchen hinter dem Albaner.

»Es tut mir leid, Martin, aber wir mussten unsere Pläne ändern. Dürfen wir reinkommen?«

»Natürlich, natürlich«, antwortete Martin. »Wo sind meine Manieren? Bitte, kommt rein. Oh je, seht euch zwei an. Ihr seid ja ganz durchgefroren.« Die Mädchen sahen ihn nur verständnislos an.

Er trat zurück, damit die unerwarteten Besucher das Haus betreten konnten, und schloss die Tür hinter ihnen.

»Ist etwas passiert?«, fragte Martin Mateo, als er sie in das Wohnzimmer seines Hauses führte.

»Die Polizei. Sie sind zum Bauernhaus gekommen.«

»Was?«, fragte Martin. Das Wort kam als Bellen heraus. »Was?«, fragte er noch einmal, diesmal etwas leiser.

»Es war Aleksander«, sagte Mateo. »Er war einkaufen

und ist dabei in Schwierigkeiten geraten. Irgendwie haben sie das Bauernhaus gefunden. Über sein Navi, glaube ich.«

Martin hielt inne und dachte scharf nach. Das war ein großes Risiko für ihre gesamte Operation. Mateo öffnete den Mund, um noch etwas zu sagen, aber Martin hob die Hand, um ihn zu stoppen. Er brauchte ein paar Augenblicke, um darüber nachzudenken.

ZEHN MINUTEN später saßen die drei Männer in Martins privatem Arbeitszimmer, nachdem sie Robert aus seinem Bett geweckt hatten. Er hatte einen Drink in der Hand, aber die beiden anderen Männer hatten keinen.

»Erzähl es uns noch einmal, Mateo«, sagte Martin und nippte an seinem Scotch. Er hörte aufmerksam zu, als Mateo die Geschichte für Robert wiederholte. Im Wohnzimmer saßen die beiden Mädchen in Bettdecken gehüllt auf den Sofas.

»Bist du sicher, dass der Transporter nicht verfolgt wurde?«, fragte Robert, als Mateo die Ereignisse der letzten Stunden geschildert hatte.

»Auf keinen Fall«, antwortete Mateo. »Wir sind weg, bevor der eigentliche Sturmangriff begann.«

»Aber sie werden das Nummernschild haben«, sagte Robert und wandte sich mit dieser Aussage an Martin. »Ich kümmere mich um den Transporter.« Er nahm sein Handy in die Hand und tippte auf den Bildschirm.

»Aber dann habe ich keinen Wagen mehr«, sagte Mateo. Martin sah den Albaner an und runzelte die Stirn. Das war nicht sein Problem. Aber wenn der Mann keinen Wagen hatte, würde er im Haus bleiben, und das konnte Martin nicht gebrauchen. Mateo musste weit weg sein, wenn Martins Gäste kamen.

»Ich werde dir einen leihen«, sagte Martin, denn das war der beste Weg, ihn loszuwerden. »Was ist mit der Frau?«

»Die Polizei wird sie und Aleksander haben.« Mateo schaute ihn mit einem mitleidigen Blick an. Martin konnte sich nur schwer beherrschen, ihn nicht zu ohrfeigen. Aber Martin war kein Mann der Gewalt. Zumindest nicht gegenüber einem erwachsenen Mann.

Er fluchte leise vor sich hin. Das Bauernhaus war einer von Martins nützlichsten Vorzügen gewesen. Es war ideal gelegen und abgelegen genug für ihre Zwecke. Jetzt musste er einen anderen Ort finden. Außerdem hatte er sich schon auf seine neue Haushälterin gefreut. Er fluchte erneut, als ihm klar wurde, dass er eine der Frauen aus den Etablissements zurückholen musste, um sein Haus und seine Bedürfnisse zu bedienen, aber das hatte jetzt keine Priorität.

Die Frau hatte ihn gesehen. Das war ein Problem. Sie konnte ihn der Polizei beschreiben. Je nachdem, wie gut sie sich erinnerte, konnte sie der Polizei genug Informationen für ein Bild oder ein Fahndungsfoto oder was auch immer sie machten, geben. Irgendjemand, irgendwo, könnte ihn wiedererkennen. Aber für einen Mann wie Martin war es leicht zu leugnen. Es würde sein Wort gegen das Wort eines anderen stehen und Martins Wort war hoch angesehen. Falls nötig, gab es mehrere Leute, mit denen er in Ruhe reden konnte beziehungsweise ein oder zwei Gefallen einfordern konnte. Aber Martin tat das nicht gerne. Es widersprach seinem Charakter, bei anderen in der Schuld zu stehen. Ihm war es viel lieber, wenn es andersherum war.

»Gut«, sagte Martin und stellte seinen Scotch auf dem Schreibtisch ab. »Robert? Kümmere dich um den Transporter und gib Mateo eine Alternative. Eins der Autos.« Er sah Mateo mit einem kühlen Blick an. »Aber ich will es zurück. Es ist ein Darlehen, kein Geschenk. Die Mädchen können hier bleiben. Ich brauche eine Ersatzhaushälterin für sie, also ruf gleich an und finde eine georgische.«

Martin wartete, während Robert etwas auf einen Notizblock kritzelte, den er aus seiner Tasche geholt hatte. Als er mit dem Schreiben fertig war, fuhr Martin fort. »Die beiden Mädchen können vorerst unten im Anbau bleiben. Dort werden sie sicher genug sein. Vielleicht können wir dein Team früher herholen, um auf Nummer sicher zu gehen?«

Robert nickte und sah erwartungsvoll zu Martin auf. »Ich werde sie im Laufe des Vormittags hier haben.« Er richtete sich auf. »Wäre das alles?«

Martin antwortete nicht, sondern winkte nur mit einer Hand, um den Mann zu entlassen. Er wartete, bis sein Sicherheitchef das Büro verlassen hatte, bevor er sich an Mateo wandte.

»Ich schlage vor, du hältst dich eine Weile zurück, junger Mann«, sagte Martin. »Wenn die Polizei so gut ist, wie sie behauptet, wird dein Bruder singen wie der sprichwörtliche Kanarienvogel.« Er beobachtete, wie der Albaner die Stirn runzelte, aber Martin hatte keine Lust, ihm den Ausdruck zu erklären.

»Ich überlege, auszusteigen, Martin«, sagte Mateo. »Endgültig.« Jetzt runzelte auch Martin die Stirn.

»Wirklich?«, fragte er. »Das ist ein bisschen extrem.«

»Ich habe schon eine Weile darüber nachgedacht. Es geplant.«

»Nun, ich denke, alle guten Dinge müssen irgendwann zu Ende gehen«, sagte Martin. Er nahm sein Glas in die Hand und hatte es gerade geleert, als es leise an der Tür klopfte. »Herein?«

»Entschuldige, dass ich dich störe, Boss, aber was soll ich mit dem anderen machen?«

»Welchem anderen?«

»Der andere Albaner, der beim Transporter raucht.«

»Ich gehe und hole ihn«, hörte Martin Mateo antworten. »Das ist Gjergj. Er ist mein Fahrer.«

64

Caleb wartete, bis die Tür vollständig geöffnet war. Dann wartete er ein oder zwei Sekunden, bis der verwirrte Blick aus Aleksanders Gesicht verschwand. Dann schlug er ihm die Axt in die Stirn, wobei er eine schlagende Bewegung machte, um sicherzustellen, dass die Schneide genug Kraft hatte, um seinen Schädel zu durchdringen.

Als er sanft an der Axt zog, wusste er, dass der Schlag stark genug gewesen war, um die Schneide in Aleksanders Stirnknochen zu rammen, aber nicht so stark, dass sie ihn tötete. Von Caleb geführt, stolperte Aleksander vorwärts und blinzelte dabei heftig. Er machte keine Anstalten, seine Hände gegen die Axt zu erheben, auch wenn das keinen Unterschied gemacht hätte.

Caleb schob Aleksander an die Seite der Tür und drückte ihn dann wieder gegen den Türpfosten.

»Liest du die Heilige Schrift, Aleksander?«

Der Albaner antwortete nicht, sondern blinzelte einfach weiter.

Ein Rinnsal von Blut begann an seiner Nase herunterzulaufen. Caleb beobachtete, wie es in sein Auge lief, aber er machte wieder keine Anstalten, seine Arme zu heben. Vielleicht war Calebs erster Schlag ein wenig zu hart gewesen, wenn er so schnell einen Kraftverlust verursacht hatte, aber Caleb wusste, dass es nur der Schock sein konnte, eine Axt im Gesicht zu haben.

»Aleksander?«, sagte Caleb. »Ich habe dich etwas gefragt?« Er erhöhte den Druck auf die Axt und benutzte den Holzpfosten hinter Aleksander als Hebel.

»Ugh«, brachte Aleksander hervor.

»Ich nehme an, das ist ein Nein«, antwortete Caleb. »Das habe ich mir auch gedacht. Du kennst dich also nicht mit dem Deuteronomium aus? Genauer gesagt, Kapitel zweiunddreißig, Vers fünfunddreißig?«

»Ugh.« Aleksanders Hände begannen zu zucken, aber seine Arme bewegten sich nicht.

»Zu seiner Zeit soll dein Fuß gleiten, mein Freund«, sagte Caleb. »Denn die Zeit deines Unglücks ist nahe und was über dich kommen soll, eilt herzu.«

Caleb hob seine freie Hand und schlug mit der Handfläche auf den Kopf der Axt, so dass sie sich tiefer in Aleksanders Stirn bohrte.

»Was ist mit dem Buch Amos?« Diesmal gab Aleksander keinen Laut von sich. Seine Augen waren auf Caleb fixiert. »Ich bin die Gerechtigkeit, die wie ein Fluss weiterfließt.« Er schlug erneut auf den Kopf der Axt. »Gerechtigkeit wie ein immer fließender Strom. Ich umschreibe das nur, aber ich denke, du verstehst, worauf ich hinaus will, oder?«

Caleb hielt ein paar Sekunden inne und beobachtete Aleksanders Augen, die zu glänzen begannen. In seiner Stirn hatte die Axt die Hirnhaut durchdrungen, die Membran, die das Gehirn schützen und abdecken sollte. Caleb wusste, dass Aleksander mit ziemlicher Sicherheit sterben würde, wenn er ihn jetzt verließ, aber Caleb wollte sichergehen.

»Wie geht's dir, mein Großer?«, fragte Caleb, wobei sein texanischer Akzent immer deutlicher wurde. In Aleksanders Gehirn würde das Blut in den Epiduralraum zwischen den verschiedenen Membranen fließen. Wenn es nicht von einem neurochirurgischen Team behandelt würde, würde das Blut Druck auf das Gehirn ausüben und es langsam durch das Loch am Boden des Schädels des Albaners nach unten drücken und seinen Hirnstamm komprimieren. Caleb könnte die Axt herausnehmen, um den Druck durch den Bruch in seinem Schädel zu lindern, aber das wollte er nicht. Außerdem war kein neurochirurgisches Team in der Nähe und selbst wenn es eines gäbe, bezweifelte Caleb, dass sie Aleksander helfen könnten, selbst wenn sie es wollten.

Es folgte ein weiterer Schlag auf den Kopf der Axt. Dadurch würde der Riss der Hirnhaut irrelevant werden. Die Schneide der Axt steckte nun fest in Aleksanders Stirnlappen. Caleb sah, wie seine Augen noch glasiger wurden. Eines von ihnen begann zur Seite zu wandern und zuckte dabei leicht.

»Mach dich bereit, deinem Schöpfer zu begegnen, Aleksander«, sagte Caleb und hob erneut die Hand. »Ich bin sicher, er wird sich freuen, dich zu sehen.«

Caleb versetzte dem letzten Schlag so viel Kraft wie möglich, bevor er den Griff der Axt losließ. Als er sah, wie Aleksander zu Boden sackte, überlegte er, ob er ein kurzes Gebet für die Ruhe seiner Seele sprechen sollte.

Aber Caleb hatte keine Lust dazu.

65

In dem Moment, in dem Aleksander das Zimmer verlassen hatte, fing Katya an, sich verzweifelt auf dem Bett zu winden. Er hatte die Waffe auf dem Nachttisch liegen lassen und wenn sie die Hände frei hätte, könnte sie sie trotz der Fessel um ihren Knöchel, mit der sie an das Bett gekettet war, erreichen. Eines war sicher – sie würde ihr Bestes geben. Auf keinen Fall würde sie kampflos gehen und wenn es sein musste, würde sie das Bett über den Boden schleifen.

Sie biss die Zähne zusammen und zog so fest sie konnte an dem Klebeband, das sie am Arm festhielt. Ein paar Sekunden später hielt sie inne und keuchte schwer. Hatte sich das Klebeband an ihrem rechten Handgelenk ein wenig bewegt? Sie glaubte es, also atmete sie tief durch und lenkte ihre ganze Aufmerksamkeit und Anstrengung auf diese Hand. Selbst wenn sie die ganze Haut von ihrem Handgelenk abziehen müsste, würde sie sich befreien.

Sie musste es tun. Wenn Aleksander sie nicht heute tötete, würde er es irgendwann tun.

»Ach, komm schon«, sagte Katya und entspannte sich

für ein paar Sekunden. Sie wusste nicht, wie viel Zeit sie hatte. Was, wenn Gjergj wieder wegging und sie mit diesem Schwein allein ließ? Lieber würde sie im Wald verhungern, als durch seine Hand zu sterben. Dann würde sie wenigstens ihre Selbstachtung bewahren. Katya zog wieder an ihrem rechten Handgelenk. Das Klebeband lockerte sich definitiv, nur nicht schnell genug.

Nach den gefühlt längsten zwanzig Sekunden ihres Lebens spürte Katya, wie sich das Klebeband lockerte. Sie war fast am Ziel. Mit einem Stöhnen zog sie mit aller Kraft daran, bis es sich schließlich so weit gelockert hatte, dass sie ihr Handgelenk herausziehen konnte. Schwer atmend benutzte sie ihre rechte Hand, um ihre linke zu befreien.

Katya widmete ihre Aufmerksamkeit der Fessel um ihren Knöchel. Sie griff nach unten und zog ein paar Mal an dem Schloss, das es sicherte, aber es blieb geschlossen. Wie hatte Caleb es gelöst? Sie ignorierte die Fessel und griff quer durch den Raum, aber der Nachttisch war immer noch mindestens zwei Fuß von ihren ausgestreckten Händen entfernt. Sie musste das Bett umstellen.

Das Geräusch, als sie zum ersten Mal daran zog, überraschte sie. Man würde es auf jeden Fall unten hören, dachte sie. Sie versuchte, es anzuheben, aber das hölzerne Bettgestell war zu schwer. Katya wusste, dass sie nur ein paar kurze Sekunden Zeit hatte, bevor entweder Aleksander oder Gjergj die Treppe hochkamen. Sie zog das Bettgestell noch ein bisschen weiter zum Nachttisch. Sie war fast am Ziel. Ein weiterer Stoß mit dem schweren Bett würde genügen. Katya hielt inne, um Luft zu holen und sich auf den letzten Zug vorzubereiten. Während sie das tat, hörte sie das unverwechselbare Geräusch von Schritten auf der Treppe. Sie musste schnell sein.

Mit vollem Körpereinsatz schob Katya das Bett ein

letztes Mal. Sie hatte es geschafft! Ihre Hand griff nach der Pistole. Sie war viel schwerer als sie es in Erinnerung hatte und sie konnte sehen, wie ihre Finger zitterten. Musste sie geladen werden? Katya hatte noch nie in ihrem Leben eine Waffe abgefeuert, aber sie hatte genug Filme und Fernsehsendungen gesehen, um zu wissen, dass man nicht einfach den Abzug betätigen konnte. Aber wenn Aleksander sie bei sich trug, hätte er sie dann nicht schon geladen? Katya konnte es nicht wissen.

Außerhalb des Schlafzimmers hörte sie Schritte auf der Treppe. Ein Knarren verriet ihr, dass derjenige, der draußen war, das obere Ende der Treppe erreicht hatte. Sie legte beide Hände um die Waffe und richtete sie auf die Tür. Kurz bevor sie sich öffnete, erinnerte sie sich an die Sicherung. Mit ihrem linken Daumen drehte sie sie um. Aber war sie an oder aus? Das würde davon abhängen, ob Aleksander sie geladen gelassen hatte oder nicht. Sie dachte, dass sie genug Zeit haben würde, um die Sicherung wieder zurückzuschalten, wenn sie nicht schießen könnte.

Katya holte tief Luft und versuchte zu verhindern, dass ihre Hände zitterten. Sie schaute zur Tür, die sich langsam öffnete und die Silhouette eines Mannes auf dem Treppenabsatz enthüllte. Aleksander oder Gjergj, das war Katya egal. Sie zwang sich, die Augen offen zu halten, und ihre Fingerknöchel wurden weiß, als sie den Abzug drückte.

Der anschließende Schuss beantwortete ihre Frage nach der Sicherung.

66

Mateo suchte mit seiner Hand unter dem Beifahrersitz nach dem Hebel, mit dem er seinen Sitz zurückstellen konnte. Neben ihm schaute sich Gjergj die Steuerung des Autos an, das Robert ihnen gegeben hatte. Es war ein kleiner Fiat. Lächerlich klein, fand Mateo, auch wenn Robert ihn nicht darum gefragt hatte, als er ihm die Schlüssel mit der Warnung, auf das Auto aufzupassen, übergab.

Auf dem Fahrersitz hatte Gjergj den Schalter gefunden, mit dem er die Scheinwerfer einschalten konnte. Dann machte er das Auto an, das viel lauter war als der Transporter.

»Wohin jetzt?«, fragte Gjergj. »Zurück zum Bauernhaus?«

Mateo dachte einige Augenblicke nach, bevor er antwortete. Als Gjergj vorhin vom Bauernhof zurückgekommen war, hatte er berichtet, dass alles ruhig gewesen war. Keine Spur von irgendjemandem, geschweige denn von einer Horde von Polizisten mit Gewehren und Hunden. Sie hatten beide beschlossen, ihre Reise fortzusetzen und die

Mädchen an einen sicheren Ort zu bringen. Relativ gese-hen, wie Mateo nur zu gut wusste. Aus Sicht von Gjergj brachten sie nur Leute nach England. Er hatte nie gefragt, was mit ihnen passierte und weder Mateo noch Aleksander hatten je etwas gesagt. Das war der Deal gewesen, als sie ihn an Bord genommen hatten. Er fuhr und das war alles, was er tat.

Aber was sollte Mateo jetzt tun? Er konnte nicht davon-laufen – noch nicht. Zumindest nicht, bis Martin sie bezahlt hatte, und das würde noch ein paar Tage dauern. Dann müsste Mateo seinen Teil des Geldes auf das Bankkonto überweisen, das er in Albanien angelegt hatte. Sein Flucht-geld, wie er es nannte.

Er war versucht, zu verschwinden, als Gjergj zum Bauernhaus zurückging. Einfach mit den Paketen zu Martins Haus zu fahren und ihn um Hilfe zu bitten. Aber dann kam er zum Entschluss, dass Martin nicht jemand war, der einem Mann auf diese Weise helfen würde. Nicht, wenn für ihn nichts dabei heraussprang. Mateo würde einfach auf seinen Moment warten müssen. Er würde bald kommen.

»Ich denke, das sollten wir, ja«, sagte Mateo einen Moment später. Gjergj warf ihm einen neugierigen Blick zu, sagte aber nichts, während er den Gang einlegte.

Während Gjergj fuhr, schaute Mateo aus dem Fenster und betrachtete die vorbeiziehende Landschaft. Martin wohnte nicht weit von einem Dorf namens Bucknall, das für Mateo nicht viel mehr zu sein schien als eine Ansammlung von Bauernhöfen mit ein paar Häusern dazwischen. Die Straße durch das Dorf war schmal und kurvenreich und nur in wenigen Häusern brannte Licht. Es war noch etwa eine Stunde bis zum Sonnenaufgang und das Dorf hatte noch kein Geld für eine Straßenbeleuchtung ausgegeben.

»Hast du von Gramoz noch etwas über die anderen Pakete gehört?«, fragte Gjergj, als sie an einer kleinen Grundschule aus rotem Backstein vorbeifuhren, die in Dunkelheit gehüllt war.

»Nein, noch nicht«, antwortete Mateo. »Er hat mir zuletzt gesagt, dass sie auf der anderen Seite des Kanals festsitzen.«

»Es wird schwieriger sein, sie hier unterzubekommen«, sagte Gjergj. »Nicht viel Platz, richtig?«

»Wir werden es schon schaffen.«

»Ich bezweifle, dass ich noch einen Transporter mieten kann.«

Mateo nickte mit dem Kopf. Der Verlust des Transporters war bedauerlich, zumal sie ihn auf Gjergjs Namen gemietet hatten. Im Nachhinein betrachtet war das ein Fehler gewesen. Der Vertrag sollte in der nächsten Woche auslaufen, dann wäre Mateo schon lange weg und Gjergj, wenn er vernünftig war, wieder in Albanien. Mateo bezweifelte, dass die Reichweite der Mietfirma so weit reichte.

»Nein, das stimmt. Du wirst wahrscheinlich nach Hause zurückkehren müssen, bevor der Mietvertrag ausläuft.«

»Ernsthaft?«

Mateo schaute Gjergj in der Düsternis an. Hatte er das nicht durchdacht? Seinem Gesichtsausdruck nach zu urteilen, hatte er das offensichtlich nicht.

»Ja, ernsthaft. Wir sind hier sowieso fast fertig. Wir können zurück nach Albanien gehen, eine Pause einlegen und uns neu formieren. Ich besorge einen anderen Transporter von Gramoz oder jemandem wie ihm.«

Sie fuhren eine Weile schweigend weiter und passierten noch einige kleine Dörfer. Mateo war versucht, Gjergj zu sagen, dass er einfach zum Flughafen fahren sollte, aber jetzt, wo er wusste, dass Aleksander nicht in Polizeigewahrsam war, fiel es ihm schwer, einfach zu gehen. Ideal wäre es gewesen, wenn Aleksander verhaftet worden wäre, damit er und Gjergj auf legalem Weg hätten fliehen können. Es war einfach, über den Kanal zurück nach Frankreich zu gelangen. Die Behörden interessierten sich nur für Leute, die illegal nach England kamen, nicht für die, die ausreisten. Aber wenn er jetzt fliehen würde, wäre sein Bruder in der Wildnis unterwegs und könnte ihn irgendwann einholen. Außerdem würde seine Familie zu Hause wissen, dass er Aleksander für Geld verraten hatte. Mateo wollte seine Freiheit, aber nicht für immer von seinem Zuhause abgeschnitten sein.

»Was glaubst du, wohin der Mann im Gewand gegangen ist?«, fragte Gjergj ein paar Augenblicke später. »Glaubst du, er ist zur Polizei gegangen?«

»Er wird sich so weit wie möglich vom Bauernhaus entfernt haben, wenn er vernünftig ist«, antwortete Mateo. »Aber ich bezweifle, dass er zur Polizei gegangen ist. Er ist genauso illegal hier wie die Mädchen und die Frau.« Er lehnte sich in seinem Sitz zurück und rückte seine Beine zurecht, um es sich bequem zu machen. »Sobald er auf einem Polizeirevier auftaucht, wird er verhaftet werden. Ich glaube nicht, dass wir uns Sorgen machen müssen. Wir haben ihn sicher zum letzten Mal gesehen. Da bin ich mir sicher.«

67

»Was denkst du, Robert?«, fragte Martin und nippte dabei an seinem Kaffee. Es hatte keinen Sinn, jetzt wieder ins Bett zu gehen und wenn Martin schon wach war, dann war es Robert auch. »Über Mateos Plan?«

»Hmm«, antwortete Robert. Martin hatte seinen Sicherheitschef in den letzten Minuten über Mateos Wunsch informiert, sich aus der Operation zurückzuziehen. »Ich kann nicht behaupten, dass mir das gefällt. Er könnte ein Problem darstellen.«

»Finde ich auch. Aber ich würde auch gerne seinen Bruder loswerden. Kann man ihnen trauen?«

»Nein.« Robert nippte an seinem eigenen Kaffee. »Nicht im Geringsten. Aber das ist ein Risiko, das wir wohl eingehen müssen. Es sei denn, du willst, ähm, mehr affirmative Maßnahmen ergreifen.«

»Nicht wirklich«, sagte Martin. »Irgendjemand würde sie bestimmt vermissen. Wir haben nur ihr Wort, dass niemand weiß, wo sie sind. Dieser Gramoz scheint kein besonders netter Kerl zu sein, nach dem, was du mir erzählt hast.« Er hatte Robert eine stattliche Summe für die Überprüfung des Mannes gezahlt, von der er sicher war, dass ein Teil davon in Roberts eigener Tasche gelandet war. Aber Martin gönnte ihm einen kleinen Aufschlag und die Informationen waren von unschätzbarem Wert. »Ich würde ihn lieber so weit wie möglich auf Abstand halten. Ich will auf keinen Fall, dass er hier auftaucht und nach seinen Neffen sucht. Wo sind sie jetzt?«

Martin wartete, während Robert sein Handy überprüfte.

»Sie sind auf der A46, kurz vor Market Rasen«, sagte er ein paar Sekunden später.

»Sie sind also auf dem Weg zurück zum Bauernhaus?«

»Sieht so aus, ja.«

»Aber warum? Wenn es dort von Polizisten wimmelt, wie Mateo gesagt hat, warum sollten sie dann dorthin zurückkehren?« Martin runzelte die Stirn und erinnerte sich genau an das, was Mateo gesagt hatte.

»Wir haben nur sein Wort, dass es so ist«, sagte Robert. »Er könnte lügen. Vielleicht ist etwas zwischen dem Bruder und der Frau passiert und Mateo deckt ihn?«

»Könnte sein, denke ich.« Martin schaute auf seine Uhr. »Ich kann einen Freund fragen, aber nicht um diese Uhrzeit am frühen Morgen. Ich glaube nicht, dass der stellvertretende Polizeichef einen Anruf um diese Zeit gutheißen würde.«

»Wenn du willst, kann ich ein paar Leute aus meinem Team hinschicken, um zu sehen, was los ist«, erwiderte Robert. »Bis zum Wochenende werden sie nicht gebraucht und damit wären sie gut beschäftigt.«

Martin nickte. Roberts Team, wenn man es überhaupt als Team bezeichnen konnte, bestand aus einer Gruppe mürrisch aussehender Ex-Militärs, die für die Sicherheit der Veranstaltung am Wochenende sorgten. Auf der Party würde es keinen Ärger geben, aber sie würden dafür sorgen, dass es keine neugierigen Besucherinnen und Besucher gab – vor allem nicht solche mit Kameras und langen Objektiven.

»Werden sie diskret sein?«, fragte Martin ihn. Robert lächelte daraufhin nur. »Wenn ja, dann schick sie dorthin. Ich glaube, du hast Recht. Mateo lügt über das, was auf dem Bauernhof passiert ist. Und wenn er darüber lügt, worüber lügt er dann noch?«

»Wie lauten ihre ROE?«, fragte Robert.

»Was meinst du?«

»Rules of engagement, ihre Einsatzregeln. Was dürfen sie tun und was nicht?«

»Das überlasse ich dir, Robert«, sagte Martin, der das Gespräch satt hatte. »Dein Urteilsvermögen ist immer tadellos.«

»Und wenn affirmative Maßnahmen erforderlich sind?«

»Wie ich schon sagte, Robert, das überlasse ich dir. Wenn sie erforderlich sind, sind sie erforderlich. Aber keine Spur von so etwas darf hierher zurückführen.«

»Natürlich, Martin«, antwortete Robert mit einem grausamen Lächeln. »Das versteht sich von selbst. Aber wenn sie dort ankommen und die Frau dort ist?«

»Dann muss sie zu mir gebracht werden. Ohne auch nur einen abgebrochenen Nagel. Ich habe Pläne für die junge Dame.« Martins Lächeln begegnete Roberts Lächeln und übertraf es sogar. »Verstehst du?«

68

Die Kugel flog über Calebs Kopf hinweg, nicht um einen Fuß, sondern um Zentimeter. Er spürte, wie sie an ihm vorbeiflog, bevor das Echo des Schusses durch den Raum hallte. Es war nicht das erste Mal, dass jemand aus so kurzer Entfernung auf ihn geschossen hatte, aber es war das erste Mal, dass jemand es getan hatte und ihn verfehlt hatte. Oder überlebt hatte, um die Geschichte zu erzählen.

»Caleb!«, schrie Katya. Sie warf die Pistole auf den Boden, so dass Caleb zusammenzuckte. Obwohl er wusste, dass der freischwebende dreieckige Schlagbolzen leicht genug sein sollte, um ein versehentliches Auslösen zu verhindern, war es trotzdem ein Risiko. Aber Caleb hatte keine Zeit zu verarbeiten, was sie getan hatte. Während sich die Pistole noch auf dem Boden des Schlafzimmers drehte, versuchte Katya durch den Raum zu rennen, aber die Fessel hinderte sie daran, sich zu bewegen. Als er zu ihr herüberkam, warf Katya ihre Arme um ihn. »Oh mein Gott, Caleb. Bist du verletzt? Habe ich dich getroffen? Geht es dir gut?« Ihre Stimme war heiser und sie sprach schnell.

»Katya, beruhige dich. Mir geht's gut«, sagte er und legte seine Hände auf ihre Hüften, wo sie perfekt ruhten. »Wenn ich Haare hätte, hätte ich vielleicht einen Scheitel, aber es ist alles gut.«

»Oh mein Gott, das tut mir so leid. Ich dachte, du wärst Aleksander!«, sagte Katya und ihre Stimme blieb ihr im Hals stecken. »Es tut mir so leid. Wo warst du? Woher hast du diese Klamotten?«

»Katya, ruhig. Alles zu seiner Zeit. Lass uns nach unten gehen und uns in die Küche setzen.«

»Aber was ist mit Aleksander? Und dem Fahrer?«

»Der Fahrer ist nicht hier. Ich weiß nicht, wo er ist.«

»Und Aleksander?«

»Er hat sich hingelegt.« Caleb spürte, wie ein Lächeln seine Mundwinkel zum Zucken brachte. »Er hat starke Kopfschmerzen.«

Katya trat einen Schritt zurück und sah Caleb an. Ein Stirnrunzeln erschien auf ihrer Stirn und sie schüttelte den Kopf hin und her.

»Du hast ihn umgebracht.« Das war eine Feststellung. Keine Frage. Katya wusste es, aber Caleb wusste nicht, woher sie es wusste.

»Es war eher ein Fall von Beihilfe zum Selbstmord, Katya«, sagte Caleb.

Katya lächelte, aber er konnte eine Traurigkeit hinter ihren Augen sehen. Lag es daran, dass Caleb nicht der Mann war, für den sie ihn gehalten hatte, oder hatte es einen anderen Grund? Caleb war sich nicht sicher, bis sie wieder sprach.

»Es tut mir leid, dass du das für mich tun musstest, Caleb.« Sie beugte sich vor und küsste ihn auf die Wange. »Aber ich danke dir.«

»Ich habe es nicht nur für dich getan, Katya«, antwortete

Caleb. »Ich habe es für Ana getan. Für Elene. Für all die anderen Menschen, die er verletzt hat. Ich fürchte, es sind viele.«

ZEHN MINUTEN später saßen sie am Küchentisch. Caleb hatte Katya hingesetzt, während er ihnen beiden einen Kaffee gekocht hatte und extra Zucker in ihren Kaffee getan hatte. Sie hatte die letzten Momente damit verbracht, Caleb von ihrer Tortur in Aleksanders Händen zu erzählen, nachdem die Jäger gegangen waren. Wie sie dachte, dass sie vergewaltigt und ermordet werden würde. Caleb hörte aufmerksam zu und wusste, dass Aleksander genau das im Kopf gehabt hatte. Als sein letzter Atemzug seinen Körper verließ, hatte Caleb seine ganze Verderbtheit gespürt.

»Du brauchst keine Angst mehr vor ihm zu haben, Katya. Er ist für niemanden mehr von Belang, außer für Gott. Und ich habe keinen Zweifel daran, dass Gott genau weiß, was mit ihm zu tun ist«, sagte Caleb und hob kurz seinen Blick zur Decke.

Katya lächelte. Dieses Mal steckte keine Traurigkeit dahinter.

»Nun, ich hoffe, er schmort in der Hölle«, sagte sie, als ihr Lächeln verblasste.

»Vielleicht wird er das, Katya«, antwortete Caleb. »Vielleicht wird er das.«

»Also, erzähl mir von deiner Kleidung. Du siehst so anders aus ohne Gewand.« Ihre Augen funkelten, als sie das sagte. »Fast normal.«

»Nur fast?«, sagte Caleb grinsend.

Er erzählte ihr von dem leeren Bauernhaus hinter dem Schweinestall. Wie er eingebrochen war, um nach Vorräten,

Waffen und allem, was er in die Finger bekommen konnte, zu suchen.

»Wenn etwas passiert, werden wir uns dort treffen«, sagte er ihr. »Mateo und Gjergj kommen vermutlich zurück.«

»Warum sollten sie? Hier gibt es nichts mehr für sie.«

»Es gibt dich und Aleksander. Soweit sie wissen, seid ihr noch hier.« Er schaute sie an und sah, wie die Angst in ihre Augen zurückkehrte.

»Glaubst du, sie kommen zurück?«, fragte sie ihn. Ihre Stimme war fast ein Flüstern.

»An ihrer Stelle«, sagte Caleb, »würde ich für dich zurückkehren.«

69

Mateo gähnte und streckte seine Arme so weit über den Kopf aus, wie es das Autodach zuließ. Ein paar Sekunden später gähnte auch Gjergj und lachte dabei.

»Wer auch immer gesagt hat, dass es nicht ansteckend ist, hat gelogen«, sagte er. Mateo nickte zustimmend. Vor ihnen erhellte sich gerade der Himmel. »Macht es dir etwas aus, wenn wir irgendwann anhalten?«

»Nein, gute Idee. Ich bin am Verhungern. Hier unten gibt es einen McDonald's, der vierundzwanzig Stunden geöffnet hat.«

Sie fuhren schweigend weiter, bis etwa zehn Minuten später das markante M-Schild auftauchte. Gjergj fuhr auf den Parkplatz und parkte neben einer großen Harley Davidson. Mateo stieg aus und streckte sich dieses Mal ordentlich.

»Ich rauche eben schnell«, sagte Gjergj und holte seine Zigaretten aus der Tasche. »Bestellst du?«

»Ja, kann ich machen. Was willst du?«

»Ich nehme so ein Ding mit Würstchen und Ei, bitte.«

»Kaffee?«

»Natürlich«, sagte Gjergj, während er sich eine Zigarette anzündete.

Mateo betrat das Restaurant, das überall auf der Welt hätte sein können. Er tippte auf den großen Bildschirm, um seine Bestellung aufzugeben, bevor er feststellte, dass es noch zehn Minuten bis zum Frühstücksbeginn um fünf Uhr morgens waren. Die einzigen anderen Kunden waren zwei stark tätowierte Männer, die in ihre Kaffeebecher starrten. Er ging zum Tresen hinüber, wo ein erschöpft aussehender junger Mann mit Akne, die durch die Arbeit in einem McDonald's garantiert nicht besser wurde, auf sein Handy starrte. Mateo räusperte sich und der junge Mann schaute auf.

»Kann ich Ihnen helfen?«, fragte er und klang genauso müde wie er aussah.

»Kann ich bitte Frühstück bestellen?«, fragte Mateo.

»Klar, in zehn Minuten können Sie das.«

»Kann ich es nicht jetzt bestellen und du machst es in zehn Minuten?«

»Äh, nein.«

Mateo lehnte sich auf dem Tresen vor und starrte ihn an.

»Warum nicht, verdammt?«, zischte er. Dem jungen Mann fiel die Kinnlade herunter und er trat einen Schritt zurück, aber Mateo war nicht in der Stimmung, sich von einem kleinen, selbstgefälligen Idioten wie ihm verarschen zu lassen.

»Ich, äh, es liegt an den Kassen. Sie lassen mich die Bestellung erst nach fünf Uhr aufgeben.« Der junge Mann schaute sich um, zweifellos auf der Suche nach Unterstützung durch einen Vorgesetzten, aber er war auf sich allein gestellt.

»Dann zwei Kaffee«, antwortete Mateo. Er nickte in

Richtung eines Tisches am anderen Ende des Restaurants. »Ich warte da drüben.«

Fast zwanzig Minuten später, nachdem Mateo um genau eine Minute nach fünf seine Bestellung auf dem Bildschirm aufgegeben hatte, blickten er und Gjergj auf ihr Frühstück. Mateo wickelte sein Brötchen aus dem Papier aus und betrachtete misstrauisch die pappige Masse.

»Das sieht überhaupt nicht so aus wie auf den Fotos«, sagte er mürrisch und stupste es mit einem Finger an. Mateo war sich sicher, dass es am Vortag zubereitet und dann aufgewärmt worden war. Gjergj, der keine solchen Bedenken zu haben schien, aß bereits sein eigenes Brötchen.

»Das tut es nie«, sagte Gjergj und gewährte Mateo währenddessen mit seinem offenen Mund einen Blick auf sein Frühstück. »Aber es ist verdammt lecker.« Mateo nahm einen Bissen von seinem Brötchen, das zu seiner Überraschung viel besser schmeckte, als sein Aussehen vermuten ließ.

Die Männer aßen schweigend und unterhielten sich nur kurz, als Gjergj Mateo fragte, ob er sein Hash Brown nicht essen wolle. Dann holten sie ihre Kaffees ab. Gjergj begann, den Müll vom Tisch aufzusammeln, aber Mateo hielt ihn davon ab.

»Lass das liegen«, sagte er zu Gjergj. »Dann hat dieser arrogante Trottel etwas zu tun.«

Sie machten sich auf den Weg zum Ausgang und Mateo merkte, dass Gjergj noch eine Zigarette rauchen wollte, bevor sie losfuhren. Er überlegte, ob er sich beschweren und Gjergj sagen sollte, dass er einfach ins Auto steigen und fahren sollte, aber er hatte keine Lust dazu. Er wollte nur noch zurück zum Bauernhaus und ins Bett gehen. Seine Augen waren trüb von dem Mangel an Schlaf.

Mateo hoffte nur, dass Aleksander nicht zu viel Wirbel machen würde, wenn sie dort ankamen.

70

Katya zitterte in der frühen Morgenluft und zog sich die dunkle Jacke, die früher Aleksander gehört hatte, um die Schultern. Es dämmerte bereits, aber das Licht hatte das Waldstück, in dem sie stand, noch nicht erreicht. Katya befand sich in der Nähe der Lücke in den Bäumen, die Caleb als Treffpunkt für die beiden ausgemacht hatte, sollten sie rennen müssen. Sie atmete schwer, nachdem sie über die Lichtung vom Bauernhaus gesprintet war.

Sie und Caleb hatten sich in der Küche unterhalten, als er plötzlich eine Hand hob, um sie zum Schweigen zu bringen. Dann hatte er den Kopf zur Seite geneigt, als ob er etwas hören würde.

»Sie kommen«, hatte Caleb ein paar Sekunden später gesagt. Katya, die nichts hören konnte, war überrascht.

»Bist du sicher?«, hatte sie ihn gefragt.

»Ja.«

Auf Calebs Aufforderung hin war Katya über die Lichtung gelaufen. Sie hatten kurz darüber gesprochen, ob sie zum anderen Bauernhaus, dem des Schweinebauern, gehen sollte, aber Caleb war der Meinung, dass die Zeit dafür nicht reichen würde. Also sollte sie sich vorerst in der Nähe verstecken. Als sie etwa auf halber Strecke über die Lichtung war, sah sie in der Ferne das Aufblitzen von Scheinwerfern durch die Bäume. Calebs Gehör musste phänomenal sein, dachte Katya, als sie anfing zu rennen.

Sie zog die Jacke fester um ihren Körper und erinnerte sich an den ursprünglichen Besitzer. Caleb hatte ihr nichts darüber erzählt, wie Aleksander gestorben war. Nur, dass er dafür gesorgt hatte, dass er wusste, dass er den Preis für sein Fehlverhalten zahlen würde. Gott, so hatte Caleb gesagt, würde alles andere regeln. In ihrer Tasche, die die Jacke beschwerte, aber auch beruhigte, war seine Pistole. Katya hatte beobachtet, wie Caleb sie auf dem Nachttisch auseinandergenommen und die Teile mit einem kleinen Waffenreinigungsset, das er in Aleksanders Nachttisch gefunden hatte, gereinigt und geölt hatte. Nachdem er sie wieder zusammengebaut hatte, hatte Caleb Katya ein paar Minuten lang gezeigt, wie man sie benutzt. Wie man die natürliche Tendenz von Menschen, die nicht an Waffen gewöhnt waren, hoch zu schießen, stoppen konnte. Wie man den Rückstoß ausgleichen konnte, damit auch der zweite und dritte Schuss sein Ziel traf, selbst wenn der erste daneben ging. Sie hatten gerade über den Schwerpunkt eines Menschen gesprochen, als Caleb das Fahrzeug hörte.

Katya wusste nicht, was Caleb für Mateo und Gjergj geplant hatte. Nachdem sie ihn vorhin fast umgebracht hatte, war Caleb für eine Weile verschwunden. Als er zurückkam, hatte Katya ihn gefragt, was er gemacht hatte.

»Geplant«, hatte Caleb geantwortet, aber mehr wollte er nicht verraten.

Endlich hörte Katya, wie sich das Fahrzeug näherte. Es hörte sich eher wie ein Auto als ein Transporter an und war viel lauter als der Elektrotransporter gewesen war. Entweder handelte es sich bei dem herannahenden Fahrzeug nicht um Mateo und Gjergj oder sie hatten den Transporter gegen ein anderes Fahrzeug getauscht. Einen Moment lang war Katya besorgt, dass derjenige, der in dem Auto saß – wenn es nicht die Albaner waren – direkt in eine Falle fuhr. Aber Caleb kam ihr nicht wie ein Mensch vor, der so einen Fehler machen würde.

Ohne Gewand war er ganz anders. Sie hatte nur halb gescherzt, als sie gesagt hatte, dass er fast normal wirkte. Was, wenn sie ihn tatsächlich getroffen hätte, als sie auf ihn geschossen hatte? Katya erschauderte bei dem Gedanken. Sie hätte ihn töten können. Sie hätte ihn getötet. Aber das, was passiert war, hatte sie eines gelehrt, wie er ihr am Küchentisch erklärt hatte: Sie hatte die Fähigkeit zu töten.

»Jeder denkt er kann das, Katya«, hatte Caleb gesagt. »Wenn er sich bedroht fühlt oder jemanden beschützen möchte, den er liebt. Aber wenn es wirklich darauf ankommt, können es die meisten Menschen nicht.« Die Gewissheit, dass sie zu denjenigen gehörte, die es können, war für Katya beruhigend und beängstigend zugleich. Sie dachte an den Moment zurück, als sie den Abzug betätigt hatte. In diesem Bruchteil einer Sekunde, als sie dachte, Aleksander stünde vor ihr, hatte sie den Abzug betätigt, wohl wissend, dass dies den Tod eines anderen Menschen zur Folge haben würde. Ihre Emotionslosigkeit bei dieser Erkenntnis erschreckte sie mehr als ihre Tat selbst. Was sagte das über sie als Mensch aus, fragte sie sich, als sie die Scheinwerfer beobachtete, die sich langsam durch die Bäume näherten. Und was wäre, wenn sie noch einmal in dieselbe Situation käme?

Diese Frage war einfacher. Wenn sie erneut in dieselbe Situation käme, würde sie abdrücken.

Aber das nächste Mal würde sie nicht danebenschießen.

71

Martin beobachtete durch die schweren, getönten Fenster seines Privatbüros, wie Robert draußen vor dem Haus zwei Mitgliedern seines Teams, die Martin noch nie gesehen hatte, Anweisungen gab. Die beiden Männer, die er informierte, standen nebeneinander, locker in einer aufrechten Haltung, während Robert mit ihnen sprach. Alle paar Sekunden machte Robert mit einer seiner Hände eine schneidende Geste, woraufhin die beiden anderen nickten.

Hinter ihnen stand ein großer, schwarzer Range Rover Evoque, einer der vier Geländewagen, die Martin besaß. Er mochte die kastenförmigen Fahrzeuge und die Kraft, die unter ihren Hauben steckte. Aber eigentlich gehörten sie nicht ihm. Sie gehörten seinem Unternehmen, aber um das herauszufinden, würden mehrere Forensik-Spezialisten Monate, wenn nicht Jahre brauchen, um das festzustellen. Er hatte eine Menge Geld an viele Banken in verschiedenen Ländern gezahlt, um sicherzustellen, dass zwischen ihm und dem Unternehmen selbst genug Schichten der Verleugnung lagen.

Die beiden Männer drehten sich um, als Roberts Einweisung scheinbar abgeschlossen war. Einer von ihnen hob eine kleine Sporttasche auf, die vor ihnen auf dem Kiesweg stand. Dabei drehte er sich um und sah Martin an. Der Mann sah ihm einige Sekunden lang in die Augen und nickte ihm dann fast unmerklich zu. Seine Bewegungen, wie die seines Kollegen, waren präzise und überlegt. Beide waren von Kopf bis Fuß schwarz gekleidet, passend zum Geländewagen und seinen Scheiben, die so getönt waren, dass Martin nicht einmal ihre Umrisse erkennen konnte, nachdem die Tür geschlossen worden war. Das Auto lauerte einen Moment lang auf dem Kies und fuhr anschließend die Auffahrt hinunter auf die Straße. Wenige Augenblicke später klopfte es leise an seine Bürotür.

»Herein«, sagte Martin. Die Tür öffnete sich und Robert trat ins Büro. »Alles in Ordnung?«

»Ja, Martin, sie sind bereit. Sie haben zusätzliche Ausrüstung mitgenommen. Nur für den Fall.« Ohne auf eine Einladung zu warten, setzte sich Robert auf einen der Lederstühle.

»Ah, ich habe mich schon gefragt, was in der Tasche ist«, antwortete Martin und setzte sich Robert gegenüber. »Was ist die Geschichte von den beiden?«

»Beide Ex-Regiment.« Martin brauchte nicht zu fragen, auf welches Regiment Robert sich bezog. »Ich war damals mit den beiden in Afghanistan. Gerade als der Spaß anfing. Beides gute Kerle.« Robert schlug seine Beine übereinander. »Die bauen keinen Mist, keiner von ihnen.«

»Nein, sie sehen auch nicht so aus.«

Martin wollte gerade Natalka rufen, um ihnen einen Kaffee zu bringen, als ihm einfiel, dass sie am Vortag nach Milton Keynes gefahren war. Er fluchte leise vor sich hin.

»Hast du schon einen Ersatz für Natalka gefunden,

Robert?« Robert warf einen Blick auf seine Uhr, bevor er antwortete.

»Sie sollte in ein paar Stunden hier sein.«

»Wer ist sie?«

»Ein Mädchen namens Lika. Sie kommt aus dem Nottingham-Salon.«

»Ist sie schon einmal hier gewesen?«

»Nein, sie ist direkt dahin. Sie ist siebzehn, aber sie ist Georgierin, also kann sie auf die Mädchen aufpassen. Sie ist auf der Website unter dem Namen Foxy zu finden.«

»Okay, da sie noch nicht hier ist, könntest du uns einen Kaffee machen?«

Falls Robert beleidigt war, weil er eine so simple Aufgabe bekommen hatte, zeigte er es nicht. Er stand auf und machte sich auf den Weg zur Tür. Während er darauf wartete, dass er zurückkam, ging Martin auf die Website, die Robert erwähnt hatte, und klickte auf *Unsere Damen*.

In der Mitte war eine junge Frau mit schulterlangem schwarzem Haar zu sehen. Sie war schlank, trug passende Unterwäsche und schaute mit einem verführerischen Blick direkt in die Kamera. Martin wusste, dass die Teams, die die Salons betrieben, oft mehrere solcher Fotos machen lassen mussten, weil die ersten Fotos noch Angst in den Augen der Frauen zeigten.

Martin konnte in den Augen dieser Frau überhaupt keine Angst erkennen, was ihn irritierte. Er mochte es nicht, Mädchen aus den Salons zu haben. Er mochte sie viel lieber, wenn sie frisch ankamen. Frisch und unberührt. Doch, dachte Martin, während er die Teile ihres Körpers heranzoomte, auf die er sich am meisten freute, es gab Möglichkeiten, diese Angst zu vertreiben. Außerdem waren solche Übungen gut für sein Herz, wie ihm der Kardiologe, für den er viel Geld bezahlt hatte, sagte.

Als Robert wenige Augenblicke später mit zwei Tassen Kaffee zurückkam, war Likas Foto immer noch auf dem Bildschirm zu sehen.

»Sie genügt«, sagte Robert, als er Martins Kaffee vor ihm abstellte.

»Nun, wenn deine Männer die Frau von dem Bauernhaus zurückbringen, dann brauche ich sie nicht«, entgegnete Martin und nickte in Richtung Bildschirm. »Vielleicht möchten du und dein Team vor der Party etwas Unterhaltung? Ich bin mir sicher, dass sie das gerne tun würde.« Aber er wusste, dass es keinen Unterschied machen würde, wenn sie es nicht gern tun würde.

»Ich glaube, die Jungs würden sich sehr darüber freuen, Martin«, sagte Robert, während er auf den Bildschirm schaute. »Sehr großzügig von dir.« Er beugte sich vor, um die junge Frau genauer zu betrachten. »Wirklich sehr großzügig von dir.«

72

Mateo rülpste und der Geschmack des Wurst-Ei-Brötchens kam für einen Moment in seinen Mund zurück. Das war das einzige Problem mit Fast Food. Er bekam davon Blähungen und, wenn er nicht gerade eine Menge Milch trank, Sodbrennen. Kurz vor der Abzweigung gab es einen kleinen Laden, erinnerte sich Mateo. Er würde Gjergj dorthin schicken, um Milch und andere Vorräte zu holen, wenn sie zum Bauernhaus zurückkehrten. Außerdem würde er etwas Zeit brauchen, um mit Aleksander zu reden.

Während Gjergj fuhr, dachte Mateo an die Lügen, die er Martin in seinem Haus erzählt hatte. Aleksander würde sich eine Weile bedeckt halten müssen, falls Martin dachte, er sei verhaftet worden. Im Nachhinein betrachtet war es dumm, dass er das gesagt hatte. Er hätte sich jede Menge Ausreden einfallen lassen können, warum er Aleksander und Katya nicht mitgebracht hatte, aber es war nicht so einfach zu erklären, warum er die Mädchen so früh dorthin gebracht hatte. Mateo war noch nie gut darin gewesen, schnell zu denken, aber es war das Einzige, was ihm in diesem Moment eingefallen war. Warum hatte er nicht einfach gesagt, dass sie krank waren und er die Mädchen früher gebracht hatte, damit sie nicht auch krank wurden? Mateo schlug sich auf den Oberschenkel. Warum war ihm das nicht früher eingefallen?

»Geht es dir gut?«, fragte Gjergj, ohne zu ihm hinüberzusehen.

»Ja, ich denke nur darüber nach, was ich Martin gesagt habe, das ist alles.«

»Was hast du ihm gesagt?«

»Dass die Polizei auf dem Bauernhof war und dass Aleksander und die Frau von ihnen mitgenommen wurden.«

»Ah, richtig«, antwortete Gjergj. »Was wirst du jetzt tun?«

»Ich bin mir nicht sicher«, sagte Mateo. »Wahrscheinlich warte ich einfach auf das Geld und verschwinde für eine Weile.«

Sie fuhren ein paar Meilen schweigend weiter. Ein oder zwei Mal öffnete Gjergj den Mund, um etwas zu sagen, und schloss ihn wieder.

»Spuck es aus, Gjergj«, sagte Mateo, als er es wieder tat. »Sag einfach, was du zu sagen hast.«

Er sah, wie Gjergj nervös zu ihm hinüberschaute.

»Ähm, ich habe darüber nachgedacht, was du vorhin gesagt hast«, verkündete er und sprach dabei sehr langsam. »Darüber, nach Albanien zurückzugehen.«

»Was ist damit?« Mateo bemerkte, wie Gjergjs Fingerknöchel auf dem Lenkrad weiß wurden.

»Ich glaube, dass ich zurückkehren werde.«

»Du hörst auf?« Mateo war überrascht, aber gleichzeitig sah er eine mögliche Chance. »Ist das dein Ernst?«

»Ja.«

»Warum? Ist das Geld nicht gut genug für dich?« Mateo

musste vorsichtig sein, wie er das anging. »Glaubst du, dass du in Albanien so viel Geld verdienen kannst? Als Essenslieferant oder Uber-Fahrer?«

»Es geht nicht ums Geld, Mateo«, antwortete Gjergj. »Ich glaube einfach nicht, dass der Bischof eine Adoptionsagentur betreibt. Da geht mehr vor sich.«

»Hat jemand etwas gesagt?«, fragte Mateo ihn. »Wie kommst du darauf?«

»Es ist nicht nur, das...«

»Was denn?«

»Der Bosnier.«

»Was ist mit ihm?« Mateo analysierte Gjergjs Gesicht. Gjergj war nicht an der Beseitigung des Bosniers beteiligt gewesen, aber er wusste genau, was mit ihm geschehen war. Hätte Aleksander nicht seine große Klappe im Transporter aufgerissen, hätte Gjergj nichts davon mitbekommen. Mateo verfluchte seinen Bruder im Stillen.

»Ich bin nur ein Fahrer, Mateo«, sagte Gjergj. »Das ist alles, was ich dachte, dass ich tun würde. Leute herumfahren.« Er drehte sich zu Mateo und sah, dass der Mann es todernst meinte. »Ich bringe sie nicht um.«

Die nächsten Momente verbrachten sie in einem unangenehmen Schweigen. Gjergj verlangsamte das Tempo und lenkte den Transporter auf den Weg, der zum Bauernhaus führte.

»Wir werden später reden«, sagte Mateo. »Aber wenn das deine Entscheidung ist, werde ich dir nicht im Weg stehen.« Er wollte etwas Zeit haben, um über Gjergjs Bemerkungen nachzudenken. Das Hauptproblem würde Aleksander sein. Vielleicht könnten sie zu dritt nach Hause zurückkehren und Mateo könnte auf dem Weg dorthin einfach verschwinden? Irgendwo auf die Toilette gehen und nie wiederkommen? Das würde ein bisschen Planung erfordern, aber

Mateo war gut im Planen. Nur mit den spontanen Sachen hatte er Probleme.

Die beiden Männer schwiegen, als sie den Weg zum Bauernhaus hinunterfuhren. Mateo wusste, dass er sich das nur einbildete, aber der Weg schien jedes Mal länger zu werden, wenn sie ihn entlangfuhren. Er verbrachte die Zeit damit, auf seinem Handy die lokalen Nachrichten in Albanien zu checken. Aber das langweilte ihn bald und er schaute stattdessen in seinen Textnachrichten nach, ob es Neuigkeiten von Gramoz gab. Es gab keine und er wollte gerade eine Nachricht an seinen Onkel senden, als Mateo spürte, wie das Auto langsamer wurde.

»Warum werden wir langsamer?«, fragte er, ohne vom Bildschirm aufzuschauen.

»Schau«, antwortete Gjergj. »Da ist ein umgestürzter Baum. Er blockiert die Straße.«

Als das Auto anhielt, stiegen Mateo und Gjergj aus, um sich das Hindernis anzusehen. Es war kein besonders großer Baum und sie sollten ihn zusammen wegpacken können. Aber Mateo konnte nicht verstehen, wie er gefallen war. Es war kein besonders starker Wind zu spüren gewesen und es war ein einzelner Baum. Er ging auf den Baum zu, um ihn genauer anzuschauen.

Mateo hörte einen dumpfen Schlag hinter sich. Einen Sekundenbruchteil später folgte ein ähnliches Geräusch. Er drehte sich um und sah Gjergj auf der Straße liegen, ohne sich zu bewegen. Neben ihm lag eine Axt und daneben stand ein Mann, der sie aufhob. Er trug eine Jeans und ein dunkelblaues Fleece. Erst als der Mann die Axt aufhob und sich zu ihm umdrehte, erkannte Mateo ihn.

»Mateo«, sagte Caleb mit einem Lächeln. »Willkommen Zuhause.«

73

Nur einen Bruchteil einer Sekunden, bevor Caleb die Axt geworfen hatte, hatte er sie umgedreht, so dass der erste Teil der Axt, der Gjergj treffen würde, die Ferse war und nicht die Schneide. Die Wirkung war dieselbe. Er wurde sofort handlungsunfähig. Aber jetzt war der Fahrer nicht tot, sondern bewusstlos.

Der Hauptgrund dafür, dass er die Axt in letzter Sekunde gedreht hatte, war nicht, dass Caleb ihn nicht töten wollte. Ob Gjergj lebte oder starb, war für Caleb eigentlich völlig egal. Es ging vielmehr um Mateos Reaktionszeit. Wenn er schnell reagierte, wovon Caleb nicht ausging, würde es ein paar Sekunden dauern, die Axt zu lösen, wenn sie ganz in Gjergjs Schädel steckte. Wie Caleb schon vermutet hatte, war Mateo nicht sehr schnell. Aber es lohnt sich nie, Vermutungen anzustellen.

Caleb hielt die Axt locker in seiner rechten Hand, mit der Schneide nach oben, und beobachtete, wie Mateo sich in eine Kampfposition bückte. Er lächelte noch breiter.

»Du siehst nicht gerade erfreut aus, mich zu sehen, Mateo«, sagte Caleb, machte einen Schritt auf ihn zu und warf einen Blick nach hinten in den Wagen. Von Ana und Elene war nichts zu sehen. »Wo sind die Mädchen?«

»Ich habe sie irgendwo hingebracht«, sagte Mateo. Caleb musste fast lachen, als er versuchte, seine Stimme bedrohlich klingen zu lassen. Es funktionierte nicht. Er konnte sehen, wie Mateo über seine Schulter und zum Bauernhaus schaute. »Wo ist Aleksander?«

»Er füttert gerade die Schweine«, sagte Caleb. Mateo brauchte ein paar Sekunden, um zu verarbeiten, was Caleb gerade gesagt hatte, und sein Gesicht verzog sich zu einer Maske der Wut.

»Du hast ihn getötet?«

»Ja, das habe ich.«

»Warum?«

Diesmal lachte Caleb tatsächlich.

»Ernsthaft? Du fragst mich, warum ich deinen Bruder getötet habe? Wie viele Menschen hat er getötet? Verletzt? Vergewaltigt?«

Mateo antwortete ein paar Sekunden lang nicht, sondern starrte Caleb nur an.

»Dafür werde ich dich umbringen«, sagte Mateo. Er schüttelte seine Hände locker, bevor er sie zu Fäusten ballte. »Wie wäre es, wenn du die Axt weglegst und wie ein richtiger Mann kämpfst?«

»Ich habe eine bessere Idee«, sagte Caleb. Er fuhr mit seinen Händen ein paar Mal am Stiel auf und ab, bevor er die Axt auf den Boden zwischen sie warf. Dann ging er ein paar Schritte zurück. »Warum gleichen wir die Sache nicht ein bisschen aus und du nimmst die Axt? Aber wir sind keine Tiere, Mateo. Wenn ich die Axt von dir zurückbekomme, dann ist es vorbei. Wir gehen zum Bauernhaus und reden.«

Er beobachtete, wie Mateo einen Schritt nach vorne

machte und die Waffe aufhob. Er hielt sie in beiden Händen und machte ein paar kurze Schwünge. Caleb beobachtete, wie Mateo das, was er gedacht hatte, bestätigte. Er hatte noch nie mit einer Axt gekämpft. Und jetzt, wo er eine hatte, würde er viel langsamer und berechenbarer sein.

Mateos erster Schlag war ein wilder Hieb. Caleb wich rechtzeitig zurück und sah zu, wie Mateo fast das Gleichgewicht verlor.

»Halte die Axt etwas näher an den Kopf«, sagte Caleb. »So hast du mehr Kontrolle über die Axt.« Mateo schwang die Axt in die entgegengesetzte Richtung zurück. Es war ein weiterer wilder Schwung, der Caleb nicht erreichte. Er richtete seine Hände so aus, wie Caleb es vorgeschlagen hatte, und holte ein drittes Mal aus.

Als Mateo diesmal die Axt schwang, machte Caleb zwei große Schritte nach vorne. Als Mateos Arme Calebs Arme berührten, stieß Caleb ihn hart an, nachdem er einen seiner Füße hinter Mateos Bein gehakt hatte. Mateo fiel nach hinten und landete mit einem Stöhnen auf dem Rücken auf dem Weg. Dann schlug er mit der Axt nach Calebs Fuß, aber der schaffte es nur, sie in den weichen Boden zu rammen. Caleb stellte seinen Fuß auf die Axt und hielt sie dort fest, während Mateo versuchte, sie zu befreien.

»Was denkst du, wie es für dich läuft, Mateo?«

Mateo ließ die Axt los und kämpfte sich auf die Beine. Caleb hätte sie einfach aufheben und den Kampf technisch beenden können. Aber er war sich nicht sicher, ob Mateo sich an die Abmachung halten würde und außerdem wollte er sehen, was Mateo vorhatte. Ein paar Sekunden später verriet ihm ein Lichtschimmer in der Nähe von Mateos rechter Hand, dass er ein Messer hatte.

»So viel zum Thema Kämpfen wie ein richtiger Mann,

Mateo«, sagte Caleb und trat einen Schritt zurück. Aber er hob die Axt immer noch nicht auf. Er brauchte sie nicht.

Mateo stürzte sich nach vorne und schlug mit der Klinge, die er in Richtung seines Handgelenks abgewinkelt hatte, in die Luft zwischen ihnen. Er konnte offensichtlich besser mit einem Messer umgehen als mit einer Axt. Caleb wartete, bis Mateo am Ende seines Schwungs war, bevor er sein Bein anhob und Mateo seitlich an sein rechtes Knie trat. Sein Ziel war es, das Gelenk um mehr als die üblichen fünf oder zehn Grad zu strecken. Als Mateo aufschrie und nach hinten humpelte, wusste Caleb, dass er den richtigen Punkt getroffen hatte. In Mateos Kniegelenk würde jedes der sieben Bänder, die es zusammenhielten, verletzt werden. Mit der Zeit würden die Muskeln durch den Schlag anschwellen und Mateos Bewegungsspielraum weiter einschränken. Ein weiterer Tritt an dieselbe Stelle oder ein tiefer, schräger Tritt könnte den Meniskus reißen lassen, die Gelenkkapsel, die das gesamte Knie verstärkt. Aber so weit wollte Caleb den Kampf nicht kommen lassen. Ihm wurde langweilig.

Caleb schaute auf Mateos Nacken und zog eine imaginäre Linie von seinem Ohr bis zu seiner Schulter. Unter dieser Linie befand sich Mateos Brachialplexus, eine Konzentration von Nerven, die den Oberkörper versorgten. Wenn Caleb ihn dort treffen könnte, würde Mateo das Messer fallen lassen. Wenn Caleb hart genug zuschlug, konnte der daraus resultierende Schock an der Halsschlagader, der Halsvene und dem Vagusnerv Mateo zu Fall bringen.

Als Mateo sich auf ihn stürzte und mit dem Messer zustach, wartete Caleb, bis sein Arm ganz ausgestreckt war. Er holte mit der Hand aus, um Mateos Handgelenk zu packen, und versetzte ihm mit der anderen Hand einen scharfen Schlag in die Mitte der imaginären Linie, direkt vor und unter Mateos Ohr.

Das Messer fiel klappernd zu Boden. Ein paar Sekunden später folgte ihm Mateo.

74

Katya beobachtete das Geschehen und schwankte hin und her, um die Waffe auf Mateo zu richten, während die beiden Männer umeinander herumtanzten. Sie hatte keine Ahnung, warum Caleb seine Waffe einfach auf den Boden geworfen hatte, damit Mateo sie aufheben konnte, aber als sie seine unbeholfenen Schwünge beobachtete, konnte sie sehen, dass Caleb ihn nur verlangsamt hatte und Mateo zu dumm war, um das zu merken. Als Caleb Mateo mit dem Fuß am Knie erwischte, hallte ein hörbares Knacken durch die Baumstämme, hinter denen sie sich versteckte, und ließ sie zusammenzucken. Wenn auch nur die geringste Chance bestand, dass Mateo die Oberhand gewann, würde sie ihn zu Boden bringen. Selbst wenn der erste Schuss daneben ging, was wahrscheinlich der Fall sein würde, konnte sie nach vorne laufen und feuern, so wie Caleb es ihr zuvor beigebracht hatte. Aber am Ende war der Kampf vorbei, bevor er richtig begonnen hatte.

Katya senkte die Pistole, entsicherte sie und machte ein paar Schritte nach vorne. Als sie den Weg betrat, schaute

Caleb zu ihr auf. Trotz der Auseinandersetzung mit Mateo war er nicht einmal außer Atem.

»Ich dachte, ich hätte gesagt, wir würden am verabredeten Treffpunkt bleiben«, sagte er, aber in seinem Gesicht lag der Anflug eines Lächelns.

»Und ich dachte, du würdest dich über ein bisschen Verstärkung freuen«, sagte Katya und blickte auf Mateo und Gjergj. »Aber es scheint nicht so. Was sollen wir jetzt tun?«

»Bringen wir sie zum Bauernhaus und fesseln sie«, sagte Caleb. »Dann überlegen wir uns die nächsten Schritte.«

»Werden wir die Mädchen holen?«, fragte Katya. Er sah sie mit einem Stirnrunzeln an.

»Ich bin mir nicht sicher, ob du da mitmachen solltest, Katya«, antwortete er. »Aber das ist meine Absicht, ja.«

»Vielleicht sollten wir zur Polizei gehen?« Katya gefiel es nicht, wie er sie gerade abgewiesen hatte. »Die beiden ihnen übergeben und ihnen alles erzählen.«

»Und was denkst du, wie sie reagieren würden?«

»Die Polizei oder die beiden?«, fragte sie ihn.

»Beide.«

»Ich bin mir nicht sicher, um ehrlich zu sein. Aber sie sind die Polizei. Mit all ihren Mitteln können sie doch sicher etwas tun, stimmt's?«

»Bis jetzt konnten sie noch nichts tun, oder?«, antwortete Caleb und fuchtelte mit den Armen vor den beiden bewusstlosen Männern herum. »Das Erste, was die Polizei tun wird, ist, uns beide in eine Zelle zu sperren. Wie können wir dann Ana und Elene helfen? Und diesen beiden?« Er stupste Mateo an, als er das sagte. »Wenn sie noch bei Sinnen sind, werden sie nichts sagen. Wir haben nicht genug Zeit, um zur Polizei zu gehen.«

»Dann gehen wir sie eben holen. Du und ich.«

Er sah sie mit einem kühlen Blick an und sie fragte sich,

was er dachte. Sie wusste bereits, dass er nicht nur ein Prediger war. Prediger konnten nicht so kämpfen, wie er es gerade getan hatte. Katya dachte, dass ihm der Kampf mit Mateo zu langweilig geworden war und er ihn zu Boden gebracht hatte. Und die Art und Weise, wie er Gjergj mit der Axt ausgeschaltet hatte? Kein Prediger, den Katya je getroffen hatte, konnte so etwas.

»Vielleicht«, sagte Caleb schließlich. »Lass uns erst die beiden fesseln. Dann reden wir weiter.«

Gemeinsam hievten sie Gjergj in das Bauernhaus, halb schleppend, halb tragend über die Lichtung vor dem Gebäude. Als sie ihn mit Klebeband an einen der Küchenstühle gefesselt hatten, schwitzte Katya bereits stark. Caleb hingegen hatte kaum eine Schweißperle auf der Stirn. Sie beobachtete, wie Caleb Gjergjs Atemwege überprüfte, bevor er das Bauernhaus ohne ein Wort verließ. Katya folgte ihm und fragte sich, ob sie ihn verärgert hatte. Er hatte kein Wort gesagt, seit sie Gjergj über den Boden geschleift hatten, und er schwieg auch, als sie Mateo vom Auto in die Küche zerrten.

Ein paar Augenblicke später saß Mateo auf dem Stuhl neben Gjergj. Beide Männer waren an den Knöcheln und Handgelenken fest an die schweren Stühle gefesselt. Ihre Köpfe waren nach vorne geneigt, aber keiner der beiden Männer hatte sich auch nur ein bisschen bewegt. Caleb hatte immer noch nichts gesagt. Selbst als er die Taschen der Männer durchsuchte und alles herausholte, was darin war, sagte er nichts.

»Was glaubst du, wie lange sie bewusstlos sein werden?«, fragte Katya Caleb. Er zog einen Stuhl auf die den beiden Männern gegenüberliegende Seite des Tisches und deutete ihr an, sich hinzusetzen.

»Ich bin mir nicht sicher«, sagte er, als sie sich setzte und die Pistole vor sich auf den Tisch legte. »Es könnte noch ein paar Augenblicke dauern, vielleicht auch Stunden. Ich glaube aber, nur Minuten. So hart habe ich keinen von ihnen getroffen.« Katya unterdrückte ein Lächeln. So hatte es für sie nicht ausgesehen.

»Okay«, sagte Katya. »Willst du ein Glas Wasser trinken? Ich bin am Verdursten.«

»Klingt gut«, antwortete Caleb. »Ich werde den Baumstamm zur Seite schieben und das Auto vor das Haus parken. Du behältst die beiden im Auge.«

Katya verschränkte die Arme, neigte den Kopf zur Seite und zog die Augenbrauen hoch.

»Wie bitte?«, sagte sie. Caleb sah sie mit einem Hauch von Belustigung in seinen Augen an, bevor er antwortete.

»Katya, würde es dir etwas ausmachen, hier zu bleiben und ein Auge auf die beiden zu behalten?« Er hielt inne. »Bitte?«

Katya lächelte, als Caleb das Bauernhaus verließ. Sie stand auf und ging zum Waschbecken, wo sie zwei Gläser mit Wasser füllte. Sie leerte eines, bevor sie es wieder füllte und kehrte zum Tisch zurück, wo sie beide Gläser abstellte. Dann setzte sie sich hin und dachte über die möglichen nächsten Schritte nach. Ob es Caleb nun gefiel oder nicht, sie steckten da gemeinsam drin.

Wenige Augenblicke später hörte sie, wie sich die Tür des Bauernhauses öffnete. Als sie sich umdrehte, sah sie Calebs Kopf, der dahinter lugte.

»Ähm, Katya«, fragte er. »Ich habe eine Frage an dich.«

»Klar, schieß los.«

»Kannst du mit einem Schaltgetriebe fahren?«

75

»Wie sieht's aus?«, fragte Martin Robert, der in sein Handy vertieft war.

»Sie sind beim Bauernhaus angekommen. Meine Männer sind etwa zwanzig Minuten hinter ihnen, vielleicht auch weniger.« Robert blickte zu Martin auf. Abgesehen von einer leichten Rötung seiner Augenlider sah er so frisch aus wie sonst auch. Vielleicht war das eine Sache des Militärs, dachte Martin, als er ihn ansah. Die Fähigkeit, stundenlang wach zu bleiben, ohne zu schlafen. Martin freute sich schon darauf, später am Tag schlafen zu gehen. Sobald er wusste, dass alles in Ordnung war.

»Sag ihnen, sie sollen mit den affirmativen Maßnahmen warten. Ich will nur wissen, was vor sich geht. Sie sollen zurückbleiben und nur beobachten«, sagte Martin. Er sah, wie Roberts Stirn sich runzelte, aber sonst gab es keine Reaktion.

»Jawohl, okay. Dann eben nur Aufklärung.« Er hielt ein paar Sekunden inne, bevor er fortfuhr. »Du weißt, was man beim Militär sagt, Martin?«

»Nein, Robert«, antwortete Martin mit einem Seufzer.

»Da ich nie beim Militär gedient habe, habe ich absolut keine Ahnung, was man dort sagt.«

»Zeit, die man mit Aufklärung verbringt, ist selten vergeudet«, erklärte Robert und wandte sich wieder seinem Handy zu. »Ich rufe sie gleich an und überbringe ihnen die guten Nachrichten.« Martin, der nicht erkennen konnte, ob Robert sarkastisch war oder nicht, seufzte erneut.

»Wenn es nicht zu viel Mühe macht, Robert«, sagte Martin. Er schaute den Mann an, der nur auf den Bildschirm starrte. »Das wäre dann alles.« Ohne ein Wort zu sagen, stand Robert auf und ging.

Martin schaute auf seine Uhr und dachte, dass es nicht mehr zu früh war, um seinen Kontakt bei der Polizei anzurufen. Er öffnete eine Schublade und holte ein Handy sowie ein kleines Notizbuch heraus. Er blinzelte auf die winzigen Zahlen in seinem Notizbuch und wählte die gewünschte Nummer.

»Ja?«, antwortete eine Männerstimme nach ein paar Mal klingeln. Nur ein einziges Wort, genau wie immer.

»Bist du auf der Arbeit?«, fragte Martin.

»Ja.«

Martin schloss die Augen und stellte sich vor seinem geistigen Auge die Polizeistation in Lincoln vor. Er war schon einmal im Büro des stellvertretenden Polizeichefs gewesen und es war fast so prunkvoll wie sein eigenes Büro. Er musste sich überlegen, wie er die nächste Frage am besten formulieren sollte. Der Mann, mit dem er sprach, sagte, dass jedes Telefongespräch im Vereinigten Königreich von den Supercomputern in Cheltenham, dem Sitz der Sicherheitsdienste des Landes, abgehört würde. Sie wurden zwar nicht in Echtzeit abgehört, es sei denn, er benutzte bestimmte Wörter oder eine Abfolge von Wörtern, die einen menschlichen Zuhörer alarmieren würden, aber sie würden trotzdem auf ewig existieren.

»Gab es gestern Abend irgendwelche lokale Einsätze«, erkundigte sich Martin, »die mit unserer bevorstehenden Veranstaltung zusammenhängen?«

Der Mann am anderen Ende antwortete nicht, aber Martin konnte das Tippen auf einer Computertastatur hören. Ein paar Sekunden später hatte Martin seine Antwort.

»Nein.«

Martin beendete das Gespräch ohne ein weiteres Wort. Es gab keinen Grund, den Mann zu fragen, ob er sich sicher war, wenn die Möglichkeit bestand, dass es noch nicht ins System eingegeben worden war. Was Mateo beschrieben hatte, war ein großer geplanter Einsatz. Wenn es geschehen war, würde sein Kontakt es wissen. Das bedeutete, dass Mateo gelogen hatte. Und Martin hasste Lügner.

Er lehnte sich in seinem Stuhl zurück, verschränkte die Finger und dachte einen Moment lang nach. Was er gerade erfahren hatte, war natürlich eine gute Nachricht. Es bedeutete, dass die Behörden nicht auf ihre Unternehmung aufmerksam geworden waren. Die geplante Veranstaltung würde also stattfinden und er würde für seine Bemühungen reichlich entschädigt werden. Das bedeutete auch, dass die bezaubernde Katya immer noch im Spiel war. Sie könnte bald hier sein und sich einarbeiten. Im wahrsten Sinne des Wortes. Robert und seine Kollegen konnten sich mit dem anderen Mädchen vergnügen, bevor sie wieder zur Arbeit musste. So profitierten alle von dem, was er gerade gehört hatte.

Aber das bedeutete auch, dass Aleksander, Mateo und der Fahrer immer noch im Spiel waren. Angesichts von Mateos Lügen und dass er kündigen wollte, bedeutete das eine gewisse Unsicherheit. Aleksander war in den besten Zeiten ein Joker. Am besten wäre es für alle, außer vielleicht für sie drei, wenn sie einfach verschwinden würden. Aber auch das war ein Risiko – vor allem, wenn sie nicht ganz verschwinden würden.

Er könnte die Meinung, die er gerade gegenüber Robert geäußert hatte, ändern und sie ausschalten lassen. Aber dann wiederum könnte er schwach erscheinen, wenn er seine Meinung so schnell änderte. Martin hasste Schwäche und der Gedanke, dass er vor anderen schwach erscheinen könnte, war ihm ein Gräuel.

»Nein«, murmelte Martin, während er sich die Brust rieb. »Bleib dran und warte ab, was passiert.«

Nach allem, was in den letzten Stunden passiert war, war sich Martin einer Sache sicher: Es würde etwas passieren. Es blieb nur abzuwarten, was dieses Etwas war.

76

Caleb nahm das Glas Wasser, das Katya auf den Küchentisch gestellt hatte, und schüttete den Inhalt in Mateos Gesicht. Nichts. Überhaupt keine Reaktion. Mateo blieb, wie er war, den Kopf so weit nach vorne geneigt, dass sein Kinn fast auf seiner Brust lag.

»Na ja, in den Filmen funktioniert es«, murmelte er leise, bevor er sich zu Katya drehte. »Dann müssen wir wohl einfach warten.«

»Das müssen wir wohl«, antwortete Katya mit einem Grinsen im Gesicht. Sie hatte dieses Lächeln im Gesicht, seit er sie gebeten hatte, das Auto zurück zum Bauernhaus zu fahren. Caleb seufzte. Bringen wir es einfach gleich hinter uns.

»Was?«, fragte er sie.

»Was meinst du mit *was*?«

»Worüber lachst du?«

»Nichts«, antwortete Katya und ihr Lächeln wurde breiter. »Ich bin nur überrascht, das ist alles.«

»Weil ich nicht mit Schaltgetriebe fahren kann?«

»Ja«, sagte sie, hob das leere Glas und ging zur Spüle,

um es wieder zu füllen. »Trinkst du das oder schüttest du es über Gjergj?«

»Ich werde es trinken, keine Sorge«, sagte Caleb. »Ich habe es nur nie gelernt, das ist alles. Als ich jünger war, habe ich Automatik gelernt. Als ich dann ein Auto kaufte, kaufte ich ein Automatikauto. Ich musste also nie Gangschaltung lernen.«

»Ich glaube, du bist die erste Person, die ich kenne, die nicht damit fahren kann.« Katya lächelte immer noch. Caleb war sich nicht sicher, warum, aber es gefiel ihm, sie lächeln zu sehen, also sagte er nichts. »Soll ich es dir beibringen?«

»Irgendwann, sicher«, antwortete Caleb.

»Wie wäre es mit jetzt?« Katya nickte zu Mateo und Gjergj. »Die können doch nirgendwo hin, oder?«

Caleb dachte kurz nach, wurde aber durch ein leises Stöhnen von Mateo davor bewahrt, auf Katyas Frage zu antworten. Als er ihn beobachtete, begann der Albaner sich zu bewegen.

»Vielleicht ein anderes Mal«, sagte Caleb, zog sich einen Stuhl heran und setzte sich an den Tisch. Es dauerte ein paar Augenblicke, aber schließlich kam Mateo wieder zu sich. Zuerst wehrte er sich gegen seine Fesseln, dann drehte sich sein Kopf von einer Seite zur anderen, als er merkte, wo er war.

»Hey, Mateo«, sagte Caleb. »Erinnerst du dich an uns?«

Mateo sagte etwas auf Albanisch. Nach der Art, wie er es sagte, bezweifelte Caleb, dass es etwas Nettes war. Er gab dem Mann noch einen Moment, um sich zu erholen. Vor ein paar Jahren war Caleb selbst von einem Brachialschlag getroffen worden, wenn auch in einer Trainingssituation, aber er erinnerte sich daran, wie weh es getan hatte und wie benommen er danach gewesen war.

»Tut weh, nicht wahr?«, sagte Caleb. »Ich vermute, du

hast einen heftigen Schmerz in deinem Nacken und würdest am liebsten deine Arme ausstrecken. Tut mir leid, aber vielleicht später.«

»Was willst du?«, sagte Mateo.

»Informationen«, antwortete Caleb und seine Miene verhärtete sich. »Genauer gesagt, einen Ort.«

»Wasser.«

Caleb drehte sich zu Katya um, die ihm gehorchte und zum Waschbecken ging, um ein neues Glas zu füllen. Caleb beobachtete, wie sie es an Mateos Lippen führte und ihm erlaubte, das Glas zur Hälfte zu leeren.

»Ein Ort, Mateo«, sagte Caleb erneut. Daraufhin versuchte Mateo, ihn anzuspucken, aber der Schleimklumpen landete nur knapp auf dem Küchentisch. »Das ist nicht sehr höflich, Mateo. Also, wo sind die Mädchen?«

Mateo fluchte wieder auf Albanisch.

»Wenn ich dir den Ort verrate, bringst du mich um.«

Caleb betrachtete den Mann einen Moment lang und überlegte, wie er am besten reagieren sollte.

»Nein, das werde ich nicht«, sagte er und schaute Katya an.

»Woher weiß ich, dass du das nicht tun wirst?«, erwiderte Mateo.

»Weil ich dir mein Wort gebe und mein Wort ist meine Verpflichtung. Katya? Kannst du bitte die Tasche mit Mateos Handy holen?«

Als Katya mit der Tasche zurückkam, holte Caleb Mateos Handy heraus, wischte über den Bildschirm und richtete es auf Mateos Gesicht. Zur Belohnung leuchtete der Bildschirm auf. Caleb bat Katya, die Gesichtserkennung und die PIN-Nummer zu deaktivieren. Während sie am Bildschirm herumfuchtelte, wandte er sich wieder Mateo zu.

»Mateo, ich verspreche dir, dass ich dich nicht umbringen werde, wenn Katya und ich hier weggehen. Ich werde das Klebeband an deinen Handgelenken und Beinen entfernen und dich ungefesselt lassen.« Katya reichte Caleb das Handy. »Danke«, sagte er und fing an, den Inhalt des Handys zu durchsuchen. Dabei blickte er ein paar Mal zu Mateo auf und merkte, dass der Albaner zögerte. Warum sollte er auch nicht? Er hatte nichts zu verlieren. Entweder lebte Mateo oder er starb. Wenn er lebte, konnte er fliehen und Caleb war sich sicher, dass er das tun würde. Und wenn er starb? Nun, dann starb er. »Bist du bereit zu reden, Mateo?«

Als Mateo zu sprechen begann, kam alles ganz schnell auf einmal heraus. Innerhalb weniger Augenblicke wusste Caleb alles über Martin, den angeblichen Anführer des Schmugglerkreises. Er hatte sogar ein Foto des Mannes aus Mateos Handy. Caleb kannte auch die Adresse, wo die Mädchen festgehalten wurden, den Tag und die Uhrzeit von Martins Party und die Einzelheiten ihrer Operation von Albanien bis zur englischen Küste.

Als Mateo ihnen von der Veranstaltung erzählte, die in ein paar Tagen stattfinden sollte, lief Caleb ein Schauer über den Rücken bei dem Gedanken, dass erwachsene Männer die Mädchen besuchen würden. Er warf einen Blick auf Katya, die mit gesenktem Kopf die Hände rieb. Ihr musste doch klar sein, was Mateo ihnen gerade gesagt hatte?

»Aber ich höre auf«, sagte Mateo mit einem ernsten Gesichtsausdruck. »Gjergj und ich haben schon darüber gesprochen. Wir sind fertig damit.«

Caleb schaute ihn aufmerksam an. Hatte Mateo sein Versprechen, den Tod seines Bruders zu rächen, vergessen? Vielleicht hatte er es sich in Anbetracht seiner Situation anders überlegt. Das hätte Caleb auch getan. Er hörte aufmerksam zu, als Mateo ihm und Katya von ihren Plänen erzählte, sich über den Kanal zurück zu schleichen und zu verschwinden, und überflog dabei den Inhalt von Mateos Brieftasche.

»PIN-Nummer?«, fragte Caleb, als er Mateos Bankkarte herauszog.

»Ich brauche das Geld«, sagte Mateo mit einem Stirnrunzeln.

»Mateo, ich frage dich nicht nach den Details der Bankkonten, auf denen du das ganze Geld versteckt hältst, oder? Aber ich könnte.«

Mit einem Seufzer rasselte Mateo vier Ziffern herunter. Caleb würde darauf vertrauen müssen, dass der Mann die Wahrheit sagte. Er zückte Mateos Führerschein.

»Bist du sicher, dass das die PIN-Nummer ist?«, fragte Caleb ihn. »Ich habe hier deine Adresse. Ich nehme an, dass das auch die Adresse deiner Familie ist. Ich könnte sie also besuchen, wenn du mich anlügst?«

»Das tue ich nicht, Caleb«, sagte Mateo. Caleb schaute ihn wieder an, überzeugt davon, dass der Mann die Wahrheit sagte.

»Okay, ich glaube, unsere Arbeit hier ist getan.« Caleb steckte das Handy zurück in die Tasche und hob die Pistole auf dem Tisch auf.

Er sah, wie sich Mateos Augen vor Schreck weiteten. »Mateo, ich habe dir mein Wort gegeben, dass ich dich nicht töten werde. Und das werde ich auch nicht. Wie ich schon sagte, mein Wort ist mein Versprechen.« Er reichte Katya die Pistole. »Aber ich habe nicht gesagt, dass Katya es nicht tun würde.«

»Guten Morgen, Sir«, sagte Sergeant Mark Bush, als der Fahrer des schwarzen Range Rover Evoque sein Fenster herunterließ.

»Guten Morgen, Officer«, antwortete der Fahrer. Er sprach in einem neutralen Tonfall und hatte so gut wie keinen Akzent, den Sergeant Bush ausmachen konnte. »Gibt es ein Problem?«

Sergeant Bush warf einen Blick auf seinen Kollegen Tony, der immer noch hinter dem Steuer ihres Polizeiautos saß. Sie befanden sich auf einem Rastplatz an einer Landstraße in der Nähe von Lincoln und hatten gerade die Handbremse angezogen, als der Evoque um die Ecke gerast kam. Aber die Polizisten hatten ihren Blitzer noch nicht aufgestellt und ihre Kamera war auf den Busch gegenüber ihrem Versteck gerichtet. Nur Sergeant Bushs Erfahrung sagte ihm, dass der Evoque zu schnell gefahren war, und das würde vor Gericht nicht standhalten. Tony hob seinen Daumen, um Sergeant Bush mitzuteilen, dass das Fahrzeug in Ordnung war. Laut dem automatischen Kennzeichenerkennungssystem war das Fahrzeug auf ein privates Unternehmen zugelassen, aber Sergeant Bush hatte Tony gebeten, es sicherheitshalber durch ihr eigenes lokales Überwachungssystem laufen zu lassen. Die automatische Nummernschilderkennung würde nur verkehrsrelevante Kennzeichen anzeigen, während das Überwachungssystem viel genauer war. Aber da war nichts. Sergeant Bush war auf sich allein gestellt.

»Sind Sie in Eile, Sir?«, sagte Sergeant Bush. »Für mich sah es nur so aus, als wären Sie vorhin etwas zu schnell gefahren.«

»Ah, okay«, antwortete der Fahrer. »Ich glaube nicht, dass ich es getan habe, aber wenn Ihre Geräte etwas anderes sagen, dann muss es wohl so gewesen sein.« Der Mann auf dem Fahrersitz war vielleicht Mitte dreißig, stämmig, aber nicht dick, und hatte einen Bürstenschnitt, der zu dem auf dem Beifahrersitz passte. Keiner der beiden Männer zeigte Anzeichen von Besorgnis darüber, angehalten worden zu sein. Sie sahen eher so aus, als wären sie bereits von der Begegnung gelangweilt. Der Fahrer drehte sich um und schaute Sergeant Bush mit blassblauen Augen an. »Ist es das, was sie sagen? Ihre Geräte?«

Sergeant Bush saß, wie sein Vater gesagt hätte, zwischen den Stühlen. Er hatte keinen legitimen Grund, das Auto anzuhalten, abgesehen von Tonys Enthusiasmus, ihr eigenes leistungsstarkes Auto zu testen, und Sergeant Bushs Spionagespür. Er schaute am Fahrer vorbei in den Wagen, aber außer den Insassen war nichts zu sehen.

»Haben Sie Ihren Führerschein und die Papiere für das Fahrzeug dabei?«, fragte Sergeant Bush.

»Ich habe meinen Führerschein dabei, aber sonst nichts. Ich bringe den Fahrzeugschein und die Versicherung gerne in den nächsten sieben Tagen vorbei, wenn das hilft?«

Die Antwort des Fahrers brachte Sergeant Bush zum

Nachdenken. Es war die Art, wie er es formuliert hatte. War er ein Polizist? Ein Ex-Polizist? Wenn ja, warum sollte er es nicht einfach sagen? Die anderen Dokumente waren streng genommen nicht notwendig, denn die automatische Nummernschilderkennung hätte ihnen gesagt, wenn es ein Problem mit dem Fahrzeug gegeben hätte.

»Ihren Führerschein, bitte?«

Sergeant Bush beobachtete, wie der Mann in seiner Tasche nach seiner Brieftasche griff. Als er seinen Führerschein herauszog, sah der Polizeibeamte einen laminierten Ausweis hinter einem Fenster in der Brieftasche. Er sah ihn nur für den Bruchteil einer Sekunde, aber es war lang genug, um die Worte auf der Karte zu lesen.

»Danke«, sagte Sergeant Bush, als er dem Fahrer die Karte abnahm. »Ich brauche nur ein paar Sekunden.«

Er ging zurück zu seinem Polizeiauto und studierte dabei den Führerschein. Der Name des Fahrers war Paul Topping, ein Einwohner von Hampshire. Das Foto auf dem Führerschein war von ihm und das Hologramm sah echt aus.

»Hier, Kumpel«, sagte Sergeant Bush zu Tony, als er ihm den Führerschein überreichte. »Überprüfe ihn im PNC, ja?«

Die beiden Polizisten warteten, während die Daten des Police National Computer im Hintergrund ihre Arbeit verrichteten.

»Was denkst du, Sarge?«, fragte Tony seinen Chef, während sie auf ein Ergebnis warteten.

»Der Fahrer hat einen Ausweis der britischen Armee in seiner Brieftasche. Ich habe ihn nur für einen Sekundenbruchteil gesehen.«

»Schickes Auto für einen Soldaten«, antwortete Tony und blickte zu dem Evoque hoch. Ein leises Piepsen des

Computers verriet ihnen, dass der PNC-Check negativ ausgefallen war.

Sergeant Bush seufzte. Er hatte nichts. Es hatte keinen Sinn, das Fahrzeug zu untersuchen, um zu sehen, ob es irgendwelche kleinen Verstöße gab, wie zum Beispiel Reifen, die ein paar Millimeter unter der gesetzlichen Norm lagen. Es blieb nur sein Bauchgefühl, dass das Auto zu schnell gefahren war.

»Irgendetwas stimmt mit den beiden nicht, Tony«, sagte Sergeant Bush, als sein Kollege ihm den Führerschein zurückgab. »Aber wir können gar nichts dagegen tun. Ich danke ihnen einfach für ihren Dienst und schicke sie wieder weg.«

»Wir könnten ihnen eine Weile folgen?«, erwiderte Tony. Sergeant Bush unterdrückte ein Lachen, als er das gelb-blau karierte Polizeiauto betrachtete.

»Gute Idee, Tony«, sagte er grinsend. »Aber ich glaube, sie könnten es merken.«

Sergeant Bush machte sich auf den Weg zurück zum Evoque und reichte dem Fahrer seinen Führerschein.

»Alles in Ordnung?«, fragte der Fahrer, die Hände bereits am Lenkrad des Wagens. Er nahm nicht einmal Augenkontakt auf.

»Alles in Ordnung«, antwortete Sergeant Bush.

Ohne ein weiteres Wort zu sagen, kurbelte der Fahrer das Fenster hoch und beschleunigte den Wagen, bevor er wieder auf die Straße fuhr. Sergeant Bush beobachtete, wie das Auto um eine Ecke verschwand.

Irgendetwas stimmte mit diesem Fahrzeug oder seinen Insassen nicht. Aber es gab nichts, was er dagegen tun konnte.

»Ich glaube, wir sollten uns an der Gesellschaft beteiligen, Tony«, sagte Sergeant Bush, als er wieder ins Auto stieg. »Was denkst du?« Sein Kollege lächelte daraufhin.

»Dann also McDonald's, Chef«, antwortete Tony. »Wenn ich mich nicht irre, geht es auf dich.«

78

Katya nahm Caleb die Pistole ab und sah zu, wie er einen weiteren Streifen Klebeband abriss und ihn über Mateos Mund klebte, ohne seinen Protesten Beachtung zu schenken. Mateos Augen waren groß und flehend. Er blinzelte schnell und schüttelte seinen Kopf hin und her. Katya hob die Pistole und schaute Caleb an. Er sagte nichts, sondern nickte nur aufmunternd. Sie entsicherte die Pistole mit ihrem Daumen und zielte mit der Pistole auf Mateos Brust.

Als sie ihren Finger am Abzug hielt, sah sie, wie Mateo die Augen schloss und resigniert den Kopf senkte. Katya schaute zu Caleb hinüber, der seine Augen ebenfalls geschlossen hatte. Aber so wie er seine Hände verschränkt hatte, meditierte er wahrscheinlich. Vielleicht, so dachte Katya, als sie ihren Finger noch fester anzog, betete er für Mateo im Moment seines Todes?

»Ich kann das nicht«, flüsterte Katya ein paar Sekunden später. Sie löste ihren Griff am Abzug und sicherte die Waffe wieder. »Es tut mir leid, Caleb. Ich kann das nicht tun.« Ihre Hände zitterten. Wie nahe war sie gerade dran gewesen, einen Mann kaltblütig zu töten? Jemanden zu ermorden? Denn genau das wäre es gewesen. Mord.

Caleb öffnete die Augen und sie beobachtete, wie er die Pistole aufhob und sie in Mateos Tasche steckte. Er sah sie an, seine grauen Augen bohrten sich in ihre. Sein Gesicht war unergründlich und zeigte keine Anzeichen von Emotionen.

»Katya«, sagte Caleb mit leiser und sanfter Stimme. »Würdest du bitte mit den Taschen zum Auto gehen? Ich brauche nur einen Moment.«

Katya stand auf und hob ihre und Mateos Tasche auf, in der sich nun auch Calebs Tasche befand. Sie schaute Caleb an, der nun Mateos Messer in der Hand hielt. Er hielt es locker in der Hand und balancierte es auf seinen Fingern.

»Was hast du vor?«, fragte Katya ihn. Auf der anderen Seite des Tisches hatte Mateo immer noch die Augen geschlossen, aber er hob seinen Kopf wieder. Katya konnte die Erleichterung auf seinem Gesicht sehen, aber vielleicht war er noch nicht über den Berg.

»Genau das, was ich gesagt habe, was ich tun würde«, antwortete Caleb. Mateo öffnete seine Augen, aber Katya wollte ihn nicht mehr ansehen. Sie war fertig mit Mateo. »Ich werde die Fesseln lösen.«

Katya verließ das Bauernhaus und ging zum Auto. Sie stellte die Taschen auf den Rücksitz und nahm sich einen Moment Zeit, um herumzulaufen und die frische Luft zu genießen. Die letzten paar Momente im Bauernhaus waren erdrückend gewesen. Sie war so kurz davor gewesen, den Abzug zu betätigen. Aber es war ein gewaltiger Unterschied, ob sie jemanden tötete, der sie vergewaltigen und töten wollte, oder ob sie jemanden tötete, der an einen Stuhl gefesselt war. Die Tatsache, dass nicht Alexander, sondern Caleb an der Tür gestanden hatte, war irrelevant gewesen.

Katya hatte das nicht gewusst, als sie den Abzug betätigt hatte.

Sie öffnete die Fahrertür, setzte sich auf den Sitz und stützte ihren Kopf einen Moment lang auf das Lenkrad. Vor ihrem geistigen Auge stellte sie sich die Szene vor, die sich abgespielt hätte, wenn sie den Abzug betätigt hätte. Das Bild von Mateo, der mit gefesselten Armen und Beinen auf dem Stuhl saß und dessen Hirn über die Wand des Bauernhauses gespritzt wäre, jagte ihr einen unwillkürlichen Schauer über den Rücken. Sie spürte, wie ihr Herzschlag immer schneller wurde und atmete tief durch, um eine Panikattacke zu vermeiden.

»Alles in Ordnung bei dir?« Es war Caleb, der am Fenster der Fahrerseite stand. Katya nickte nur und traute sich nicht zu sprechen. Caleb betrachtete sie einen Moment lang, bevor er um das Auto herumging und einstieg. Er legte seine Hand auf ihren Unterarm und Katya spürte, wie sich die Anspannung in ihrer Brust zu lösen begann. Caleb sagte nichts, sondern saß nur da, bis sie mit dem Kopf nickte.

»Mir geht's gut, danke«, sagte sie mit zitternder Stimme. »Ich denke nur darüber nach, was fast passiert wäre, das ist alles.«

»Aber es ist nicht passiert, Katya.«

»Hast du sie umgebracht?«

»Nein, Katya. Ich habe Mateo mein Wort gegeben, dass ich es nicht tun würde. Und ich habe es nicht getan. Sie sind in der Küche und nicht mehr an die Stühle gefesselt.«

»Wir sollten gehen.«

Katya drückte den Startknopf und legte den Gang ein. Sie machten sich auf den Weg über die Lichtung vor dem Bauernhaus. Katya warf einen Blick in den Rückspiegel und wusste, dass sie das Haus nie wieder sehen würde. Zumindest, wenn es nach ihr ginge. Als sie etwa eine Meile des

Weges hinter sich hatten, deutete Caleb auf eine Stelle, an der sich die Straße erweiterte.

»Kannst du da mal kurz anhalten?«, sagte er. Als das Auto anhielt, zeigte er auf das im Armaturenbrett eingebaute Navi. »Kannst du das bedienen?«

Katya brauchte einen Moment, aber sie fand heraus, wie man den Bildschirm zur Eingabe eines Ziels aufrief. Caleb las die Postleitzahl der Adresse vor, die Mateo ihnen gegeben hatte.

»Fahren wir direkt dorthin?«, fragte sie ihn.

»Nein. Wir müssen uns ausruhen und vorbereiten. Wir haben Zeit. Aber lass uns näher heranfahren, dann finden wir schon einen Platz, wo wir uns verstecken können.«

Katya hatte gerade wieder den Gang eingelegt, als sie bemerkte, dass Caleb die Tasche vom Rücksitz holte. Er nahm die Pistole heraus, entriegelte das Magazin und griff dann in seine Tasche. Ein paar Sekunden später sah sie, wie er Kugeln in das Magazin zurückschob.

»Du hast sie geleert?«, fragte sie, ihre Stimme eine Oktave höher als normal. Caleb sah sie nicht an, aber sie konnte sein Lächeln sehen.

»Ich war mir sicher, dass du ihn nicht erschießen würdest, Katya«, sagte er, während er weiter Kugeln in das Magazin schob. Dann wandte er sich ihr zu und lächelte breit. »Aber da die menschliche Natur so ist, wie sie ist, wollte ich das Risiko nicht eingehen.«

79

Caleb lehnte sich in seinem Sitz zurück und versuchte, es sich so bequem wie möglich zu machen. Das Auto, in dem sie saßen, war, so dachte er, das kleinste Auto, in dem er je gesessen hatte. In Texas würde es keine fünf Minuten überleben. Zu Hause gab es Schlaglöcher, die größer waren als dieses Auto.

Er wusste, dass Katya Mateo nicht töten konnte. Die Kugeln aus der Pistole zu entfernen, war unnötig gewesen, aber er war sich schon öfters sicher gewesen und sich doch geirrt. Selten, aber mehr als einmal. Und Vorsicht tötete niemanden, ganz allgemein gesprochen. Aber er wollte, dass Katya die Gelegenheit bekam, und sei es nur, um zu erkennen, dass sie zwar töten konnte, wenn die Situation es erforderte, aber keine Mörderin war. In gewisser Weise waren sie gleich. Caleb hatte, konnte und würde töten, wenn die Situation es erforderte. Aber er war kein Mörder. Je nachdem, wo er sich befand, sah das Rechtssystem das vielleicht nicht so, aber Caleb war froh, dass er *sein* Gesetz genau befolgte.

Caleb spürte die Erleichterung darüber, das Bauernhaus

hinter sich gelassen zu haben, die von Katya ausging, je weiter sie sich von dem Ort entfernten. Ein paar Meilen von der Abzweigung zum Bauernhaus entfernt hielten sie an einem McDonald's an, wo der junge Mann hinter dem Tresen sich sehr bemühte, Katyas Bestellung zu erfüllen. Das Restaurant war leer, bis auf ein paar Polizisten, die in einer Ecke Kaffee schlürften. Abgesehen von einem Blick in ihre Richtung, wobei die Augen der Polizisten viel mehr an Katya als an ihm interessiert waren, schenkten sie ihnen keine Beachtung. Wahrscheinlich war es gut, dass die Pistole noch im Auto lag. Caleb lächelte, als er sich das Szenario vorstellte, in dem er sie hinten in seiner Hose hatte und sie dann auf halbem Weg durch das Restaurant herausfiel.

»Also, wohin jetzt?«, fragte Katya ihn. Sie nahm einen großen Bissen von ihrem Burger und schien die anhaltende Aufmerksamkeit des jungen Mannes hinter dem Tresen gar nicht zu bemerken.

»Ich würde gerne einen Sport- oder Outdoor-Laden finden«, sagte Caleb und nahm einen viel kleineren Bissen von seinem eigenen Essen. Er kaute und dachte nach, bevor er schluckte. »Dann ein Hotel. Ich weiß nicht, wie es dir geht, aber ich könnte etwas Schlaf gebrauchen.«

»Klingt nach einem guten Plan«, bestätigte Katya. Sie griff in ihre Tasche und holte Mateos Handy heraus. Caleb hatte nicht bemerkt, dass sie es aus der Tasche im Auto genommen hatte. Sie wischte über den Bildschirm. »Kannst du den Jungen hinter dem Tresen nach dem WLAN-Passwort fragen?«

»Ich glaube, es wäre ihm viel lieber, wenn du ihn fragen würdest, Katya«, sagte Caleb und grinste. »Außerdem esse ich immer noch meinen Burger und du hast deinen fast aufgegessen.«

Mit einem übertriebenen Seufzer beendete Katya ihr Essen und stand auf. Als er sie aufstehen sah, sprang der junge Mann hinter der Theke von seinem Hocker auf. Caleb lächelte, als er das Gespräch der beiden beobachtete, und fragte sich, ob Katya die Wirkung, die sie auf den Jungen hatte, bemerkte. Einen Moment später kam sie zurück und der junge Mann grinste von Ohr zu Ohr.

»Ich glaube, er mag dich, Katya«, sagte Caleb mit einem Lächeln. Katya warf ihm einen finsteren Blick zu und richtete ihre Aufmerksamkeit auf Mateos Handy. Jetzt war es ihr Handy, so wie es aussah.

»Ein paar Meilen weiter gibt es einen großen Outdoor-Laden«, antwortete Katya, »und zehn Minuten von dort entfernt ist eine Hotelkette. Was brauchst du in dem Outdoor-Laden?«

»Vorräte«, antwortete Caleb. Er sah, wie Katya die Augenbrauen hochzog, sagte aber nichts weiter, um ihre Frage zu beantworten. »Wie weit ist das Hotel von dem Ort entfernt, an dem Ana und Elene sind?« Sie sah ihn ein paar Sekunden lang an, bevor sie antwortete.

»Ähm, vielleicht drei Meilen?«

»Luftlinie?«

»Was heißt das?«

»Die Luftlinie ist die kürzeste Entfernung zwischen zwei Orten.«

»Ah, okay.« Caleb beobachtete, wie sie ihre Augen für ein paar Sekunden schloss, um sich den Satz einzuprägen. Dann schaute sie wieder auf den Bildschirm. »Das ist schwer zu sagen, aber vielleicht die Hälfte davon? Die Straße macht eine Art Schleife.«

»Also können wir das Hotel als Basis nutzen.«

Hinter ihnen standen die beiden Polizisten auf und machten sich, nachdem sie ihre Kaffeebecher entsorgt hatten, auf den Weg zur Tür. Caleb wartete, bis sie gegangen waren, bevor er weitersprach.

»Ich denke an die frühen Morgenstunden. Du bleibst im Hotel, ich hole die Mädchen und bringe sie dorthin.«

»Das war's?«, fragte Katya und zog die Augenbrauen hoch. »Das ist dein Plan? Du holst die Mädchen und bringst sie ins Hotel?«

»Na ja, es wird natürlich nicht so leicht sein, aber...« Er bemerkte einen warnenden Blick in ihren Augen und seine Stimme verstummte. Jemand stand hinter ihm.

»Entschuldigen Sie, Sir?«, sagte eine männliche Stimme. »Ist das Ihr Fiat 500 da draußen?« Caleb schaute auf und sah den jüngeren der beiden Polizisten hinter ihm stehen.

»Nein«, sagte Katya, bevor Caleb etwas sagen konnte. »Ich bin die Fahrerin.«

»Würden Sie bitte mit mir kommen, Ma'am?«, sagte der Polizist mit seiner autoritären Stimme. »Kommen Sie doch bitte mit nach draußen.«

80

Stell auf Lautsprecher«, brüllte Martin Robert an. Sie saßen in seinem Büro, Martin hinter seinem Schreibtisch und Robert in seinem üblichen Stuhl. Robert wischte über den Bildschirm seines Handys und legte es auf den Schreibtisch.

»Paul? Du bist auf Lautsprecher. Ich bin hier mit Martin. Lagebericht, bitte?«

»Wir haben vielleicht ein Problem, Robert.« Die Stimme des Mannes war dünn und gedämpft. Robert beugte sich vor und erhöhte die Lautstärke des Handys.

»Was für ein Problem?«

»Wir verfolgen das Auto, aber die beiden Albaner sind nicht drin.«

»Wer dann?« Robert sah Martin an, aber sein Gesicht war ausdruckslos. Martin beugte sich vor, um besser zu hören, was Paul ihnen sagen wollte.

»Ein Mann und eine Frau.«

»Beschreibe sie«, forderte Robert.

Als Paul den Mann und die Frau im Auto beschrieb, wurde Martin sofort klar, dass es sich dabei um Katya und den Mann handelte, den die Albaner zur Hofarbeit gebracht hatten. Nur seine Kleidung war anders. Es schien, als ob der Mann im Gewand nicht mehr in einem Gewand steckte. Aber wo waren die Albaner? Und wie waren die beiden in den Besitz ihres Autos gekommen?

»Das ist nicht das Problem, Robert«, sagte Paul. »Sie sind bei der Polizei.«

Endlich sah Martin, dass Roberts Gesicht eine andere Emotion als Grausamkeit zeigte. Seine Augenbrauen hoben sich vielleicht einen halben Zentimeter, bevor sie wieder in ihre normale Position zurückkehrten. Martin war enttäuscht über diese Nachricht, aber nicht übermäßig besorgt. Die Polizei würde weder den Mann und die Frau noch das Auto mit ihm in Verbindung bringen können. Viel mehr Sorgen würde er sich machen, wenn die Polizei Aleksander und Mateo hätte. Das wäre ein Risiko. Vor allem Mateo würde ihnen mit Sicherheit alles erzählen. Und er hatte Martins Adresse. Man würde sich um sie kümmern müssen.

»Wo bist du?«, fragte Robert Paul.

»Etwa hundert Yards von dem Parkplatz entfernt, auf dem sie stehen. Sie sind vor einem McDonald's.« Paul beschrieb die genaue Lage des Parkplatzes und Martin erkannte, dass sie in die Richtung seines Hauses fuhren. »Was sollen wir tun?«

»Was macht die Polizei?«, sagte Martin und beugte sich noch weiter vor. »Haben sie sie verhaftet?«

»Nein, ich glaube nicht«, antwortete Paul. »Sie reden nur mit ihnen.«

»Bleibt, wo ihr seid und erstattet Bericht«, befahl Robert. »Passt auf, dass sie euch nicht sehen.«

»Verstanden.«

Die Verbindung wurde unterbrochen und Martin

lehnte sich mit einem Seufzer in seinem Stuhl zurück. Es kam eins zum anderen. Erst wurden die Mädchen zu früh abgesetzt, dann beschwerte sich Mateo und jetzt das. Aber wenn der Mann und die Frau sein Auto hatten, wo war dann Mateo?

»Was denkst du, Robert?«, fragte er seinen Sicherheitschef.

»Ich weiß nicht, was hier los ist, Martin«, antwortete Robert. »Ich verstehe nicht, warum sie das Auto haben. Könnte Mateo es ihnen einfach geliehen haben?«

»Das muss er. Verdammter Idiot.« Martin schloss für ein paar Sekunden die Augen. »Weißt du«, sagte er und öffnete sie wieder, »je mehr ich darüber nachdenke, desto mehr glaube ich, dass diese Albaner eine Gefahr darstellen.«

»Ich habe Mittel an Ort und Stelle, Martin«, sagte Robert. Martin sah ihn an, bevor er antwortete. Wie immer war er ausdruckslos. »Aber ich würde vorschlagen, dass wir dort halten und abwarten, was mit dem Mann und dem Mädchen passiert. Ich nehme an, sie sind der andere Teil des Pakets?«

»Das müssen sie sein. Glaubst du, sie kommen hierher?«

»Nun«, antwortete Robert. »Sie werden wohl kaum auf der Flucht sein, oder? Nicht, wenn sie angehalten haben, um zu essen.«

»Auch wer auf der Flucht ist, muss essen, Robert.«

»Aber das macht keinen Sinn. Wenn sie auf der Flucht wären, würden sie weiter wegfahren, bevor sie anhalten. Da bin ich mir sicher. Und was die Polizei angeht, die würde sie doch nicht in einem Restaurant treffen, oder? Sie würden direkt zu einer Polizeistation fahren.«

»Das macht Sinn. Aber ich verstehe nicht, was sie vorhaben.«

»Deshalb schlage ich vor, die Mittel an Ort und Stelle zu

lassen. Wenn sie hierher kommen, ist der Rest meines Teams hier.«

Martin dachte einen Moment lang nach. Was sollte er tun? Er hatte nicht wirklich einen Ort, an den er die Mädchen bringen und trotzdem seine Veranstaltung abhalten konnte. Nirgendwo war es sicher genug und nirgendwo konnte er das nötige Druckmittel ansetzen. Wenn die Veranstaltung nicht stattfand, würde er nicht nur eine beträchtliche Menge Geld verlieren, sondern auch sein Ansehen. Einige der Anwesenden, ja sogar die meisten, waren sehr einflussreich. Er könnte, wie Robert vorgeschlagen hatte, den Dingen ihren Lauf lassen und sehen, was passiert.

Es war ein Risiko, aber im Leben ging es immer um Risiken. Martin war nicht dorthin gekommen, wo er jetzt war, ohne Risiken einzugehen.

»Das war ein schlechter Versuch, Tony«, sagte Sergeant Bush, als sie vom Parkplatz des Restaurants wegfuhren. »Mit den Reifen war nicht das Geringste verkehrt.«

»Die Fahrerseite war ein bisschen abgenutzt«, antwortete Tony grinsend. »Das ist soziales Engagement, Sarge.«

»Ja, und ich bin die Königin von England.« Er änderte seine Stimme so, dass sie Tonys Stimme ähnelte. »Hier ist meine Karte, Ma'am. Das ist meine persönliche Handynummer, also rufen Sie einfach an, wenn ich etwas für Sie tun kann.«

»Man weiß ja nie, oder?«, sagte Tony und lachte. »Wer nicht fragt, bekommt auch nichts.«

»Was ist mit dem Kerl, der bei ihr war?«, fragte Sergeant Bush seinen Kollegen. »Glaubst du nicht, dass er etwas dagegen hatte?«

»Sie sind nicht zusammen«, antwortete Tony. »Nicht zusammen zusammen, falls das Sinn macht.«

»Woher weißt du das?«

»Ich habe sie beobachtet. Keinerlei Anzeichen dafür, dass sie ein Paar sind.«

»Du bist ein Einsatzbeamter, Tony«, sagte Sergeant Bush mit einem Grinsen. »Kein Detective.« Als er den schwarzen Evoque sah, der etwa hundert Yards vom Restaurant entfernt am Straßenrand geparkt war, verblasste sein Grinsen. »Das ist der Range Rover, den wir vorhin angehalten haben.«

»Und?«, erwiderte Tony.

»Ein ziemlicher Zufall, findest du nicht? Warum parken die da vorne?«

Sergeant Bush schaute zu seinem Kollegen hinüber, aber Tonys Gedanken schienen immer noch bei der Frau zu sein, die er gerade versucht hatte, anzumachen. Nach wie vor konnte er nichts tun, da keine Gesetze gebrochen worden waren. Aber die beiden Insassen des Evoque hatten etwas an sich, das ihm nicht gefiel.

Als das Polizeiauto den Range Rover passierte, drehte sich Sergeant Bush auf seinem Sitz, um das Fahrzeug zu betrachten. Der Fahrer hob grüßend die Hand, als sie vorbeifuhren, sah aber Sergeant Bush nicht an. Er saß einfach nur da, genau wie der Mann auf dem Beifahrersitz, und starrte geradeaus. Sergeant Bush runzelte die Stirn. Irgendetwas war mit den beiden Männern nicht in Ordnung.

»Tony? Was denkst du?«

»Worüber, Sarge?«

»Um Himmels willen, Tony! Über die beiden Männer in dem Range Rover.«

»Das ist ein ganz gewöhnliches Auto hier, Sarge«, antwortete Tony. »Ein richtiger Chelsea Tractor, der wahrscheinlich noch nie im Gelände gefahren ist.« In seinem Seitenspiegel sah Sergeant Bush, wie der schwarze Evoque zurück auf die Straße fuhr und in die entgegengesetzte Richtung abbog.

Sergeant Bush warf Tony einen grimmigen Blick zu, den dieser aber nicht sah. »Wende den Wagen hier, Tony.« Er deutete auf eine Abzweigung ein paar hundert Yards vor ihnen.

»Halten wir sie wieder an? Warum denn?«

»Nein, wir folgen ihnen nur ein Stück.«

»Aber warum?« Tonys Stimme klang fast wie ein Wimmern.

»Wie wäre es, wenn wir Papier, Schere, Rang spielen?« Sergeant Bush starrte seinen jüngeren Kollegen an. »Oh, ich gewinne.«

Mit einem schiefen Lächeln fuhr Tony in die Abzweigung und wendete das Auto. Er blieb etwa hundert Yards hinter dem Evoque. Ein paar hundert Yards davor stand der kleine Fiat.

»Sie sah aber gut aus, Sarge, nicht wahr?«

Sergeant Bush seufzte. Manchmal war die Arbeit mit Tony wie die Arbeit mit einem seiner eigenen Kinder.

»Als glücklich verheirateter Mann, Tony«, sagte er und lächelte trotz seiner Verärgerung, »kann ich das unmöglich kommentieren.«

Caleb lehnte sich auf dem Beifahrersitz zurück und schaute in den Seitenspiegel. Während der Polizist sein Bestes gab, um Katya vor dem Restaurant auf sich aufmerksam zu machen, sah Caleb etwa hundert Yards entfernt einen großen, schwarzen Geländewagen an den Straßenrand fahren. In dem Fahrzeug befanden sich zwei Insassen, aber sie waren zu weit weg, als dass er sie genau hätte erkennen können. Aus dieser Entfernung konnte er nicht einmal erkennen, ob es sich um Männer oder Frauen handelte. Genau aus diesem Grund waren hundert Yards die ideale Entfernung für eine Aufklärung. Während der Polizist Katya auf den Reifen auf der Fahrerseite aufmerksam machte, behielt Caleb das Auto im Auge und hielt Ausschau nach einem Lichtschimmer, der von einer Optik wie dem Zielfernrohr eines Scharfschützen oder einem Fernglas reflektiert werden könnte. Aber da war nichts.

»Wohin zuerst, Caleb?«, fragte Katya ihn. »Zum Outdoor-Laden oder ins Hotel?«

»Weißt du noch, wie weit sie voneinander entfernt

sind?«, antwortete er und beobachtete immer noch das Auto im Seitenspiegel.

»Ich glaube, nur ein paar Meilen auf der Straße«, sagte Katya und blickte lächelnd zu ihm hinüber. »Aber viel weniger in der Windlinie.«

»Luftlinie, Katya.« Caleb lächelte sie an. »Es ist die Luftlinie.«

»Warum muss es denn die Luft sein?«

»Ich weiß es nicht. Es heißt einfach so. Ich denke, wahrscheinlich ins Hotel.« Im Rückspiegel sah er, dass das Polizeiauto, das ursprünglich in die andere Richtung gefahren war, umgedreht hatte und nun hinter dem schwarzen Geländewagen stand. Sie bildeten einen groben Konvoi, etwa hundert Yards zwischen jedem Fahrzeug. Er war also nicht der Einzige, der sich Sorgen um die Insassen des Fahrzeugs machte. Es gab keinen Grund, warum der Geländewagen an dieser Stelle angehalten hatte.

»Also«, sagte Caleb einen Moment später. »Wirst du den Polizisten anrufen?«

Katya lachte laut auf. Das war ein Geräusch, das Caleb nicht oft gehört hatte, aber es machte ihm gute Laune.

»Warum fragst du, Prediger?«, sagte sie. »Bist du eifersüchtig?«

»Nein, ich bin nicht eifersüchtig. Warum sollte ich das sein?« Caleb spürte, wie sich ein Lächeln auf seinem Gesicht ausbreitete. Er würde Katya nichts sagen, aber als der Polizist ihr seine Karte überreichte und sein Kollege stöhnte, spürte er ein leises Aufflackern von Eifersucht.

»Das kannst du sein, wenn du willst.« Katya lächelte ebenfalls. »Es ist doch keine Sünde, eifersüchtig zu sein, oder?«

»Technisch gesehen, schon. Sprüche, Kapitel siebenundzwanzig. Vers vier.«

»Ah, okay.« Katyas Lächeln wurde breiter. »Du willst mich aufklären?«

» Zorn ist ein wütig Ding, und Grimm ist ungestüm; aber wer kann vor dem Neid bestehen?«

»Sehr, ähm, biblisch«, sagte Katya. »Hast du denn die ganze Bibel auswendig gelernt?«

»Nein«, antwortete Caleb und sein Gesicht verhärtete sich leicht. »Nur die wichtigen Teile. Aber ich werde dir etwas sagen.« Er hielt inne und wartete auf ihre Antwort.

»Ja?«, fragte Katya mit einem kurzen Blick in seine Richtung.

»Als der Polizist dir seine Karte gab und auf seine persönliche Nummer hinwies?« Er hielt wieder inne.

»Ja? Komm schon, Caleb.« Katya lachte wieder. »Raus mit der Sprache!«

»Habe ich vielleicht ein bisschen gesündigt«, sagte Caleb. Katyas Lachen wurde lauter und ein paar Sekunden später lachten sie gemeinsam. Das tat Caleb nicht oft, aber es fühlte sich richtig an.

Sie fuhren ein paar Augenblicke weiter und Caleb schloss kurz die Augen, um sich ihr Lachen ins Gedächtnis zu rufen. Dann betätigte Katya den Blinker und fuhr auf einen Parkplatz. Er war größer als der vor dem Restaurant, vielleicht zur Hälfte mit Autos gefüllt und grenzte an ein einstöckiges Gebäude mit einer Reihe gleichmäßig verteilter Fenster an der Seite. Auf einem Schild am Eingang des Gebäudes stand in großen blauen Buchstaben *Travel Inn*.

»Da wären wir«, sagte Katya, als sie auf einen Parkplatz direkt an der Hauptstraße fuhr. Sie löste ihren Sicherheitsgurt und öffnete die Tür. »Oh, ich bin ganz verspannt«, sagte sie. »Ich bin schon lange nicht mehr Auto gefahren.«

Caleb blieb auf dem Beifahrersitz sitzen, während Katya

ihre Hände auf den Rücken legte und ihren Brustkorb nach vorne wölbte und dabei stöhnte. In diesem Moment fuhr der schwarze Geländewagen vorbei und gab Caleb die Möglichkeit, die Insassen zu sehen. Beide waren männlich, jung und hatten einen Bürstenhaarschnitt. Es war nicht das, was sie taten, was Caleb beunruhigte. Sondern das, was sie nicht taten.

Als das Auto vorbeifuhr, hatten die beiden Männer ihre Aufmerksamkeit auf die Straße vor ihnen gerichtet.

Warum hatte keiner von ihnen Katya angeschaut?

Katya schloss die Augen, winkelte die Beine an und ließ sich in die Wanne gleiten, so dass das heiße Wasser ihren Kopf umhüllte, bis nur noch ihr Gesicht an der Oberfläche war. So entspannt war sie nicht gewesen, seit sie im Land angekommen war. Sie atmete tief durch die Nase ein und roch das Lavendelsprudelbad, von dem sie viel zu viel benutzt hatte. Es war Glückseligkeit. Absolute Glückseligkeit.

Zuvor hatte Caleb mit Mateos Kreditkarte das einzige noch freie Zimmer im Hotel gebucht. Laut der mürrischen jungen Frau an der Rezeption fand gerade eine Konferenz statt und sie hatten nur noch ein Zimmer frei. Caleb, der Katya nicht einmal angeschaut hatte, als er zustimmte, hatte die Frau nicht gefragt, wie viel es kostete. Mateos Kreditkarte würde das schon schaffen, hatte er gesagt, als sie zum Zimmer gingen. Der Betrag auf der Quittung war wahnsinnig hoch, da es sich offenbar um eine VIP-Suite handelte.

Wenn man bedachte, wie viel sie, oder besser gesagt Mateo, für das Zimmer bezahlt hatten, war das enttäuschend. Aber nach den letzten Tagen wirkte es wie ein

Palast, zumindest für Katya. Es gab ein eigenes Badezimmer mit einer riesigen Badewanne – die Katya gerade ausnutzte – und eine Menge zusätzlicher Hygieneartikel für beide Geschlechter: Schaumbad, Körperbutter, Rasiercreme und Einwegrasierer, sogar Pflegelotion. Katya hatte vor, zumindest etwas davon zu benutzen, während Caleb weg war. Nach einer kurzen Inspektion des Zimmers bat er Katya, ihm am Handy zu zeigen, wo der Laden für Outdoor-Zubehör war. Dann hatte er ihr mitgeteilt, dass er eine Weile brauchen würde. Er wollte nachdenken. Vorbereiten. Planen.

»Wer nicht plant, wird scheitern«, hatte Caleb gesagt, als er gegangen war. Aber er ging erst, nachdem er sich vergewissert hatte, dass Katya den Raum nicht verlassen und die Tür für jeden außer ihm geschlossen halten würde. Für Katya war das in Ordnung. Das Zimmer hatte ein Bad, einen großen Fernseher, ein bequemes Bett und eine Minibar mit Getränken und Snacks. Sie könnte tagelang darin bleiben, wenn sie müsste.

Katya ließ sich Zeit und verwöhnte sich selbst. Als sie widerwillig aus der Badewanne stieg, war die Haut an ihren Füßen vom Wasser schrumpelig. Sie wickelte sich in einen weichen, luxuriösen Bademantel und drückte auf den Knopf der Fernbedienung, um nach einem Nachrichtensender zu suchen. Was sie anschließend sah, erfüllte sie mit Entsetzen.

Am frühen Morgen, so sagte der düster dreinblickende Nachrichtensprecher, hatten Beamte der Border Force mehrere Leichen aus einem kleinen Boot geborgen, das etwa eine Meile vor der englischen Küste in Kent auf Grund gelaufen war. Die Szene im Fernsehen wechselte zu einem Strand. Ihre Augen füllten sich mit Tränen, als sie beobachtete, wie mehrere Leichensäcke, von denen einige kleiner als andere waren, auf den Strand gebracht wurden, während ein Nachrichtensprecher mit ernster Mine in die Kamera sprach. Bisher wurden sechs Leichen geborgen, darunter mindestens zwei Kinder, sagte der Nachrichtensprecher im Studio, bevor er verkündete, dass noch mehr Todesopfer zu erwarten seien.

»Die Armen«, murmelte Katya vor sich hin, denn sie wusste nur zu gut, dass das ihr Schicksal hätte sein können. Sie setzte sich auf das Bett und merkte, dass ihr die Tränen über das Gesicht liefen. Sie wiegte sich hin und her, schluchzte ein paar Minuten lang und dachte an Ana und Elene. Sie hatten überlebt, was die armen Seelen im Fernsehen nicht geschafft hatten, nur um sich in dem Land, in das sie geflohen waren, in tödlicher Gefahr wiederzufinden. Katya ballte ihre Hände zu Fäusten und presste sie gegen ihre Augen, um die Tränen zu stoppen, aber sie kamen immer wieder. Sie wusste, es waren Tränen der Erleichterung über ihre eigene Sicherheit gemischt mit Tränen der Angst um Ana und Elene sowie Tränen der Trauer. Sowohl um die Menschen im Fernsehen, als auch um ihr altes Leben.

Etwa zwanzig Minuten später, als sie keine Tränen mehr weinen konnte, kramte Katya in ihrer Tasche nach Kleidung für den Rest des Tages und den kommenden Abend. Während sie sich anzog, dachte sie über die bevorstehende Nacht nach. Katya war fest entschlossen, eine aktivere Rolle bei dem zu spielen, was passieren würde, als nur im Hotelzimmer zu bleiben und zu warten.

Wenn Caleb dachte, dass sie nur herumsitzen würde, während er versuchte, sie alleine zu retten, lag er falsch.

84

Caleb stieß die Tür des Ladens auf und wurde von einem kalten Luftzug aus der Klimaanlage begrüßt. Draußen war es gar nicht so warm, aber der Laden hatte die Klimaanlage voll aufgedreht – vielleicht in der Hoffnung, dass Menschen, denen kalt war, mehr Kleidung kauften als Menschen, denen warm war.

Der Laden hieß *Great Outdoors* und bot laut den Schildern, die an der Fassade des Gebäudes angebracht waren, alles von Aerobic bis Wassersport an. Selbst für texanische Verhältnisse war es ein großer Laden, in dem viele Zelte ausgestellt waren. Caleb ließ sich Zeit beim Stöbern. Er hatte eine gute Vorstellung davon, was er kaufen wollte, aber es würde nicht schaden, zu sehen, was sie sonst noch im Sortiment hatten.

In dem Laden gab es viele Produkte, die in ähnlichen Läden zu Hause verkauft wurden, aber es gab auch eine Menge, die es nicht gab. Es gab keine Abteilung für Schusswaffen. Keine Abteilung für Bogenschießen. Es gab nicht einmal eine Jagdabteilung, obwohl es in der Angelabteilung anscheinend eine Menge ähnlicher Ausrüstung gab. Sollte

Caleb beschließen, zu campen oder zu reiten, würde ihm der Laden gute Dienste leisten.

Nachdem er sich umgesehen hatte, kehrte er in den vorderen Teil des Ladens zurück und nahm sich einen Korb. In den nächsten zehn Minuten ging er noch einmal durch den Laden und füllte ihn langsam mit Dingen, von denen er wusste, dass er sie brauchen würde, oder von denen er dachte, dass sie nützlich sein könnten. Caleb warf einen kurzen Blick in seinen Korb. Er hatte fast alles, was er gesucht hatte, bis auf ein oder zwei letzte Dinge, die er im Gartencenter nebenan besorgen konnte.

»Entschuldigen Sie«, fragte er eine schlanke junge Frau, die eine Kampfhose und ein enges T-Shirt trug, auf dem das Logo des Ladens über der linken Brust eingestickt war. »Verkaufen Sie Karten?«

»Klar«, antwortete die Frau. Laut ihrem Namensschild hieß sie Phoebe und war gerne bereit, ihm zu helfen. »Ordnance Survey Karten oder nur Wanderkarten?«

»Ähm, was sind Ordnance Survey Karten?«

»Das sind die wirklich detaillierten Karten. Woher kommt Ihr Akzent?«

»Ursprünglich aus Texas«, antwortete Caleb. Das war das Problem, wenn man mit Leuten sprach. Sein Akzent machte ihn auffällig und einprägsam, was er nicht sein wollte.

»Oh, wow«, sagte Phoebe und ein Lächeln erhellte ihr Gesicht. »Wie cool ist das denn? Wo in Texas?«

»Irgendwie überall«, antwortete Caleb. Die Frau sah ihn an und lächelte immer noch. Sie war vielleicht so alt wie Katya, vielleicht aber auch nur ein oder zwei Jahre jünger. »Äh, die Karten?«

»Es tut mir leid. Bitte, folgen Sie mir.«

Die Verkäuferin führte Caleb zu einem Regal mit einer

großen Auswahl an gefalteten Karten in Klarsichthüllen. »Für welchen Bereich brauchen Sie die Karte?«

»Hier«, antwortete Caleb. »Die nähere Umgebung.«

»Gehen Sie wandern? Auf Reise?«

»Äh, wandern, denke ich.«

»Dann brauchen Sie die Explorer-Serie. Das sind die detailliertesten. Aber es gibt auch die hier.« Phoebe zeigte auf einen anderen Abschnitt. »Das sind die Landranger. Sie decken ein größeres Gebiet ab, sind aber weniger detailliert.« Caleb sah zu, wie sie zwei Karten aus jeder Rubrik herausholte. »Hier, bitte. Schauen Sie sich beide an und sehen Sie, was Sie davon halten.«

»Danke.«

Caleb brachte die Karten zu einer Vitrine mit Ferngläsern, GPS-Geräten und Überlebensmessern, die hinter Glas verschlossen waren. Er nahm die Explorer-Karte heraus und faltete sie auseinander. Während er die Karte studierte und die Stirn über die unbekannten Symbole und Linien runzelte, bemerkte er, dass Phoebe immer noch direkt hinter ihm stand.

»Haben Sie schon einmal eine Karte benutzt?«, fragte sie ihn. Caleb lachte kurz, bevor er antwortete.

»Ein oder zwei Mal, ja. Aber nicht so eine wie diese. Wie heißen die noch mal? Ordnance Survey?«

»Ja. Es geht auf das achtzehnte Jahrhundert zurück, als Schottland und Napoleon versuchten, in England einzufallen.« Sie lachte und Caleb musste sofort an Katya denken. »Tut mir leid, ich habe an der Uni einen Abschluss in Geschichte gemacht. Ich bin manchmal ein bisschen streberhaft.« Ihr Lächeln wurde schwächer und er sah, wie sie es wieder aufsetzte. »Nicht, dass es mir viel gebracht hätte, da ich hier arbeite.«

Phoebe nahm sich ein paar Minuten Zeit, um Caleb die

wichtigsten Teile der Karte zu erklären. Wo sich der Schlüssel zu den Symbolen befand, wie der Maßstab berechnet wurde und was die verschiedenen Linien bedeuteten. Nichts davon war neu für Caleb und er hätte es auch selbst herausfinden können, aber Phoebe schien ihm helfen zu wollen, also ließ er sie fortfahren.

»Sie sind so ähnlich wie unsere US Geological Survey Karten, nur etwas detaillierter«, sagte Caleb, während er die Karte zusammenfaltete.

»Ich würde gerne in die Vereinigten Staaten reisen«, sagte Phoebe und lächelte. »Das wäre wirklich cool. Reden in Texas alle so wie Sie?«

»Ja, Ma'am«, sagte Caleb und übertrieb es mit seinem Tonfall. »Ja, das tun wir.« Ihr Lächeln wurde noch breiter.

»Das ist so cool, wie Sie das aussprechen. Brauchen Sie noch etwas?«

»Kann ich bitte ein paar der Ferngläser aus dem Schrank sehen?«

»Klar.« Phoebe griff an ihre Taille und zog ein paar Schlüssel heraus. »Welche?«, fragte sie, als sie den Schrank aufschloss.

»Welche sind die besten, die Sie verkaufen?«

Wenige Augenblicke später hatte er ein Fernglas in seinem Warenkorb und ein Spektiv, das er gesehen hatte und das eine nützliche Ergänzung sein würde. Jetzt brauchte er nur noch einen Gegenstand.

»Kann ich bitte eines dieser Überlebensmesser haben? Das große hinten?« Caleb sah, wie Phoebes Gesicht aufleuchtete und er fragte sich, ob sie eine Provision für seine Einkäufe bekommen würde. Er hoffte, dass sie das tun würde.

»Wenn Sie das hier kaufen, würde ich einen anderen Schleifstein kaufen. Der, der dabei ist, ist nicht so gut.«

»Okay, aber danke. Ich habe schon einen.«

»Brauchen Sie sonst noch etwas?«, fragte Phoebe auffordernd. Dann senkte sie ihre Stimme. »Sehen Sie irgendetwas, das Ihnen gefällt?« Caleb betrachtete die junge Frau genau, bevor er beschloss, es zu riskieren. Er senkte seine eigene Stimme.

»Darf ich Sie etwas fragen, das unter uns bleibt?«, fragte er. Ihr Gesicht hellte sich wieder auf und sie beugte sich vor.

»Klar«, sagte Phoebe. »Fragen Sie ruhig.«

»Wissen Sie, wo ich noch größere Waffen als dieses Messer bekommen kann?« Ihr Gesicht verfinsterte sich, als er diese Frage stellte, und er merkte, dass er die Situation falsch eingeschätzt hatte.

»Tut mir leid, Sir«, sagte Phoebe, ohne das Lächeln zu zeigen, das sie noch vor ein paar Sekunden gezeigt hatte.

Als Caleb kurz darauf seine Einkäufe bezahlte, dachte er an den Polizisten zurück, der Katya seine Karte gegeben hatte.

»Wer nicht fragt, bekommt auch nichts«, murmelte er vor sich hin, als er zurück auf den Parkplatz ging.

85

»**W**as hat er gesagt?«, fragte Martin Robert, der gerade mit seinem Team telefoniert hatte, das dem Fiat gefolgt war. Sein Sicherheitschef hatte ihn gefragt, ob er mithören wolle, aber Martin war zu sehr damit beschäftigt, einige E-Mails zu schreiben. Immerhin hatte er einen Tagesjob und musste zumindest versuchen, den Schein zu wahren.

»Sie haben sie in einem örtlichen Travel Inn aufgespürt, mussten ihre Aufklärungsarbeit aber kurz unterbrechen.«

»Warum?«, fragte Martin.

»Die örtliche Polizei ist neugierig geworden.« Robert gab keine weiteren Informationen und Martin fragte auch nicht danach. »Aber sie wissen, wo sie sind. Es sah so aus, als würden sie ins Hotel gehen, also können sie sie später wieder aufspüren.«

Martin runzelte die Stirn. Ihm gefiel der Gedanke nicht, dass die Frau mit einem anderen Mann in einem Hotel war. Er wollte nicht, dass sie beschmutzt wurde, bevor er sie beschmutzen konnte. Gerade als er das dachte, hörte er, wie sich ein Auto auf dem Kiesweg näherte. Martin stand auf und ging zu seinem Fenster. Vor dem Haus stand ein weiterer seiner Range Rover. Er erkannte den Fahrer als den Mann, der in Nottingham für die Sicherheit seines Hauses sorgte. Die Hintertür öffnete sich und eine junge Frau stieg aus. Sie war schlank und hatte ihr schwarzes Haar zu einem Pferdeschwanz gebunden, der ihr kantiges Gesicht betonte.

»Und das muss Lika sein«, murmelte er.

»Wie bitte?«, sagte Robert. Martin winkte mit der Hand, um ihn zu entlassen, und richtete seine Aufmerksamkeit wieder auf die junge Frau. Wenn überhaupt, sah sie in natura noch besser aus als auf der Website. Martin wusste, dass sie erst seit etwas mehr als einem Monat im Land war. Bei zehn bis zwanzig Kunden am Tag würde sie zumindest etwas Erfahrung mitbringen. Vielleicht würde er sie ja doch noch eine Weile behalten.

»Ich glaube, deine Männer müssen ein bisschen aufräumen, Robert«, sagte Martin, als er Lika dabei beobachtete, wie sie sich das Haus ansah. Der anerkennende Blick auf ihrem Gesicht gefiel ihm sehr.

»Was soll denn aufgeräumt werden, Martin?«

»Die Albaner«, antwortete Martin und starrte Lika immer noch an. Sie ging jetzt auf das Haus zu und schwang ihre schlanken Hüften auf eine sehr attraktive Weise. Martin traf in diesem Moment eine Entscheidung. »Und die beiden im Hotel. Beide noch unerledigt.«

»Die Albaner sollten einfach sein«, antwortete Robert. »Vorausgesetzt natürlich, sie sind noch auf dem Bauernhof. Aber das Hotel könnte schwieriger sein.«

»Inwiefern schwieriger?«, sagte Martin und reckte seinen Hals, um Lika zu beobachten, wie sie die Stufen zur Eingangstür hinaufging.

»Der Tatort muss gereinigt werden, nachdem mein Team seine Arbeit getan hat. Richtig gereinigt, und dann ist da natürlich noch die Entsorgung.« Da er Lika nicht mehr sehen konnte, wandte sich Martin an Robert. »Mein Team ist nicht in der Lage, diese Aufgaben zu erledigen, also müssen wir jemanden hinzuziehen.«

»Hast du jemanden?«

»Ich kenne Leute, ja. Ich habe sie schon mal eingesetzt. Sie sind sehr, sagen wir mal, kriminalistisch veranlagt, wenn es um Details geht.«

»Gut, dann hol sie her.«

»Ihr Fachwissen ist nicht günstig, Martin.«

»Wie viel?« Martin kniff die Augen zusammen, als er Robert ansah.

»Sieben Riesen«, antwortete Robert und blieb teilnahmslos. »Pro Entsorgung.«

Martin sog den Atem durch seine Zähne ein, bevor er antwortete.

»Und wie viel davon ist dein Aufschlag und wie viel sind ihre Gebühren?«

»Selbst wenn die Polizei ein komplettes forensisches Team in das Hotelzimmer schicken würde, in dem sie sich befinden, würden sie nicht ein einziges fehlendes Haarfollikel finden.« Robert betrachtete seine Fingernägel mit lässiger Miene, aber als er sich zu Martin umdrehte, waren seine Augen hart. »Sie sind gut, Martin. Deshalb kosten sie auch so viel.«

Martin wusste, dass er unter Druck gesetzt wurde, aber er wusste auch, dass die Welt so funktionierte. Er schätzte, dass das Team fünf oder sechs Riesen kosten würde und Robert den Rest als Vermittlungsgebühr behalten würde, aber das würde auch einen gewissen Abstand zwischen Martin und diesen Leuten schaffen. Einen, den Martin unbedingt aufrechterhalten wollte.

»Ich schicke das Team sofort zum Bauernhof, wenn die

Polizei nicht noch in der Nähe ist«, sagte Robert. »Aber das Hotel wird warten müssen, bis es dunkel ist.«

»So soll es sein«, sagte Martin und stand auf. »Wenn du mich jetzt entschuldigst, ich muss mich jemandem vorstellen. Ich will mindestens eine Stunde lang nicht gestört werden.«

»Okay, Boss«, antwortete Robert.

Martin ging zur Tür seines Büros und drehte sich wieder zu Robert um.

»Mach lieber zwei Stunden daraus. Ich möchte die Einführung nicht überstürzen.«

86

Mit einem lauten Stöhnen, fast einem Schrei, blickte Mateo auf seine Beine hinunter. Sie sahen normal aus, doch beide waren absolute Qualen. Ein dumpfer, aber unerträglicher Schmerz pochte in beiden Waden im Takt seines Herzschlags. Auf dem Boden neben dem Stuhl, auf dem er saß, lagen weggeworfene Klebebandstreifen. Er hatte nichts mehr. Seine Taschen waren leer. Sein Handy, sein Portemonnaie und sogar sein Auto waren verschwunden, gestohlen von Caleb. Das Einzige, was er Mateo zurückgelassen hatte, war der Schmerz. Mateo stöhnte wieder auf, während Gjergj neben ihm immer noch völlig bewusstlos war.

Nachdem Katya mit den Taschen gegangen war, hatte Caleb das Klebeband über Mateos Mund überprüft und einen Streifen über den des immer noch bewusstlosen Gjergj geklebt. Dann hatte er einen der robusten Bauernstühle umgestoßen und ihn auf den Kopf gestellt. Caleb benutzte Mateos Messer, um das Klebeband, mit dem Gjergjs Beine befestigt waren, zu zerschneiden, bevor er sie anhob und auf eine der Stuhlstreben legte. Gjergjs untere Wade lag auf der runden Holzstrebe.

Dann drehte sich Caleb um und sah Mateo mit einem Blick an, der zwischen Neugier und Abscheu lag.

»Du ekelst mich an, Mateo«, hatte Caleb gesagt. Mateo, der immer noch einen Streifen Klebeband über seinem Mund hatte, war nicht in der Lage zu antworten. Er konnte nur zusehen, wie Caleb zu einem Messerblock auf der Küchenzeile hinüberging. Caleb schaute sich jedes einzelne Messer an, bevor er eines auswählte. »Wusstest du, Mateo«, hatte Caleb dann gesagt, während er das Messer auf seinen Fingerspitzen balancierte, »dass nach dem Buch Deuteronomium ein Mann, dessen männliches Glied abgeschnitten wurde, nicht in die Versammlung des Herrn kommen darf?« Caleb machte ein paar Schritte auf Mateo zu. »Oder einer, dessen Hoden zerquetscht wurden?«

Er hob seinen Fuß und trat auf Gjergjs Schienbein. Es gab ein dumpfes Knacken, und Mateo lief die Galle im Mund zusammen. Als Caleb Gjergjs anderes Bein brach, atmete Mateo schon hyperventilierend durch die Nase.

»Aber ich bezweifle sehr, dass du die Versammlung des Herrn betreten wirst, Mateo, mit oder ohne Penis«, hatte Caleb gesagt. »Ich sehe eine viel dunklere Ewigkeit voraus, die dich erwartet, aber du kannst nicht ungestraft bleiben. Bist du mit dem Evangelium nach Markus vertraut?« Mateo schüttelte den Kopf und versuchte, Caleb mit seinen Augen anzuflehen. »Das dachte ich mir. In Kapitel neun steht, dass es besser ist, hinkend ins Leben zu gehen, als mit zwei Füßen in die Hölle geworfen zu werden.«

Caleb hatte den Stuhl in Richtung Mateo gezogen.

»Ich habe versprochen, dich nicht zu töten, Mateo«, sagte Caleb, während er das Klebeband durchtrennte, mit dem eines von Mateos Beinen befestigt war. Mateo wehrte sich so gut er konnte, aber da nur ein Bein frei war, hatte er keinen Halt mehr. »Aber ich habe nicht versprochen, dir nicht weh zu tun. Nur dein Wadenbein wird gebrochen, aber wenn du nicht aufhörst zu zappeln, werden es beide Knochen in deinem Bein sein. Was soll es also sein?«

Mateo hatte beide Augen geschlossen, als er spürte, wie Caleb sein Bein über den Stuhl legte. Die Schmerzen, als sie kamen, waren unerträglich gewesen. Es war wie ein heißer Schürhaken in seinem Bein. Das zweite Bein war schlimmer und Mateo hatte gehofft, dass er ohnmächtig werden würde, aber es war nicht so.

»Behalte das Klebeband auf deinem Mund, bis ich bis hundert gezählt habe«, hatte Caleb gesagt, als er die Fesseln um Mateos Handgelenke durchtrennte. »Dann kannst du so viel schreien, wie du willst.« Und damit war Caleb verschwunden.

Da er kein Handy dabeihatte, wusste Mateo nicht genau, wie spät es war, aber es musste mindestens eine Stunde her sein, seit Caleb und Katya abgehauen waren. Gjergj hatte ein oder zwei Geräusche gemacht, seit sie gegangen waren, aber er schnarchte wieder. Mateo saß da und versuchte, seine Atmung zu kontrollieren. Aber er konnte nicht einfach den ganzen Tag so sitzen. Mateo musste etwas tun, aber mit zwei gebrochenen Beinen war er sich nicht sicher, was er tun konnte. Seine Unterschenkel pochten, aber der weißglühende Schmerz war durch einen tieferen, pochenden Schmerz ersetzt worden, der konstant war. Wenn er sich richtig erinnerte, war das Schienbein der dünnere der beiden Knochen. Bedeutete das, dass er aufstehen konnte?

Ein paar Sekunden später, als er ausgestreckt auf dem

Boden lag und die unerträglichen Schmerzen in seinen Beinen ihn wieder quälten, wusste Mateo die Antwort darauf.

87

Mateo brauchte fast zehn Minuten, aber er schaffte es, über den Boden zum Waschbecken zu kriechen und sich hochzuziehen. Mit dem Gewicht seines Oberkörpers füllte er ein Glas mit Wasser und konnte das meiste davon trinken, bevor sein eigenes Körpergewicht zu viel wurde. Als er wieder auf den kalten Steinboden sackte, schaffte er es wenigstens, nicht zu viel Gewicht auf seine Beine zu verlagern.

Mateo brauchte einen Plan. Mehr noch als einen Plan, brauchten er und Gjergj ein Krankenhaus. Aber wie sollten sie ihre Verletzungen erklären? Wenn es nur Mateo war, konnte er sagen, dass er irgendwie gefallen war. Und unglücklich gelandet war. Er saß da und überlegte, ob er seine Schuhe ausziehen sollte. Würden seine Füße anschwellen? Es war ja nicht so, dass er sie benutzen konnte.

Ein paar Augenblicke später wusste Mateo, was er tun konnte. Irgendwann würde der Schweinebauer Futter für die Schweine bringen. Vielleicht schon morgen. Wenn nicht morgen, dann übermorgen. Bis dahin konnte Mateo überleben. Wenn er es bis zum Schweinestall schaffte, konnte er den Bauern überreden, ihn in ein Krankenhaus zu bringen. Nicht in das nächstgelegene, wo Gjergj hingebracht würde, wenn man ihn fände, sondern in eines im nächsten Bezirk. Dort konnte Mateo seine Verletzungen behandeln lassen und eine Bestandsaufnahme machen. Er hatte kein Geld an sich – dafür hatte Caleb gesorgt – aber wenn er Zugang zum Internet hätte, könnte er etwas Geld auf ein Konto überweisen. Es müsste ein neues Konto sein, denn Caleb hatte seine britischen Bankkarten. Und für ein neues Konto würde er einen Ausweis brauchen. Mateo fluchte und schlug mit dem Fuß auf den Steinboden, was einen Schmerzschock in seinen Beinen auslöste.

Mateo stützte sich auf seine Hände und zog seine Beine hinter sich her, um zur Tür des Bauernhauses zu gelangen. Er musste ein paar Mal anhalten, um sich auszuruhen, und jedes Stück, das er zurücklegte, verursachte neue Schmerzwellen in seinen Beinen. Als er die Tür erreichte, war er völlig durchgeschwitzt und hatte feuchte Flecken unter beiden Armen. Aber, so dachte er, während er nach dem Türgriff griff, machte er Fortschritte.

Als Mateo es geschafft hatte, die Tür zu öffnen, rutschte er halb und rollte halb nach draußen in die Sonne. Mit einem letzten Blick auf Gjergj, der immer noch in seinem Stuhl zusammengesunken war, ließ er die Tür hinter sich ins Schloss fallen. Es bestand noch immer die Möglichkeit, dass Gjergj gar nicht mehr zu sich kommen würde. Es kam Mateo vor, als sei er schon seit Stunden bewusstlos gewesen. Vielleicht war er tot? Mateo wollte auf keinen Fall zurückgehen und nachsehen.

Der Kies grub sich schmerzhaft in seine Hände und Mateo machte sich auf den Weg über die Lichtung vor dem Bauernhaus. Er zielte nach rechts, in Richtung des Weges, der zum Schweinestall führte. Mateo stöhnte ein paar Mal auf, als seine Beine an größeren Steinen hängen blieben, aber er setzte seinen Weg fort. Er musste weitermachen. Es gab keinen anderen Weg. Über seinem Kopf, hoch am blauen Himmel, kreisten einige große Vögel. Mateo wusste, dass es Rotmilane waren, denn seit er in England angekommen war, hatte er schon viele von ihnen gesehen, aber die Ähnlichkeit mit Geiern war unheimlich. Mateo hatte noch nie einen Geier in echt gesehen, aber er wusste, was sie taten und wozu sie es taten.

Es dauerte vielleicht zwanzig oder dreißig Minuten, aber schließlich gelang es Mateo, über die Lichtung in den Schatten der Kiefern auf der anderen Seite zu kriechen. Er nahm sich einen Moment Zeit, um sich zu entspannen, oder zumindest so viel, wie er angesichts der Schmerzen in seinen Beinen und Handflächen konnte. Mateo hatte Durst, aber das nächste Trinkwasser befand sich ganz in der Nähe des Schweinestalls – und selbst dann war es nicht besonders sauber. Am Wegesrand gab es einen Bach, erinnerte sich Mateo. Daraus könnte er trinken.

Die Aussicht auf frisches Trinkwasser ermutigte Mateo und er wollte gerade wieder loskriechen, als er ein Geräusch hörte. Ein vertrautes Geräusch. Reifen auf dem Weg. Ein Fahrzeug fuhr auf dem Weg, der von der Hauptstraße zum Bauernhaus führte. Mateo hätte vor Erleichterung weinen können. War es der Bischof? Der Schweinezüchter? Er wusste, dass es nicht Caleb und Katya sein würden. Es gab keinen Grund für sie, zurückzukehren.

Egal, ob es der Bischof oder der Bauer war, Mateo bekam Hilfe.

88

Katya spähte durch den Türspion, um sicherzugehen, dass es Caleb war, bevor sie die Tür öffnete.

»Hey, wie ist es gelaufen?«, fragte sie, als er hereinkam und eine große Einkaufstasche neben Mateos Tasche abstellte. »Was ist da drin?«

»Vorräte«, antwortete Caleb, ging aber nicht näher darauf ein. Er griff in die Tüte und holte zwei Karten heraus. »Könntest du die auf dem Bett ausbreiten?«

Während Katya die Karten aufklappte, konnte sie sehen, wie Caleb die Dinge neu ordnete und Gegenstände aus der Tasche nahm, um sie in Mateos Rucksack zu legen. Er hatte ein Fernglas, mehrere Kleidungsstücke und einige andere Dinge, die sie nicht sehen konnte. Caleb ließ eine Sache auf den Boden fallen. Einen großen Zelthering aus Plastik.

»Gehen wir campen?«, fragte Katya, als er ihn aufhob und in den Rucksack steckte.

»Noch nicht, Katya, nein.« Calebs Stimme war schroff und er schien abgelenkt zu sein.

»Ist alles in Ordnung?«, fragte Katya ihn. Sie beobachtete, wie er ein Lächeln aufsetzte.

»Natürlich, alles ist in Ordnung. Bist du hungrig? Es ist fast Mittag«, sagte Caleb. »Wir könnten uns etwas zu essen bestellen, während wir uns das hier ansehen.« Er deutete auf die Karten auf ihrem Bett. »Dann können wir etwas schlafen.«

»Klingt nach einem Plan.«

Katya benutzte ihr Handy, um ein paar Sandwiches und Snacks zu bestellen, die an die Hotelrezeption geliefert werden sollten. Während sie auf das Essen warteten, ging Caleb mit ihr die Karten durch.

»Wir sind also hier«, sagte er und zeigte auf ein kleines Quadrat auf der Karte. »Unser Ziel ist hier drüben.« Er zeigte auf ein weiteres Quadrat. »Das sind ungefähr vier Kilometer.« Katya runzelte die Stirn und versuchte herauszufinden, wie viele Meilen das waren, aber Caleb kam ihr zuvor. »Das sind etwa zweieinhalb Meilen.«

»In der Luftlinie?«, fragte Katya grinsend.

»Luftlinie, ja. Siehst du diese Konturen hier?« Sein Finger zeichnete einige dünne Linien auf der Karte nach. »Das Haus liegt in einem flachen Tal, deshalb kann man sich hier am besten einen Überblick verschaffen.« Katyas Finger fuhr mit seinem zu einem grünen Oval in der Nähe des Hauses.

»In diesem Wald, genau hier«, sagte sie mit einem triumphierenden Lächeln im Gesicht.

»Sehr gut, Katya«, sagte Caleb.

»Also, wann ist die Mission?«

»Die Aufklärung findet heute Nacht statt, oder genauer gesagt, morgen sehr früh. Ich möchte die Lage des Geländes zur gleichen Tageszeit sehen, wie es am eigentlichen Einsatztag sein wird.«

»Wir holen die Mädchen also erst übermorgen? Können wir nicht früher gehen?« Katya runzelte die Stirn, denn sie wollte sie nicht noch einen Tag länger dort lassen, wo sie waren. Wer wusste schon, was mit ihnen passieren würde?

»Sprüche. Kapitel neunzehn, Vers zwei, Katya«, antwortete Caleb. Katya seufzte und verschränkte ihre Arme. Caleb fuhr einfach fort. »Wo man nicht mit Vernunft handelt, da geht es nicht wohl zu; und wer schnell ist mit Füßen, der tut Schaden.« Katya seufzte erneut, als Caleb vom Bett rutschte. »Ich werde eben unter die Dusche springen.«

»Mach, was du willst«, murmelte sie leise, als sich die Badezimmertür schloss. Einen Moment später hörte sie das Geräusch der Dusche, gefolgt von etwas, das sie noch nie gehört hatte und das ihr ein Lächeln ins Gesicht zauberte. Caleb sang.

Während Caleb duschte, schlenderte Katya eine Weile im Zimmer herum und begutachtete die verschiedenen Einrichtungsgegenstände und Armaturen. Sie schaute gerade in die Nachttischschubladen, als das Handy klingelte und sie aufspringen ließ. Ihr Essen war da.

Während Caleb weiter duschte, machte sich Katya auf den Weg zur Rezeption, um ihr Essen abzuholen. Als sie zurückkkam, war Caleb fertig und hatte sich eine kurze Hose und ein T-Shirt angezogen, die er im Outdoor-Laden gekauft hatte.

»So gehe hin und iss dein Brot mit Freuden, trink deinen Wein mit gutem Mut; denn dein Werk gefällt Gott«, sagte Katya, während Caleb sie anlächelte. »Prediger. Kapitel neun, Vers sieben.«

Calebs Lächeln wurde noch breiter, als er langsam in die Hände klatschte.

»Du hast also die Gideon-Bibel gefunden?«, fragte er.

»Für einen Mann des Glaubens, Caleb«, sagte Katya und

grinste, während sie das Essen auf den Tisch stellte, »glaubst du sehr wenig an mich.«

Fast eine Stunde später lagen Katya und Caleb auf dem Bett. Caleb hatte die Vorhänge zugezogen, aber das Zimmer war noch hell von der Sonne draußen. Katya konnte die Wärme von Calebs Körper spüren. Sie berührten sich nicht, aber das brauchten sie auch nicht. Die Flasche Wein, die sie zu ihrem Mittagessen bestellt hatte, war leer. Katya glaubte nicht, dass sie überhaupt schlafen konnte, aber als sie Caleb ansah, hatte er die Augen geschlossen.

»Schläfst du schon?«, fragte sie ihn.

»Nicht mehr«, antwortete er grinsend, als er seine Augen öffnete.

»Weißt du noch, was du gesagt hast, als du meintest, Predigen ist ein bisschen wie Sex?«, sagte Katya, ihre Stimme war fast ein Flüstern.

»Dass es für beides eine Zeit und einen Ort gibt?«

»Ja.«

»Ja«, sagte Caleb. Seine Stimme war ebenfalls leise. »Ich erinnere mich.«

»Glaubst du, dass das jetzt der richtige Zeitpunkt und der richtige Ort ist?«

Katya beobachtete, wie sich ein langsames Lächeln auf seinem Gesicht ausbreitete.

»Ich denke schon, ja.« erwiderte Caleb. Katya spürte, wie sich ihr Herzschlag vor lauter Vorfreude erhöhte. Sollte sie den ersten Schritt machen? Sollte sie warten, bis er es tat? »Also, die heutige Bibelstelle ist aus dem Hohelied Salomos, Kapitel sieben.«

»Ernsthaft?«, sagte Katya, als Caleb sich umdrehte und sie ansah. Sie machte seine Bewegung nach und sah ihm in die Augen. »Ich habe nicht vom Predigen gesprochen, Caleb.«

»Wie schön und lieblich bist du, du Liebe voller Wonne! Dein Wuchs gleicht einer Palme und deine Brüste sind wie Weintrauben.« Caleb beugte sich näher zu ihr, so dass sich ihre Lippen fast berührten. »Ich muß auf dem Palmbaum steigen und seine Zweige ergreifen.« Sie spürte, wie seine Hand auf ihre Hüfte glitt, und als sie ihn ansah, schloss er seine Augen. »Laß deine Brüste sein wie Trauben am Weinstock und den Duft deiner Nase wie Äpfel und deinen Gaumen wie köstlichen Wein, der meinem Freunde glatt eingeht und die Lippen der Schläferin öffnet.«

»Caleb?«, flüsterte Katya.

»Pst. Ich bin noch nicht fertig. Mein Freund ist mein, und nach mir steht sein Verlangen.«

»Caleb?«, flüsterte Katya wieder.

»Ja?«

»Würdest du bitte die Klappe halten und mich einfach küssen?«

Zu Katyas Erleichterung tat er genau das.

89

»Na, das ist ja interessant«, sagte Sergeant Bush zu Tony, als sie den schmalen Weg hinunterfuhren. Über ihren Köpfen bildeten die Bäume fast einen Tunnel und trotz des strahlenden Sonnenscheins war es dunkel genug, dass die Scheinwerfer des Autos automatisch eingeschaltet wurden. »Ich war noch nie hier. Du etwa?«

»Nein«, antwortete Tony und richtete seinen Blick auf den Weg vor ihnen. Sie waren bereits über ein Schlagloch gefahren, das die Federung durchgeschüttelt hatte und ein lautes metallisches Klirren unter dem Auto verursacht hatte. Tony verlangsamte daraufhin die Fahrt bis zum Schritttempo. »Wie lautete der Anruf noch mal?«

Sergeant Bush sah in seinem Notizbuch nach. »Es hieß nur *Halliwell Bauernhof. Mann am Boden.* Gesprochen von einer männlichen Person, ohne erkennbaren Akzent, aber die Telefonistin sagte, dass er sich ein bisschen fremd anhörte.«

»Ein bisschen fremd?«, antwortete Tony und lachte. »Da

hat wohl jemand seine Schulung in Sachen Inklusion und Diversität verpasst.«

»Der Anruf kam von den Münztelefonen in der Nähe des kleinen Einkaufszentrums außerhalb von Market Rasen.«

»Ich verstehe immer noch nicht, warum wir das machen«, sagte Tony. Für einen so jungen Polizisten hatte er die Kunst des Meckerns sehr schnell gelernt. »Wir sind Einsatzbeamte. Es sollte eine Spezialeinheit kommen.«

»Es gibt keine Spezialeinheit«, antwortete Sergeant Bush. »Außerdem sind wir stolz darauf, zu dienen. Stimmt's, Tony?«

»Wenn du das sagst, Sarge.« Tony grinste ihn kurz an, bevor er wieder auf den Weg vor ihnen blickte. »Sieht so aus, als würden die Bäume hier oben aufhören.«

Wenige Augenblicke später fuhr das Polizeiauto auf eine Lichtung. Vor ihnen befand sich ein verfallenes Bauernhaus, in dem scheinbar kein Leben mehr war.

»Sieht aus wie die Kulisse für einen Horrorfilm«, sagte Tony. Sergeant Bush wollte gerade etwas erwidern, als ihm eine leichte Bewegung am Rand der Lichtung auffiel. Es war ein Mann, der auf dem Boden saß und die Beine vor sich ausgestreckt hatte.

»Das könnte unser Mann am Boden sein, Tony«, sagte Sergeant Bush. Er löste seinen Sicherheitsgurt, als Tony die Handbremse anzog und aus dem Auto stieg, wobei er seine weiße Schirmmütze aufsetzte. »Alles in Ordnung, Sir?«, fragte Sergeant Bush. Der Mann sah weder bequem noch erfreut aus, ihn zu sehen.

»Es sind meine Beine«, sagte der Mann. »Ich glaube, sie sind gebrochen.«

Sergeant Bush schaute auf die Beine des Mannes hinunter, während Tony zu ihm ging. Die beiden Polizisten waren in Erster Hilfe ausgebildet, aber Sergeant Bush konnte nicht viel sehen.

»Kannst du gehen?«

»Nein.«

»Was ist mit Ihren Beinen passiert, Sir?«

»Ich bin gestürzt.«

Sergeant Bush sah Tony an und nickte in Richtung des Hauses. »Sieh dir das Haus an, Tony. Ich sehe mir die Beine des Mannes an und rufe ein großes weißes Taxi, falls wir eins brauchen.«

»Ein was?«, fragte Tony.

»Einen Krankenwagen, Tony«, antwortete Sergeant Bush mit einem Grinsen. Er hatte vergessen, wie jung Tony war.

Während Tony auf das Haus zuging, hockte sich Sergeant Bush neben den Mann auf dem Boden.

»Wie heißen Sie, Sir?«, fragte er ihn.

»Mateo«, antwortete der Mann.

»Woher kommt Ihr Akzent?«

»Ich bin Albaner.«

»Okay. Und Sie sagten, Sie sind gestürzt?« Der Mann am Boden nickte als Antwort. »Wo tun Ihre Beine weh?«

Mateo zeigte auf den unteren Teil seiner Beine, direkt über dem Knöchel. Sergeant Bush krempelte behutsam beide Hosenbeine hoch, um sie sich genauer anzusehen. Er konnte keine offensichtlichen Verformungen oder knöchernen Verletzungen erkennen.

»Ich glaube, ich rufe besser einen Krankenwagen, Sir«, sagte Sergeant Bush und stand auf. »Als Sie gestürzt sind, sind Sie da zufällig auf die Füße von jemandem gefallen? An Ihren Schienbeinen sind nämlich deutliche Fußabdrücke.« Mateo zog nur eine Grimasse als Antwort.

Sergeant Bush war gerade auf dem Weg zurück zum Streifenwagen, als er sah, wie die Tür zum Bauernhaus aufflog. Tony kam herausgerannt und Sergeant Bush wollte gerade loslaufen, um nachzusehen, was los war, als Tony stehen blieb, sich nach vorne beugte und den Boden vollkotzte.

Genau wie Sergeant Bush es getan hatte, als er seine erste Leiche gesehen hatte.

90

Caleb legte seinen Arm hinter den Kopf, um das Kissen aufzupolstern, und achtete darauf, Katya nicht zu stören, die mit ihrem Arm auf seiner Brust schlief. Er wusste, dass er schlafen sollte, aber es gelang ihm nicht. Vielleicht lag es daran, was er und Katya an diesem Nachmittag getan hatten. Mehrere Male, wie sich zeigte. Er schaute auf seine Uhr. Es war fast Mitternacht und er wollte das Hotel um vier Uhr morgens verlassen, bevor die Sonne aufging.

Um sich die Zeit zu vertreiben, fragte er sich, wie viele Menschen auf der Welt zur gleichen Zeit miteinander intim waren. Würden es Tausende sein? Zehntausende? In diesem Zusammenhang betrachtet, war das, was sie getan hatten, nichts Besonderes. Aber Caleb wusste, dass das ganz und gar nicht der Fall war. Ganz im Gegenteil.

Caleb dachte an seine Jugend zurück, als er als junger Mann von achtzehn Jahren eine Frau namens Maria kennengelernt hatte, die seine erste und vielleicht denkwürdigste Geliebte werden sollte. Sie war vier oder fünf Jahre älter als er und hatte, auch wenn sie es nie genau sagte, viel mehr Erfahrung in solchen Dingen. Sie war geduldig mit ihm gewesen und hatte ihn ermahnt, seine Triebe zu zügeln und langsamer zu werden. Sich auf andere Dinge zu konzentrieren als auf sein eigenes Vergnügen. Zum Beispiel auf ihr eigenes. Obwohl sie, wie sie selbst zugab, egoistisch handelte, nahm sie sich die Zeit, ihn zu lehren. Caleb hatte keinen Maßstab, an dem er seine Fähigkeiten hätte messen können, aber Maria hatte angedeutet, dass er ein ausgezeichneter Schüler war. Als sie sich nach ein paar intensiven Monaten widerwillig, aber freundschaftlich trennten, hatte sie ihm versprochen, nie zu vergessen, dass, egal wie sehr sich die Gesellschaft verändert, es immer einen Platz für Höflichkeit im Schlafzimmer gab.

Neben ihm stöhnte Katya leise auf. Caleb drehte sich zu ihr um und sah ein schwaches Lächeln auf ihrem Gesicht, aber ihre Augen waren immer noch geschlossen. Träumte sie etwa?

Früher am Nachmittag, als ihre Bedürfnisse gestillt worden waren, hatten Caleb und Katya auf dem Bett gelegen und sich unterhalten. Sie hatte ihm von ihrem früheren Partner, einem jungen Mann namens Badri, erzählt, mit dem sie seit ihrer gemeinsamen Schulzeit zusammen gewesen war. Eines Abends, einige Jahre zuvor, war Badri in der Bar, in der er arbeitete, in eine Schlägerei zwischen russischen Soldaten und einheimischen Abchasiern verwickelt worden. Nach Aussagen von Zeugen war Badri dazwischen gegangen, um die Situation zu schlichten. Die Abchasen waren geflohen und Badri wurde von den Russen in einen kleinen Hof hinter der Bar gebracht.

»Sie haben ihn zu Tode geprügelt«, hatte Katya Caleb erzählt, ihre Stimme war emotionslos. »Wie Tiere. Ich habe ihn danach nicht einmal mehr sehen können. Seine Verletzungen waren zu schlimm.« Caleb hatte nichts gesagt, sondern sie reden lassen. Der Schmerz war dumpf, hatte sie ihm gesagt, aber immer da. Er wollte ihr sagen, dass der Schmerz, den sie fühlte, ihre Art war, die Erinnerung an Badri lebendig zu halten, aber er tat es nicht. Katya würde das auch ohne ihn wissen.

»Aber das ist Vergangenheit«, sagte Katya schließlich und fuhr über die gefurchte Narbe auf Calebs Brust. »Und dies ist die Gegenwart.«

Caleb schloss seine Augen, fest entschlossen, zu schlafen. Er lauschte auf das Geräusch von Katyas Atmung und passte seine eigene an die ihre an. Er musste sich ausruhen. Es lagen zwei anstrengende Nächte vor ihm. Er wusste, dass Katya eine Rolle bei den Ereignissen spielen wollte, aber das konnte Caleb nicht zulassen. Es wäre zu riskant für sie. Caleb war mehr als zufrieden damit, allein zu handeln. Er zog es vor. Er wusste, dass er auf sich selbst aufpassen konnte, aber er konnte Katya nicht den gleichen Schutz bieten, wenn die Dinge schlecht laufen würden. Was mit ziemlicher Sicherheit der Fall sein würde, wenn Caleb etwas damit zu tun hätte.

Ein paar Sekunden später riss Caleb die Augen auf. Er neigte seinen Kopf zur Seite und lauschte. Es war das Geräusch eines Autos, das langsam fuhr. Kein Motorengeräusch, nur das leise Geräusch von Reifen auf Schotter. Dann hielt es an und ein paar Sekunden später hörte er, wie sich eine Tür schloss. Dann noch eine. Sie wurde nicht wie üblich geschlossen, sondern sorgfältig zugemacht. Dann zwei Schritte. Einer wurde lauter, einer leiser. Calebs Gedanken schweiften zurück zu dem schwarzen Geländewagen, den er vorhin gesehen hatte, und dazu, dass die

Insassen nicht auf Katya reagiert hatten, als sie ihren Körper gestreckt hatte.

Wenn Caleb sich nicht irrte, und das tat er selten, bekamen er und Katya bald Besuch.

91

Mateo schaute auf seine Beine, die jetzt beide eingegipst waren. Der Arzt, der sie angelegt hatte, hatte ihm gesagt, dass sie nur vorübergehend seien. Irgendwann würde er wieder ins Krankenhaus kommen müssen, um sie gegen dauerhafte auszutauschen. Sechs Wochen, hatte der Arzt gesagt, würde er sie tragen müssen. Mateo hatte keine Ahnung, wie er sechs Wochen lang überleben sollte, ohne laufen zu können. Es war ja nicht so, dass er eine Reiseversicherung hatte, die ihn nach Hause nach Albanien bringen würde.

Er befand sich in einem Einzelzimmer in der Notaufnahme, was ihn überraschte, als er nach dem Anlegen der Gipsverbände hineingerollt worden war. Mateo wartete auf den Arzt, der ihn untersuchen sollte, damit er aus dem Krankenhaus entlassen werden konnte. Gjergj war irgendwo in der Hauptstation, hatte ihm eine gestresste Krankenschwester vorhin gesagt, als sie mit einigen Schmerzmitteln hereingekommen war.

Mateo lehnte sich in sein Kissen zurück und schloss die

Augen. Was sollte er nur tun? Wie sollte er nach Hause kommen? Würde die Polizei ihn weiter über Aleksander befragen wollen? Er hatte ihnen bereits alles gesagt, was er wusste, oder zumindest eine Version davon. Mateo hatte sowohl Caleb als auch Katya ausführlich beschrieben und behauptet, sie seien Anhalter gewesen, die sie mitgenommen hätten. Nach seiner Version der Ereignisse hatte Caleb sie ausgeraubt und sowohl ihn als auch Gjergj überfallen. Je öfter er die Geschichte erzählte, desto besser wurde sie. Sogar der Polizist, der seine Fingerabdrücke in ein Gerät eingescannt hatte, das wie ein Handy aussah, hatte Verständnis für die Tatsache, dass Mateo überfallen und ausgeraubt worden war.

Als er hörte, wie die Zimmertür aufging, öffnete er die Augen. Es war der Arzt, der ihn vorhin behandelt hatte, ein Mann, der viel zu jung aussah, um ein richtiger Arzt zu sein. Aber auf seinem Ausweis stand Dr. Pete Simmons, genauso wie auf seinem Schild *Hallo, mein Name ist*. Und nur für den Fall, dass es jemandem entgangen war: Er trug auch einen weißen Kittel und ein Stethoskop, das er sich um den Hals gelegt hatte.

»Mr. Ahmeti?«, fragte der Arzt. Mateo lächelte. Nur wenige Menschen waren so förmlich. »Wir sind fast fertig, glaube ich.« Der junge Arzt trat ein paar Schritte vor und untersuchte Mateos Zehen. »Wackeln Sie bitte mit den Zehen.« Mateo tat wie ihm geheißen. »Haben Sie Schmerzen?«

Mateo schüttelte den Kopf. »Nein«, sagte er. »Eine Krankenschwester hat mir etwas dagegen gegeben.«

»Können Sie das fühlen?« Mateo nickte, als der Arzt nacheinander jeden seiner Zehen berührte.

»Jetzt, wo die Brüche ruhiggestellt sind, sollten keine

Schmerzen mehr auftreten, wenn überhaupt.« Dr. Simmons warf einen Blick auf die Notizen, die er mitgebracht hatte. »In ein paar Tagen müssen wir Sie wieder in die Frakturklinik bringen, damit die Rückenschienen durch Gipsschienen ausgetauscht werden können.«

»Wie bitte, Gipsschienen?«, fragte Mateo.

»Das ist die Art von Gips, die Sie tragen.« Der Arzt schaute auf seine Uhr, nur für den Fall, dass Mateo nicht bemerkt hatte, wie eilig er es hatte. »Ich denke, wir können Sie entlassen. Haben Sie noch Fragen an mich, bevor wir Sie gehen lassen?«

»Wohin soll ich gehen?«

»Es tut mir leid. Ich verstehe nicht ganz?« Dr. Simmons starrte ihn nur an.

»Ich kann nirgendwo hin«, sagte Mateo und versuchte, nicht zu verzweifelt zu klingen. Er deutete auf seine eingegipsten Beine. »Und selbst wenn, wie soll ich dorthin kommen?«

»Ah, ich verstehe. Nun, das ist nicht wirklich unser Problem. Gibt es jemanden, den Sie anrufen können?«

»Ich habe kein Handy. Kein Geld. Nichts.« Die einzige Person, die Mateo anrufen könnte, wäre Gramoz, und er konnte sich die Reaktion seines Onkels vorstellen, wenn er das tun würde. Es gab immer noch den Bischof, aber seine Nummer war in Mateos Handy gespeichert und abgesehen von seinem Vornamen wusste Mateo fast nichts über ihn. Er konnte sich nicht einmal an die Adresse des Mannes erinnern.

»Ich, ähm, na ja«, sagte der Arzt und wusste nicht, was er sagen sollte. »Wie wäre es, wenn ich die Krankenschwester hole, damit sie Ihnen helfen kann? Sie wird Sie über Ihre Möglichkeiten aufklären. Aber ab sofort sind Sie entlassen und können gehen.«

Mateo fluchte leise vor sich hin, als der Arzt das Zimmer verließ. Wenn die Krankenschwester hereinkam, würde er sie fragen, ob er mit Gjergj sprechen könnte. Vielleicht hätte er ein paar Ideen, was sie tun könnten. Aber dann wäre er in der gleichen Situation wie Mateo, mit beiden Beinen, die bis knapp unter das Knie eingegipst waren.

Die Tür ging wieder auf, aber es war keine Krankenschwester, die hereinkam. Es war ein Mann, den Mateo noch nie gesehen hatte. Mitte bis Ende vierzig, stämmig und mit einem Gesicht, das schon alles gesehen hatte. Hinter ihm standen zwei Polizisten, stämmige Männer, die wegen der vielen Ausrüstung an ihren Westen viel größer aussahen, als sie waren.

»Herr Ahmeti? Herr Mateo Ahmeti?«, sagte der Mann. Er trug einen billigen Anzug mit einer Polyesterkrawatte. In seiner Hand hielt er eine kleine, schwarze Lederbörse, die er aufklappte und ein silbernes Wappen zum Vorschein brachte. Es war das zweite Mal in weniger als zehn Minuten, dass er so förmlich angesprochen worden war, aber dieses Mal lächelte Mateo nicht. »Ich bin Detective Inspector Mahoney von der Polizei in Lincolnshire.«

»Ja?« Mateo antwortete, seine Stimme war fast ein Flüstern.

»Ich verhafte Sie wegen des Verdachts auf Mord an Aleksander Ahmeti«, sagte der Polizist. Mateo stöhnte und schloss die Augen. »Sie müssen nichts sagen, aber es kann Ihrer Verteidigung schaden, wenn Sie bei der Befragung etwas verschweigen, auf das Sie sich später vor Gericht berufen. Alles, was Sie sagen, kann als Beweismittel verwendet werden.«

»Ich habe es den anderen bereits Jungs gesagt«, antwortete Mateo. »Aleksander wurde von dem Mann im Gewand getötet. Der Mann, der mir beide Beine gebrochen hat.« Hinter dem Detective grinste einer der Polizisten.

»Wenn das so ist, Herr Ahmeti«, sagte der Detective, als sein uniformierter Kollege mit einem Satz Handschellen vortrat. »Warum waren dann Ihre Fingerabdrücke überall auf der Axt, mit der Ihr Bruder getötet wurde?«

92

Katya wachte mit einem Schrecken auf und wehrte sich gegen die feste Hand, die ihren Mund bedeckte. Sie hatte geträumt und die Reste des Traums waren noch in ihrem Bewusstsein, als sie hörte, wie Caleb ein leises Geräusch von sich gab. Nur ein paar Sekunden zuvor war er in ihrem Traum bei ihr gewesen. Sie standen am Rande einer Klippe, die sie Hand in Hand erklommen hatten. Kurz bevor sie aufwachte, waren sie zusammen von der Klippe gestürzt. Aber sie waren nicht gefallen. Sie waren in die Luft aufgestiegen.

»Katya«, sagte Caleb, sein Mund war nur wenige Zentimeter von Ihrem Ohr entfernt. »Jemand ist auf dem Weg zu uns.«

»Wer?«, flüsterte Katya zurück, als Caleb seine Hand wegnahm.

»Ich weiß nicht, wer sie sind«, antwortete Caleb. »Nur, dass sie uns etwas antun wollen. Zieh dich an. Und zwar schnell und leise.«

Katya zog die Bettdecke zurück und fing an, ihre Kleidung vom Boden aufzusammeln, wo sie sie nur wenige

Stunden zuvor abgelegt hatte. Sie hatten die Vorhänge vorhin nicht ganz zugezogen und ein wenig Mondlicht gab ihnen gerade genug Licht, um sich zurechtzufinden. Schweigend hob Caleb seine eigenen Sachen auf. Er durchsuchte das Zimmer und packte alle ihre Sachen in Mateos Rucksack. Während sie sich fertig machten, lauschte Katya aufmerksam, aber sie konnte nichts hören. Woher wusste Caleb, dass jemand kommen würde? Vielleicht, so hoffte sie, hatte er sich ja geirrt und sie konnten einfach wieder ins Bett gehen. Aber er hatte sich noch nie geirrt und der ruhigen Intensität in seinen Augen nach zu urteilen, irrte er sich auch jetzt nicht.

»Was sollen wir tun?«, flüsterte Katya und versuchte, die Angst aus ihrer Stimme zu halten. Calebs Gesichtsausdruck hatte etwas Beunruhigendes an sich.

»Steig in die Wanne«, sagte Caleb und deutete auf das Badezimmer.

»Ernsthaft?«

»Ernsthaft. Das ist der sicherste Ort für dich, wenn sie bewaffnet sind.«

Katya schaute zum Badezimmer hinüber. Die Wanne war groß und solide, mit einem Duschkopf. Sie konnte Calebs Logik nachvollziehen, obwohl sie keine Ahnung hatte, ob die Metallseiten eine Kugel abhalten würden oder nicht. Mit einem unsicheren Blick auf ihn lief Katya durch das Hotelzimmer, ging ins Badezimmer und kletterte in die Wanne. Als sie zu Caleb zurückblickte, deutete er mit seinen Händen, dass sie sich hinlegen sollte. Sie tat es und spähte ein paar Sekunden später über den Rand. Sie wollte sehen, was Caleb tat, aber alles, was sie sehen konnte, war die Tür zum Hotelzimmer.

Ein paar Sekunden später hörte Katya ein leises Klopfen

an der Tür. Caleb hatte Recht gehabt. Es war wirklich jemand da.

»Hallo?«, rief Caleb und machte dabei den Eindruck eines Mannes, der gerade aus dem Schlaf erwacht war.

»Der Sicherheitsdienst des Hotels, Sir. Gehört Ihnen der weiße Fiat 500? Auf dem Parkplatz?« Es war die Stimme eines Mannes mit britischem Akzent.

»Ja, das ist meiner«, antwortete Caleb. »Ist alles in Ordnung?«

»Es gibt ein Problem mit dem Auto, Sir. Könnten Sie zur Tür kommen?«

»Sicher. Ich komme gleich.«

Ein paar Sekunden später konnte Katya sehen, wie Caleb durch das Hotelzimmer lief und sich an die Wand drückte, um nicht an der Tür zu stehen. In einer Hand hielt er ein *Bitte nicht stören*-Schild, das er außen am Türgriff aufhängen konnte. Als er an Mateos Rucksack vorbeikam, bückte sich Caleb, um etwas aus dem Rucksack zu holen. Ein gefährlich aussehendes Überlebensmesser mit einer gezackten Klinge.

Katya beobachtete, wie Caleb zur Tür schlich. Dann hielt er seine Hand hoch und ließ das *Bitte nicht stören*-Schild baumeln, als wäre seine Hand die Klaue eines Greifautomats auf dem Jahrmarkt. Als er die Tür erreichte, stellte sich Caleb daneben und streckte seinen Arm nach oben. Katya sah, dass er das Schild benutzen wollte, um das Guckloch in der Tür zu blockieren. Sie fragte sich gerade, warum er das tat, wenn man von der anderen Seite nicht hindurchsehen konnte, als ein Geräusch ertönte, als ob jemand zweimal kurz hintereinander gehustet hätte.

Katya unterdrückte einen Schrei, als zwei kleine Löcher in der Tür erschienen und Holzsplitter in den Raum flogen.

93

»Hattest du schon die Gelegenheit, über mein Angebot nachzudenken?« Martin lächelte über die tiefe Baritonstimme am anderen Ende der Leitung. Als das Wegwerfhandy in seiner obersten Schublade geklingelt hatte, wusste er schon, wer der Anrufer war, bevor er den Anruf überhaupt entgegengenommen hatte.

»Das habe ich, ja.«

»Was denkt du darüber?«

»Es ist eher ungewöhnlich, mein Freund«, antwortete Martin. Ein kehliges Lachen war die Antwort.

»Ja, ich verstehe. Aber ich hatte gehofft, du könntest es für mir einrichten. Ich werde natürlich dafür sorgen, dass es sich für dich auszahlt.«

»Und wie genau willst du das machen?«

»Ich könnte meinen Beitrag zu deinem, äh, Treuhandfonds verdoppeln.«

Martins Augenbrauen zogen sich bei diesem Angebot in die Höhe. Angesichts des Betrags, den der Mann und seine Mitstreiter ihm für die Veranstaltung zahlten, war das ein beachtlicher Betrag, der ihm angeboten wurde.

»Zwei Stunden, sagst du? Bevor die anderen eintreffen?«, fragte er den Mann.

»Ja«, antwortete Martins Anrufer.

Martin hielt einen Moment lang inne. Es ging nicht nur um das Geld. Es ging auch um das Druckmittel, das ihm das Filmmaterial geben würde. Martin spürte, dass sein Anrufer etwas vorhatte. Wenn die politische Situation so verlief, wie es alle zu glauben schienen, könnte er für große Dinge bestimmt sein. Unter anderem ein Haus in einer sehr berühmten Straße in London. Ein Haus mit einer glänzenden schwarzen Tür und der Nummer zehn in silbernen Buchstaben auf der Vorderseite. Das, so wusste Martin, würde ihm das ultimative Druckmittel geben. Sein Anrufer brauchte vielleicht ein oder zwei Jahre, vielleicht sogar länger, um sein Ziel zu erreichen. Aber Martin konnte warten. Er rieb sich die Brust, während er über den Vorschlag nachdachte und überlegte, ob er ein paar Tabletten einwerfen sollte, um den Schmerz zu betäuben, den er fühlte. In den nächsten Wochen stand ein weiterer Ultraschall im Krankenhaus an. Obwohl es sich um ein privates Krankenhaus handelte und sie ihn mit dem Respekt behandelten, den er für sein Geld verdient hatte, gefiel ihm der Ort immer noch nicht.

»Ich denke, das klingt alles sehr machbar«, antwortete Martin und entschied sich gegen Tabletten. Es war nur ein dumpfer Schmerz, mehr nicht.

»Die anderen dürfen es natürlich nicht erfahren.«

»Natürlich«, sagte Martin und beendete das Gespräch.

Wenige Augenblicke später, als Martin gerade eine Tabelle mit den ein- und ausgehenden Geldern aktualisierte, klopfte es leise an der Tür. Martin wartete, bevor er antwortete, und genoss die Zahlen, die er vor sich hatte. Mit dem zusätzlichen Beitrag war die Spalte *Eingänge* in der Tat sehr gut gefüllt.

»Komm rein«, sagte Martin und schloss die Tabelle. Er wusste, dass es Robert war. Er war der einzige von Martins Mitarbeitern, der so spät am Abend noch klopfen würde. Martin warf einen Blick auf seine Uhr. Es waren nur noch wenige Minuten bis Mitternacht. »Was ist los, Robert?«, fragte Martin, als sein Sicherheitschef hereinkam und sich uneingeladen setzte.

»Hast du die Nachrichten gesehen, Martin?«, sagte Robert und schlug seine Beine übereinander.

»Nein«, antwortete Martin. »Warum?«

»Es sieht nicht gut aus, fürchte ich. Heute Morgen ist ein Boot im Kanal auf Grund gelaufen. Zehn Tote, zwei weitere werden noch vermisst.«

»Wie tragisch«, sagte Martin. »Aber was ist damit?«

»Deine Pakete waren auf dem Boot.«

»Was?«, fragte Martin und der Schmerz in seiner Brust wurde plötzlich stärker. Er griff in seine Schublade, um seine Schmerztabletten zu holen.

»Die zwei zusätzlichen Kinder, die Gramoz organisiert hat. Sie waren auf diesem Boot.«

»Verdammt!«, sagte Martin. So nah war er noch nie am Fluchen gewesen, aber ein Mann in seiner Position musste vorsichtig sein. Er schloss die Augen. Ob die Pakete lebendig oder tot waren, war ihm egal. So oder so, sie waren jetzt unerreichbar für ihn. »Wir müssen uns mit den beiden begnügen, die wir haben. Sie müssen sich nur mehr anstrengen.«

Er beobachtete, wie Robert auf seinem Stuhl sitzen blieb und sich scheinbar nicht um die Situation kümmerte. Martin wusste, dass die Anzahl der Pakete für Robert sowieso nicht wichtig war.

»Meine Mittel sind sowieso schon im Hotel. Sie kümmern sich um die Dinge, wie wir besprochen haben.«

»Gut«, antwortete Martin, obwohl es ihn traurig machte, dass man sich um Katya kümmern musste. »Und das Bauernhaus?«

Martin war sich nicht sicher, aber er glaubte, ein Flackern in Roberts Augen zu sehen.

»Die Albaner waren nirgends zu sehen«, antwortete Robert. »Sie sind weg.«

»Na, hoffentlich sehen wir sie nie wieder.«

Robert stand auf, sagte Martin gute Nacht und verließ den Raum. Martin stand auf und schenkte sich einen großen Schluck Single Malt ein. Er stand einen Moment lang da, schwenkte die Flüssigkeit in seinem Kristallglas und dachte nach.

Warum hatte Robert ihn gerade wegen der Albaner angelogen?

94

Die letzten Holzsplitter waren noch nicht einmal auf dem Boden gelandet, da war Caleb schon auf der anderen Seite des Raumes. Es war L-förmig, und er versteckte sich hinter der Ecke, wo er von der Tür aus nicht gesehen werden konnte. Ein paar Blicke durch den Raum verrieten ihm, dass seine Position von keinem der Spiegel gesehen werden konnte und er ging in die Hocke.

Es konnte sich nur um ein paar Sekunden handeln, aber es kam Caleb wie eine ganze Minute vor, bevor ein leises Klicken an der Tür zu hören war. Seine Gedanken gingen sofort zur Hotelrezeption und er hoffte, dass derjenige, der an der Rezeption saß, nur handlungsunfähig war und nicht wegen der Schlüsselkarte getötet worden war. Er spürte, wie sich die Temperatur im Zimmer um einen Bruchteil eines Grades veränderte, als die Tür geöffnet wurde. Caleb schloss die Augen und lauschte angestrengt. Derjenige, der gerade zwei Schüsse durch die Tür abgegeben hatte, bewegte sich langsam. Er brauchte sie nicht zu sehen, um zu wissen, dass sie die schallgedämpfte Waffe mit ausgestreckten Armen vor sich hielten.

Caleb übte im Geiste seine Bewegung, als die Waffe hinter der Ecke auftauchte, hinter der er sich versteckt hatte. Wer auch immer hinter der Waffe war, würde ihn dort erwarten. Ganz einfach, weil er nirgendwo anders sein konnte, außer im Badezimmer. Und der Neuankömmling würde das Badezimmer nicht betreten, bevor er nicht den Hauptraum abgesucht hatte. Er würde also um die Ecke kommen und erwarten, ihn zu sehen. Aber die menschliche Natur sieht Menschen als stehend an, nicht als hockend. Wenn Calebs Plan funktionierte, und das tat er in der Regel, würde ihm die Tatsache, dass er in der Hocke saß, ein paar Millisekunden mehr verschaffen, vielleicht sogar mehr als eine Sekunde, um mit dem Messer aufzustehen und es in seinen Angreifer zu rammen.

Sein Angriffsziel war die epigastrische Region. Genauer gesagt, der linke obere Quadrant dieses Teils des Bauches, direkt unter den untersten Rippen. Das Fleisch dort war weich. Es war weich genug für ein Messer, um es ungehindert zu durchtrennen. Caleb hielt das Messer in seiner linken Hand. Obwohl es, technisch gesehen, seine schwächere Hand war, wollte er, dass der Winkel des Messers zur linken Seite des Angreifers zeigte. Dann konnte Caleb mit ein paar gezielten Drehungen der Klinge viele lebenswichtige Organe zerreißen. Nicht nur lebenswichtige, sondern auch sehr gut durchblutete. Das Herz war sein Hauptziel. Die Herzkammern pumpen nicht mehr so gut, wenn sie durchtrennt sind. Die Aorta, die untere Hohlvene. Alle großen Blutgefäße, die das Blut entweder zum oder vom Herzen und in die Umgebung führen. Es gab so viele wichtige Gefäße, dass es fast unmöglich war, sie zu verfehlen. Und die Auswirkungen wären schnell und katastrophal.

Wenn sein Angreifer um die Ecke bog, wollte Caleb aufspringen, mit der rechten Hand die Hände mit der

Pistole gegen die Wand schlagen und mit der linken Hand den Gnadenstoß mit dem Messer ausführen. Als der verlängerte Lauf der schallgedämpften Pistole in Sichtweite kam, richtete Caleb seine Füße so aus, dass er genug Halt hatte, um seine ganze Kraft in seine Beine zu bringen. Der durch den Schalldämpfer verlängerte Lauf würde sich zu seinen Gunsten auswirken und die Waffe unhandlicher machen. Aber Calebs Plan sah nicht vor, dass die Waffe ins Spiel kommen sollte.

Caleb hielt den Atem an, als der Angreifer mit einer schnellen Bewegung um die Ecke kam, die Pistole vor sich ausgestreckt. In dem Sekundenbruchteil, bevor er seine ganze Kraft in die Beine brachte, erkannte Caleb den Beifahrer aus dem schwarzen Evoque. Keine Maske, keine Gesichtsbedeckung. Caleb wusste, dass einer von ihnen in diesem Raum sterben würde. Er musste nur sicherstellen, dass er es nicht war.

Er erhob sich, wobei er seinen rechten Arm herumführte. Mit der flachen Hand drückte er die Handgelenke des Angreifers gegen die Wand, wo die Gipsplatte des Hotelzimmers nachgab. Der Schlag war nicht stark genug, um dem Mann die Knochen in den Händen oder Handgelenken zu brechen, sondern verbeulte nur die Gipsplatte und ließ die Pistole in den Händen des Mannes. Mit all seiner Kraft stieß Caleb das Messer in den Bauch des Mannes, wobei die Spitze genau die gewünschte Stelle traf. Aber das Messer verschwand nicht in dem weichen Fleisch. Mit einem ruckartigen Schlag auf Calebs Handgelenk stoppte es, bevor es in seinen Unterleib eindrang. Dann reagierte sein Angreifer und schlug Caleb die Pistole mit voller Wucht auf den Kopf.

Die Zeit verlangsamte sich für Caleb, als ein blendendes

Licht hinter seinen Augen erschien als Reaktion auf den Schlag. Er erkannte zwei Dinge in schneller Folge. Erstens trug der Mann eine Kevlar-Weste.

Zweitens, und das beunruhigte Caleb mehr, konnte er kämpfen.

Mateo kratzte sich am Bauch und starrte die beiden Polizisten an, die ihm im Verhörraum gegenübersaßen. Er trug einen Trainingsanzug und eine Hose, die mehrere Nummern zu groß waren, aber die einzigen waren, die er über seine Gipsverbände hatte ziehen können. Neben ihm saß ein desinteressiert wirkender Anwalt, dessen einziger Rat an Mateo war, auf Fragen, die ihn belasten könnten, mit *Kein Kommentar* zu antworten. Er hatte dem Anwalt, einem Pflichtverteidiger, gesagt, dass er Aleksander nicht getötet hatte. Dass es Caleb gewesen war. Aber seinem Gesichtsausdruck nach zu urteilen, glaubte ihm der Anwalt nicht. Und die Polizei anscheinend auch nicht.

»Sagen Sie uns noch einmal, warum Sie in Großbritannien sind«, sagte Detective Inspector Mahoney. Er trug immer noch denselben billigen Anzug, hatte aber seine Krawatte ein wenig gelockert. Neben ihm saß ein Mann, der sich vorgestellt hatte, aber Mateo hatte seinen Namen bereits vergessen. In der Ecke des Gesprächsraums blinkte eine Überwachungskamera alle paar Sekunden rot auf.

»Um Arbeit zu finden«, antwortete Mateo. Dieses Thema hatten sie schon mehrmals besprochen.

»Wo?«

»Überall, wo ich konnte.«

»Und wie sind Sie nach Großbritannien gekommen?«

»Mit einem Boot.«

»Illegal?« Mahoney zog eine Augenbraue zu Mateo hoch, der seinen Anwalt anschaute. Der Anwalt schüttelte fast unmerklich den Kopf.

»Kein Kommentar«, antwortete Mateo.

»Woher haben Sie den grünen Lieferwagen?«, fragte Mahoney.

»Mein Freund Gjergj hat ihn gemietet.« Mateo wusste, dass sie das schon wussten.

»Ich zeige Herrn Ahmeti ein Foto von einer Überwachungskamera im Lincoln Sainsbury's Supermarkt.« Mahoney legte ein Foto auf den Tisch und schwenkte es so, dass Mateo es sehen konnte. »Was können Sie sehen, Herr Ahmeti?«

»Einen Transporter. Meinen Bruder, Aleksander. Und Gjergj. Sie unterhalten sich mit einem Wachmann.«

»Sehen Sie ein junges Mädchen auf dem Foto?«, fragte der Polizist. Mateo nickte als Antwort.

»Ja«, sagte er. Auf dem Bild, das Aleksander und Ana zeigte, kurz bevor sie wieder in den Transporter gestiegen waren, war die Aufregung auf Anas Gesicht deutlich zu erkennen.

»Wer ist sie?«

»Ich weiß es nicht.« Mateos Anwalt stupste ihn am Arm an. »Ich meine, kein Kommentar.«

»Sie wissen nicht, wer sie ist, Mr. Ahmeti? Ist das richtig?«

»Kein Kommentar.«

»Sind Sie ein Kinderfummler Mr. Ahmeti?«

»Ein was?«, fragte Mateo, als sich sein Anwalt neben ihm regte.

»Mögen Sie Kinder? Sexuell?«, fragte Mahoney mit einem harten und unnachgiebigen Blick.

»Nein!«, schoss Mateo zurück. Noch ein Stupser. »Kein Kommentar.«

»Haben Sie sich mit Aleksander wegen des Mädchens gestritten? Ist es das, was passiert ist? Konnten Sie sich nicht einigen, wer zuerst darf?«

»Nein. Das nicht. Niemals.«

»Haben Sie ihn deshalb umgebracht?« Diesmal war der Anwalt schneller mit seinem Stupser.

»Kein Kommentar.«

Mateo und der Detective sahen sich einige Augenblicke lang an. Mateo wollte sich unbedingt wieder am Bauch kratzen, aber er wollte keinen Muskel bewegen. Sie saßen beide nur da und starrten sich gegenseitig an. Am Ende war es der Anwalt, der die Situation beendete.

»Haben Sie noch weitere Fragen an meinen Mandanten, Detective Mahoney?«

»Lassen Sie mich Ihren Mandanten nur an seine Situation erinnern«, antwortete Mahoney. »Mr. Ahmeti ist wegen des Mordes an seinem Bruder verhaftet und es gibt eindeutige forensische Beweise, die ihn mit der Mordwaffe in Verbindung bringen. Eine Anklage wegen illegaler Einwanderung wird folgen und möglicherweise noch viele andere, je nachdem, was wir finden.« Der Polizist zeigte auf das Foto auf dem Tisch zwischen ihnen und legte seinen Zeigefinger auf Anas Gesicht. »Ich will wissen, wer sie ist und wo sie ist. Und die andere. Verstanden?«

»Kein Kommentar«, antwortete Mateo.

»Auf dem Bauernhof gibt es oben zwei Betten, in denen anscheinend Kinder geschlafen haben. Wo sind sie?«

»Kein Kommentar.«

»Sind sie Opfer von Menschenhandel?«

Mateo antwortete nicht. Er traute seiner Stimme nicht, dass sie nicht brechen würde, selbst wenn er nur *kein Kommentar* sagen würde. Wie war die Polizei so schnell so weit gekommen? Er hatte den Mann in dem billigen Anzug ernsthaft unterschätzt.

Ein paar Sekunden später klopfte es an der Tür. Detective Mahoney stand auf, um die Tür zu öffnen, und wechselte ein paar Worte mit dem Beamten, der gerade geklopft hatte. Als er zum Tisch zurückkehrte, setzte er sich nicht einmal hin, sondern schaute nur auf seine Uhr.

»Das Gespräch wurde um zwölf Uhr fünf beendet.« Er blickte Mateo mit dunklen, intensiven Augen an. »Der Dolmetscher ist gerade gekommen«, sagte Mahoney. »Mal sehen, was Ihr Freund zu sagen hat.«

96

Katya schrie auf, als Caleb mit der Pistole, die durch den ausgefahrenen Schalldämpfer ein ungewöhnliches Aussehen hatte, hart auf den Kopf geschlagen wurde. Caleb taumelte, kam aber schnell wieder auf die Beine und wich mit dem Oberkörper dem zweiten Schlag aus, der an seiner Schulter abprallte. Sie krabbelte in der Wanne herum und versuchte, auf dem glitschigen Boden Halt zu finden. Sie musste ihm irgendwie helfen, aber sie wusste nicht, was sie tun konnte. War Mateos Pistole noch in der Tasche oder war sie im Auto? Während Caleb und der stämmige Mann mit der Waffe in der Hand miteinander rangen, begann Katya aufzustehen. Einen Bruchteil einer Sekunde später gab es ein weiteres Husten und ein lautes metallisches Klirren. Sie schrie erneut auf und wäre fast wieder in die Wanne gesprungen, als das Metall von dem Schuss hallte. Beinahe hätte es sie getroffen.

Ein paar Sekunden später streckte sie ihren Kopf über den Wannenrand, gerade so weit, dass sie darüber sehen konnte. Caleb und sein Angreifer sahen aus, als würden sie miteinander ringen, keiner von ihnen konnte seine Waffe benutzen. Caleb hatte das Handgelenk des Arms gepackt, der die Waffe hielt, aber der andere Mann hatte dasselbe mit Calebs Handgelenk gemacht, sodass er das Messer nicht benutzen konnte. Sie konnte Calebs Gesicht nicht sehen, da er mit dem Rücken zu ihr stand, aber das Gesicht des Angreifers war eine steinerne Maske. Katya sah, wie Caleb seinen Kopf zurückwarf und seine Stirn in das Gesicht seines Angreifers rammte. Sie hörte ein nasses Knirschen und als Caleb seinen Kopf bewegte, sah sie zwei dunkle Blutströme aus der Nase seines Angreifers fließen. Aber das schien ihn nicht im Geringsten zu interessieren.

Der Angreifer ließ sich auf seine Knie fallen und brachte Caleb aus dem Gleichgewicht. Dann ließ er Calebs Handgelenk los und versetzte ihm einen kräftigen Schlag in die Seite seines Gesichts. Calebs Kopf wirbelte herum und Katya sah die Überraschung in seinen Augen. Als Nächstes schlug sein Angreifer mit dem Unterarm nach Calebs Hals, aber bevor er ihn treffen konnte, stach Caleb ihm mit dem Messer in die Leiste. Der Mann keuchte und griff nach Calebs Handgelenk.

Die Waffe in seiner anderen Hand zeigte von Katya weg, also hockte sie sich wieder in die Wanne, entschlossen, etwas zu tun. Dann sprang sie über den Wannenrand, als die beiden Männer wieder miteinander kämpften.

»Katya, nein!«, rief Caleb. Sie schaute ihn an und sah, dass sein Angreifer alles daran setzte, sich mit der Pistole so zu drehen, dass sie auf sie gerichtet war. Sie rannte zu der Tasche, während Caleb stöhnte, weil er versuchte, ihn aufzuhalten. Aber sie konnte die Pistole darin nicht finden. Alles, was sie darin fand, war Kleidung. Sie krabbelte verzweifelt umher, um die Waffe zu finden, während sie merkte, dass sich die andere Pistole immer weiter in ihre

Richtung bewegte, obwohl Caleb versuchte, sie aufzuhalten. Dann spürte sie das harte Metall von Mateos Pistole, direkt am Boden der Tasche. »Katya! Lauf!«, rief Caleb mit einer Dringlichkeit in seiner Stimme, die sie noch nie zuvor gehört hatte.

Ohne nachzudenken, hob Katya die Tasche auf und versuchte, zur Tür zu rennen.

Dann hörte sie ein weiteres Husten und ein paar Sekunden später schlug ihr Gesicht auf dem Teppich auf.

97

Caleb sah aus dem Augenwinkel, wie Katya zu Boden ging, aber er hatte keine Zeit zu reagieren. Er wurde schnell erschöpft und sein Angreifer war stärker. Der Schlag, den Caleb ihm in die Leiste versetzt hatte, zielte auf die Oberschenkelarterie, aber das fehlende Blut, das aus der Wunde spritzte, sagte Caleb, dass er sie verfehlt hatte. Er musste diesen Kampf beenden, und zwar schnell.

Mit aller Kraft riss er sein linkes Handgelenk nach oben, um die Klinge in den vorderen Unterarm seines Angreifers zu rammen. Die Wunde war nicht tief genug, um Nerven oder Sehnen in diesem Bereich zu verletzen, aber es war ein empfindlicher Körperteil und lenkte den Angreifer lange genug ab, damit Caleb weitere Maßnahmen ergreifen konnte. Er riss sein Handgelenk aus der Hand des Mannes und legte seinen Unterarm seitlich am Hals des Angreifers an, direkt unter dessen Ohr. Dann drückte er mit einer einzigen, nahtlosen Bewegung, die Calebs gesamte Energie brauchte, gegen seinen Kopf, um ihn zur Seite zu drücken. Gleichzeitig drückte er mit der rechten Hand so fest wie möglich auf die Hand mit der Waffe. Da er mit dieser Bewegung nicht gerechnet hatte, wurde sein Angreifer überrumpelt und stolperte leicht. Das verstärkte die unnatürliche Bewegung seines Körpers nur noch mehr.

Das Ergebnis war genau das, was Caleb beabsichtigt hatte. Die Waffe fiel zu Boden und landete mit einem dumpfen Aufschlag auf dem Teppich. Calebs Angreifer, dessen Nerven im Brustgeflecht völlig durchtrennt waren, hatte keine Kontrolle mehr über seinen Arm. Er spottete über Caleb, aber er konnte nichts tun, denn Caleb hob den Arm, der bis vor einem Sekundenbruchteil noch die Waffe gehalten hatte, und stieß ihm das Messer in die Achselhöhle.

Caleb hielt seinen Blick fest, während er das Messer ein paar Mal hin und her bewegte, um sicherzugehen, dass das Messer sowohl die Achselarterie als auch die Vene durchtrennte. Der Mann schüttelte seinen Kopf hin und her, machte aber keine Anstalten, etwas mit seinem verbliebenen guten Arm zu tun. In diesem Bereich gab es auch eine Vielzahl von Nerven und alle, die noch nicht durchtrennt waren, würden jetzt durchtrennt werden. Aber Caleb wusste, dass das für das Ergebnis keinen Unterschied machen würde.

Während er darauf wartete, dass der Mann, den er festhielt, das Bewusstsein verlor, sprach er ein Gebet für seine Seele. Wer auch immer dieser Mann war, er hatte gut gekämpft und er würde gut sterben. Caleb drehte ihn vorsichtig herum, setzte ihn auf das Bett und legte ihn dann hin. Zweimal öffnete sein Angreifer den Mund, bevor er ihn wieder schloss, ohne zu sprechen. Caleb verschränkte die Arme des Mannes über der Brust und beobachtete, wie er sich darauf vorbereitete, seinen letzten Atemzug zu tun, während sich eine Lache dunkler Flüssigkeit aus der Wunde in seiner Achselhöhle ausbreitete.

»Ist er tot?«, hörte Caleb Katya sagen. Sie hatte ihre Beine aus den Riemen von Mateos Tasche befreit und war aufgestanden. Als sie gestürzt war, hatte sich der Inhalt der Tasche auf dem Boden verteilt und sie räumte alles wieder ein. Caleb drehte sich zu ihr um und legte einen Finger auf seine Lippen.

»Der Herr ist mit dir, mächtiger Krieger«, flüsterte Caleb, als der Mann auf dem Bett ein letztes Mal atmete. Er wandte sich an Katya. »Das ist er jetzt. Wir müssen uns auf den Weg machen.« Katya nickte als Antwort. »Bevor sein Partner eintrifft.«

»Es gibt zwei von ihnen?« Katya schnappte nach Luft.

»Ja«, antwortete Caleb. Er ging einen Schritt auf die Tür zu und hob Mateos Tasche auf.

»Sollten wir nicht hier entlang gehen?«, sagte Katya, hob ihre eigene Tasche auf und deutete auf das Fenster.

»Nein, dort wird er sein. Er hält dort Stellung.«

Sie machten sich auf den Weg durch das Hotel, so schnell sie konnten. Als sie den Empfangsbereich passierten, sah Caleb hinter dem Schreibtisch den Nachtportier mit gefesselten Armen und Beinen auf dem Boden liegen. Seine Augen flehten Caleb an, ihn freizulassen, aber es blieb keine Zeit. Der Mann, mit dem Caleb gerade gekämpft hatte, war kein gewöhnlicher Mann, und er brauchte so viel Abstand zwischen ihm und Katya, wie sie bekommen konnten. Außerdem würde es, wenn er den Nachtportier freilassen würde, in kürzester Zeit von Polizisten wimmeln. Alle suchten nach einem weißen Fiat.

Caleb warf Mateos Tasche in den Kofferraum des Autos und setzte sich auf den Beifahrersitz. Katya startete den Wagen, legte den Gang ein und fuhr vom Parkplatz, wobei sie zwei lange schwarze Reifenspuren hinter sich ließ. Erst als sie ein paar hundert Yards vom Hotel entfernt auf der Hauptstraße waren, begann sie sich zu entspannen. Aber Caleb konnte sich nicht entspannen.

Sein Blick war auf den Seitenspiegel und auf den großen schwarzen Geländewagen gerichtet, der gerade vom Hotelparkplatz runter gefahren war.

98

»Wer war dieser Typ, Caleb?«, fragte Katya und drehte sich zu ihm um. »Und warum wollte er uns töten?«

»Ich weiß es nicht genau, Katya«, antwortete Caleb. Sein Blick war auf den Seitenspiegel gerichtet. Katya warf einen Blick in den Rückspiegel und sah einen großen schwarzen Geländewagen hinter ihnen, der schnell näherkam. Sie fuhr mit dem Fiat auf die linke Straßenseite, um ihnen genügend Platz zum Überholen zu geben. Wer auch immer es war, er schien es eilig zu haben.

»Ich vermute, dass es sich um eine Art Sicherheitsdienst für Martin handelt«, antwortete Caleb. »Er war gut. Ex-Militär, würde ich vermuten. Aber ein bisschen zu langsam, also wahrscheinlich nicht mehr im Dienst. Siehst du den Geländewagen?«

»Ja«, antwortete Katya und schaute wieder in den Spiegel. Er war jetzt nur noch etwa hundert Yards hinter ihnen.

»Meinst du, du kannst ihn abhängen?«

»Was?« Katya schnappte nach Luft. »Es gibt noch mehr von ihnen?«

»Da ist noch mindestens einer, Katya«, sagte Caleb. Sie sah ihn wieder an, konnte aber keine Besorgnis in seinem Gesicht erkennen. »Ich habe sie schon gesehen.«

»Und wann wolltest du mir das sagen?«, fragte Katya ihn und verzog den Mund zu einem schmalen Strich. Sie drückte ihren Fuß auf das Gaspedal und der Kleinwagen schoss vorwärts. Aber sie hatten keine Chance, dem gewaltigen Fahrzeug hinter ihnen zu entkommen.

Direkt vor ihnen gab es eine Abzweigung nach rechts. Katya wartete, bis der Wagen etwa zwanzig Yards von ihr entfernt war, bevor sie einen Gang zurückschaltete und das Lenkrad drehte. Sie spürte, wie sich das Auto zur Seite neigte, aber die Räder blieben auf der Straße, als sie um die Kurve fuhren. Neben ihr reagierte Caleb überhaupt nicht. Sie wechselte wieder den Gang und beschleunigte. Die Straße, auf der sie sich jetzt befanden, war viel besser für das kleinere Auto geeignet, da sie schmaler und windiger war. Katya hoffte nur, dass ihnen nicht irgendetwas entgegenkam, aber sie hielt das in der Nacht für unwahrscheinlich.

»Er holt weiter auf«, sagte Caleb ein paar Sekunden später. In Katyas Rückspiegel waren die Scheinwerfer des größeren Fahrzeugs zu sehen. Wollte er das Auto überholen, um sie von der Straße zu drängen? Der Geländewagen konnte nur ein paar Yards hinter ihnen sein. Katya schaute zu Caleb hinüber, um ihn zu fragen, was sie tun sollte, aber er lehnte sich in den hinteren Teil des Wagens. Ein paar Sekunden später hatte Caleb eine der Karten auf seinem Schoß ausgebreitet. Er runzelte die Stirn, als er mit dem Zeigefinger etwas auf dem laminierten Papier nachzeichnete.

»Da vorne kommt eine scharfe Linkskurve«, sagte er. Katyas Hand schwebte über dem Schaltknüppel, während sie sich auf die Kurve vorbereitete und durch die Scheinwerfer schielte, um sicherzugehen, dass sie den richtigen Zeitpunkt erwischte. Auch diesmal hielt das Auto gut auf der Straße, aber sie spürte, wie das Heck aus der Kurve rutschte, als sie etwa die Hälfte der Strecke hinter sich hatten. Als sie aus der Kurve heraus beschleunigte, warf sie noch einmal einen Blick in den Rückspiegel. Das Manöver hatte ihnen etwas Zeit verschafft. Nur ein paar Sekunden, aber das größere Fahrzeug musste viel langsamer fahren.

»Etwa eine Meile weiter«, sagte Caleb, »gibt es einen kleinen Weg auf der rechten Seite. Wir müssen diesen Weg nehmen.«

Katya öffnete den Mund, um zu antworten, aber bevor sie etwas sagen konnte, gab es einen lauten Knall, als die Heckscheibe des Fiats zerbrach. Katya schrie auf, als Glassplitter ihren Hinterkopf trafen.

»Caleb, sie schießen auf uns!«, schrie Katya. »Tu etwas!«

Ihre Finger wurden am Lenkrad weiß, als Caleb wieder nach Mateos Rucksack griff. Er kramte hektisch darin herum.

»Katya, wo ist die Pistole?«

»Sie ist in der Tasche.« Sie erhob ihre Stimme, um über das Geräusch des Windes zu sprechen, der ins Auto wehte.

»Da ist sie nicht.« Caleb überprüfte den Rucksack erneut.

»Scheiße«, sagte Katya und erinnerte sich daran, dass sie vorhin über die Tasche gestolpert war und ihren Inhalt auf dem Boden verschüttet hatte. Obwohl es ihr wahrscheinlich das Leben gerettet hatte, hatte sie die Waffe wieder in den Rucksack gesteckt? Mit einem mulmigen Gefühl in der Brust stellte sie fest, dass sie es nicht getan hatte. »Ähm, Caleb, das wird dir nicht gefallen.«

»Was wird mir nicht gefallen?«

»Die Pistole. Ich glaube, sie ist im Hotel.«

Caleb hielt ein oder zwei Sekunden inne, bevor er antwortete. Katya schaute nach hinten, wo der Geländewagen nur noch wenige Yards hinter ihnen war. Sie drückte mit dem Fuß auf den Boden, aber der Kleinwagen fuhr bereits mit Vollgas.

»Kein Problem«, antwortete Caleb. Er löste seinen Sicherheitsgurt und lehnte sich nach hinten. »Wir müssen einfach improvisieren, das ist alles.«

99

Caleb versuchte krampfhaft, die Rücksitze des Fiats zu lösen. Er musste sie nach vorne klappen, um in den Kofferraum zu gelangen, aber er kam nicht ran. Während Katya fuhr und der kleine Wagen dabei hin und her schwankte, lehnte er seinen Sitz so weit zurück, dass er hinüberklettern konnte. Auf der linken Seite des Geländewagens hinter ihnen blitzte ein Licht auf, das so hell war, dass er es sogar im Scheinwerferlicht sehen konnte, aber das war auch schon alles. Caleb machte sich keine allzu großen Sorgen darüber, angeschossen zu werden. Und er wusste, wie schwierig es war, aus einem fahrenden Fahrzeug auf ein anderes fahrendes Fahrzeug zu schießen. Caleb war der Meinung, dass es eine Verschwendung von Munition war. Es ist eine Sache, ein Fenster zu treffen, aber eine ganz andere, eine Person in einem Auto zu treffen, das so gefahren wurde, wie Katya es fuhr.

»Was machst du da?«, schrie Katya ihn an. Caleb konnte die Anspannung in ihrer Stimme hören. Er wollte nur, dass sie sich auf das Fahren des Autos konzentrierte. Bei der Geschwindigkeit, mit der sie fuhren, konnte der kleinste

Fehler dazu führen, dass sie auf dem Dach landeten oder kopfüber gegen einen Baum prallten.

»Konzentriere dich einfach auf die Straße, Katya«, rief Caleb zurück. Endlich schaffte er es, den Rücksitz umzuklappen. Caleb kramte in der Dunkelheit herum, bis er eines der Dinge fand, die er suchte. Es war keine große Waffe und auch nicht seine erste Wahl, aber es war immerhin etwas. Er kletterte zurück auf den Beifahrersitz und Katya warf ihm einen Blick zu, als er das Beifahrerfenster herunterließ.

»Was willst du damit machen?«, rief sie. Caleb antwortete nicht, sondern drehte sich um und lehnte sich aus dem Beifahrerfenster. Da er Linkshänder war, musste er seinen rechten Arm benutzen, was nicht ideal war, aber wenn er richtig zielen konnte, war das egal.

Caleb lehnte seinen Arm zurück und ignorierte einen weiteren Lichtblitz aus dem Auto. Dann schleuderte er den Wagenheber so fest er konnte, auf die Mitte der Windschutzscheibe zu. Er zielte daneben, was unter den gegebenen Umständen nicht verwunderlich war, aber am Ende war das Ergebnis besser, als er gehofft hatte. Der Wagenheber wirbelte durch die Luft, bevor er von der Motorhaube des Geländewagens abprallte und fast direkt vor dem Fahrer in die Windschutzscheibe einschlug.

Die Waffe war nicht schwer genug, um die Scheibe zu zertrümmern, aber sie war schwer genug, um ein riesiges Spinnennetz aus Rissen in der Windschutzscheibe zu hinterlassen. Caleb wusste, dass der Fahrer durch die Risse den größten Teil seiner Sicht verloren hatte. Der Geländewagen fiel zurück, und Caleb sah, dass der Fahrer darum kämpfte, die Kontrolle über das Fahrzeug zu behalten. Das beste Ergebnis – aus Calebs und Katyas Sicht – wäre gewesen, wenn sich das Fahrzeug überschlagen hätte, aber es gelang ihm, den Geländewagen zu einem kontrollierten Halt zu bringen. Wenn er vernünftig wäre, würde er als Nächstes die Scheibe einschlagen und ihnen hinterherfahren.

»Hat er angehalten?«, fragte Katya, deren Stimme wieder normal klang. Sie musste immer noch laut sprechen, um über das Windgeräusch im Auto gehört zu werden.

»Für den Moment ja«, antwortete Caleb. Er schaute durch die Windschutzscheibe auf die Straße vor ihnen. »Die Abzweigung ist vielleicht noch hundertfünfzig Yards entfernt, Katya.«

Caleb atmete tief durch die Nase ein, als Katya vom Gaspedal ging. Das kleine Auto fuhr immer noch schnell, aber die geringere Geschwindigkeit dämpfte die Windgeräusche. Sie bremste für die Kurve, die schärfer war, als sie Caleb auf der Karte erschienen war. Er dachte darüber nach, dass es gut war, dass sie nicht so schnell fuhren wie zuvor. Sonst hätte Katya die Kurve nicht geschafft.

»Woher wussten sie, dass wir in diesem Hotel waren, Caleb?«, fragte Katya. »Wenn sie Martins Sicherheitsteam sind, woher wussten sie dann, wo wir waren?«

»Würdest du Mateo ein Auto leihen, ohne sicherzustellen, dass du weißt, wo es ist?«

»Sie überwachen uns?«

»Ich würde es tun.«

Die Straße, auf die sie abgebogen waren, war so gerade wie eine Römerstraße, aber viel schmaler als die, auf der sie zuvor gefahren waren. Sie verschwand vor ihnen, beleuchtet vom Mondlicht.

»Was hast du mit Mateo und Gjergj gemacht, Caleb?«, fragte Katya. »Vorhin auf dem Bauernhof?«

»Ich habe sie nur verlangsamt«, antwortete Caleb mit

einem schiefen Lächeln. »Aber keine Sorge, es wird ihnen gut gehen.«

»Woher weißt du das?«

»Ich habe einen Freund angerufen.« Sein Lächeln wurde breiter, als sie ihn neugierig ansah. »Ungefähr fünfhundert Yards weiter«, sagte er und zeigte auf die Straße vor ihnen, »gibt es eine Vertiefung in der Straße mit einem kurzen Tunnel unter einer Bahnstrecke. Wenn du durch den Tunnel fährst, kommt eine Kurve auf der Straße.«

»Okay«, antwortete Katya. »Wohin dann? Müssen wir das Auto wechseln?«

»Das müssen wir, ja, aber später. Nach der Kurve hältst du an.«

»Aber was ist, wenn sie immer noch hinter uns her sind?« Caleb konnte hören, wie die Angst in ihre Stimme zurückkehrte, als sie in den Rückspiegel blickte. »Caleb? Hinter uns sind Lichter zu sehen.« Sie warf einen kurzen Blick über ihre Schulter, bevor sie schneller wurde.

Caleb beobachtete die Lichter des schwarzen Geländewagens im Seitenspiegel. Er lächelte, als der Tunnel vor ihnen in Sicht kam.

»Perfekt«, murmelte er leise vor sich hin.

100

Mateo lag auf der dünnen Matratze und starrte an die Decke seiner Zelle. Die einzige Beleuchtung, die er hatte, war eine einzelne Glühbirne an der Decke, die durch einen Drahtschutz geschützt war. Er bewegte seine Beine, um es sich bequemer zu machen und fragte sich, was Gjergj der Polizei erzählte. Wie viel von der Geschichte, die er sich ausgedacht hatte, würde überleben? Es war ja nicht so, dass er und Gjergj Zeit gehabt hätten, ihre Geschichten abzustimmen.

Er dachte an den Kampf mit Caleb im Wald zurück, bevor er niedergeschlagen worden war. Das war wohl kaum ein fairer Kampf gewesen. Er erinnerte sich an die seltsame Art und Weise, wie Caleb mit seinen Händen den Griff der Axt auf und ab bewegt hatte, bevor er sie auf den Boden geworfen hatte. Dieser Bastard. Er hatte darauf geachtet, seine Fingerabdrücke nicht auf dem Griff zu hinterlassen. Und jetzt glaubte ihm die Polizei kein Wort mehr. Genauso wenig wie sein Anwalt, dachte er sich. Mateo wusste nicht, wie lange es dauerte, Anwalt zu werden, aber der einzige Rat, den er ihm gegeben hatte, war, sich nicht selbst zu belasten. Er fragte sich, wie viele Jahre der Mann an der juristischen Fakultät verbracht hatte, um auf diesen weisen Ratschlag zu kommen.

Jetzt, wo er Zeit zum Nachdenken hatte und nur durch seine eigene Situation unter Druck stand, ging Mateo seine Optionen durch. Er konnte sich keine vorstellen, die nicht mit einer Gefängnisstrafe verbunden war – weder hier noch in Albanien. Mateo hatte keine Ahnung von der Auslieferungspolitik seines Heimatlandes. Wenn er ein Wörtchen mitzureden hätte, würde er lieber in einem britischen als in einem albanischen Gefängnis sitzen.

Mateo seufzte und stellte fest, dass er sowieso kein Mitspracherecht haben würde. Er hoffte nur, dass durch den Brexit vielleicht die Verlegung von Gefangenen innerhalb Europas gestoppt worden war, aber als ihm einfiel, dass Albanien noch nicht zur Europäischen Union gehörte, seufzte er erneut. Eines wusste Mateo ganz sicher: Egal, ob er in einem britischen oder einem albanischen Gefängnis saß, wenn er als Pädophiler dort saß, würde sein Aufenthalt schrecklich werden. Als der Polizist ihn vorhin gefragt hatte, ob er Kinder auf diese Weise mochte, hatte ihm allein der Gedanke, dass die Polizei das vermutete, einen Schauer über den Rücken gejagt.

Seine beste Chance war, als Menschenhändler angeklagt zu werden. So viel war wahr. Obwohl er den endgültigen Bestimmungsort seiner Pakete kannte, war er nicht in die Aktivitäten der Käufer verwickelt. Er war nur der Überbringer. Aber Mateo war weder ein Pädophiler noch ein Mörder. Vielleicht gab es einen Deal zu machen? Wenn Mateo Gramoz und Martin, die beiden Enden der Kette, der Polizei anbot, würden sie ihm vielleicht Zeugenschutz gewähren?

Wenn Mateo handeln wollte, musste er schnell handeln.

Laut seinem Anwalt konnte die Polizei ihn bis zu vier Tage festhalten, bevor sie ihn anklagte oder freiließ, wenn sie wollte. Und wenn Gjergj die Wahrheit sagte – zumindest über den Menschenhandel – würde er seine Geschichte bestätigen.

Mateo wollte gerade aufstehen, als er sich an seine Gipsverbände erinnerte. Anstatt an die Tür zu klopfen, schlug er mit der flachen Hand gegen die Zellenwand.

»Hallo?«, rief Mateo. Die anderen Gefangenen in der Zelle riefen ihm lauthals zu und beschimpften ihn. »Hallo? Kann ich bitte mit jemandem sprechen?«

Es dauerte mindestens fünf Minuten, bis er außer den Beleidigungen eine Antwort erhielt. Eine kleine Luke in seiner Zellentür flog auf und Mateo sah ein Paar dunkle Augen, die hindurchstarrten.

»Was?«, sagte der Polizist auf der anderen Seite.

»Ich möchte mit dem Detective sprechen«, antwortete Mateo.

»Um diese Uhrzeit? Da hast du kein Glück, Sonnenschein. Er ist schon längst nach Hause gegangen.«

»Gibt es noch jemanden, mit dem ich sprechen kann? Ich habe noch ein paar Informationen.«

»Nein.« Der Polizist machte sich daran, die Luke in der Tür zu schließen. Mateo rief noch einmal, ob überhaupt jemand da sei, aber die einzige Antwort war das Geräusch der zuschlagenden Luke.

Mateo legte sich zurück auf die dünne Matratze und versuchte, das ebenso dünne Kissen aufzupolstern. Er bezweifelte, dass er schlafen konnte, aber wenigstens hatte er etwas Zeit, um darüber nachzudenken, was er anbieten konnte. Er musste beweisen, dass Caleb existierte und dass er Aleksander getötet hatte. Aber wie sollte er das tun? Teil ihrer Pläne war es gewesen, dafür zu sorgen, dass ihre

Pakete niemals von einer Überwachungskamera erfasst wurden – kein leichtes Unterfangen in England, wo es mehr Kameras als Menschen zu geben schien. Und wie sich herausstellte, war dieser Teil gescheitert, als Aleksander in den Supermarkt gegangen war.

Er musste etwas tun. Nicht nur seine Freiheit hing davon ab, sondern möglicherweise auch sein Leben.

101

Katyas Finger verkrampften sich am Lenkrad, während sie auf die Straße vor ihr starrte. Sie versuchte, die Lichter im Rückspiegel zu ignorieren, aber das war nicht einfach. Neben ihr schien Caleb jedoch unbesorgt zu sein. Sie glaubte sogar, ihn leise vor sich hin summen zu hören.

Vor ihr senkte sich die Straße und sie sah den Tunnel unter der Brücke im Scheinwerferlicht auftauchen. Er war viel schmaler, als sie gedacht hatte und ein paar Sekunden lang fragte sich Katya, ob das Auto überhaupt durchpassen würde. Aber als sie näher kamen, sah sie, dass sie jede Menge Platz hatten.

Katyas Magen krampfte sich zusammen, als das Auto in die Vertiefung der Straße fuhr. Sie trat leicht auf die Bremse, um etwas an Geschwindigkeit zu verlieren, aber nicht zu viel. Schließlich waren die Scheinwerfer immer noch hinter ihr. Sie waren vielleicht noch drei- oder vierhundert Yards entfernt. Das Auto fuhr mit viel Platz in den Tunnel und kam nur wenige Sekunden später auf der anderen Seite wieder heraus. Katya wurde etwas langsamer, um die Kurve zu nehmen, die Caleb beschrieben hatte.

»Genau hier«, sagte Caleb, als sie um die Kurve fuhren. Katya brachte das Auto zum Stehen, Caleb löste seinen Sicherheitsgurt und öffnete die Beifahrertür. Katya wollte sich gerade selbst abschnallen, als Caleb sie aufhielt. »Warte hier«, sagte er und schaute sie mit einem Blick an, der es ernst meinte.

»Okay«, antwortete Katya, aber sie sprach mit seinem Rücken. Eine Sekunde später hörte Katya, wie sich der Kofferraum öffnete, und als er sich wieder schloss, sah sie im Rückspiegel, wie Caleb die Straße hinunter in Richtung Tunnel rannte.

Katya blieb wie befohlen auf ihrem Sitz sitzen und hielt das Lenkrad fest umklammert. Sie konnte den herannahenden Geländewagen durch das Loch im Auto hören, wo die Heckscheibe gewesen war. Dann hörte sie das Quietschen der Bremsen, gefolgt von einem Geräusch, das sie zusammenzucken ließ. Ein lautes, metallisches Krachen, das von den Gebüschen auf beiden Seiten der Straße widerzuhallen schien. Katya erstarrte. Was sollte sie tun? War Caleb gerade angefahren worden?

Dann ging Katja einen Moment lang auf und ab und überlegte, wie lange sie noch warten sollte, bevor sie gegen Calebs Anweisung etwas tat. Sie wollte sich gerade auf den Weg zur Brücke machen, als sie sah, wie Caleb zurück auf die Straße schlenderte, die Daumen in seiner Jeans eingeklemmt, wie ein Cowboy.

»Was war das für ein Geräusch?«, fragte Katya, als Caleb auf sie zukam. »Ist er verunglückt?«

»Irgendwie schon«, antwortete Caleb. Er hatte ein Funkeln in den Augen. »Der Tunnel war ein bisschen zu eng für sein Fahrzeug. Er wird uns nicht mehr belästigen.«

Caleb lächelte. »Ich habe ihm einen Pitch gegeben. Er hat ihn akzeptiert.«

»Was für einen Pitch? Wie beim Baseball?«

Caleb lächelte und hätte fast laut aufgelacht.

»Nein, eher einen Vorschlag. Diese Art von Pitch.«

Katya dachte ein paar Sekunden lang nach und versuchte, den ungewohnten Wortgebrauch zu verstehen, bevor sie ihn für die Zukunft abspeicherte.

»Also hat er den Vorschlag angenommen?«, fragte sie und schaute Caleb an, um seinen Gesichtsausdruck zu beurteilen.

»Ja, er hat den Punkt verstanden. Sollen wir?« Caleb gestikulierte mit der Hand in Richtung Auto und Katya erkannte an seiner Gleichgültigkeit, dass der Mann im Geländewagen hinter ihnen tot war.

Katya stieg wieder in den Fiat und ließ den Motor an, bevor sie sich an Caleb wandte.

»Wohin jetzt?«, fragte sie ihn. Sie wollte ihn fragen, wie viele Menschen er in seinem Leben getötet hatte, aber sie wusste, dass sie keine klare Antwort bekommen würde.

»Zurück zum Hotel«, antwortete Caleb. »Aber wir müssen den Umweg nehmen.«

»Warum ins Hotel?«

»Wenn sie das Auto verfolgen – und da bin ich mir sicher – werden sie wissen, wo wir sind.« Caleb rollte mit den Schultern. »Wir brauchen also ein anderes Auto.«

»Okay«, meinte Katya. »Was dann?«

»Ich glaube, wir müssen etwas Aufklärung betreiben, Katya«, sagte Caleb.

Katya lächelte, als sie losfuhr. Caleb hatte gerade *wir* gesagt. Das bedeutete, dass sie mit ihm gehen würde.

102

Caleb achtete darauf, sein Gesicht neutral zu halten, als Katya den Fiat zurück zum Hotel fuhr. Innerlich war er wütend. Nicht auf sie, sondern auf sich selbst. Katya war eine Zivilistin. Er war es nicht – nicht wirklich. Aber er hatte in den letzten dreißig Minuten zwei grundlegende Fehler gemacht. Nur durch Glück, vielleicht auch durch göttliche Intervention, waren sie noch am Leben.

Er hatte zwei grundlegende Annahmen getroffen, von denen die erste zur zweiten geführt hatte. Caleb hatte angenommen, dass Mateos Pistole in der Tasche lag. Die Pistole, von der er wusste, dass sie voll funktionsfähig war, da er sie zur Überprüfung zerlegt hatte. Und weil er das gedacht hatte, hatte er dem Mann in ihrem Hotelzimmer nicht die Pistole abgenommen. Eine weitere Pistole, von der er gewusst hatte, dass sie voll funktionsfähig war, da sie auf ihn und Katya abgefeuert worden war. Caleb mochte keine Schalldämpfer. Sie beeinträchtigten nicht nur die Treffsicherheit einer Waffe, sondern nahmen ihr auch den Schock und die Ehrfurcht vor einem Schuss. Manchmal waren dieser Schock und die Ehrfurcht das Einzige, was genug Zeit für einen zweiten Schuss ließ. Und Caleb verfehlte seinen zweiten Schuss nie.

Als der schwarze Geländewagen sich unter der Brücke festgefahren hatte, war er so weit in den Tunnel eingedrungen, dass sich keine der Türen mehr öffnen ließ. Nachdem er sich um den Fahrer gekümmert hatte, war Caleb die Böschung hinaufgeklettert und hatte die Bahngleise überquert, um auf die andere Seite zu gelangen. Der Kofferraum des Geländewagens war blockiert, denn der Aufprall hatte das Fahrgestell des Fahrzeugs verzogen. Alles, was sich im Auto befand, außer dem Fahrer, musste also dort bleiben. Die einzige andere Möglichkeit war, durch die herausgeschlagene Windschutzscheibe zu klettern, aber das wollte Caleb nicht tun. Das Innere des Geländewagens war nicht mehr so sauber wie zuvor und sobald er Mateos Pistole geholt hatte, hatte er alles, was er brauchte, in seiner Tasche.

Als Caleb jünger gewesen war, hatte man ihn tausende Male auf einen einzigen Satz gedrillt. *Angemessene Vorbereitung verhindert miserable Performance.* Es war schade, dass er diesen Rat nicht schon früher befolgt hatte, dachte Caleb, als Katya wieder auf die Hauptstraße einbog, die zum Hotel führte.

Katya schien seine eigenen Gedanken aufgeschnappt zu haben und schwieg, während sie fuhren.

Wenige Augenblicke später waren sie wieder auf dem Hotelparkplatz. Er zeigte auf eine entfernte Ecke, die mit Bäumen und Büschen bewachsen war.

»Park da drüben«, sagte er zu ihr. »Wenigstens kann man es von der Straße aus nicht sehen.« Das Polizeiauto, das den Geländewagen vorhin verfolgt hatte, ging ihm nicht mehr aus dem Kopf. Wenn die Polizisten aufmerksam gewesen waren, hatten sie vielleicht auch den Fiat vor ihm bemerkt.

»Okay«, sagte Katya. Sie parkte das Auto dort, wo er es ihr gezeigt hatte, und drehte sich zu ihm um, als sie den Motor abstellte. »Was ist los?«

»Nichts«, antwortete Caleb nach einer kurzen Pause. »Warum?«

»Beantworte eine Frage nicht mit einer Frage, Caleb«, sagte Katya mit einem schwachen Lächeln. »Was ist los?«

»Ich hätte es besser machen sollen, Katya.« Caleb blies frustriert die Luft aus. »Ich hätte überprüfen sollen, ob wir die Pistole haben. Das war ein Fehler, der uns beide hätte töten können.«

»Das ist Unsinn, Caleb«, erwiderte Katya. »Ich bin über die Tasche gestolpert, nicht du.«

»Trotzdem hätte ich es besser machen müssen.«

»Caleb, wenn du nicht gewesen wärst, wäre ich schon lange tot.« Katya starrte ihn an, ihre Augen bohrten sich in seine. In ihnen lag eine Intensität, wie er sie nur einmal gesehen hatte, und zu diesem Zeitpunkt hatten sie etwas ganz anderes gemacht. »Du brauchst dich für nichts zu entschuldigen.«

Caleb nickte als Antwort und wollte von seinen eigenen Unzulänglichkeiten ablenken. Er öffnete die Tür und wartete auf Katya. Dabei sah er sich die anderen Fahrzeuge auf dem Parkplatz an.

»Kannst du ein Auto kurzschließen?«, fragte Katya und stellte sich neben ihn. Caleb ließ seinen Blick über den Parkplatz schweifen. Es gab ein paar Fahrzeuge, die er vielleicht starten könnte, aber das war etwas, was er schon lange nicht mehr gemacht hatte. Als er die Kunst des Autoknackens erlernt hatte, war das noch viel einfacher gewesen.

»Möglicherweise«, antwortete Caleb. Er ging ein paar Schritte auf das Hotel zu. »Aber wahrscheinlich nicht. Komm, lass uns die Pistole holen und dann können wir uns um das Auto kümmern.«

103

Sergeant Bush gähnte und lehnte seinen Kopf zurück. Dabei knackte es hörbar in seinem Nacken.

»Ich hasse Doppelschichten«, sagte er zu seiner Kollegin, einer Polizistin namens Rebecca, die auf dem Fahrersitz saß. Sie stöhnte daraufhin nur. Sergeant Bush hätte sich eigentlich um vierzehn Uhr abmelden sollen. Da sich aber jemand für die Nachtschicht krank gemeldet hatte, bot ihm der Dienstvorgesetzte die doppelte Arbeitszeit an, wenn er die Schicht übernehmen würde. Sergeant Bush schaute auf seine Uhr. Es war fast halb nach Mitternacht, das hieß, er hatte noch siebeneinhalb Stunden vor sich.

In der Tasche von Sergeant Bush vibrierte sein Handy. Er unterdrückte ein weiteres Gähnen und zappelte in seinem Sitz, um es herauszuziehen. Als er einen Blick auf den Bildschirm warf, sah er, dass es sein Kollege von der letzten Schicht war.

»Tony?«, sagte Sergeant Bush, als er den Anruf entgegennahm. »Lass mich raten: Du konntest nicht schlafen und hast mich vermisst?«

»Haha, Chef«, antwortete Tony. Im Hintergrund konnte Sergeant Bush ein tiefes, rhythmisches, dröhnendes Geräusch hören. »Sehr witzig.«

»Wo bist du?«

»Ich bin in einem Club. Nun, eigentlich bin ich draußen im Raucherbereich.« Sergeant Bush grinste über Tonys Antwort. Es war Jahre her, dass er in einem Nachtclub gewesen war, außer um seine Kinder abzuholen, wenn sie das Taxigeld nach Hause verprasst hatten. »Aber ich habe eine seltsame SMS bekommen.«

Sergeant Bush setzte sich etwas aufrechter in seinem Sitz auf und beugte sich nach vorne, um nach seinem Notizblock zu greifen, der vor ihm auf dem Armaturenbrett lag. Das könnte interessant werden. Tony würde ihn nicht im Dienst anrufen, und das auch noch so spät, wenn es nicht so wäre.

»Schieß los«, sagte Sergeant Bush, während er mit seinem Bleistift über das Papier strich.

»Okay, hier ist die Nummer, von der es kommt. Sie beginnt mit drei, fünf, fünf.« Dann las er weitere neun Ziffern vor. »Ich kenne sie nicht.«

Sergeant Bush runzelte die Stirn. Er umkreiste die ersten drei Ziffern und stupste Rebecca an.

»Kannst du die Vorwahl googeln, Becs?«, fragte er sie, bevor er wieder mit Tony sprach. »Wie lautet die Nachricht?«

»Brücke sechs fünf zwei, Lima, Charlie, Hotel. Mann am Boden.«

»Das ist alles?«

»Ja, das ist alles«, antwortete Tony. »Glaubst du, es ist die gleiche Person, die wegen des Bauernhauses angerufen hat?«

»Könnte sein«, sagte Sergeant Bush. »Mann am Boden. Das hat er das letzte Mal auch gesagt.«

»Kannst du dich darum kümmern, Sarge? Da ist nur ein Typ, der sich in meine Lisa verguckt hat. Ich will mich nicht zu lange aufhalten, wenn du verstehst, was ich meine?«

»Klar, danke Tony. Ich werde der Sache nachgehen. Es ist sonst nicht viel los.«

»Schön, dass es ruhig ist, Sarge«, sagte Tony und Sergeant Bush konnte das Lächeln in seiner Stimme hören. »Hoffentlich bleibt es so.«

»Bastard«, antwortete er, als er die Verbindung beendete. Indem er ausgesprochen hatte, hatte Tony wahrscheinlich seine Schicht verhext.

»Es ist eine albanische Vorwahl«, sagte Rebecca, als Sergeant Bush auf den Text schaute, den er aufgeschrieben hatte. Er runzelte die Stirn, als ihm klar wurde, dass Tony wahrscheinlich Recht hatte. Aber wie hatte Tony die SMS erhalten?

Wenige Augenblicke später, nachdem er mit der Zentrale gesprochen hatte, wusste Sergeant Bush, wo sich die Brücke befand. Die Zentrale hatte auch die Handynummer und versuchte, sie zurückzuverfolgen, aber Sergeant Bush wusste, dass das ein aussichtsloses Unterfangen sein würde. Es war schon schwierig genug, lokale Handynummern aufzuspüren, ganz zu schweigen von ausländischen Nummern.

Laut Rebecca lag die Brücke am Arsch der Welt. Sie hatte schon ein paar Vorfälle gehabt, bei denen Fahrzeuge in die Brücke gefahren waren. Während sie fuhr, erzählte er ihr, was an diesem Tag passiert war, und gab ihr Details, die nicht in ihrem Übergabeprotokoll gestanden hätten.

»Du glaubst also, wir suchen nach einer Leiche?«, sagte Rebecca, als Sergeant Bush ihr von der Verwendung des gleichen Satzes in dem Telefonanruf erzählte, der sie zum Bauernhaus gerufen hatte. »Sollten wir es nicht melden?«

»Das würde nicht sehr gut ankommen, oder?«, erwiderte Sergeant Bush. »Nicht um diese Zeit. Nein, lass uns einfach hinfahren und nachsehen, was da vor sich geht.«

104

—————

Als sie durch das Hotelfoyer gingen, lag der Nachtportier noch immer hinter dem Schreibtisch. Katya sah ihn mitleidig an. Sie wusste, wie es sich anfühlte, gefesselt zu sein und sich nicht bewegen zu können. Der Portier hatte die Augen geschlossen und ein tiefes Stirnrunzeln auf seinem Gesicht. Er sah aus, als sei er Anfang sechzig, vielleicht auch älter. Katya fragte sich, wie es ihm ging und was in seinem Leben dazu geführt hatte, dass er nachts hinter einem Hotelschalter arbeiten musste.

»Caleb«, sagte Katya. »Sollen wir ihn freilassen?«

»Nein«, antwortete Caleb. »Sobald wir das tun, ist die Polizei auf dem Weg. Irgendjemand wird ihn am Morgen finden. Vielleicht eine Reinigungskraft oder ein Gast.« Er ging an der Rezeption vorbei und in Richtung des Flurs, der zu dem Zimmer führte, in dem sie gewesen waren. »So haben wir genug Zeit, um von hier wegzukommen.«

»Aber können wir es ihm nicht wenigstens etwas bequemer machen? Ihm etwas zu trinken geben?«

Caleb hielt mit seiner Hand an der Tür zum Flur inne. Er schaute zurück, erst zu Katya, dann zum Portier und dann wieder zu Katya. Als Katya ihn beobachtete, wurde sein Gesicht weicher.

»Okay. Auf dem Rückweg werden wir uns vergewissern, dass es ihm gut geht.«

Zufrieden folgte Katya Caleb den Flur hinunter und zu ihrem Zimmer. Es war ganz einfach zu finden. Nur eine Tür hatte ein paar Einschusslöcher im Holz, wo der Türspion gewesen war. Caleb benutzte die Schlüsselkarte, um das Schloss zu öffnen, stieß die Tür auf und ging hinein. Katya zögerte ein paar Sekunden lang. Auf dem Bett lag ein toter Mann und sie war sich nicht sicher, ob sie ihn sehen wollte.

»Kommst du rein?«, sagte Caleb aus dem Zimmer.

Katya holte tief Luft und betrat den Raum. Der Mann, der Caleb angegriffen hatte, lag immer noch da, wo sie ihn zurückgelassen hatten. Auf dem Bett, wo sie und Caleb gemeinsam von einer Klippe gestürzt waren. Der Kontrast zwischen den beiden Szenen war fast zu groß für Katya und sie spürte, wie ihr Tränen in die Augen stiegen.

»Schau weg, Katya«, sagte Caleb mit seiner sanften Stimme. Er stand neben dem Bett und hielt seine Hand an die Leiche. »Das willst du nicht sehen.« Katya merkte, dass er das Messer aus der Leiche ziehen wollte.

Sie ließ sich auf die Knie fallen und spähte unter das Bett, um sich auf etwas anderes konzentrieren zu können. Dort, fast genau in der Mitte unter dem Bett, lag die Pistole. Als sie sich unter der Matratze durchschlängelte, um sie herauszuholen, hörte sie ein nasses Geräusch über sich, gefolgt von etwas, das wie ein Keuchen klang.

Als Katya mit der Pistole in der Hand wieder unter dem Bett hervorkroch, war Caleb im Badezimmer. Sie konnte fließendes Wasser hören, als er das Messer reinigte. Katya vermied es, den Mann auf dem Bett anzusehen, und ließ ihren Blick über den Teppichboden schweifen, um zu sehen, ob sie noch etwas übersehen hatte, aber da war nichts.

Caleb kam aus dem Bad und zog einen Kopfkissenbezug von einem Kissen, das neben dem Bett lag. Katya sah ihn an und erinnerte sich, dass sie ihn in der letzten Nacht fest umklammert hatte.

»Katya?« Calebs Stimme vertrieb die Erinnerung. Er hielt ihr den Kissenbezug hin, in den sie die Pistole stecken sollte. Nachdem sie die Pistole hineingelegt hatte, nahm Caleb die Pistole des Mannes mit dem verlängerten Schalldämpfer vom Bett und tat dasselbe mit ihr. »Okay?«

»Okay«, nickte Katya und war erleichtert, dass sie gehen konnten.

Als sich die Tür hinter ihnen schloss, wischte sich Katya mit dem Handrücken über die Augen. Falls Caleb ihre Beunruhigung bemerkte, sagte er nichts.

ALS CALEB DEN NACHTPORTIER WECKTE, rissen die Augen des alten Mannes auf und füllten sich augenblicklich mit Schrecken.

»Ist schon gut«, sagte Caleb zu ihm, seine Stimme war sanft. Katya sah, wie er dem Mann eine Hand auf die Stirn legte. »Wir werden dir nicht wehtun. Du hast mein Wort.« Die Angst in den Augen des Mannes löste sich langsam auf. »Ich werde das Klebeband von deinem Mund entfernen, aber bitte sag nichts.«

Wenige Augenblicke später lag der Nachtportier auf einer Couch im hinteren Teil des Empfangsbüros. Seine Hände und Beine waren immer noch mit Klebeband verbunden, aber er fühlte sich viel wohler. Katya hatte ihm eine Flasche Wasser gefüllt und dafür gesorgt, dass er genug zu trinken hatte, bevor Caleb das Klebeband über seinem Mund wieder anbrachte und ihm sagte, dass bald Hilfe kommen würde. Die Art, wie er mit dem Mann sprach, war so sanft, dass Katya nicht überrascht war, wie willfährig er war. Der Portier nickte, als Caleb sich noch einmal für die Unannehmlichkeiten entschuldigte, fast so, als würde er sich für etwas anderes entschuldigen als dafür, dass er ihn geknebelt und gefesselt hatte. Bevor sie das Gebäude verließen, nahmen sie und Caleb noch Wasserflaschen und so viel Essen aus dem Bürokühlschrank mit, wie in den Kopfkissenbezug passte.

Auf dem Parkplatz stand Katya neben Caleb, während er die Fahrzeuge begutachtete.

»Was denkst du, Caleb?«, fragte sie ihn. Er starrte die Autos mit einem Stirnrunzeln an. »Kannst du eines starten?«

»Ich glaube nicht, dass ich das kann, Katya«, antwortete Caleb. »Es ist jetzt ganz anders. Es gibt nur noch Proximity-Schlüssel, Alarmsysteme und so weiter.« Er seufzte. »Es reicht nicht mehr aus, einen Schraubenzieher an die Lenksäule zu halten und das blaue Kabel mit dem roten zu verbinden.«

»Aber was sollen wir denn tun?« Katyas Stimme war gereizt. Sie brauchten ein Fahrzeug, um zu den Mädchen zu gelangen. Ohne ein solches konnten sie sie nicht retten, oder?

»Ich denke, wir sollten beten«, sagte Caleb. »Mir fällt Matthäus, Kapitel einundzwanzig ein.«

»Glaubst du, Gott wird uns einfach ein Auto schenken?«

»Was immer ihr im Gebet erbittet, werdet ihr erhalten, wenn ihr Glauben habt.«

Katya schaute Caleb an, der die Augen geschlossen hatte und ein leichtes Lächeln im Gesicht hatte. Zu Katyas

Erstaunen ertönte ein Piepen und die Scheinwerfer eines blauen Nissan Juke, der ein paar Yards entfernt geparkt war, blinkten zweimal auf.

»Sollen wir gehen?«, sagte Caleb und schaute Katya an, während er auf das Auto zuging. Er spähte durch das Fenster ins Innere. »Sieht aus, als würdest du fahren. Es ist ein Schaltgetriebe.«

»Wie hast du das gemacht, Caleb?«, fragte Katya ihn. Caleb lächelte nur, als er ihr einen elektronischen Schlüssel in die Hand drückte.

»Pass nur auf, dass du das Auto des Nachtportiers nicht beschädigst.«

Caleb saß auf dem Beifahrersitz, die Karte auf seinem Knie balancierend. Er hatte herausgefunden, wo er hinwollte. Weniger als eine halbe Meile von Martins Haus entfernt befand sich ein kleiner Hügel, dessen Gipfel laut Karte größtenteils bewaldet war. Er hoffte, dass dies ein idealer Aussichtspunkt sein würde, von dem aus er das Haus und seine Umgebung überwachen konnte.

Während Katya fuhr, ging Caleb in seinem Kopf die verschiedenen Möglichkeiten durch, die ihm zur Verfügung standen. Die erste war, wie immer, nichts zu tun. Aber damit diese Handlung den gewünschten Effekt hatte, nämlich die erfolgreiche und rechtzeitige Rettung von Ana und Elene, mussten mehrere Dinge geschehen. Erstens musste Mateo der Polizei den Standort von Martins Haus und die Tatsache, dass die Mädchen dort gefangen gehalten wurden, verraten. Zweitens musste die Polizei Mateo glauben. Und drittens musste die Polizei entschlossen und schnell handeln. Caleb wusste, dass es bei dieser Vorgehensweise zu viele Variablen gab.

Die zweite Möglichkeit war, dass er und Katya selbst zur Polizei gingen. Wie bei der ersten Option gab es auch hier viele Variablen. Die wichtigste davon war die Tatsache, dass Caleb in den letzten vierundzwanzig Stunden drei Menschen getötet hatte. Einer, Aleksander, war gefunden worden. Ein anderer, der Fahrer des Geländewagens, stand kurz davor und der dritte würde innerhalb weniger Stunden in dem Hotel gefunden werden, das sie gerade verlassen hatten. Er überlegte, was passieren könnte, wenn Katya allein zur Polizei ginge, aber er war sich nicht sicher, ob man auch ihr glauben würde. Sie hatten nicht genug Beweise, um sie schnell genug von der Gefahr zu überzeugen, in der sich Ana und Elene befanden.

»Biege am Ende dieser Straße links ab, Katya«, sagte Caleb und blickte auf die Karte, auf der sein Zeigefinger ihren Weg verfolgte. Sie nickte als Antwort, sagte aber nichts, vielleicht weil sie spürte, dass er in sich gekehrt war.

Die dritte Möglichkeit, von der Caleb wusste, dass er sie wählen würde, bestand darin, die Mädchen zu retten. Das war die einzige Möglichkeit, die er vollständig kontrollieren konnte. Aber was ist mit Katya? Er wusste, dass sie unbedingt dabei sein wollte, aber das Risiko wäre hoch. Äußerst hoch. Er musste sie miteinbeziehen, aber sie musste in Sicherheit sein. Und die Beteiligung, die ihm in den Sinn kam, würde Katya wahrscheinlich nicht gefallen.

Caleb dachte an die beiden Männer, die hinter ihnen hergeschickt worden waren. Sie mussten Martins Sicherheitsteam sein. Es gab keinen anderen Grund, warum sie es auf ihn und Katya abgesehen hatten. Caleb wusste, dass es noch mehr von ihnen geben würde und dass die, die bei der letzten Mission ausgesandt worden waren, nicht die besten von ihnen gewesen waren. Die Besten würden in Martins Haus sein. Zumindest hätte Caleb sie so eingeteilt.

»Was passiert als Nächstes, Caleb?«, fragte Katya einen Moment später. »Was machen wir jetzt?«

»Genau darüber habe ich auch schon nachgedacht«, antwortete er mit einem schiefen Lächeln. »Mateo und Gjergj werden inzwischen bei der Polizei sein. Und Aleksanders Leiche wird entdeckt worden sein.« Im düsteren Innenraum des Transporters sah er, wie eine grimmige Genugtuung über ihr Gesicht huschte. »Wie lange wird es dauern, bis sie uns mit dem Bauernhaus oder dem Hotel in Verbindung bringen? Das ist es, was ich herauszufinden versuche.«

»Wenn sie den Mann im Hotel finden, werden sie nicht lange brauchen, oder?«, sagte Katya. »Da ist zum Beispiel der Nachtportier. Kameras im Hotel. Ein toter Mann auf unserem Bett. Diese Männer? Waren das Martins Männer?«

»Ich bin mir ziemlich sicher, ja«, antwortete Caleb. »Wer könnten sie sonst sein?« Er hielt ein paar Sekunden inne, bevor er fortfuhr. »Werden sie die Verbindung zwischen Aleksander, den beiden Männern, die uns verfolgt haben, und Martin herstellen?«, fragte Caleb. Auch wenn er sein Vorgehen bereits festgelegt hatte, wollte er wissen, was Katya dachte.

»Das hängt davon ab, ob Mateo etwas ausplaudern wird.«

»Das wird er.«

»Aber werden sie ihm glauben?«, fragte sie.

Caleb lächelte über Katyas Gedanken. »Und können sie diese Männer bis zu Martin zurückverfolgen?« Sein Lächeln wurde noch breiter.

»Irgendwann werden sie das«, sagte Caleb. »Aber nicht schnell genug.«

»Also, was denkst du?«, fragte Katya Caleb.

»Ich denke, wir müssen etwas schneller tun, als sie es tun würden«, antwortete er.

ZEHN MINUTEN später waren sie an dem Hügel angekommen, den Caleb auf der Karte markiert hatte. Caleb führte Katya einen schmalen Pfad hinauf, der zur Spitze führte. Im Scheinwerferlicht des Autos konnte er erkennen, dass auf der Spitze des Hügels mehrere hohe Bäume standen. Eichen, dachte er aufgrund ihrer markanten Silhouette. Die Bäume waren von einer Vielzahl von Büschen umgeben, die wie eine Mischung aus Brombeeren, Stechginster und anderen wilden Sträuchern aussahen. Es war perfekt.

»Katya, siehst du die Büsche da drüben?«, sagte Caleb, während er auf die Karte schaute, um sich zu orientieren, in welcher Richtung Martins Haus lag. Es lag fast direkt vor ihnen, hinter den Bäumen und Büschen.

»Ja«, antwortete Katya und schaute durch die Windschutzscheibe.

»Ich möchte, dass du in sie hineinfährst.«

»Ernsthaft?«

»Ja.« Er drehte sich um und sah sie an. »Tu es einfach. Ich meine es todernst.«

106

»Verdammte Scheiße«, hörte Sergeant Bush Rebecca sagen, als sie sich der Eisenbahnbrücke mit dem kleinen Tunnel darunter näherten. Vor ihnen, im vollen Licht ihrer Scheinwerfer, steckte ein schwarzer Range Rover fest. »Der ist da so richtig eingequetscht.«

Sergeant Bush runzelte die Stirn, als er sich das Nummernschild des Fahrzeugs ansah. Es kam ihm bekannt vor. Er griff in seiner Brusttasche nach seinem Notizbuch und klappte es auf. Und tatsächlich, es war dasselbe Auto wie vorhin.

»Ich kenne das Auto«, sagte er, während Rebecca einen Schalter umlegte, um den Lichtbalken auf dem BMW einzuschalten. »Tony und ich haben es vorhin angehalten.«

»Warum?«, fragte Rebecca und öffnete die Autotür.

»Es war eine Geschwindigkeitsüberschreitung, aber wir haben sie nicht auf das Gerät bekommen.« Er schaute auf seine Notizen. »Zugelassen auf eine private Firma in London. Der Fahrer war ein Paul Topping.«

Er stieg aus dem Auto aus und ging mit Rebecca auf das Fahrzeug zu. Als sie es erreichten, versuchte sie, den Griff an der hinteren Tür zu betätigen, aber er klemmte fest. Dann versuchte sie, durch das getönte und gesprungene Glas der Heckscheibe hineinzuspähen, schüttelte aber nach ein paar Sekunden den Kopf hin und her.

»Was willst du tun, Sarge?«, fragte sie Sergeant Bush. Ihre Hand schwebte auf dem Teleskopschlagstock in ihrem Gürtel. »Das Fenster einschlagen?«

»Nein«, antwortete Sergeant Bush und blickte auf die steile Böschung, die zu den Gleisen führte. Sie war mit dichter Vegetation bewachsen. »Du kannst da hochklettern, über die Gleise klettern und auf der anderen Seite wieder runter.« Er unterdrückte ein Lächeln bei ihrem Gesichtsausdruck, als er das sagte. »So kannst du wenigstens sehen, in welchem Zustand der Fahrer ist.«

»Warum ich?«, fragte sie ihn, aber er konnte an ihrem Gesichtsausdruck erkennen, dass sie die Antwort bereits kannte. »Ich schätze, es ist eine Frage des Ranges, oder?«

»Zum Teil«, antwortete Sergeant Bush. »Aber du bist auch etwa fünfzehn Jahre jünger als ich und es ist viel unwahrscheinlicher, dass du beim Klettern einen Herzstillstand erleidest.« Er nickte in Richtung der Böschung. »Los, ab mit dir. Ich rufe die üblichen Verdächtigen an.«

Sergeant Bush konnte hören, wie Rebecca etwas vor sich hin murmelte, als sie wegging. Er kehrte zum Auto zurück und setzte sich in den Wagen, während er den Vorfall in der Leitstelle in Lincoln meldete. Das Einzige, was er nicht erwähnte, war, wie sie von dem Vorfall erfahren hatten. Das wäre auf der Wache viel einfacher zu erklären und im Moment war es auch nicht so wichtig. Als die Zentrale ihm versicherte, dass die Feuerwehr und ein paar Krankenwagen unterwegs waren, lehnte er sich in seinem Sitz zurück und wartete auf die Rückkehr von Rebecca. Das Fahrzeug hatte zuvor zwei Insassen und da es keine Möglichkeit gab, aus dem Auto auszusteigen, waren sie per Definition gefangen. Nur die Feuerwehr würde sie befreien können – vorausgesetzt, die Männer waren noch am Leben. Aber so wie das Auto in den Tunnel eingebettet war, schätzte er ihre Überlebenschancen nicht besonders hoch ein.

Wenn überhaupt, war Sergeant Bush sehr mit sich selbst zufrieden. Er hatte schon gewusst, dass mit den beiden Männern im Range Rover etwas nicht stimmte, als er sie angehalten hatte. Sein Spürsinn hatte wieder einmal zugeschlagen, was er vorhin schon versucht hatte Tony zu erklären.

Es dauerte noch einige Augenblicke, bis Rebecca zum Polizeiauto zurückkehrte. Sergeant Bush hörte sie, bevor er sie sehen konnte, wie sie durch die Vegetation an der Böschung stürzte. Als sie schließlich im Licht der Scheinwerfer auftauchte, war ihr Gesicht weiß, aber sie hatte zwei rote Flecken auf den Wangen von der Anstrengung.

»Und?«, sagte Sergeant Bush, stieg aus dem Auto aus und ging zu seiner Kollegin hinüber. »Was haben wir hier?«

»Einen toten Mann auf dem Fahrersitz«, antwortete sie. Sergeant Bush nickte. Genau das hatte er erwartet. »Aber das war kein tödlicher Unfall, Sarge.« Rebeccas Stimme klang angestrengt, als sie sprach. »Es ist ein Tatort. Wir werden mehr Leute brauchen.«

Hätte Tony das gesagt, hätte Sergeant Bush gesagt, dass er die Spurensuche den Detectives überlassen sollte, aber er kannte Rebecca nicht gut genug, um zu wissen, wie sie diese Art von Scherzen auffassen würde.

»Wie kommst du darauf, dass es sich um einen Tatort

handelt, Rebecca?«, fragte er sie und schaute ihr genau ins Gesicht, als sie tief durchatmete, bevor sie antwortete.

»Weil der Tote auf dem Fahrersitz eine Mistgabel im Hals stecken hat.«

Caleb stieß seine Tür auf und hatte Mühe, sie zwischen den Dornenbüschen und Brombeersträuchern vollständig zu öffnen. Katya hatte genau das getan, worum er sie gebeten hatte, und das Auto mitten in die Büsche gefahren. Sie hatte dabei gelacht und er hatte sie gedrängt, das Auto tiefer in die Deckung zu bringen, mehr um ihr Lachen zu hören als alles andere.

»Was machen wir jetzt?«, sagte Katya, als sie den Motor abstellte. Caleb griff nach Mateos Tasche und holte das Messer heraus, das er schon im Hotel benutzt hatte.

»Kannst du die Scheinwerfer wieder einschalten? Ich muss noch ein bisschen Gartenarbeit machen.«

Er zwängte sich aus dem Auto und war dankbar, dass er normale Kleidung trug und nicht sein Gewand. Die Brombeeren zerrten an seiner Jeans, als er sich einen Weg von der Beifahrertür über die Vorderseite des Fahrzeugs bis zur Fahrerseite bahnte. Er arbeitete schnell und nutzte das Licht der Scheinwerfer, um zu sehen, was er tat. Das Messer schnitt durch das Gestrüpp wie Butter. Dann machte er sich auf den Weg zum hinteren Teil des Wagens und riss einen Teil der zerstörten Pflanzen zurück. Er musste einen Weg zu dem kleinen Wald schneiden, aber das konnte er später tun. Als letztes schnitt er einige große Ginsterzweige ab und legte sie auf das Autodach. Als er damit fertig war, war er sich sicher, dass das Fahrzeug weder aus dem Gebüsch noch aus der Luft gesehen werden konnte.

Als er sich wieder auf den Beifahrersitz setzte, schaute Katya ihn amüsiert an, nachdem sie die Scheinwerfer wieder ausgeschaltet hatte. Trotz der Äste, die das Auto verdeckten, drang genug Mondlicht hindurch, dass sie sich gerade noch sehen konnten.

»Was ist das hier, eine Überwachung?«, fragte sie ihn.

»Genau das ist es, Katya«, antwortete Caleb. Er legte das Messer auf seinen Schoß und zückte das Fernglas. Während Katya interessiert zusah, nahm er die Objektivdeckel ab und schnitt mit dem Messer einen Kreis in die Mitte der beiden Deckel. Dann holte er ein Stück Gartennetz heraus und schnitt zwei Kreise aus, die jeweils etwa den doppelten Durchmesser der Fernglaslinsen hatten. Dann stülpte er das Netz über jede Linse und setzte den Rest des Linsendeckels wieder auf, um das Netz an seinem Platz zu halten. »Es reduziert die Blendung«, sagte Caleb, als Katya ihre Augenbrauen fragend hochzog.

»Die Sache ist nur die, Caleb«, sagte Katya und zeigte auf die dichte Bepflanzung vor der Windschutzscheibe. »Selbst mit einem Fernglas können wir nichts sehen.«

»Von hier aus nicht, nein«, antwortete Caleb. »Aber vom Wald aus. Wir werden einen Aussichtspunkt über Martins Haus haben.« Er holte das Spektiv aus der Tasche und reichte es Katya. »Hier, du bist dran.«

Katya brauchte ein paar Versuche, um das Netz richtig zuzuschneiden, aber ein paar Augenblicke später hielt sie das Spektiv triumphierend in die Höhe, dessen Linse genau wie das Fernglas mit Netz überzogen war.

»Kannst du mit dem Netz noch hindurchsehen?«, fragte sie.

»Ja, natürlich«, antwortete Caleb. »Ich hätte das Netz nicht angebracht, wenn ich es nicht könnte.« Er lächelte sie an, als er das sagte. »Wir sollten jetzt schlafen gehen. Die Morgendämmerung wird um etwa vier Uhr morgens anfangen. Das sind gute drei Stunden. Aber zuerst sollten wir etwas essen.«

Caleb ließ Katya etwas Essen aus dem Kopfkissenbezug holen. In der Küche des Hotels hatte es nicht viel gegeben, nur Chips und Snacks, aber es war genug. Katya war still, während sie aßen, und Caleb überlegte, ob er sie fragen sollte, ob es ihr gut ging, aber er ließ sie in Ruhe. Sie spülten das Essen mit warmer Limonade hinunter. Dann fand er den Hebel neben seinem Sitz, um den Sitz so weit wie möglich nach hinten zu verstellen und lehnte sich entspannt zurück.

»Ich wecke dich kurz vor vier«, sagte er und hörte zu, wie Katya ihren eigenen Sitz nach hinten klappte. »Iss, wenn du kannst, und schlaf, wenn du kannst.« Sie antwortete nicht. Caleb fragte sich, wie lange es dauern würde, bis Katya etwas sagen würde. Am Ende waren es weniger als zehn Minuten.

»Ich kann nicht schlafen, Caleb«, sagte sie. Er hörte, wie sie ihren Sitz wieder aufrichtete. »Tut mir leid. Ich habe zu viel im Kopf.«

Mit einem übertriebenen Stöhnen brachte Caleb seinen Sitz wieder in seinen ursprünglichen Winkel und lächelte sie an.

»Okay«, sagte er und zog das Wort in die Länge. »Was willst du tun?« Er deutete auf die Vegetation, die die Windschutzscheibe bedeckte. »Ich sehe was, was du nicht siehst spielen?«

»Nein«, antwortete Katya lachend. Dann wurde ihr Gesicht wieder ernst. »Ich möchte, dass du mir etwas sagst.«

»Klar, was denn?«

»Ich möchte, dass du mir sagst, warum du nach England gekommen bist.«

»Ich bin nach England gekommen, weil ich irgendwo hin muss, Katya«, sagte Caleb mit einem leichten Lächeln auf seinem Gesicht. »Das habe ich dir schon gesagt.«

»Sag mir die Wahrheit, Caleb«, forderte Katya und ließ ihre Hand in seine gleiten. »Bitte?«

»Es ist nicht sehr interessant.«

»Doch, ist es«, antwortete sie. »Das muss es auch sein, nachdem du dir so viel Mühe gegeben hast, hierher zu kommen.«

Katya wartete schweigend darauf, dass Caleb etwas sagte. Es dauerte eine ganze Minute, bis er sprach.

»Ich trete in die Fußstapfen von jemandem. Es gibt einen Ort in Somerset, den ich besuchen möchte«, sagte er und sah sie dabei nicht an.

»Wo ist das?«

»Im Südwesten des Landes.«

»Nein, wo ist der Ort, den du besuchen willst?« Katya strich mit ihrem Daumen über seinen Handrücken. »Wie heißt der Ort?«

»Glastonbury.«

»Von dem Ort habe ich schon gehört«, antwortete Katya mit einem Lachen. »Du bist nach England gekommen, um ein Musikfestival zu besuchen?«

»Nein, Katya«, sagte Caleb und lachte ebenfalls. »Ich habe nicht vor, zu dem Musikfestival zu gehen.«

»In wessen Fußstapfen trittst du denn?«

Caleb antwortete zunächst nicht, fing dann aber an, Katya von einer Geschichte zu erzählen, die von Generation zu Generation weitergegeben wurde und von einem Mann namens Joseph handelt, der im ersten Jahrhundert Glastonbury besuchte.

»Er war ein Metallhändler aus Palästina, der mit seinem Neffen unterwegs war. Sie reisten von Tyrus oder vielleicht Sidon aus und segelten durch das Mittelmeer und die Straße von Gibraltar.« Calebs Stimme war sanft, als ob er einem Kind eine Geschichte erzählen würde. »Dann durch den Golf von Biskaya und in den Ärmelkanal. Aber sie sind auf ein Problem gestoßen.« Katya runzelte die Stirn, weil sie nicht verstand, warum Caleb in die Fußstapfen eines Metallhändlers treten wollte.

»Was für ein Problem?«, wollte sie wissen und fragte sich, worauf die Geschichte hinauslaufen würde.

»Sie erlitten Schiffbruch«, sagte Caleb, »vor der Küste von Cornwall. Aber sie schafften es an die Küste, wo sie einen Altar bauten, um Gott zu danken, dass er sie verschont hatte.«

»Okay«, antwortete Katya mit einem Lächeln. Er erzählte ihr eindeutig eine Kindergeschichte, vielleicht in der Hoffnung, dass sie einschlafen würde. »Was geschah dann?«

»Sie sind gereist. Joseph kaufte Zinn in Cornwall und

dann zogen sie nach Somerset, wo er Blei kaufen konnte. Er war ein reicher Mann, ein erfolgreicher Händler.«

»Du hattest Recht«, sagte Katya und schloss ihre Augen. »Es ist nicht sehr interessant.«

»Für mich schon«, erwiderte Caleb und sie konnte an seiner Stimme erkennen, dass er lächelte. »Bist du jemals einem Traum gefolgt?«

»Ja, Caleb«, sagte Katya. »Die ganze Zeit.«

»Da hast du deine Antwort also.« Calebs Stimme wurde leiser und Katya musste sich konzentrieren, um ihn zu verstehen.

»Wovon träumst du, Caleb?«, fragte sie ihn.

»Ich glaube nicht, dass ich das tue.«

Katya zwang sich, die Augen zu öffnen und ihn anzusehen. Caleb schaute gerade aus der Windschutzscheibe.

»Du musst«, sagte sie, als sie ihre Augen wieder schloss. »Jeder tut das.«

»Wenn ich es tue, erinnere ich mich nicht daran.«

Katya holte tief Luft, als sie spürte, wie Caleb sich zu ihr beugte und sie auf die Wange küsste.

»Erzähl mir ein bisschen mehr von Joseph«, sagte Katya. Sie hörte zu, als er anfing zu erzählen, wie Joseph, nachdem er mit seinem Neffen durch den Südwesten Englands gereist war, mit einem Schatz an Edelmetallen nach Palästina zurückgekehrt war.

»Ist er jemals zurückgekommen?«, flüsterte sie.

»Das ist er«, antwortete Caleb. »Viel später.«

Wenn Caleb noch etwas sagte, hörte Katya es nicht. Sie schlief bereits tief und fest.

109

Caleb machte es sich auf dem Ast so bequem, wie er nur konnte. Er saß in der Krümmung eines riesigen Astes der Eiche, auf die er kurz zuvor geklettert war. Katya schlief immer noch tief und fest im Auto unter ihm, aber wenn sie aufwachte, würde sie wissen, wo er war. Im Osten begann sich der Himmel aufzuhellen mit einer herrlichen Auswahl an Farben, die sich von Minute zu Minute veränderten. Die Morgendämmerung war schon immer eine von Calebs Lieblingszeiten des Tages gewesen. Ein Neuanfang, bei dem alles, was zuvor geschehen war, ausgelöscht wurde. Nur wusste Caleb, dass nichts wirklich ausgelöscht war.

Er wartete und bewunderte das farbenfrohe Schauspiel in der Ferne, als sich der Himmel allmählich aufhellte. Hoch am Himmel waren Kondensstreifen von Flugzeugen zu sehen und wie schon als Kind, fragte sich Caleb, wer darin saß. Wohin sie fliegen würden. Was sie tun würden, wenn sie dort ankamen. Caleb war schon seit vielen Jahren nicht mehr in einem Flugzeug gesessen. Er reiste gerne und genoss die Reise manchmal mehr als das Ziel. Ein

Flugzeug zu einem Ziel zu nehmen, fühlte sich fast wie Betrug an.

Caleb betrachtete den Baum, auf dem er saß, während er darauf wartete, dass die Sonne so weit aufging, dass er Martins Haus sehen konnte, das ein paar hundert Yards vor und unter ihm lag. Der Baum musste nach seiner Größe zu urteilen Hunderte von Jahren alt sein und war mit Kätzchen geschmückt, die unter den breiten grünen Blättern baumelten. Die Rinde war mit Moos und Flechten bedeckt, von denen einige auf das Tarnmuster seiner Kleidung abgefärbt hatten. Calebs Anglerjacke und Hose aus dem Outdoor-Laden waren zwar nicht ganz der Tarnanzug, den er bevorzugt hätte, aber sie waren mehr als ausreichend, um ihn zu verbergen. Um seinen Hals trug er das Fernglas, das er am Abend zuvor angepasst hatte. Das Spektiv befand sich in einer Tasche.

Caleb setzte das Fernglas an seine Augen und begann, die Umgebung mit der Karte in seinem Kopf abzugleichen. Abgesehen von einer großen Scheune in der Ferne, die er nicht von der Karte kannte, war alles so, wie er es sich vorgestellt hatte. Martins Haus befand sich an einem der niedrigsten Punkte in der Umgebung, an dem ein kleiner Fluss vorbeifloss. Der Verlauf des Flusses war nicht ganz so, wie er auf der Karte eingezeichnet war, aber er war nah dran. Obwohl er von mehreren kleinen Brücken überquert wurde, schien der Fluss kein großes Hindernis darzustellen.

Er ging in einem Raster vor, indem er die Quadrate auf der Karte abhakte, bis nur noch Martins Haus übrig war. Doch bevor er es unter die Lupe nahm, ermittelte Caleb die besten Winkel, um sich dem Gebäude zu nähern und sich von ihm zu entfernen. Es gab mehrere, alle mit positiven und negativen Punkten. Er wiederholte dies mehrere Male, bevor er sich für den besten Weg entschied. Er entschied sich für jenen Weg, der ihm sowie Ana und Elene auf dem Rückweg zum Auto die meiste Deckung bieten würde.

Als die Sonne gerade hinter dem Horizont auftauchte, begann Caleb, sein Ziel zu beobachten. Martins Haus war groß und prächtig und passte irgendwie nicht in die Umgebung. Caleb konnte sehen, dass es an drei Seiten von einer Mauer umgeben war, auf deren Spitze er Stacheldraht vermutete. Der Fluss bildete sozusagen eine vierte Wand. Er konnte keine Kameras sehen, aber das würde er aus dieser Entfernung auch nicht erwarten. Caleb würde sich nähern, als gäbe es mehrere, was auch der Fall war. Neben dem Fluss stand ein kleines Gartenhaus.

Calebs Aufmerksamkeit wurde auf eine Bewegung neben dem Haus gelenkt. Er richtete sein Fernglas auf den Bereich und sah, wie sich ein Garagentor sanft öffnete. Ein Licht ging an und Caleb konnte einen schwarzen, kastenförmigen Geländewagen in der Garage sehen, der mit dem identisch war, den er unter der Brücke zurückgelassen hatte. Davor standen zwei Männer. Einer von ihnen rauchte, während der andere telefonierte. Sie trugen beide Schwarz, aber wenn sie bewaffnet waren, war Caleb zu weit weg, um das zu erkennen.

Wenige Augenblicke später kamen zwei weitere Männer aus dem Inneren des Hauses an das Garagentor. Die vier blieben einige Augenblicke stehen, bevor sie sich in Paare aufteilten. Das eine Paar ging in Richtung Gartenhaus, das andere drehte sich um und verschwand hinter dem Haus außer Sichtweite. Wenige Augenblicke später öffnete sich die Eingangstür des Hauses.

»Morgen, Martin«, murmelte Caleb, während er sein Fernglas einstellte. Martin stand auf der Eingangstreppe und blickte auf den großen Rasen, der zum Fluss führte. Er hielt einen Becher in der Hand, aus dem er einen Schluck nahm. Caleb stellte sein Fernglas auf einen Punkt genau über und rechts von Martins Kopf ein. Genau die Stelle, auf die er zielen würde, wenn er ein Scharfschützengewehr hätte. Der Wind und das Gefälle würden den Schuss genau zwischen Martins Augen treiben.

Aber Caleb hatte kein Scharfschützengewehr. Er musste es auf die harte Tour machen.

110

Sergeant Bush beobachtete, wie sich ein Konvoi von Rettungsfahrzeugen dem Travel Inn Hotel näherte, vor dem er stand. Außer seinem eigenen Fahrzeug befand sich auf dem Parkplatz nur ein weiteres Fahrzeug mit Blaulicht – nämlich ein Krankenwagen, den sie für den alten Mann, den sie im Foyer gefunden hatten, gerufen hatten. Nach Angaben des Kochs, der um fünf Uhr morgens gekommen war, um mit dem Frühstück zu beginnen, war der Nachtportier mit Klebeband an Armen und Beinen gefesselt worden.

In all den Jahren, in denen er in der Einsatzeinheit in Lincolnshire gearbeitet hatte, hatte Sergeant Bush noch nie solche Schichten wie die, die er gerade erlebt hatte. Der Nachtportier hatte ihnen von einem Paar erzählt, das am Vortag ein Zimmer gebucht hatte, und von zwei bewaffneten Männern, die nach ihnen gesucht hatten, bevor sie ihn gefesselt hatten.

Einer der Männer befand sich immer noch in seinem schwarzen Geländewagen, den die Feuerwehr mühsam versuchte herauszuholen, und der andere war in einem der

Hotelzimmer – in dem, welches das Paar gebucht hatte. In dem Zimmer mit den Einschusslöchern in der Tür. Sergeant Bush hatte, nachdem er die Löcher gesehen hatte, die Tür gerade weit genug geöffnet, um die Leiche auf dem Bett zu sehen. Nach den Protokollen der Polizei von Lincolnshire hätte er sich vergewissern müssen, dass keine Hilfe geleistet werden konnte, bevor er sie anrief. Aber er war schon lange genug Polizist, um zu wissen, dass niemand so viel Blut verlieren und trotzdem Hilfe brauchen konnte. Zumindest nicht die Art von Hilfe, die er leisten konnte.

Das erste Fahrzeug war ein ziviler Streifenwagen, ein tiefschwarzer BMW mit versteckten Blaulichtern im Kühlergrill. Dahinter folgte ein weißer Wagen, von dem Sergeant Bush wusste, dass er zur Spurensicherung gehörte. Und dahinter folgte ein gekennzeichneter Streifenwagen. Indem er in der Einfahrt des Parkplatzes stand, sicherte Sergeant Bush den Tatort von außen ab, während seine Kollegin Rebecca sich im Flur des Hotels aufhielt. Eine grobe, aber effektive interne Absperrung. Wenn einer der Gäste den Kopf aus seinem Zimmer stecken würde, um zu sehen, was vor sich ging, würde er von ihr kurz angesprochen werden. Er wusste, dass sie immer noch sauer auf ihn war, weil er sie vorhin auf die Böschung hatte klettern lassen, und auch der Fund einer dritten Leiche in weniger als vierundzwanzig Stunden hatte sie nicht besänftigt.

»Sir«, sagte Sergeant Bush, als der schwarze BMW vor ihm zum Stehen kam. Er erkannte den Detective Inspector von der Wache, obwohl er seinen Namen nicht kannte. Zwei uniformierte Beamte stiegen aus dem Streifenwagen aus und begannen, den Parkplatz mit blau-weißem Klebeband mit dem Schriftzug *POLIZEI - NICHT ÜBERQUEREN* abzusperren.

»Morgen, Sergeant«, antwortete der Detective. »DI Mahoney. Sie waren gestern auf dem Bauernhof, stimmt's?«

»Ja, Sir«, antwortete Sergeant Bush. »Gibt es etwas Neues dazu?«

»Wir haben den Bruder als Täter in Gewahrsam«, sagte Mahoney mit einem Grinsen. »Seine Fingerabdrücke sind auf der Mordwaffe.« Sergeant Bush sah, wie er auf seine Uhr schaute. »Ich schätze, wir haben noch etwa eine Stunde, bevor die NCA kommt.« Er konnte die Enttäuschung auf dem Gesicht des Detectives sehen. Die National Crime Agency war nicht gerade die subtilste Behörde in der Polizeiarbeit und hatte die Angewohnheit, die Einwohner zu verärgern. »Was haben Sie?«

»Wissen Sie von dem Vorfall an der Brücke?« Der abwertende Blick auf Mahoneys Gesicht beantwortete seine Frage, aber Sergeant Bush ignorierte ihn und zeigte mit dem Daumen über seine Schulter. »Sein Kumpel hat sich da drin ein bisschen hingelegt.«

»Haben Sie den Raum betreten?«, fragte Mahoney. Jetzt war es an Sergeant Bush, abwertend zu schauen.

»Nur um zu bestätigen, dass das Leben erloschen war, Sir«, sagte Sergeant Bush. »Aber ich habe es von der Tür aus gemacht. Auf dem Bett befindet sich genug Rotwein, um es zu erkennen.«

»Der Polizeiarzt ist auf dem Weg«, antwortete Mahoney und die beiden Männer tauschten einen solidarischen Blick aus, weil sie nicht in der Lage waren, zu bestätigen, dass jemand tatsächlich tot war, selbst wenn sein Kopf fehlte. Dafür brauchte man sieben oder acht Jahre an der medizinischen Fakultät.

»Haben Sie noch lange Schicht?«, fragte Mahoney.

»Das habe ich jetzt«, antwortete Sergeant Bush. »Es wird Stunden dauern, bis ich einen Bericht über heute Abend geschrieben habe.« Mahoney warf ihm einen mitfühlenden Blick zu.

»Sobald die Uniformierten in der Überzahl sind, fahren Sie zurück aufs Revier.«

Sergeant Bush nickte, obwohl Mahoney als Detective keine Befugnis hatte, zu bestimmen, wann er seine Schicht beenden sollte. Er wartete, während Mahoney einen Anruf auf seinem Handy entgegennahm. Als er das Gespräch beendet hatte, schaute er verärgert drein.

»Wir haben nicht einmal ein paar Stunden Zeit«, sagte Mahoney. »Das war das Büro des Chefs. Die NCA ist fast da, voll ausgerüstet. Ist es okay, wenn Sie Protokoll führen?«

Sergeant Bush nickte nur und war zu müde, um mit dem Detective zu streiten. Sobald einer der Uniformierten kam, würden sie im Protokoll auftauchen und er und Rebecca würden sich auf den Weg zurück zum Revier machen. Anschließend frühstücken. Und dann ins Bett.

Er würde auf jeden Fall gut schlafen.

111

Martin nippte an seinem Kaffee und beobachtete, wie eines der Sicherheitsteams am Fluss entlang schlenderte, der am Ende seines Gartens lag. Die Sonne stand schon fast oben am Himmel und er dachte, dass es ein heißer Tag werden würde. Martin ließ seinen Blick einige Augenblicke über seinen Garten schweifen und betrachtete das kleine Wäldchen auf der Spitze eines Hügels, das sein Grundstück überblickte. Wenn er einen Hund hätte, würde er mit ihm dort spazieren gehen.

»Martin?« Roberts Stimme unterbrach seinen Gedankengang. »Du hast einen Anruf.« Martin drehte sich um und sah seinen Sicherheitschef, der eines der Wegwerfhandys in der Hand hielt.

»Ja?«, sagte Martin, als er das Handy an sein Ohr hielt.

»Wir müssen uns treffen. Frühstück. Im White Horse um sieben.« Der Anrufer beendete das Gespräch ohne ein weiteres Wort, was Martin irritierte. Er mochte zwar der stellvertretende Hauptkommissar sein, aber sein Anrufer hätte mehr Respekt vor Martin haben sollen.

NEUNZIG MINUTEN SPÄTER, kurz vor sieben, saß Martin in einer abgelegenen Ecke des White Horse. Während er auf seinen Anrufer wartete, las Martin die Rückseite der Speisekarte, auf der die Geschichte des Pubs beschrieben war. Er wusste, dass es alt war, aber nicht so alt.

»Martin, guten Morgen«, sagte eine männliche Stimme. Martin blickte auf und sah den stellvertretenden Hauptkommissar vor dem Tisch stehen. Er war ungefähr so alt wie Martin und trug einen silbernen Anzug mit einem Hemd und einer Krawatte von Versace, wie Martin vermutete.

»Guten Morgen, William«, begrüßte ihn Martin und wies auf den Platz gegenüber. »Ich habe noch nichts bestellt.«

William setzte sich ihm gegenüber und deutete zur Barkeeperin, eine Frau, die einige Jahre älter war als sie beide. Sie winkte ihm zu und polierte wieder die Biergläser, woraufhin William genervt lächelte.

»Wusstest du, William«, sagte Martin und winkte mit der Speisekarte, »dass hier schon Bier ausgeschenkt wird, seit Christoph Kolumbus nur ein Juckreiz in den Hoden seines Vaters war?« Falls William beeindruckt war, ließ er es sich nicht anmerken. Er warf einen Blick auf die Frau hinter der Theke, die aussah, als würde sie sich auf ihren Tisch zubewegen.

»Sieht aus, als hätte sie seitdem die Gäste bedient«, sagte er mit einem untypisch schiefen Grinsen.

Einige Augenblicke später, nachdem sie ihr Frühstück bestellt hatten, wartete Martin darauf, dass der Polizist gleich zur Sache kommen würde. Aber es schien, als würde das, was er zu sagen hatte, warten müssen.

»Ich kann nicht glauben, dass du ein Full English Breakfast bestellt hast«, sagte William. Martin lächelte und dachte daran, wie sehr er es genießen würde, während William sein Toastbrot aß. Speck, Spiegeleier, Baked Beans, Würstchen und vielleicht eine Scheibe Blutwurst waren kein Vergleich dazu.

»Sag es nur nicht meinem Kardiologen«, antwortete Martin in einem verschwörerischen Ton. »Ich zahle ihm weiß Gott genug Geld, aber er meckert mich immer an.«

»Du wartest doch nur darauf, einen Herzinfarkt zu bekommen.«

»Mit meinem Herzen ist alles in Ordnung, William«, sagte Martin. »Ich habe zwar etwas hohen Blutdruck, aber wahrscheinlich nicht so hoch wie du.«

»Warum dann der Kardiologe?«

»Ich habe anscheinend ein Aneurysma. Es ist nur ein kleines und wird in ein paar Monaten behandelt. Das und eine vergrößerte Prostata.«

»Das passiert uns allen, mein Freund«, antwortete William mit einem Grinsen.

Erst nachdem sie gefrühstückt hatten, erzählte William Martin, warum er ihn sehen wollte. Martin, dessen Magen viel voller war als der von William, hörte aufmerksam zu.

»Kennst du einen Albaner namens Mateo Ahmeti?«, fragte William, nachdem er über seine Schulter geschaut hatte, um sicherzugehen, dass sie allein waren.

»Vielleicht kenne ich ihn«, antwortete Martin vorsichtig. »Warum?«

»Er sitzt in Haft, weil er seinen Bruder ermordet hat«, sagte William. Martin bemühte sich bewusst, sein Gesicht bei dieser Nachricht nicht zu verändern. Jetzt gab es ein Problem weniger, aber mit Mateo in Gewahrsam war es vielleicht auch ein neues Problem. William warf einen Blick auf seine Uhr. »Er wird gleich angeklagt. Sobald der Gefängniswärter eintrifft.«

»Wohin wird er danach gebracht?«

»Er kommt in die Untersuchungshaftanstalt des Lincoln-Gefängnisses«, sagte William. Seine Augen verengten sich, als er fortfuhr. »Eigentlich sollte er in Isolationshaft sein, weil wir ihn für einen Sittich halten, aber der Bereich ist voll. Kürzungen, verstehst du?«

Martin nickte als Antwort. »Nicht beim normalen Hofgang«, sagte er.

»Wie bitte?«, fragte William.

»Das ist das, wofür Sittich steht. Der älteste Begriff für Pädophile, den es gibt. Das weißt du doch sicher?«

»Natürlich weiß ich das, aber ich hätte nicht gedacht, dass du das weißt.« William lächelte Martin an, aber es war ein geschäftsmäßiges Lächeln ohne echte Herzlichkeit. »Weißt du, für einen Geistlichen weißt du einige sehr ungewöhnliche Dinge.«

Martin hob seine Hand und machte ein Kreuzzeichen in die Luft.

»Gott segne dich, mein Kind«, sagte er und zwinkerte dem Polizisten zu.

»Hast du vor, den ganzen Tag dort oben zu verbringen?«, rief Katya und reckte ihren Hals, um zu sehen, ob sie Caleb sehen konnte. Einen Moment später sah sie ihn die Äste hinunterklettern. Er bewegte sich, als wäre er schon sein ganzes Leben lang auf Bäume geklettert, und soweit sie wusste, war er das auch. Aber die Art, wie er sich bewegte, hatte etwas sehr Anmutiges an sich. Caleb sprang vom untersten Ast und landete mit einem leisen Aufprall auf beiden Füßen vor ihr.

»Nein, ich glaube das reicht. Aber ich bin hungrig. Mein Magen sagt mir, dass es Essenszeit ist.«

Katyas Gesicht verfinsterte sich. »Oh«, sagte sie. »So viel Essen war nicht mehr da.« Caleb verschränkte die Arme vor der Brust und sah sie mit strengem Blick an. »Tut mir leid, ich habe alles aufgegessen.« Sie wartete so lange, wie sie konnte, bevor sie zu lachen begann. »Das war ein Witz, Caleb«, sagte sie und schlug ihm spielerisch auf die Schulter. »Das ist, wenn eine Person etwas sagt, um die andere Person zum Lachen zu bringen?«

»Sehr witzig«, antwortete Caleb und seine Mundwinkel zuckten.

Sie gingen den kurzen Weg entlang, den Caleb in die Vegetation geschnitten hatte, zurück zum Auto. Katya hatte die Türen offen gelassen, da sich die Luft im Laufe des Morgens erwärmt hatte, aber das bedeutete auch, dass jedes Ungeziefer in der Gegend einen direkten Weg zum Auto genommen hatte. Katya schlug auf einige ein, während sie auf dem Fahrersitz saß. Neben ihr hatte Caleb die Karte herausgeholt und balancierte sie mit einer Hand auf seinem Knie, während er mit der anderen einen Schokoriegel aß.

»Siehst du diesen Weg hier?«, sagte Caleb und zeichnete eine Linie auf der Karte nach. Katya lehnte sich zu ihm rüber, um sie anzuschauen, und ihr Arm streifte dabei seinen. »Das ist der Weg, den ich nehmen werde. Selbst wenn sie Wärmekameras haben, gibt es eine Steinmauer, die mich bis zum Fluss schützt.« Katya folgte der Linie auf der Karte, denn es gefiel ihr nicht, dass er *ich* und nicht *wir* gesagt hatte. »Dann kann ich den Fluss überqueren.« Er stach mit seinem Zeigefinger auf die Karte. »Hier im Garten steht ein großer Baum, der mir Deckung geben wird.«

»Aber du weißt nicht, wo die Mädchen festgehalten werden«, sagte Katya. »Wirst du nicht entdeckt, bevor du bei ihnen bist?«

»Nicht unbedingt«, antwortete Caleb. »Sie sind irgendwo im Haus. Ich werde sie finden.«

»Was soll ich dann tun?«, fragte Katya. »Hinter dem Haus herumgehen und mich von hinten nähern?«

Caleb machte eine Pause, bevor er antwortete, und Katya wusste, was er sagen wollte.

»Nein, Katya«, sagte er und sah sie an. »Ich möchte, dass du hierbleibst.«

»Warum?«, fragte Katya und versuchte, nicht launisch zu klingen. »Ich möchte helfen.«

»Das weiß ich, aber ich arbeite am besten allein. Ich möchte, dass du hierbleibst.« Er starrte auf die Karte und sah ihr nicht in die Augen. »Sobald sie befreit sind, kann ich Ana und Elene sagen, dass sie hierher kommen sollen. Du musst für sie da sein, falls ich erwischt werde.« Oder verletzt oder getötet werde, dachte Katya, sagte aber nichts. »Wenn du mit dem Spektiv auf dem Baum bist, kannst du Dinge sehen, die ich nicht sehen kann, und mir Bescheid geben.« Schließlich drehte er sich zu ihr um und sie sah Traurigkeit in seinen Augen. »Wir haben Handys.«

»Ich will helfen, Caleb«, sagte Katya erneut und legte ihre Hand auf seine. »Ich will nicht mit einem Spektiv auf einem Baum sitzen.«

»Das ist helfend, Katya.« Caleb lächelte, aber das änderte nichts an der Traurigkeit in ihrem Gesicht. »Außerdem, wenn mir etwas zustößt, brauchen die Mädchen dich, um wegzukommen.«

Katya spürte, wie sich bei dem Gedanken, dass Caleb etwas zustoßen könnte, ein Kloß in ihrem Hals bildete, aber sie war fest entschlossen, nicht zu weinen.

»Der Gedanke gefällt mir nicht, Caleb«, antwortete sie einen Moment später, als sie ihrer Stimme wieder traute.

»Ich weiß, dass es dir nicht gefällt«, erwiderte Caleb, »aber so ist es nun mal. Keine Diskussion.«

Katya atmete tief durch.

»Okay«, sagte sie, bevor sie mehr Autorität in ihre Stimme legte. »Okay.« Dann ließ sie ein Lächeln über ihr Gesicht huschen. »Zeig mir lieber, wie ich am besten auf den Baum komme.«

113

Mateo saß auf der dünnen Matratze und lauschte den Geräuschen um ihn herum. Er hörte Gejohle, Klatschen und das Geräusch, wenn etwas aus Metall gegen Gitterstäbe schlug. Es waren dieselben Geräusche wie auf der Polizeistation, nur um ein Vielfaches verstärkt.

An diesem Morgen war Mateo des Mordes an Alexander angeklagt worden. Der rotgesichtige Polizist, der ihn formell angeklagt hatte, hatte so viel Interesse gezeigt, wie wenn er von der Speisekarte eines chinesischen Imbisses vorgelesen hätte, als er den Text von einem laminierten Stück Papier ablas. Mateo hatte sich nach dem Detective vom Vortag erkundigt, aber man sagte ihm, dass er an einem Tatort gebunden sei. Vielleicht würde er Mateo später im Gefängnis besuchen, aber Mateo wurde gesagt, er solle sich nicht zu früh freuen.

Seine Zelle war viel kleiner als die auf der Polizeistation. Als er ankam, wurde er durchsucht, wobei ein Mann auf einen Teil von Mateo schaute, den noch nie ein Mann zuvor gesehen hatte. Mateo hätte sich schämen sollen, aber er war zu verängstigt. Dann bekam er die gleiche Kleidung wie die anderen Häftlinge, die er gesehen hatte – eine etwas bequemere Version des Trainingsanzugs, den er auf der Polizeistation getragen hatte. Das Innere der Zelle war in einem praktischen Grün gestrichen. Sie hatte ein Einzelbett, eine Edelstahltoilette und ein Waschbecken in der Ecke sowie ein winziges Fenster, aus dem er nicht herausschauen konnte, selbst wenn er sich richtig aufrichten konnte.

Die Gefängniswärter, die ihn in die Zelle gerollt hatten, hatten ihm mitgeteilt, dass er wegen der Gipsverbände an seinen Beinen in den Krankenflügel gebracht werden würde, sobald dort ein Bett frei sei. In der Zwischenzeit, so hatten sie gesagt, müsse er mit einer normalen Zelle zurechtkommen.

»Aber wie komme ich die Treppe runter, um etwas zu essen?«, hatte Mateo sie gefragt. Ihre Antworten waren nur ein Grinsen.

»Uns wird schon etwas einfallen«, hatte einer von ihnen gesagt, bevor sie ihn auf dem Bett absetzten. Das war schon einige Stunden her und Mateo hatte nur noch seine eigenen Gedanken als Gesellschaft, seit sie gegangen waren.

Ein metallisches Klirren ertönte und Mateos Tür schwang einen Spalt auf. Dem Jubel nach zu urteilen, der im Inneren des Gefängnisses widerhallte, vermutete Mateo, dass auch alle anderen Zellentüren geöffnet worden waren. Das Stimmengewirr wurde lauter und er erinnerte sich an seine Schulzeit und die Zeit zwischen den Unterrichtsstunden.

Mateo zuckte zusammen, als seine Tür aufgerissen wurde. In der Tür stand ein Mann, kräftig gebaut und in der gleichen Kleidung wie er selbst.

»Mateo Ahmeti?«, sagte der Neuankömmling und sprach auf Albanisch. Mateo war überrascht, seine Muttersprache zu hören.

»Ja«, antwortete er. »Das bin ich. Wer bist du?«

Hinter dem Mann stand ein weiterer Häftling, seine Hände auf einem Rollstuhl.

»Wir sind gekommen, um dich zum Mittagessen zu bringen«, sagte der erste Mann. Der andere Häftling hinter ihm grinste nur.

Mateo stieß einen Seufzer der Erleichterung aus. Die Gefängniswärter hatten ihr Wort gehalten. Er hatte damit gerechnet, dass er auf dem Rücken die Treppe runter müsste. Wenigstens war das jetzt nicht mehr der Fall. Mateo sah dem zweiten Häftling dabei zu, wie er den Rollstuhl in seine Zelle schob, wobei er darauf achtete, die Handbremse anzuziehen, bevor er einen Schritt zurücktrat.

»Kannst du mir helfen?«, fragte Mateo den ersten Häftling.

»Klar«, antwortete er, streckte seine Hände aus und griff Mateos Oberarme. Er zog Mateo auf die Beine und schwang ihn herum, damit er sich in den Rollstuhl setzen konnte. Doch bevor der Häftling Mateo setzen konnte, verpasste ihm der andere Mann einen harten Schlag in den Rücken, zweimal.

Mateo stieß einen Atemzug aus, als er losgelassen wurde, fiel nach hinten und landete mit einem dumpfen Schlag im Rollstuhl. Er sah die beiden Männer an, die jetzt wieder auf seine Zellentür zugingen, und stellte fest, dass sie beide Vinylhandschuhe trugen. Der Häftling, der Mateo geschlagen hatte, versteckte etwas in den Taschen seines Trainingsanzugs.

Mateo spürte, wie etwas Warmes seinen Rücken hinunterlief. Er wölbte die Schultern, um nach hinten zu greifen, und das Rinnsal verwandelte sich in einen Strom.

»Der Bischof lässt grüßen, Ahmeti«, sagte der erste Häftling, als er die Zelle verließ. Aber Mateo hörte ihn kaum.

Er verlor bereits das Bewusstsein.

Caleb beobachtete, wie Katya es sich in den großen Ästen der Eiche bequem machte. Sie trug die Tarnkleidung, die er vorhin getragen hatte. Sie saß locker, aber sie erfüllte trotzdem ihren Zweck. Sie hob das Spektiv an ihr Auge und stellte es scharf.

»Wow«, sagte sie ein paar Sekunden später. »Das ist wirklich stark vergrößernd. Ich kann Martin sehen.«

Caleb hob das Fernglas an seine Augen und richtete es auf den Rasen vor dem Haus. Wie Katya gesagt hatte, ging Martin auf das Gartenhaus am Fluss zu. Ein paar Schritte hinter ihm war eine Frau, die er nicht erkannte. Sie war zierlich, schlanker als Katya, und hatte dunkles Haar, das, wie er vermutete, zu einem Pferdeschwanz zurückgebunden war. Ihre Schultern waren unter ihrem weißen Oberteil gebeugt, sie hatte den Kopf gesenkt und es war für Caleb offensichtlich, dass sie unglücklich war. Martin öffnete die Tür zum Gartenhaus und trat einen Schritt zurück, um sie eintreten zu lassen. Dann schloss er die Tür hinter ihnen und ein paar Sekunden später wurden die Jalousien zugezogen.

Mit einem grimmigen Gesichtsausdruck wandte sich Caleb an Katya.

»Das wird bald vorbei sein«, sagte er und nickte in Richtung Gartenhaus. »Martins Tag der Abrechnung steht an. Es wird in der Tat ein Tag des Zorns sein.« Katya antwortete nicht, aber als sie Caleb ansah, konnte er den Schmerz in ihren Augen sehen.

»Wer war das bei ihm?«, fragte sie.

»Ich weiß es nicht«, antwortete Caleb. »Aber ihr Schmerz wird um ein Vielfaches vergolten werden. Das ist mein feierliches Versprechen.«

»Ist das aus der Bibel?« Katya wischte sich mit dem Handrücken über das Gesicht.

»Nein. Es ist von mir.«

Knapp eine Stunde später, nachdem Caleb auf alle Elemente des Hauses und des Geländes hingewiesen hatte, die Katya beobachten sollte, öffnete sich die Tür des Gartenhauses erneut. Die Frau trat heraus und Caleb sah durch sein Fernglas, dass sie zerzaust war. Ihr Haar war jetzt lose und wild und sie ging halb im Gehen, halb im Laufen den Rasen hinauf. Caleb richtete seine Aufmerksamkeit auf die Tür des Gartenhauses, die immer noch offen war. Drinnen konnte Caleb gerade noch Martin erkennen, der in einem Sessel saß und eine Zigarre in der Hand hielt. Er beobachtete, wie Martin sich nach vorne lehnte, sie anzündete und eine Rauchwolke ausstieß.

»Bist du glücklich, Katya?«, fragte Caleb. Katya, die Martin ebenfalls durch ihr Spektiv beobachtete, nickte als Antwort.

»Ja, ich glaube schon.« Sie legte das Spektiv ab und drehte sich zu ihm um. »Du gehst im Morgengrauen?«

»Ja«, antwortete er. »Die Veranstaltung, von der Mateo mir erzählt hat, findet erst morgen Abend statt, also haben wir noch Zeit. Ich brauche etwas Zeit für mich, wenn ich darf?«

»Sicher«, sagte Katya mit einem Nicken. »Ich bleibe hier und halte die Augen offen.«

Caleb kletterte den Baum hinunter und machte sich auf den Weg aus dem kleinen Dickicht, wobei er darauf achtete, die Büsche und Bäume zwischen sich und dem Haus zu lassen. Er ging vielleicht zehn Minuten lang, bis er eine kleine Lichtung fand, die von Weißdornbüschen umgeben war. Dann setzte er sich hin, schlug die Beine übereinander und legte die Hände auf die Knie. Um ihn herum hörte er das leise Summen der Hummeln, die von einer weißen Blüte zur nächsten flogen. Caleb atmete tief durch die Nase ein und genoss den Vanille- und Mandelduft der Blumen. Es war nicht der angenehmste aller Gerüche. Caleb erinnerte sich, dass das markante Element Triethylamin genannt wurde. Die gleiche Chemikalie, die entsteht, wenn ein menschlicher Körper zu verwesen beginnt. Er hatte gehört, dass es einen alten Aberglauben gab, der besagte, dass der Tod eintritt, wenn man eine Weißdornblüte mit ins Haus nimmt.

Er bemühte sich, seinen Geist von solchen Gedanken zu befreien und sich auf die anstehende Aufgabe zu konzentrieren. Dabei schossen ihm verschiedene Verse aus der Bibel durch den Kopf, bis er sich schließlich auf das Buch Daniel konzentrierte.

»Mene, mene, tekel, parsin«, murmelte Caleb und wiederholte die Worte, die eine körperlose Hand in dem Buch an die Wand des Hauses von König Belsazar geschrieben hatte. Caleb atmete noch einmal tief ein und konzentrierte sich diesmal nicht auf den Geruch des Todes, der die Luft durchdrang, sondern darauf, Daniel zu werden. Im Morgengrauen würde er die Höhle des Löwen betreten, aber anders als bei Daniel würde er keinen Engel haben, der den Löwen das Maul zuhält. Das war etwas, das Caleb selbst tun musste.

Während Caleb weiter nachdachte, tauchte ein Gedanke immer wieder in seinem Kopf auf.

Die Zeichen standen für Martin tatsächlich auf Sturm.

115

Katya beobachtete das Haus weiterhin durch ihr Spektiv und hoffte, Ana oder Elene zu sehen. Aber abgesehen von den Sicherheitsleuten, auf die Caleb sie hingewiesen hatte, war niemand zu sehen. Martin war verschwunden, kurz nachdem Caleb sie allein gelassen hatte. Sie hatte Martin beobachtet, wie er den Rasen hinaufging, das Handy an sein Ohr gepresst, und Katya hatte sich gewünscht, dass ein Blitz vom Himmel kommen und ihn erschlagen würde. Eine Wache rauchte unter dem einzigen Baum im Garten und nutzte den Stamm, um sich vor dem Haus zu schützen.

Während sie dem Wächter beim Rauchen zusah, dachte Katya über die Zukunft nach und darüber, wie sie aussehen könnte. Ihre anfänglichen Träume von England unterschieden sich bisher sehr von der Realität. Wenigstens war sie jetzt nicht in direkter Gefahr. Dafür hatte Caleb gesorgt. Aber Ana und Elene waren in Gefahr und damit auch Caleb, wenn er seinen Plan weiterverfolgte. Sie dachte daran zurück, wie er mit dem Mann im Hotelzimmer gekämpft hatte. Es hatte einen Moment gegeben, in dem sie gedacht hatte, dass Caleb geschlagen worden war, und wenn sie eine freie Schussbahn auf seinen Angreifer gehabt hätte, hätte sie diese auch genutzt. Aber Caleb hatte sich behauptet.

Wenn Caleb in der Lage war, Ana und Elene zu retten, und Katya glaubte fest daran, dass er es schaffen würde, was würde dann als Nächstes auf sie zukommen? Wohin könnten sie gehen? Wo würden sie leben? Selbst wenn sie zu den Behörden gingen, und das war nach Ansicht von Katya die einzige Möglichkeit, die sie hatten, würden sie immer noch illegale Einwanderer sein. Katya dachte, dass Ana und Elene anders behandelt werden würden, da sie Kinder waren, aber was war mit ihr? Sie war eine erwachsene Frau, die in keiner Weise mit den beiden Mädchen verwandt war. Würden sie getrennt werden? Und was ist mit Caleb? Was würde aus ihm werden?

Mit diesen und anderen deprimierenden Gedanken im Kopf zwang sich Katya, sich auf die anstehende Aufgabe zu konzentrieren. Das war, wie Caleb erklärt hatte, eine Aufklärung. Sie richtete ihre Aufmerksamkeit auf die Brücke, die über den Fluss zu Martins Haus führte. Aus dieser Entfernung konnte man nicht sagen, wie tief der Fluss war, aber er floss langsam. Ein paar Enten paddelten auf der ruhigen Oberfläche. Die Brücke selbst war einfach, nicht viel mehr als eine Verlängerung der Straße, die sie überquerte. Auf der anderen Seite des Flusses befand sich ein großes Tor, von dem sie annahm, dass es vom Haus aus bedient wurde. Am frühen Morgen hatte sie einen schwarzen Geländewagen ankommen sehen, der genauso aussah wie der, der sie am Vortag verfolgt hatte. Als er an der Brücke ankam, begann das Tor aufzuschwingen. Sie und Caleb hatten beobachtet, wie Martin aus dem Fahrzeug stieg, nachdem es in der Nähe des Hauses geparkt hatte, und sich die Brust rieb, als er zur Haustür ging.

Katya hasste Martin mit einer Leidenschaft, die sie noch nie für einen anderen Menschen empfunden hatte. Ihrer Meinung nach war er der Grund für die Situation von Ana und Elene. Ihrer Meinung nach war kein Blut an Calebs Händen. Es war alles Martins Schuld. Wenn Caleb Recht hatte, war er der Dreh- und Angelpunkt für alles, was ihr, Ana und Elene widerfahren war. Sie fragte sich, wie viele andere Leben er zerstört hatte.

Was auch immer Caleb mit dem Mann vorhatte, Katya war es Recht. Wenn sie irgendetwas tun konnte, um zu helfen, und sei es auch nur, auf einem Baum zu sitzen, würde sie es tun. Und wenn Caleb aus irgendeinem Grund bei seiner Mission scheitern sollte, würde sie selbst zu seinem Haus gehen. Katya rief ein Bild von Ana und Elene in ihrem Kopf wach und erinnerte sich an ihr Lachen beim Kartenspiel auf dem Bauernhof. Bevor Mateo und Aleksander sie mitgenommen hatten.

Wenn Caleb versagte, würde sie Martin selbst töten. Oder sie würde bei dem Versuch sterben.

116

Martin seufzte, als er auf das Wegwerfhandy sah. Dieser Anruf war unangenehm gewesen, um es vorsichtig auszudrücken. Er benutzte sein eigenes Handy, um Robert eine Textnachricht zu schicken und ihn zu bitten, in sein Büro zu kommen. Während er wartete, dachte er über das Gespräch nach, das er gerade geführt hatte.

Der Anrufer hatte ihm mit seiner unverwechselbaren Baritonstimme ohne Reue mitgeteilt, dass er wegen einer Ausschusssitzung im Unterhaus nicht zu der Veranstaltung am nächsten Tag kommen könne. Im ersten Moment war Martin erfreut gewesen. Der Mann konnte manchmal eine echte Nervensäge sein. Er war daran gewöhnt, dass die Leute nach seiner Pfeife tanzten und er bekam, was er wollte und wann er es wollte. Aber das Gute an ihm war, dass er auch sehr tiefe Taschen hatte und er hatte gerade angeboten, noch tiefer in die Tasche zu greifen.

»Martin?«, sagte Robert einen Moment später, nachdem es kurz an der Tür geklopft hatte. »Alles in Ordnung?«

»Wir müssen unsere Pläne ein wenig ändern, Robert. Einer der Gäste will uns früher besuchen.«

»Der Politiker? Davon hast du mir doch schon erzählt.«

»Nein, nicht früher, wie in *früher morgen*. Er will uns heute Nachmittag besuchen.«

»Ah«, antwortete Robert. »Das könnte ein Problem sein.«

»Robert«, erwiderte Martin. »Ich bezahle dir eine Menge Geld, damit du meine Probleme löst. Lika soll die Mädchen vorbereiten und sie wiegen. Ich werde mit dem Apotheker sprechen, also muss einer aus deinem Team die Getränke holen gehen.« Er starrte Robert an, der wie immer teilnahmslos blieb.

»Wie du wünschst, Martin«, sagte Robert einen Moment später. »Wann wird er ankommen?«

»Um fünfzehn Uhr heute Nachmittag.«

Robert nickte und verließ das Büro. Martin stand auf, ging zur Tür und schloss sie ab, um nicht gestört zu werden. Dann ging er zur Wand hinter seinem Schreibtisch und schob das Gemälde einer beliebigen Windmühle zur Seite, um einen in die Wand eingebauten Tresor freizulegen. In der Tür befand sich ein digitaler Nummernblock, in den er einen sechsstelligen Code eintippte, den nur er selbst kannte. Martin machte sich keine Illusionen darüber, dass Robert von dem Safe wusste, aber ohne den Code wüsste er nicht, was sich darin befand. Der Tresor selbst hatte die Größe eines Mini-Kühlschranks, aber wegen der doppelten Wände mit einer feuerfesten Natriumsilikatschicht dazwischen war der Innenraum viel kleiner. Er enthielt nur zwei Gegenstände. Einen Laptop und ein Ladekabel.

Martin nahm den Laptop heraus, ging zurück zu seinem Schreibtisch und schloss das Ladekabel an, während der Laptop hochfuhr. Er vergewisserte sich, dass er mit dem versteckten WLAN-Netzwerk verbunden war, mit dem auch die Hauskameras verbunden waren, und öffnete die Software, um sie anzusehen. Er nickte, als er sich durch die Kamerabilder schaltete. Diejenige, die ihn am meisten interessierte, befand sich in einem der Schlafzimmer im Keller, wo sein Gast die Mädchen unterhalten würde. Martin stellte die Software der Kamera so ein, dass die Aufzeichnung um vierzehn Uhr nachmittags beginnen sollte. Sein Gast hatte die lästige Angewohnheit, zu früh zu kommen, und Martin wollte nichts verpassen, was auf den riesigen Doppelfestplatten des Computers aufgezeichnet wurde. Das Filmmaterial war nirgendwo anders gespeichert, aber er hatte viel Geld bezahlt, um sicherzustellen, dass die Festplatten auch dann noch funktionieren, wenn der Laptop zerstört werden sollte. Darauf befand sich eine Menge Filmmaterial von vielen Menschen. Leute, die eine Menge Geld dafür zahlen würden, dass das Material nie zu sehen wäre, sollte er jemals Druck ausüben müssen.

Nachdem die Schlafzimmerkamera eingerichtet war, schaltete Martin erneut durch die Aufnahmen, bis er die Kamera im Schlafzimmer der Mädchen erreichte. Er beobachtete ein paar Augenblicke lang, wie Lika um sie herum wuselte. Er schaltete kurz den Ton ein, konnte aber nichts von dem, was sie sagten, verstehen. So wie es aussah, wollte das jüngere Mädchen nicht unter die Dusche gehen. Das ältere Mädchen überredete sie und schnappte mit einem Handtuch nach ihrer Schwester.

Martin hörte zu, wie die beiden Mädchen quiekten und lachten, während Lika sie beobachtete. Die Frau hatte einen seltsamen Gesichtsausdruck, irgendwo zwischen Traurigkeit und Resignation. Er hatte diesen Gesichtsausdruck schon einmal im Gartenhaus gesehen, ihn aber damals nicht beachtet.

Er beachtete ihn auch jetzt nicht, als er den Laptop schloss und zurück in den Tresor legte.

»Was auch immer sein wird, wird sein«, murmelte Martin leise, als er das Gemälde zurück über den Tresor schob.

117

Caleb ging langsam zurück zu den Bäumen und fühlte sich sowohl körperlich als auch geistig erholt. Nachdem er so viel Zeit damit verbracht hatte, sich auf das zu konzentrieren, was vor ihm lag, erlaubte er sich einen Moment, um darüber nachzudenken, was danach kommen würde. Wohin er gehen würde, was er tun könnte. Aber er verwarf diese Gedanken als zu unsicher, um sich damit zu beschäftigen.

Als er die Bäume erreichte, saß Katya immer noch oben in der Eiche. Er rief ihr zu und hörte sie wenige Augenblicke später herunterklettern. Sie sprang vom untersten Ast, stolperte bei der Landung und lachte, als er eine Hand ausstreckte, um sie zu stützen.

»Ups«, sagte sie und kicherte immer noch. Caleb war erleichtert, sie gut gelaunt zu sehen. Zuvor hatte er sich Sorgen gemacht, wie sie auf die Nachricht reagieren würde, dass sie keine aktivere Rolle bei der Rettung der Mädchen einnehmen würde, aber sie schien es zu akzeptieren.

»Geht irgendetwas vor sich?«

»Nicht wirklich«, antwortete Katya und rückte das

Spektiv zurecht, das sie sich um den Hals gehängt hatte. »Jedenfalls nichts, was ich sehen könnte.«

»Haben die Wachen ihr Verhaltensmuster geändert?«

»Ich glaube nicht, nein«, sagte sie. Caleb nickte. Das war gut. »Aber da ist noch ein Mann. Nicht einer der Wachen, aber er hat mit Martin in seinem Büro gesprochen. Ich habe sie durch sein Fenster beobachtet.«

»Kannst du ihn beschreiben?«

»Normale Größe, normale Statur. Vielleicht in den Dreißigern? Ich bin mir nicht sicher, schwer zu sagen.«

»Haare?«

»Ein Bürstenschnitt oder rasiert, glaube ich.«

Caleb nickte wieder. Das war eine nützliche Information. Der zusätzliche Mann könnte zu den Wachen gehören, also wären es insgesamt fünf. Wenn sie zu zweit arbeiteten, war es logisch, dass es eine Art Anführer gab.

»Danke«, sagte er zu Katya und wurde mit einem breiten Lächeln belohnt. Er deutete auf das Spektiv. »Soll ich da oben weiter machen?«

»Nein, ich mach das schon. Du musst deine Energie für den Morgen aufsparen. Ich gehe gleich wieder hinauf. Ich muss nur einen Busch finden.«

»Einen Busch finden?«, fragte Caleb. Er deutete auf die umliegende Vegetation. »Davon gibt es hier jede Menge.«

»Nein, ich muss einen privaten Busch finden.«

Caleb brauchte ein paar Sekunden, um zu verstehen, was sie meinte.

»Ah, ich verstehe.«

Caleb verbrachte die nächsten Stunden damit, im Auto zu sitzen, während Katya vom Baum aus Wache hielt. Er überprüfte immer wieder seine Ausrüstung und vergewisserte sich, dass er alles, was er brauchte, in Mateos Tasche gepackt hatte. Dann döste er eine Weile und nickte zum

Geräusch des Windes ein, der durch die Blätter rauschte. Aber er träumte nicht.

Caleb befand sich irgendwo zwischen Schlaf und Wachsein, als er hörte, wie Katya ihn rief.

»Caleb?« Ihre Stimme war scharf und eindringlich. Caleb riss die Augen auf und war sofort wach. Er schnappte sich das Fernglas, stieg aus dem Auto und rannte zum Fuß des Baumes. »Komm hier hoch«, sagte Katya leise, aber bestimmt.

Er kletterte den Baum hinauf, bis er auf demselben Ast wie sie saß. Der Ast war so dick, dass er zehn Menschen hätte tragen können, ohne sich auch nur ein Stück zu bewegen.

»Was ist los?«, fragte Caleb, als er das Fernglas an seine Augen hob, aber er konnte sehen, warum Katya ihn gerufen hatte. Das Tor zum Haus öffnete sich langsam, um ein Auto durchzulassen.

»Einer der Geländewagen ist vor einer Weile weggefahren, gefahren von dem Mann, den ich in Martins Büro gesehen hatte«, sagte Katya. »Dann kam er etwa dreißig Minuten später zurück. Aber dieses Auto ist gerade aufgetaucht.«

Caleb konzentrierte sich auf das Auto, als es durch das Tor fuhr. Es war ein schnittiges Fahrzeug, fast wie ein Lincoln Town Car zu Hause. Der metallische Lack hatte eine tiefgrüne Farbe, die im Sonnenlicht glitzerte. Er konnte sehen, wie Martin an der Eingangstür seines Hauses stand, um seinen Besucher zu begrüßen.

Das Auto hielt direkt vor dem Haus und Caleb beobachtete, wie ein Mann ausstieg. Er trug einen eleganten Anzug und hatte graues Haar, das er sich mit den Händen zurückstrich.

»Wer ist er?«, sagte Katya. »Caleb, was ist, wenn er wegen der Mädchen hier ist?«

Caleb hatte genau das Gleiche gedacht, was Katya gerade gesagt hatte. Er schloss seine Augen und betete um Hilfe. Aber es kam keine. Er war auf sich allein gestellt.

»Katya«, sagte Caleb und fixierte ihre Augen mit seinen. »Ich muss gehen.« Er sah die Angst in ihren Augen aufsteigen und legte seine Hand auf ihre, bis sie sich legte. Sie nickte und blinzelte die Tränen zurück.

Einen Moment später ging Caleb mit Mateos Tasche über der Schulter aus dem kleinen Wäldchen in Richtung der Steinmauer, die ihm Schutz bieten würde, wenn er sich Martins Haus näherte.

Aber Caleb schaute nicht zurück.

Er schaute nie zurück.

118

Katyas Herz pochte in ihrer Brust, als sie durch das Spektiv beobachtete, wie Caleb in der Hocke, aber mit schnellen Bewegungen, auf die Mauer zuging. Sie hatte ihm nicht einmal Glück gewünscht, geschweige denn sich von ihm verabschiedet. Was, wenn er nie mehr zurückkommen würde? Sie verfluchte sich selbst, während sie atmete. Wenn ihm etwas zustieß, würde sie sich das nie verzeihen. Nachdem Badri gestorben war, war das Schlimmste die Tatsache, dass sie nie die Chance gehabt hatte, sich richtig von ihm zu verabschieden.

Sie richtete ihre Aufmerksamkeit auf das Haus. Vor dem Haus schüttelte Martin dem Neuankömmling die Hand. Der Mann, den sie vorhin gesehen hatte, trat hinter Martin aus dem Haus und der Besucher reichte ihm etwas. Einen Moment später wurde das grüne Auto zur Rückseite des Hauses gefahren, während die beiden Männer weiter sprachen. Dann streckte Martin seine Hand aus und der andere Mann betrat das Haus.

Katyas Blick wurde auf eine Bewegung vor der Garage

gelenkt. Die vier Wachen, die sie zuvor gesehen hatte, standen in einer Gruppe vor dem Garagentor. Sie richtete das Spektiv neu aus und was sie sah, erfüllte ihr Herz mit Schrecken. Alle vier trugen schwarze, stumpfe Gewehre über der Brust. Katya griff in ihre Tasche nach Mateos Handy und tippte mit zitternden Händen eine Nachricht an Caleb. Sie hatten vereinbart, dass sie das Wegwerfhandy, das er bei sich trug, nur im Notfall anschreiben würde. Dies war ein Notfall.

Die Wachen haben Waffen.

Sie drückte auf Senden und hielt den Atem an, während sie auf eine Antwort wartete. Als sie kam, war es ein einzelner Buchstabe.

K

Katya hob das Spektiv wieder an ihr Auge und verfolgte die Wachen, während sie sich auf ihre Patrouille begaben. Zu ihrer Erleichterung folgten sie der gleichen Route wie vorhin, zwei von ihnen gingen hinunter zum Fluss und die anderen beiden verschwanden hinter dem Haus. Dann wechselte sie zu Caleb, aber nachdem sie die Steinmauer mehrmals abgesucht hatte, konnte sie ihn nicht mehr sehen. Katya zwang sich, sich zu entspannen. Wenn sie ihn nicht sehen konnte, obwohl sie den Weg kannte, den er nehmen sollte, konnten es die Wachen auch nicht. Oder doch?

Dann konzentrierte sie sich auf das Fenster von Martins Büro, um zu sehen, ob die beiden Männer dort drin waren, aber es war leer. Bei dem Gedanken, dass dieser Mann und Ana oder Elene bei ihm waren, wurde ihr übel. Dass er sie berührte. Dass er Dinge mit ihnen machte, die sie nicht verstehen würden. Nicht verstehen sollten. Katya hustete und als sie spürte, wie ihr die Galle in den Mund stieg, dachte sie, sie müsse sich übergeben, aber das Gefühl ließ nach, als sie die Galle mit einer Grimasse hinunterschluckte.

Methodisch inspizierte Katya mit dem Spektiv nacheinander alle Fenster des Hauses, um zu sehen, ob sich im Inneren etwas tat. Es war nichts zu sehen, bis sie zum letzten Fenster im ersten Stock kam. Als sie vorhin darauf geschaut hatte, waren die Jalousien zugezogen gewesen, aber jemand hatte sie geöffnet, um das Fenster zu öffnen. Katya konnte einen Mann sehen, der an einem Schreibtisch saß und auf eine Reihe von Bildschirmen blickte. Er rauchte eine Zigarette und lehnte sich in seinem Stuhl zurück. Katya vermutete, dass es der Mann war, der das Auto des Besuchers geparkt hatte, aber er saß mit dem Rücken zu ihr, so dass sie sich nicht sicher sein konnte.

Katya richtete das Spektiv wieder auf die Steinmauer. Sie verfolgte den Weg von seinem Anfang bis zu seinem Ende bei der Brücke. Als sie bei der Brücke ankam, sah sie Caleb. Ihr Herz schlug ihr bis zum Hals, als sie sah, wie er am Fluss kauerte und die Brücke nutzte, um sich zu verstecken. Er nahm Dinge aus Mateos Tasche und steckte sie in seine Taschen. Dann drehte er sich um und sah Katya direkt an. Sie wusste, dass er sie nicht sehen konnte, aber es war, als ob er ihren Blick gespürt hätte.

Sie beobachtete, wie Caleb, dessen Augen immer noch auf ihren Standort gerichtet waren, beide Hände wie zum Gebet vor sich verschränkte und dann mit dem Finger auf seine eigene Brust zeigte.

»Das werde ich, Caleb«, flüsterte Katya. »Ich werde für dich beten.«

119

Caleb hockte im Schatten der Brücke, in der Gewissheit, dass er weder vom Haus noch vom Garten aus gesehen werden konnte. Er nahm sich einen Moment Zeit, um den Himmel über sich nach einer Drohne abzusuchen, aber außer ein paar Rotmilanen, die in der Luft schwebten und sich gegenseitig riefen, konnte er nichts sehen oder hören. Er schwitzte stark, nachdem er den Weg an der Steinmauer entlang zu seinem jetzigen Standort zurückgelegt hatte. Der Weg dorthin war harte Arbeit gewesen und seine Oberschenkel brannten noch immer von der Anstrengung.

Er verbrachte einige Augenblicke damit, die Ausrüstung aus Mateos Tasche in die Taschen seiner Tarnjacke zu packen und darauf zu achten, dass die Taschen dicht waren. Das Letzte, was er tun wollte, war, nach etwas Wichtigem zu greifen, nur um festzustellen, dass es auf dem Grund des Flusses lag. Die Waffe, die er dem Mann im Hotel abgenommen hatte, war in Plastik eingewickelt. Sie würde nass werden, aber sie würde noch funktionieren, wenn er sie brauchen würde. Caleb spielte mit dem Gedanken, den

Schalldämpfer zu entfernen, da er die Waffe in seiner Tasche unhandlich machte, aber er entschied sich, ihn zu behalten. Der letzte Gegenstand, den er aus Mateos Tasche nahm, war zu groß für seine Taschen, und da er ihn gleich benutzen wollte, legte er ihn neben sich ab.

Caleb war noch nie so nah am Haus gewesen, also nahm er sich einen Moment Zeit, um zu Atem zu kommen. Dann nahm er das Fernglas und ging einen Yard vorwärts, wobei er darauf achtete, dass er die Büsche in der Nähe der Brücke nicht zu stark bewegte. Er drückte es an seine Augen und begann, das Haus eingehend zu beobachten, wobei er sich methodisch von links nach rechts bewegte. Das Erste, was ihm auffiel, waren die Kameras. An jeder Ecke des Gebäudes befanden sich zwei, die in entgegengesetzte Richtungen blickten. Er beobachtete sie ein paar Minuten lang, aber sie bewegten sich nicht. Das bedeutete, dass sie ein weites Sichtfeld haben würden, was gut war, denn die Bildqualität würde nicht sehr gut sein. Das bedeutete aber auch, dass es keine toten Winkel gab, die durch die Bewegung der Kameras verursacht werden könnten. Aber eine Kamera war nur so gut wie die Person, die den Bildschirm beobachtete, und wenn das niemand war, wurde sie irrelevant.

Die Fenster des Hauses waren doppelt verglast und hatten keine Fensterbank außen. Das würde ein leises Eindringen durch eines der Fenster unmöglich machen. Die einzige Ausnahme war das am weitesten entfernte Fenster im ersten Stock, das offen war. Als Caleb es beobachtete, stieg eine dünne Rauchfahne aus dem Fenster, bevor sie von der leichten Brise fortgetragen wurde. Caleb richtete seine Aufmerksamkeit auf die unmittelbare Umgebung des Fensters. Es befand sich vielleicht zwanzig Fuß über dem Boden und es war nicht klar, ob es sich ganz öffnen ließ oder ob es eine Sicherheitsvorrichtung hatte, die dies verhinderte, wie bei vielen Hotels, in denen er gewohnt hatte. An der Seite des Gebäudes verlief ein Rohr, das mit soliden Metallbefestigungen an der Wand befestigt war. Es gab insgesamt drei, die etwas mehr als einen Yard voneinander entfernt waren. Er probte in Gedanken das Klettern am Rohr und versuchte zu berechnen, wie lange er brauchen würde, um vom Boden zum Fenster zu klettern. Wenn ihn jemand dabei sehen würde, wäre er ein leichtes Ziel. Außerdem gab es noch das Problem, dass jemand in dem Raum rauchte. Aber bevor er überhaupt anfangen konnte, das Rohr zu erklimmen, musste er erst einmal rankommen.

Zwei der Wachen liefen von ihm weg an der Vorderseite des Rasens am Fluss entlang. Sie standen bereits mit dem Rücken zu ihm, als er Katyas SMS erhielt, und er konnte nicht erkennen, was für Waffen sie hatten. Aber er konnte die Riemen auf ihren Rücken sehen, die sie größer als Pistolen machten.

Caleb überprüfte noch einmal, ob seine Taschen dicht waren. Dann legte er das Fernglas auf den Boden, da er es nicht mehr brauchen würde. Er hob den Gegenstand auf, den er auf den Boden gelegt hatte, und schlich zum Flussufer, wo ihn Binsen verbargen.

Mit einem Keuchen angesichts der Kälte des Wassers glitt Caleb langsam in den Fluss.

Es war so weit.

»Wie geht es unserem Gast?«, hörte Martin Robert fragen, als er den Überwachungsraum betrat. Die Augen des Sicherheitschefs waren auf die Bildschirme auf dem Schreibtisch vor ihm gerichtet, und im Aschenbecher qualmte eine Zigarette vor sich hin. Dies war der einzige Raum, in dem Martin Robert das Rauchen erlaubte, denn wenn die Kameras überwacht wurden, konnte er kaum für eine Zigarette rausgehen.

»Er duscht in dem Gästezimmer«, antwortete Martin und schaute auf die Bildschirme. Es gab insgesamt acht, zwei für jede Seite des Hauses, und sie ermöglichten Robert einen dreihundertsechzig Grad Blick auf den Außenbereich. Die einzigen internen Kameras waren die von Martin.

Auf einem Bildschirm konnte Martin sehen, wie zwei der Wachen an der hinteren Mauer des Grundstücks entlang schlenderten, während ihre Kollegen auf einem anderen Bildschirm gerade an dem Gartenhaus vorbeikamen, in der er und Lika sich an diesem Morgen amüsiert hatten. Oder zumindest, wo Martin sich amüsiert hatte.

Martin ging zum Fenster, weil er dringend etwas frische Luft brauchte. Der Rauch von Roberts Zigarette reizte seine Augen. Er spürte einen dumpfen Schmerz hinter dem Brustbein, der von dem Stress kam, den die frühe Ankunft seines Besuchs verursacht hatte. Martins Pläne waren so genau – das mussten sie auch sein – dass jede Abweichung ihn in Stress versetzte. Er beobachtete, wie sich eine einsame Ente ihren Weg den Fluss hinunter bahnte und dachte an die Speisekarte im White Horse zurück.

»Ente mit Quittenpüree und Endiviensalat mit Orangen«, murmelte Martin vor sich hin.

»Wie bitte?«, sagte Robert.

»Das werde ich zum Abendessen haben«, antwortete Martin und winkte Robert mit der Hand, um eine weitere Rauchwolke zu vertreiben. »Wenn du Probleme hast, sag mir Bescheid.«

Martin verließ den Überwachungsraum und ging die Haupttreppe hinunter, um in die Küche zu gehen und Lika zu suchen. Als er den Raum betrat, war das Licht aus. Martin murmelte leise vor sich hin. Er hatte ihr gesagt, sie solle das Essen für seinen Gast vorbereiten, sobald die Mädchen fertig waren. Der Gast würde später zweifellos hungrig sein.

»Alexa, schalte das Küchenlicht an«, sagte Martin. Sie flackerten auf und er machte sich auf den Weg durch die Küche zur Tür am Ende, die in den Keller führte. Eine weitere Treppe hinunter, ging er zum Schlafzimmer der Mädchen und klopfte an die Tür.

»Sie sind noch nicht fertig«, ertönte Likas Stimme von drinnen.

»Mach die Tür auf!« Der Schmerz in Martins Brust pulsierte im Takt mit seinem Herzschlag. Ein paar Sekunden später schwang die Tür auf. »Was ist hier los?«

»Sie will ihr Getränk nicht trinken«, sagte Lika und zeigte mit dem Finger auf Ana, die mit gesenktem Kopf auf ihrem Bett saß. Neben ihr hatte sich Elene zu einer Kugel zusammengerollt. Beim Klang von Martins Stimme hob sie den Kopf, legte ihn aber schnell wieder hin.

»Hat sie ihn jetzt gehabt?«

»Ja, aber erst vor einem Moment.«

Martin schaute auf seine Uhr. Die Medikamente in den sirupartigen Getränken, die sein Apotheker zubereitet hatte, würden mindestens zwanzig Minuten brauchen, um zu wirken. Er wollte seinen Gast nicht warten lassen, aber er hatte keine andere Wahl. Einer der Vorteile des pharmakologischen Gebräus, für das Martin so viel bezahlt hatte, war, dass es die Erinnerungen seiner Pakete auslöschte.

Martin war es egal, ob sie sich daran erinnerten, was ihnen passiert war. Er wollte nur nicht, dass sie es jemand anderem erzählten, in diesem Fall seinen anderen Kunden.

Das würde überhaupt nicht gut gehen.

Caleb hielt seine Lungen halb aufgeblasen, um einen neutralen Auftrieb im Wasser aufrechtzuerhalten, und atmete flach, während er in einem Winkel von fünfundvierzig Grad auf dem Rücken lag. Seine Füße waren auf dem Flussbett, und nur sein Gesicht war über der Wasseroberfläche. Caleb hielt eine Hand zur Seite, um das Gleichgewicht zu halten, und mit der anderen hielt er eine Plastikente aus dem Outdoor-Laden zwischen das Haus und sein Gesicht, um den einzigen Teil seines Körpers zu verbergen, der über dem Wasser war. Er trieb sich mit den Füßen an und versuchte abzuschätzen, wie schnell sich eine Ente durch das Wasser bewegen würde.

Caleb brauchte etwa fünf Minuten, um an der Vorderseite des Flusses entlang, am Gartenhaus vorbei und in den Schatten der Eiche in der Ecke von Martins Garten zu gelangen. Das Haus und der Baum waren die einzigen beiden toten Winkel, an denen er ungesehen von den Kameras aus dem Fluss klettern konnte. Ein weiterer Grund, sich langsam zu bewegen, war, dass er hinter den Wachen bleiben wollte. Wenn sie ihrer normalen Routine folgten, würden sie am Ende des Gartens umdrehen und bis zur anderen Ecke des Geländes laufen. Aber die beiden anderen Wachen liefen auch an der hinteren Gartenmauer entlang und könnten ihn sehen, wenn er nicht rechtzeitig aus dem Fluss kletterte.

Caleb richtete sich auf, um die Lockente zu umgehen. Fast wäre er zu schnell gewesen, denn die Männer drehten sich gerade um, um an der Seite des Gartens entlangzugehen. Er ließ sich ein paar Augenblicke Zeit, bewegte den Plastikköder ein paar Mal, damit er nicht zu unbeweglich war, und näherte sich dann dem Flussufer.

Der tote Winkel, den die Eiche vom Haus aus bildete, war nur so breit wie der Stamm selbst, und wegen der beiden Kameras bestand das Risiko, dass er sogar noch schmaler war als das. Aber er konnte nichts dagegen tun. Er setzte die Ente in einige Binsen und bahnte sich seinen Weg durch sie. Caleb spähte durch die hohen Halme auf die Rücken der beiden Männer, die jetzt etwa zehn Yard von dem Baum entfernt waren. Er hatte vielleicht dreißig Sekunden Zeit, bevor die anderen Wachen am oberen Ende des Gartens auftauchten.

Caleb teilte die Schilfrohre und schlüpfte durch sie hindurch, wobei er die sich zurückziehenden Wachen genau im Auge behielt. So schnell er konnte, ohne Geräusche zu machen, machte er sich auf den Weg zum Fuß des Baumes. Knapp über Kopfhöhe befand sich ein Ast, der etwa so breit war wie sein Unterarm. Er konnte ihn benutzen, um sich in die relative Sicherheit der Baumkronen hochzuziehen.

Er sprang und hielt sich mit beiden Händen am Ast fest, um sich hochzuziehen. Als er mit der Brust auf dem Ast war, begann Caleb, seine Beine nach oben zu schwingen. Mit einem lauten Knall spürte Caleb, wie er zurück auf den

Boden fiel. Er schaffte es, sich zu drehen, bevor er auf dem Boden aufschlug, so dass er mit den Füßen zuerst landete und den Aufprall mit den Fußsohlen abfederte.

Caleb hielt inne und ging in die Hocke. Er schaute wieder zum Baum hinauf. Es gab einen alternativen Weg in die Baumkronen, Knoten und Wirbel in der Rinde boten Halt für Hände und Füße.

Aber hatten die Wachen das Knacken des Astes gehört?

122

Katya unterdrückte einen Schrei, als sie sah, wie Caleb vom Baum fiel und auf dem Boden landete. Er blieb ein paar Sekunden lang regungslos liegen, die Arme zur Seite ausgestreckt. Hinter dem Baum hatten die Wachen aufgehört zu laufen und einer von ihnen hatte sich halb umgedreht, um in Richtung des Flusses zu schauen. Zu Katyas Entsetzen machte der Wächter, der sich umgedreht hatte, ein paar Schritte zurück zum Baum.

»Klettere auf den Baum, Caleb«, sagte Katya und biss die Zähne so fest zusammen, dass ihr Kiefer schmerzte. »Klettere auf den Baum.«

Während Katya zusah, tat Caleb genau das. Sie sah, wie er sich umdrehte, seine Hände auf die Rinde des Baumes legte und dann einen Fuß hob, um sich vom Boden abzuheben. Es würde knapp werden, aber Caleb war schnell. Als er anfing, nach oben zu klettern, bewegte er sich wie ein Puma und ließ nie mehr als eine Hand oder einen Fuß länger als eine Sekunde liegen. Als die Wache ein paar Yard vom Baum entfernt war, konnte Katya Caleb nicht mehr sehen.

Sie atmete schwer durch die Wangen aus, ohne zu merken, dass sie den Atem angehalten hatte.

Unter dem Baum blieb der Wächter einen Moment stehen. Er schaute auf den abgebrochenen Ast hinunter und trat mit dem Fuß dagegen. Aber er schaute nicht in die Baumkronen hinauf. Während sie zusah, lehnte er sich mit dem Rücken gegen den Baumstamm, während sein Kollege hinter ihm weiter die Seite des Gartens hinaufschlenderte. Der Wächter unter dem Baum griff in seine Tasche und als er die Hand herauszog, hatte er eine Schachtel Zigaretten in der Hand. Er zog eine aus der Packung und zündete sie an, bevor er den Kopf zurücklegte und eine Rauchwolke ausatmete, die Katya für einen zufriedenen Seufzer hielt.

Katya suchte die Blätter des Baumes nach einem Zeichen von Caleb ab, aber er war für sie unsichtbar. Aber der Wächter brauchte nur nach oben zu schauen, um ihn zu entdecken. Katya spürte, wie ihr eine Schweißperle zwischen den Schulterblättern herunterlief, aber sie wusste, dass es nicht an der Hitze lag. Es kam von der Angst. Sie war sich sicher, dass dies nicht Teil von Calebs Plan gewesen war.

Mit dem Spektiv suchte sie schnell den Garten ab, um zu sehen, ob es noch eine andere Reaktion auf den abgebrochenen Ast gegeben hatte. In der hinteren Ecke des Gartens, von ihr aus gesehen oben rechts, hatte sich der andere Wächter mit seinen beiden Kollegen getroffen. Sie standen da, die Waffen über der Brust, und es schien, als würden sie sich unterhalten. Weder ihre Körpersprache noch ihr Verhalten gaben Katya Anlass zur Sorge.

Als Katya das Spektiv wieder auf die Eiche richtete, sah die Wache, die geraucht hatte, anders aus. Er hatte seine Zigarette fallen lassen und lehnte sich gegen die Rinde des Stammes. Seine Hände kratzten an seinem Hals und als

Katya das Spektiv zu seinen Füßen bewegte, sah sie, dass sie fast einen Fuß über dem Boden waren. Sein ganzer Körper zitterte und seine Füße trommelten gegen den Stamm der Eiche.

Zehn, vielleicht zwanzig Sekunden später sanken die Hände des Wächters nach unten. Seine Füße hörten auf zu schlagen und wurden still. Katya konnte sehen, dass sein Kopf in einem merkwürdigen Winkel zum Rest seines Körpers stand, aber seine Füße waren immer noch ein Stück vom Boden entfernt. Dann bewegte sich sein Körper mit einem Ruck, vielleicht auch mehr, den Baumstamm hinauf. Es gab eine Pause, dann bewegte er sich wieder.

Im Laufe von vielleicht einer Minute verschwand er in den Kronen der Eiche.

Jeder Muskel in Calebs Oberkörper spannte sich an, als er am Paraseil zog, um den Wächter in die Baumkronen zu ziehen. Ein Ende des Seils war über seinem Kopf zu einem groben Flaschenzug geschlungen, aber er kämpfte sowohl mit dem Gewicht des Mannes als auch mit der Reibung zwischen dem Seil und der rauen Rinde. Er zog erneut, bevor er einen Blick nach unten warf. Der Mann unter ihm befand sich nur ein paar Fuß unter dem Ast, auf dem Caleb stand.

Caleb hatte zunächst daran gedacht, eine strapazierfähige Angelschnur für diese Aufgabe zu verwenden, aber er hatte schnell gemerkt, dass das nicht funktionieren würde. Er würde nicht nur nicht in der Lage sein, die Schnur über den Kopf des Mannes zu spulen, sondern ihn auch nicht in den Baum hochziehen können, ohne sich in den Finger zu schneiden oder den Wächter zu enthaupten. Also hatte er sich stattdessen für ein Paraseil entschieden. Laut Verpackung hielt es bis zu einem Gewicht von dreihundertfünfzig Pfund, wenn nicht sogar mehr, und er konnte mit Leichtigkeit einen Hondaknoten darin machen. Das Seil war nicht ganz so steif, wie er es gerne gehabt hätte, aber er konnte es zu einem Lasso verflechten und über den Kopf der Wache werfen.

»Das ist wie Fahrradfahren«, murmelte Caleb, als er das Seil festzog, bevor der Wächter überhaupt merkte, dass es um seinen Hals lag. Mit einem letzten Zug, bei dem die Muskeln in seinen Schultern und Oberarmen vor Schmerz aufschrien, zog er die Wache hoch genug, um ihn am Genick zu packen und auf den Ast zu ziehen.

Caleb blickte auf den jungen Mann hinunter. Er hatte ihn schon früher bemerkt, als er den Baum als Raucherunterstand genutzt hatte, während sein Kollege die Patrouille abschloss. Die Tatsache, dass er das tat, verriet Caleb so einiges. Die Wachen waren bei weitem nicht so diszipliniert, wie sie sein sollten, und sie waren selbstgefällig. Die regelmäßigen Patrouillen, die sich so sehr ähnelten, dass sie vorhersehbar waren, machten sie verwundbar. Aber, so dachte Caleb, als er auf das Maschinengewehr um seinen Hals blickte, waren sie alles andere als machtlos.

Er griff nach unten, nahm die Waffe ab und untersuchte sie genau. Es handelte sich um eine Variante der MP5 von Heckler und Koch, ein Karabiner mit kurzem Lauf, der, wie Caleb bestätigte, als er das Magazin herauszog, um die Munition zu untersuchen, fünf sechsundvierzig mal fünfundvierzig Millimeter NATO-Munition enthielt. Die Kugeln und der klappbare Schaft bestätigten Caleb, dass seine Vermutung, dass es sich um eine militärische Waffe handelte, richtig war. Er schob das Magazin wieder ein und drückte es mit einem leisen Klicken zurück. Wenn er richtig lag, hatte er vielleicht zwei oder drei Minuten Zeit, bevor die zweite Wache zurückkehrte. Caleb verließ sich darauf, dass er nicht aufblicken würde, wenn er merkte, dass sein Kollege nicht hinter dem Baum rauchte.

Als der zweite Wächter schließlich zum Baum zurückkam, blieb er direkt unter Caleb stehen und sah sich um.

»Dave?«, hörte Caleb ihn mit leiser Stimme sagen, da er seinen Kollegen sicher nicht in Schwierigkeiten bringen wollte. Caleb schaute nach unten und bewertete seinen Sprung sorgfältig. Als er ein Stück hinter der Wache landete, lag bereits ein weiteres Stück Paraseil um den Hals des Mannes. Diesmal war die Schnur um zwei unzerbrechliche Zeltheringe gewickelt und bildete eine Garotte.

Caleb ließ sich auf ein Knie fallen und drehte seinen Körper, sodass der Mann über seine Schulter und mit dem Gesicht voran auf den Boden fiel. Die Wache landete mit einem Grunzen, seine Waffe zwischen seinem Körper und dem Boden eingeklemmt. Caleb rammte ein Knie zwischen die Schulterblätter des Mannes und zog kräftig an den Heringen. Einen Moment später, als alles vorbei war, rollte Caleb seinen Körper in die Binsen neben dem Fluss und achtete darauf, dass er weder vom Haus noch vom Garten aus gesehen werden konnte. Dann lehnte er die Maschinenpistole der ersten Wache gegen den Baum und nahm das Magazin aus der zweiten, bevor er sie neben der Leiche in den Fluss warf. Dreißig Schuss würden mehr als genug sein. Er hatte allerdings nicht vor, auch nur einen einzigen abzufeuern.

Caleb schaute auf die Zigarettenstummel, die am Fuß des Baumes verstreut waren, und dann hinauf zur Baumkrone, wo die Leiche der ersten Wache gerade noch zu sehen war.

»Hat dir nie jemand gesagt, dass Rauchen ungesund ist?«, sagte er leise, als er hinter den Schilfrohren wieder ins Wasser glitt. Caleb schnappte sich die Plastikente und machte sich auf den Weg zum Gartenhaus.

Es war Zeit für eine Ablenkung.

124

Katya senkte das Spektiv, ihr Herz raste. Innerhalb von weniger als zwei Minuten hatte sie gerade gesehen, wie zwei Männer durch Calebs Hand gestorben waren. Keiner von ihnen hatte eine Chance gehabt und sie war sich nicht sicher, wie sie sich dabei fühlte. Die anderen beiden Männer, der im Hotel und der im Auto, hatten zumindest eine Chance gehabt. Sie legte das Spektiv auf einen Ast und atmete ein paar Mal tief durch, um Calebs Grausamkeit mit der Zärtlichkeit, die er ihr gezeigt hatte, in Einklang zu bringen.

Sie zwang sich, an Ana und Elene und ihre missliche Lage zu denken, und atmete noch einmal tief durch, um sich zu beruhigen. Die Männer, die Caleb getötet hatte, waren alle Teil des Systems, das sie in diese Situation gebracht hatte. Sie waren keine unschuldigen Unbeteiligten. Diese Männer waren bewaffnete Söldner, die dafür bezahlt wurden, Pädophilie zu ermöglichen. Sie hatten sich für diesen Weg entschieden, nicht Caleb. Hätten sie das nicht getan, wären sie noch am Leben.

Sie beobachtete, wie Caleb zurück ins Wasser glitt und

den Köder hochhielt, um sein Gesicht zu verbergen. Wäre die Situation nicht so aussichtslos gewesen, hätte es komisch gewirkt. Er machte sich auf den Weg zurück in den Fluss und sie hob das Spektiv an ihre Augen, entschlossen, ihren Teil der Mission zu erfüllen. Der Mann im Kameraraum war immer noch da und starrte auf die Bildschirme. Der Baum hatte seine Aufgabe erfüllt und Caleb vor seinen Augen verborgen. Aber Katya konnte Martin nicht sehen. Sie fand ihn ein paar Augenblicke später in seinem Büro wieder. Er hatte den Laptop aus dem Safe geholt und betrachtete ihn auf seinem Schreibtisch. Da sie sonst nichts sehen konnte, brachte sie das Spektiv auf die Ente.

Einen Moment später schlüpfte Caleb im Schutz des Gartenhauses aus dem Wasser. Er kroch zum Gartenhaus, schlüpfte hinein und schloss die Tür hinter sich. Etwa drei Minuten später tauchte er wieder auf und kroch zurück zum Wasser, diesmal ließ er die Tür einen Spalt offen. Dann war er wieder im Wasser und die Ente machte sich auf den Weg zurück zum Baum. Einen Moment später war Caleb wieder in der relativen Sicherheit der Baumkronen.

Katya richtete das Spektiv erneut auf das Gartenhaus. Eine dünne Rauchfahne kam durch den Spalt in der Tür. Während sie zusah, wurde der Rauch immer dichter und dichter.

»Feuer!«, rief eine Männerstimme. »Feuer!«

Katya nahm das Spektiv für einen Moment von ihrem Auge weg und sah, wie die beiden verbliebenen Wachen über den Rasen auf das Gartenhaus zu rannten. Sie rannten an dem Baum vorbei und sie hob das Spektiv wieder an ihre Augen, um nach dem Kameraraum zu suchen. Als sie ihn fand, sah sie, wie der Mann, der auf die Bildschirme geschaut hatte, am Fenster stand und auf das Gartenhaus starrte, aus dessen Türspalt jetzt dichter Rauch quoll. Dann verschwand er wieder irgendwo im Haus.

Als die beiden Wachen das Gartenhaus erreichten, sah Katya, wie Caleb sich von der anderen Seite des Baumes fallen ließ und auf die Ecke des Hauses zu sprintete. Die Wachen, die sich auf das Gartenhaus konzentrierten, sahen ihn nicht, als er auf das Abflussrohr sprang und sich mit schnellen Hand- und Fußbewegungen an der Hauswand hochhangelte.

Katya hielt den Atem an, als sie sah, wie Caleb das Fenster erreichte und daran zog. Eine Sekunde lang dachte sie, dass sich das Fenster nicht öffnen ließe. Doch dann stürzte er durch das geöffnete Fenster und griff nach hinten, um es wieder dorthin zu bringen, wo es ursprünglich gewesen war.

Caleb war im Haus.

125

»Was ist hier los?«, rief Martin Robert zu, der die Treppe hinunterrannte. Er hatte die Wachen draußen schreien hören und sah, wie Rauch aus dem Gartenhaus aufstieg. Martin hatte seinen Laptop zugeklappt und die Aufnahmen seines politischen Kunden unterbrochen, als dieser seine letzten Vorbereitungen für das Treffen mit den Mädchen traf. Der Mann war im Badezimmer und putzte sich die Zähne, während die beiden Mädchen auf einem der Betten im Hauptschlafzimmer saßen. Sie sahen beide erschöpft, aber willig aus, als Lika sie kurz zuvor ins Zimmer gebracht hatte, während der Politiker duschte.

Martin hatte zugesehen, wie sie sie umarmt hatte, bevor sie den Raum verließ. Er hatte aber nicht vor, zuzusehen, wenn es losging. So ein Mann war er nicht. Er wollte nur sicherstellen, dass seine Kameras einsatzbereit waren, bevor der Spaß begann.

»Das verdammte Gartenhaus brennt!«, rief Robert zurück und rannte an Martin vorbei in die Küche. Als er zurückkam, hatte er einen großen roten Feuerlöscher dabei. »Wahrscheinlich deine Zigarren.«

»Aber das war heute Morgen«, sagte Martin mit kläglicher Stimme. Sie kann doch nicht stundenlang im Aschenbecher geschwelt haben, oder?

»Was sollte es sonst sein?«

Martin folgte Robert in einigem Abstand. Als er die Haustür erreichte, sah er, wie Rauch aus dem Gartenhaus aufstieg. Als er einen Moment zuvor durch sein Bürofenster geschaut hatte, hatte er nur eine kleine Menge gesehen. Jetzt sah es so aus, als würde das kleine Holzgebäude in Flammen stehen, aber er konnte keine Flammen sehen. Nur Rauch.

Als Martin das Gartenhaus erreichte, spürte er einen stechenden Schmerz in seiner Brust. Sein Kardiologe hatte ihm geraten, jede anstrengende Bewegung zu vermeiden, und Martin war sowieso nie ein Läufer gewesen. Die Wachen hatten die Türen geöffnet und Robert richtete den Strahl des Feuerlöschers auf das Innere des Gebäudes. Ein paar Sekunden später warf er einen Blick ins Innere des Gebäudes, bevor er für einen Moment verschwand. Ein Metallbehälter flog aus dem Gartenhaus, aus dem dichter Rauch quoll. Als sich der Rauch in dem Gartenhaus verzogen hatte, sah Martin, wie Robert den Behälter anstarrte. Er sah aus wie eine kleine Pfanne, wie ihn ein Camper benutzen würde.

»Was ist das?«, fragte Martin, als Robert einen Wasserstrahl auf die Pfanne richtete. Robert antwortete nicht, sondern starrte auf den Gegenstand auf dem Boden, der trotz des Wassers immer noch rauchte. Im Gartenhaus rief einer der Wachmänner.

»Hier ist nichts.«

Martin ging ein paar Schritte auf die kleine Holzkonstruktion zu. Er schaute durch die Tür und sah die Wache, aber es war das, was er nicht sehen konnte, was ihn überraschte. Es gab keinerlei Anzeichen für ein Feuer. Kein geschwärztes Holz, keine Brandspuren. Nichts. Er richtete seine Aufmerksamkeit auf Robert, der immer noch auf die Pfanne starrte. Schließlich sah er zu Martin auf und zum ersten Mal, seit er den Mann kennengelernt hatte, sah Martin Besorgnis in seinem Gesicht.

»Wo sind die anderen?«, rief Robert den beiden Wachen zu. Er deutete auf einen von ihnen. »Du. Finde sie. Und du?« Robert sah den anderen an. »Komm mit mir zum Haus. Wir haben ein Problem.«

»Was für ein Problem?«, fragte Martin und legte seine Hand auf Roberts Unterarm. »Was ist hier los?«

»Es war kein Feuer, Martin«, antwortete Robert. »Es war eine Ablenkung. Jemand ist hier.«

»Wer?«

»Ich weiß es nicht«, sagte Robert und Martin sah einen Blick auf seinem Gesicht, der zwischen Enttäuschung und Entschlossenheit schwankte. Dann griff Robert hinter sich und als seine Hand wieder auftauchte, umklammerte sie eine große Pistole. »Aber ich habe vor, es herauszufinden.«

126

So schnell er konnte, verlies Caleb den Kameraraum, nachdem er kurz, aber erfolglos nach etwas Brauchbarem gesucht hatte. Vielleicht hätte er das Gartenhaus einfach abbrennen sollen, anstatt eine Rauchbombe zu legen, auch wenn es eine sorgfältig konstruierte war, aber er brauchte die Zeit, um zum Baum zurückzukehren.

Am Vortag hatte er einige Zeit damit verbracht, auf einem kleinen Campingkocher etwas Stumpfkiller, der fast reines Kaliumnitrat war, mit Zucker zu mischen. Als das Gemisch dickflüssig geworden war, hatte er einen Schnürsenkel in die Pfanne gelegt, ihn ein Stück herausgezogen und ihn über den Pfannenrand gehängt, um eine grobe Zündschnur zu erhalten. Die Zündschnur hatte ihm mehr als genug Zeit gegeben, um zur Eiche zurückzukehren, und der Inhalt der Pfanne hatte das bewirkt, was er beabsichtigt hatte. Aber Caleb wusste, dass das den Sicherheitsdienst nicht lange ablenken würde. Er musste sich beeilen.

Die Tür im Kameraraum führte zu einem langen Korridor, der so aussah, als würde er sich über die gesamte Breite des Hauses erstrecken. Mehrere Türen führten von dem

Korridor ab, aber Caleb beachtete sie nicht, als er den Korridor hinunterging, die Maschinenpistole vor sich. Ana und Elene würden sich nicht in einem der oberen Schlafzimmer aufhalten, da war er sich sicher. Caleb wettete, dass sie sich in einem Keller befanden. Perverserweise wurde ihm klar, dass er das wusste, weil er sie dort unterbringen würde, wenn er Martin wäre.

In einer idealen Welt würde Caleb das Innere des Hauses gut kennen, bevor er eindrang. Aber er hatte keine Zeit für gründliche Nachforschungen, die Suche nach Architektenplänen oder Immobilienangeboten, um sich zu orientieren. Er musste es auf die harte Tour herausfinden.

Am oberen Ende der Wendeltreppe, die zu den unteren Stockwerken führte, hielt Caleb für ein paar Sekunden inne, um sein Wissen zusammenzufassen. Inzwischen würden die Wachen wissen, dass der Rauch ein Köder gewesen war und sie würden auf dem Weg zurück zum Haus sein. Er hatte nicht viel Zeit. Sie wussten, dass er hier war. Sie wussten vielleicht noch nicht, dass sie zahlenmäßig geschwächt waren, aber Caleb wusste, dass das unwichtig war. Er musste in den Keller gelangen und Ana und Elene in Sicherheit bringen. Um den Rest konnte er sich später kümmern.

Caleb sprintete die Treppe hinunter, wobei er immer zwei Stufen auf einmal nahm. Er befand sich in einem großen Flur mit einer offenen Tür, die in den Garten führte. Als er an der Tür vorbeilief, sah er durch sie hindurch zwei Männer, die über den Rasen auf das Haus zuliefen. Er überlegte für den Bruchteil einer Sekunde, ob er durch die offene Tür schießen sollte. Wenn er sie nicht traf – und er verfehlte nur selten – würde er ihnen wenigstens etwas zu denken geben. Aber Caleb entschied sich dagegen. Er glaubte nicht, dass es in der Nähe Nachbarn gab, die das unverwechselbare *Brrr* einer Maschinenpistole hören würden, und sie müssten es erkennen, um es den Behörden zu melden, aber seine Priorität waren die Mädchen. Die gesamte britische Polizei, die zu Martins Haus unterwegs war, würde ihnen nicht helfen, wenn sie zu spät dort ankamen.

Es war eine fifty-fifty Entscheidung. Links oder rechts? Caleb wählte links. Seiner Erfahrung nach tendierte das Böse nach links. Nicht umsonst taufte Satan die Menschen mit der linken Hand und auch das Salz wurde nicht zufällig über die linke Schulter geworfen, um ihn zu blenden. Die Tür, durch die er rannte, führte in eine große Küche voller industrieller, glatter Aluminiumschränke. Er lief an einem großen Herd vorbei, auf dem acht Gasflammen installiert waren. Am Ende der Küche befand sich eine Tür mit einem Milchglasfenster. Durch das Glas konnte er eine Gestalt sehen, die sich bewegte, aber sie war undeutlich. War er umzingelt worden?

Caleb hielt inne, als er die Gestalt durch das Glas beobachtete. Er verschob seine Position, so dass er hinter einem der Tresen stand, und schob die Maschinenpistole hinter seinen Rücken. Dann zog er die Pistole mit dem Schalldämpfer aus seinem Hosenbund und hob sie hoch. Er konzentrierte sich auf die Gestalt hinter dem Glas, bei der es sich nur um einen Gegner handeln konnte, und drückte den Abzug fest zu.

127

Katya beobachtete durch das Spektiv, wie die drei Männer auf das Haus zuliefen und Martin bei dem Gartenhaus stehen ließen. Es dauerte nur ein paar Sekunden, bis sie nicht mehr alle drei im Blickfeld hatte, aber das war nicht wichtig. Wichtig war nur, dass Caleb wusste, dass sie kamen. Mit zitternden Händen legte sie das Spektiv auf dem Ast ab und holte ihr Handy aus der Tasche. Dabei fiel das Spektiv vom Ast auf den Boden und prallte an einem anderen Ast ab. Katya brauchte ein paar Versuche, was wertvolle Zeit kostete, die Caleb vielleicht nicht hatte, aber es gelang ihr, eine Nachricht zu übermitteln.

3 Männer kommen

Sie wartete, bis das Handy piepte, um ihr mitzuteilen, dass die Nachricht abgeschickt worden war, und begann, den Baum hinunterzuklettern. Wenigstens war Caleb im Haus. Aber würde er es schaffen, die Mädchen zu finden, bevor die Wachen ihn fanden? Wenigstens war er jetzt mit etwas Handfesterem als einer Pistole bewaffnet. Mit aufmerksamen Ohren für das Geräusch von Schüssen sprang Katya vom untersten Ast auf den Boden.

Katya landete auf dem weichen Boden, aber als sie das Spektiv aufhob, stellte sie fest, dass es nicht so weich gelandet war, wie sie es getan hatte. Die vordere Linse hatte einen Riss, der von einem Stein auf dem Boden unter dem Baum verursacht worden war. Sie fluchte vor sich hin. Wie sollte sie jetzt noch Aufklärung betreiben?

»Ein Job, Katya«, murmelte sie vor sich hin, als sie die zerstörte Linse betrachtete. Sie hielt das Spektiv trotzdem an ihr Auge, aber das Sichtfeld war völlig zerstört. Katya blieb einen Moment lang stehen und überlegte, was sie tun sollte.

Caleb hatte sie gebeten, beim Fahrzeug zu bleiben, falls ihm etwas zustoßen sollte. Er könnte die Mädchen zu ihrem Standort schicken. Aber wie sollte er ihnen sagen, wo sie war? Sie sprachen kein Englisch und er sprach kein Georgisch. Sie verfluchte sich dafür, dass sie das nicht bedacht hatte, und fragte sich, warum Caleb diese Verbindung auch nicht hergestellt hatte. Es sei denn, er war so entschlossen, sie aus der Gefahr herauszuhalten, dass er ihr einen triftigen Grund gegeben hatte, sich vom Haus fernzuhalten. Er würde wissen, dass sie alles tun würde, um die Sicherheit von Ana und Elene nicht zu gefährden.

Katya blieb einen Moment lang stehen und dachte angestrengt nach. Vielleicht könnte sie sich zur Brücke durchschlagen? Sie könnte sich an der Stelle verstecken, an der er ins Wasser gerutscht war. Das war der natürlichste Fluchtweg aus dem Haus. Wenn die Mädchen um ihr Leben rannten und Caleb tot oder verwundet hinter ihnen war, würden sie sicher versuchen, irgendwie über die Brücke zu kommen, oder? Aber wie sollten sie über das Tor kommen?

Es war zu hoch, um es zu erklimmen, genauso wie die Mauer, und Katya wusste nicht, ob sie schwimmen konnten.

Sie war den Tränen nahe, weil sie nicht wusste, was sie tun sollte. Jedes Szenario, an das sie dachte, hatte Löcher in sich. Einige der Löcher waren riesig. Es gab so viel, was schief gehen konnte. Aber auch sie hatte eine Pistole und dank Caleb wusste sie, wie man sie benutzte, obwohl sie nur einmal in ihrem Leben eine Waffe abgefeuert hatte. Aber zu ihrer und Calebs Erleichterung hatte sie nicht getroffen.

Katya konnte nicht tatenlos zusehen. Im Auto zu bleiben und Caleb nicht helfen zu können, kam für sie nicht in Frage. Sie ging zum Fahrzeug und holte Mateos Waffe aus der Tasche. Dann machte sie sich auf den Weg zum Rand der Büsche, in denen das Auto versteckt war. Ihre Augen verfolgten den Weg, den Caleb genommen hatte, an der Steinmauer entlang bis zur Brücke. Sie konnte in seine Fußstapfen treten und zumindest näher dran sein, wenn er Hilfe brauchte.

KATYA HOFFTE NUR, dass er keine brauchte.

128

Calebs Finger war vielleicht ein oder zwei Zentimeter davon entfernt, den Abzug zu betätigen, als ihn etwas innehalten ließ. Die Gestalt, die er durch die Milchglasscheibe sehen konnte, schien weiß gekleidet zu sein. Aber Martin und die Männer, die er bei der Bekämpfung des Feuers im Gartenhaus gesehen hatte, waren es nicht. Er wartete, bis sich die Tür öffnete und er sicher sein konnte, dass die Person auf der anderen Seite ein Verbrecher war, bevor er eine Kugel in seine Richtung schicken konnte.

Die Tür flog auf und eine Frau kam hereingestürmt. Als sie Caleb mit ausgestreckten Armen und vorgehaltener Pistole sah, blieb sie stehen und öffnete den Mund. Caleb wartete darauf, dass sie schrie und hob die Pistole in Richtung Decke, damit sie erkennen konnte, dass er keine Bedrohung darstellte, aber sie tat es nicht. Caleb hatte schon oft getötet, aber er hatte noch nie eine Frau getötet. Das würde er auch nicht tun, es sei denn, die Situation ließ keinen anderen Ausweg zu. Und den gab es meistens. Zu seiner Überraschung stellte die Frau ihm eine Frage mit einer Stimme, die fast normal klang.

»Wer bist du?«, fragte sie mit einem Akzent in der Stimme. Caleb betrachtete ihr kantiges Gesicht und ihr schwarzes Haar, das zu einem Pferdeschwanz zurückgebunden war, und erkannte sie als die Frau, die er an diesem Tag aus dem Gartenhaus hatte laufen sehen. Sie starrte ihn an und er sah ein kurzes Leben voller Schmerz hinter ihren kalten Augen.

»Ich bin wegen der Mädchen hier«, erwiderte er, wobei er seine Stimme neutral hielt. Sie betrachtete ihn für den Bruchteil einer Sekunde, bevor sie scharf mit dem Kopf nickte.

»Folge mir.«

Die Frau drehte sich um und ging zurück in den Korridor. Sie führte Caleb bis zum Ende, vorbei an dem, was er für die Haupttreppe zur unteren Ebene des Hauses hielt. Am Ende des Korridors öffnete sie eine Tür, die zu einer viel schmaleren Treppe führte. Mit wippendem Pferdeschwanz rannte die Frau die Treppe hinunter, dicht gefolgt von Caleb.

Während er der Frau folgte, versuchte Caleb herauszufinden, wohin die Wachen gegangen waren. Sie würden inzwischen wissen, dass der Rauch ein Vorwand gewesen war, was bedeutete, dass sie auch wissen würden, dass wahrscheinlich jemand im Haus war. Caleb hoffte zumindest, dass das der Fall war. Er wettete darauf, dass die Sicherheitskräfte nicht mit einem Eindringling im Haus gerechnet hatten. Sie hätten mit einem Angriff von außerhalb des Geländes gerechnet, aber das war nicht mehr möglich. Das bedeutete, dass sie sich neu gruppieren, neu überlegen und neu planen mussten. Zumindest hoffte Caleb das. Das würde ihm Zeit verschaffen. Nicht viel, aber vielleicht genug, um die Mädchen in relative Sicherheit zu bringen.

Die Frau führte Caleb eine weitere Treppe hinunter und auf halbem Weg einen weiteren Korridor hinunter. Sie blieb vor einer Tür stehen und nickte ihr zu.

»Da drinnen«, sagte die Frau. »Er ist da drin. Mit den Mädchen.«

»Ist sie verschlossen?«, fragte Caleb sie. Sie schüttelte den Kopf. Es gab noch unzählige andere Fragen, die Caleb stellen wollte, bevor er die Tür öffnete. Wo befanden sich die Mädchen in dem Raum? War der Mann, der bei ihnen war, bewaffnet? Wo befanden sich die Ausgänge des Raumes? Aber dafür war keine Zeit.

Caleb betrachtete den Türgriff. Es war eine einfache Klinke, mit der man die Tür öffnen konnte. Er gab der Frau ein Zeichen, von der Tür wegzugehen, und drückte die Klinke herunter, so dass die Tür weit geöffnet wurde.

Caleb brauchte weniger als eine Sekunde, um sich im Inneren des Raumes zurechtzufinden. Es war ein Schlafzimmer. Ana und Elene saßen auf einem großen Bett und der Mann, den er vorhin gesehen hatte, stand mit dem Rücken zu Caleb über ihnen. Beide Mädchen waren vollständig bekleidet und Caleb spürte, wie ihn ein Anflug von Erleichterung überkam, der nur kurz darauf von einer Flut von Wut und Zorn abgelöst wurde. Elene sah ihm in die Augen, aber ihre erweiterten Pupillen und das Ausbleiben einer Reaktion sagten ihm alles, was er wissen musste.

Der Mann, dessen Lebenserwartung jetzt viel kürzer war als siebzig Jahre, drehte sich um, um zu sehen, wer den Raum betreten hatte. Dabei verlagerte Caleb sein Gewicht nach hinten, so dass es auf seinem hinteren Fuß lag. Dann hob er sein anderes Bein vom Boden ab und ließ es am Knie locker.

Der Schlag kam schneller als ein Skorpion. Caleb streckte sein Bein in der Luft aus und sein Fuß traf den Knorpel im vorderen Teil des Halses des Mannes. Caleb spürte das Knirschen der Strukturen im weichen Gewebe eher, als dass er es hörte. Der Mann taumelte ein paar Schritte zurück und starrte Caleb mit großen Augen an.

»Nimm die Mädchen, bring sie aus dem Haus«, sagte Caleb zu der Frau, die genauso überrascht aussah wie der Mann, dem Caleb gerade in den Hals getreten hatte. Zu Calebs Erleichterung kam sie schnell wieder zu sich und rief den beiden Mädchen Anweisungen zu, die Caleb nicht verstand. Als sie sich zu bewegen begannen, trieb sie sie erst mit Worten und dann mit ihren Händen an. Ein paar Sekunden später stolperten die beiden Mädchen in Richtung Tür. Kurz bevor sie ging, drehte sich die Frau um und sah Caleb an. Sie streckte ihre Hand aus und legte sie auf Calebs Unterarm.

»Danke«, sagte die Frau, während Caleb die Augen schloss und ein schwaches Bild des Mannes sah, der sie verletzt hatte. Nicht Martin oder der Mann, der mit ihnen im Raum war, sondern jemand anderes.

Als er sie öffnete, war die Härte hinter ihren Augen, die er vorhin gesehen hatte, verschwunden und durch etwas anderes ersetzt worden, das er nicht einordnen konnte. War es Angst? Wut? Erleichterung? Er sah, wie sich ihr Blick erneut veränderte, als sie den anderen Mann im Raum ansah. Diesmal erkannte Caleb den Ausdruck.

Es war Hass. Purer Hass.

Martin beobachtete, wie die drei Männer den Rasen hinauf zum Haus rannten. Er spürte ein Stechen in seiner Brust, ein sicheres Zeichen für Stress. Was war hier los? Er verstand nicht, was Robert gemeint hatte, als er sagte, dass die Rauchbombe eine Ablenkung gewesen sei. Eine Ablenkung wovon? Und von wem? Die Albaner waren von der Bildfläche verschwunden. Einer war tot und der andere würde es bald sein, wenn seine Anweisungen ausgeführt worden waren, wenn er es nicht schon war. Und wenn Mateo den Behörden etwas gesagt hatte, dann wäre er von seinen Quellen informiert worden. Wer war es also, der das Gerät platziert hatte?

Stirnrunzelnd machte er sich auf den Weg zum Rasen. Neben der Haustür konnte er sehen, wie Robert den beiden anderen Männern Anweisungen gab und dabei seine Hände in einer Art militärischer Zeichensprache benutzte. Seine Bewegungen waren direkt und übertrieben und er sah, wie die beiden Männer nickten, bevor sie sich trennten und jeder in eine andere Richtung ging. Der eine ging nach links, der andere nach rechts, die Maschinenpistolen entschlossen vor sich haltend. Robert blieb an der Eingangstür stehen und wartete offenbar darauf, dass Martin ihn erreichte. Oder ließ er, so überlegte Martin, die beiden Männer vorgehen, falls es Ärger gab? Vielleicht war Robert nicht der Mann, für den er sich ausgab.

Als Martin Robert erreichte, war er trotz der kurzen Strecke, die er gerade gelaufen war, außer Atem.

»Geht es dir gut, Martin?«, fragte Robert mit einem kurzzeitig besorgten Gesichtsausdruck. Martin winkte nur mit der Hand.

»Mir geht's gut. Was ist denn los?«, fragte er Robert.

»Ich kann die anderen Wachen nicht erreichen«, antwortete Robert. »Die anderen beiden durchsuchen das Haus. Wir wurden angegriffen, Martin.«

Martin war nicht davon überzeugt, dass sie tatsächlich angegriffen worden waren. Eine Rauchbombe zu legen war noch lange kein Großangriff und Martin hatte nichts gesehen oder gehört. Aber Robert war sein Sicherheitschef.

»Bist du sicher, Robert?«, fragte Martin. »Hast du in Betracht gezogen, dass deine beiden vermissten Männer vielleicht ein Spiel mit dir treiben?« Er sah ein Aufflackern von Unsicherheit auf Roberts Gesicht. »Wie gut kennst du sie eigentlich?«

Roberts Gesicht sagte alles. Seine sonst so stoische Miene verblasste.

»Sie wurden mir beide sehr empfohlen«, sagte er einen Moment später.

»Du hast also nicht mit ihnen gedient? In Afghanistan, oder wo auch immer du das behauptet hast?«

»Wir sollten nach den Mädchen sehen«, sagte Robert. Martin seufzte und bemerkte, dass er das Thema gewechselt hatte. Wenn das alles vorbei war, würde er vielleicht einen neuen Sicherheitschef brauchen. Aber Männer wie

Robert, die offensichtlich keinerlei Skrupel hatten, waren schwer zu finden.

»Wir können unseren Gast nicht stören«, antwortete Martin. »Er könnte die Zahlung verweigern, wenn wir das tun. Aber ich habe eine Möglichkeit, sie zu kontrollieren.«

»Die Kameras?«, fragte Robert. Martin schaute Robert aufmerksam an. Wusste er es? Wenn er von den Kameras wusste, wusste er dann auch von den Aufnahmen? Wenn ja, dann hatte sich die Dynamik zwischen ihnen gerade deutlich verändert. »Ich bin nicht dumm, Martin.«

Ohne ein Wort zu sagen, schritt Martin an Robert vorbei und durch die Haustür. Er machte sich auf den Weg zu seinem Büro, gefolgt von Robert. Als sie den Raum betraten, ging Robert zu dem Gemälde hinter dem Schreibtisch, schob es beiseite und gab die Kombination für den Safe ein. Martin war entsetzt. Robert wusste nicht nur von den Kameras, sondern hatte auch Zugang zum Safe. Als Robert sich umdrehte, den Laptop in der Hand, sah er leicht amüsiert aus.

»Was?«, sagte Robert, während er den Laptop abstellte und den Bildschirm hochklappte. Er drückte auf den Einschaltknopf und gab ein paar Sekunden später den BitLocker-Code ein, der das Gerät sichern sollte. »Stimmt etwas nicht, Martin?«

Martin spürte, wie sich der Unmut in seiner Brust aufbaute, als er Robert dabei zusah, wie er sein Passwort für das Hauptbetriebssystem eingab. Das Passwort, das er sich nirgendwo aufgeschrieben hatte.

»Falls du dich wunderst, Martin, ich habe Kopien. Ich habe sogar ein paar Aufnahmen von dir, wie du dich in dem Gartenhaus amüsierst.« Roberts Finger flogen über die Tastatur. Martin sah, wie sein Gesicht, das vom Laptop-Bildschirm beleuchtet wurde, in sich zusammenfiel, als er darauf starrte. »Ah«, sagte Robert einen Moment später. »Martin? Wir haben ein kleines Problem.«

»Was denn?«, antwortete Martin, alle Gedanken an Roberts Verrat vorübergehend vergessen. Er ging ein paar Schritte um den Schreibtisch herum, um den Bildschirm zu sehen. Robert hatte die Kamera auf das Gästezimmer im Keller gerichtet. Auf dem Bildschirm konnte er sehen, wie der Politiker auf einem Stuhl saß. Es schien, als würde er jemanden außerhalb des Blickfelds der Kamera ansehen.

Aber von den Mädchen war nichts zu sehen.

130

»Du hast wahrscheinlich noch zwei oder drei Minuten deines armseligen Lebens übrig«, sagte Caleb zu dem Mann, der auf dem Stuhl saß. »Deshalb schlage ich vor, dass du das Beste daraus machst. Denke vielleicht über deine Zeit in dieser Welt nach, bevor du in die nächste übergehst.« Er betrachtete den Mann, der ein paar Schritte zurücktrat und sich in einen Stuhl sinken ließ. Das einzige Geräusch, das Caleb hören konnte, war ein hochfrequentes Keuchen, als er nach Luft rang.

Caleb überlegte ein paar Sekunden lang, ob er noch etwas sagen sollte. Ob er dem Mann vor ihm sagen sollte, dass seine Luftröhre gebrochen war? Dass er, wenn er die Haut an seinem Hals abtastete, spüren konnte, wie die Luftblasen darunter knisterten? Dass sich seine Luftröhre komplett verschließen würde, da die Schwellung durch die Verletzung seine Atemwege zusammendrücken würde? Aber angesichts dessen, was er Ana und Elene antun wollte, hatte Caleb nicht vor, noch eine weitere Sekunde seiner Zeit auf dieser Welt mit einem Pädophilen zu verschwenden.

Er machte auf dem Absatz kehrt und eilte in den Korridor, wobei er für den Bruchteil einer Sekunde innehielt, um herauszufinden, in welche Richtung die Frau mit den Mädchen gegangen war. Er neigte den Kopf auf eine Seite und hörte ein schlurfendes Geräusch von der rechten Seite, also machte er sich auf den Weg in den Korridor. Als er die Frau und die Mädchen wieder einholte, waren sie gerade dabei, die Treppe in das darüber liegende Stockwerk hinaufzugehen. Aber ihre Bewegung war nicht das einzige Geräusch, das Caleb hören konnte. Er hörte auch Schritte, die sich langsam und bedächtig bewegten und von irgendwoher aus dem Haus kamen.

»Ihr müsst euch verstecken«, sagte Caleb zu der Frau, die ihn ängstlich ansah. Im Gegensatz dazu waren die beiden Mädchen fast ausdruckslos. Caleb wusste, dass sie mit irgendetwas betäubt worden waren, denn ihre Pupillen waren geweitet und sie reagierten überhaupt nicht auf ihre Situation. Sie schienen ihn kaum zu erkennen. »Wir haben keine Zeit zu entkommen.«

Die Frau nickte und ergriff die Hände der Mädchen. Sie führte sie zu einer Tür und öffnete sie mit ihrer Hüfte. Das Innere war dunkel und bedrohlich.

»Alexa, schalte das Küchenlicht ein«, sagte die Frau. Eine Sekunde später flackerte das Licht auf, bevor die Leuchtstoffröhren an der Decke zum Leben erwachten. Caleb schaute an ihnen vorbei und sah eine große Küche, die mit Schränken ausgestattet war. Die Frau führte die Mädchen zu dem Schrank, der dem Herd am nächsten war, der, wie der Rest der Küche, riesig war. Caleb zählte acht Gasringe auf dem Herd, aber der angrenzende Schrank war leer. Die Frau führte die Mädchen ins Innere des Schranks und drehte sich dann zu Caleb um. Er hob den Finger auf die Lichter an der Decke.

»Mach sie aus«, sagte er und hörte, wie die Schritte lauter wurden. Caleb ließ seinen Blick durch die Küche schweifen und prägte sich die Positionen der Schränke, des Herdes und der großen zentralen Theke für die Essenszubereitung ein.

»Alexa«, sagte die Frau mit zittriger Stimme. »Schalte das Küchenlicht aus.«

Das Licht ging aus und ließ die Küche in absoluter Stille und Dunkelheit zurück. Caleb hörte, wie sich die Schranktür schloss, und er ging ein paar Schritte zurück zur Tür, durch die sie gekommen waren, bevor er ein paar Schritte zur Seite ging.

Er war genau da, wo er sein wollte. In Gedanken zählte er von drei herunter.

Drei. Zwei.

Gerade als er sich das Wort *Eins* vorstellte, öffnete sich die Tür.

Das Stechen in Martins Brust breitete sich aus, als er durch die Kameraaufzeichnungen schaltete. In den Fluren des Hauses gab es keine, nur in den Zimmern, aber als er sie durchging, war keine Person zu sehen. Er schaltete zurück in das Schlafzimmer im Keller und sah sich den Politiker an, der immer noch auf dem Stuhl saß. Sein Kopf war nach vorne gesackt, als ob er schliefe.

»Könnten sie im Badezimmer sein?«, fragte Robert und blickte auf den Bildschirm.

»Was? Alle beide?«, erwiderte Martin mit knapper Stimme. Aber Robert hatte Recht. Im Badezimmer gab es keine Kameras und die Tür war geschlossen, also könnten sie es sein. »Komm, wir gehen nachsehen.«

»Nein, Martin«, schoss Robert zurück. »Du solltest verschwinden.«

»Was meinst du mit *verschwinden*?«

»Du solltest gehen. Wenn meine Männer die Bedrohung beseitigt haben, kannst du zurückkommen. Aber hier ist es nicht sicher. Du solltest dich an einen sicheren Ort begeben.«

Martin machte eine Pause, bevor er antwortete. Was Robert sagte, machte Sinn, aber gleichzeitig fragte er sich, ob er sich selbst an einen sicheren Ort bringen wollte.

»Woran denkst du?«

»Irgendwohin, nur nicht hier«, antwortete Robert. »Irgendwo, wo wir Bilanz ziehen und unsere nächsten Schritte planen können.« Ein leichtes Lächeln zeichnete sich auf Roberts Gesicht ab, als er das sagte, und Martin wusste, dass er nicht nur über ihre aktuelle Situation sprach, sondern auch über die Tatsache, dass er das hatte, was Martin hatte: das Filmmaterial seiner Kunden.

Martin hatte einen ausgeklügelten Plan für eine Situation wie diese, in der sein Haus gefährdet war. Es gab einen sicheren Unterschlupf, ein Apartment, das er im Geheimen mitten in Lincoln hatte. Es war sauber und zwischen dem Mietvertrag und ihm selbst lagen mehrere Schichten der Abstreitbarkeit. Wenn nötig, konnte er sich dort wochenlang verstecken. Oder er konnte es als Sprungbrett nutzen, um das Land zu verlassen und in eines der drei oder vier Länder zu gelangen, die er als freundlich ansah – vor allem, weil sie keine Auslieferungsabkommen mit dem Vereinigten Königreich hatten. Aber wenn Robert von den Kameras und seinen Passwörtern wusste, würde er dann auch von dem sicheren Haus wissen? Martin konnte es nicht wissen, es sei denn, er fragte ihn direkt.

»Du hast Recht«, antwortete Martin einen Moment später. »Hast du eine Idee, wohin ich gehen soll?«

»Nein, Martin«, antwortete Robert. Martin untersuchte sein Gesicht auf Anzeichen, die ihm verraten könnten, dass der Mann etwas verbarg. Aber er konnte nicht erkennen, ob er etwas verbarg oder nicht. »Geh einfach. Ich rufe dich an, wenn hier alles rein ist.« Robert griff in seine Tasche und als er seine Hand herauszog, hielt er den Schlüssel für einen der Geländewagen in der Hand. »Nimm den«, sagte Robert und reichte Martin den Schlüssel.

Martin klappte den Bildschirm des Laptops zu und griff in den Safe, um das Netzkabel zu holen. Dann steckte er den Schlüssel in seine Tasche und sah Robert an.

»Wir müssen reden, Robert«, sagte Martin. Roberts schwaches Lächeln kehrte zurück.

»Ja, ich glaube schon«, antwortete Robert. »Ich bin mir sicher, dass wir zu einer für beide Seiten vorteilhaften Vereinbarung kommen können.«

Ohne ein weiteres Wort verließ Martin das Büro, den Laptop unter den Arm geklemmt. Er verließ den Flur, bevor er beschloss, durch die Haupttür zu gehen und um das Haus herum zu den geparkten Autos zu gehen. Wenn Robert Recht hatte und jemand im Haus war, wollte er nicht mit ihm zusammenstoßen.

Martin drückte auf den Schlüssel und einer der schwarzen Geländewagen antwortete mit einem Blinken und einem klappernden Geräusch. Er öffnete die Fahrertür und schob den Laptop auf den Beifahrersitz. Als sein Finger über dem Startknopf schwebte, dachte Martin daran, wie er vor ein paar Tagen die Sicherheitskräfte dabei beobachtet hatte, wie sie mit einem Spiegel am Ende eines langen Stocks unter den Autos gesucht hatten. Nach allem, was Martin wusste, könnte sich unter dem Fahrzeug ein Sprengsatz befinden.

Er hielt einen Moment lang inne und dachte nach. War das alles eine ausgeklügelte Masche von Robert? Vielleicht war er, Martin, das eigentliche Ziel? Robert hatte jetzt auch das Druckmittel, das sich auf dem Laptop befand. Aber er würde es nicht auf die gleiche Weise ausnutzen können wie

Martin. Auch Robert hatte ein Druckmittel gegen ihn in der Hand. Seine Vorgesetzten in der Kirche würden seine Aktivitäten in dem Gartenhaus nicht gerade wohlwollend betrachten. Bischöfe durften so etwas schließlich nicht mit Frauen machen, egal ob sie damit einverstanden waren oder nicht.

Martin schloss seine Augen und drückte den Knopf. Zu seiner Erleichterung war das einzige Geräusch, das er hörte, der starke Motor des Geländewagens, der ansprang. Es gab keine Explosion, kein gewaltiges Dröhnen, das den Wagen mit einer Rauchwolke vom Boden abhob.

Als er den Gang einlegte und die Auffahrt hinunterfuhr, ließ Martin ein Lächeln über sein Gesicht huschen. Es war nicht ideal, aber er konnte mit Robert als Geschäftspartner zusammenarbeiten – zumindest, bis er mehr über den Mann herausgefunden hatte. Und dann, wenn die Zeit reif war?

Boom.

132

—————

Calebs erste Kampfregel, die ihm schon als Kind von seinem Vater und später von verschiedenen anderen Lehrern beigebracht worden war, war, zuerst zuzuschlagen und hart zuzuschlagen. Die besten Kämpfe, so hatte sein Vater immer gesagt, waren die, bei denen nur ein einziger Schlag ausgeführt wurde.

Er wartete, bis sich die Tür einen Spalt öffnete und ein schmaler Lichtstrahl ein Dreieck auf dem Boden beleuchtete, um zu sehen, ob der Mann draußen das tun würde, was er erwartete. Als er sah, wie sich eine Hand in den Spalt schob und die Wand im Inneren der Küche abtastete, machte er sich bereit. Wo auch immer die Lichtschalter waren, sie waren nicht da.

Caleb stieß mit der Spitze seines Ellbogens hart in das Handgelenk des Mannes. Das knirschende Gefühl in seinem Ellbogen und ein lauter Schrei verrieten ihm, dass er genau den Punkt getroffen hatte, auf den er gezielt hatte. Caleb war sich nicht sicher, welcher der acht Knochen im Handgelenk des Mannes gerade gebrochen worden war, oder ob es mehr als einer gewesen war. Das Kahnbein war wahrscheinlich, ebenso wie der ungewöhnlich geformte Hamatknochen. Das waren zwei der größten Knochen und daher die am häufigsten verletzten. Bei den anderen Knochen, wie dem viel kleineren Scheitelbein und dem Dreiecksbein, auf dem es sitzt, ist die Wahrscheinlichkeit, dass sie brechen, zwar geringer, aber die Folgen sind genauso schwerwiegend. Aber wenn eine harte und unnachgiebige Waffe wie Calebs Ellenbogen genug Kraft aufbrachte, zählte nur die Wirkung.

Aber ein oder zwei gebrochene Knochen im Handgelenk eines Mannes waren nicht die Behinderung, die Caleb wollte. Er wollte etwas Dauerhafteres. Ein gebrochenes Handgelenk würde die Wache daran hindern, seine Waffe zu benutzen, aber wie Caleb wusste, hatte er schon einmal einen Kampf mit einer ähnlichen Verletzung beendet, aber es würde ihn nicht völlig aufhalten. Je nachdem, wie gut der Mann kämpfen konnte, war er vielleicht noch zu vielem in der Lage.

In dem Bewusstsein, dass der Schrei jemanden alarmiert haben könnte, öffnete Caleb mit der anderen Hand die Tür und zog die Wache halb hindurch. Dann schlug er die Tür so fest zu, wie er konnte, und versuchte, die Position des Mannes zu verändern. Die Tür prallte an seinem Brustbein ab, das durch Kevlarplatten geschützt war, aber dadurch konnte Caleb ihn so verschieben, dass beim nächsten Aufprall der Kopf der Wache zwischen der Türkante und dem Türpfosten lag. Es gab ein schmerzhaftes Knacken und Caleb merkte, dass er es übertrieben hatte, als der Mann zu Boden rutschte und bewusstlos wurde, noch bevor er ihn erreicht hatte.

Mit einer stummen Entschuldigung an den Mann am Boden, dem dunkle Rinnsale aus den Ohren flossen, zog Caleb ihn in die Küche und schloss die Tür. Er stand da und wartete darauf, dass sich seine Augen an die Dunkelheit gewöhnten, als etwas passierte, womit er nicht gerechnet hatte.

Das Licht schaltete sich wieder ein. Calebs Kopf drehte sich um. An der Tür am anderen Ende der Küche stand die andere Wache. Er muss sich hereingeschlichen haben, während Caleb mit seinem Kollegen beschäftigt war. Und dieser Mann wusste, wo der Lichtschalter war. Er hielt die Maschinenpistole in der Hand und zielte damit direkt auf Caleb.

Dann wurde es in der Küche sehr laut.

133

Katya lag in der Nähe des Flusses in der Vegetation und spähte durch das Schilfrohr auf die oberen Stockwerke des Hauses. Hätte sie das Spektiv nicht zerbrochen, hätte sie in die Fenster im Obergeschoss sehen können. So aber konnte sie gerade noch den oberen Teil von Martins Bürofenster erkennen, aber die Wand verhinderte, dass sie in den Raum hineinsehen konnte.

Sie sah sich die Mauer an, die das Haus von außen umgab. Sie war aus Ziegeln gebaut, die Seiten glatt und ohne Kanten. Von ihrem Aussichtspunkt aus konnte sie die Oberseite der Mauer nicht sehen. Dort könnten Glasscherben eingelassen sein. Es könnte sogar Stacheldraht vorhanden sein. Selbst wenn sie es schaffen würde, die Mauer zu erklimmen, was sie mit Anlauf wahrscheinlich schaffen würde, bezweifelte sie, dass sie die Kraft hätte, sich hinaufzuziehen – Glas hin oder her. Und selbst wenn sie die Mauer bezwang, gab es immer noch die Kameras, auf die Caleb sie hingewiesen hatte. Kameras, die sie auch sehen würden, wenn sie den Fluss überquerte. Es gab keine

Möglichkeit für sie, herauszufinden, ob der Mann im Kameraraum zurückgekehrt war.

Katya seufzte. Es ging ihr nicht besser als im Wald. Wenigstens konnte sie dort oben, auch ohne das Spektiv, sehen, ob sich Menschen bewegten. Aber hier verhinderten die Brücke und das Tor, dass sie etwas sehen konnte.

Sie schaute über die kleine Straße zu den Binsen und Büschen am Fluss. Katya hätte einen besseren Aussichtspunkt, wenn sie sich dort verstecken würde, statt an ihrem jetzigen Standort. Dann könnte sie wenigstens über den Rasen und bis zum Haus sehen. Sie würde zwar keines der Fenster im Obergeschoss sehen können – der Winkel verhinderte das – aber sie könnte die Zugänge zum Haus sehen.

Katya stand auf und bewegte sich langsam in der Hocke über die Straße und in die Büsche. Dort war sie zwar nicht so gut versteckt, aber sie hatte eine viel bessere Sicht. Sie blieb ein paar Augenblicke lang dort, wo sie war, und überprüfte die Vorderseite des Hauses auf irgendwelche Anzeichen von Bewegung. Aber es gab keine. Es war fast so, als ob das Haus verlassen wäre. Dann sah sie eine vertraute Gestalt hinter dem Haus auftauchen. Eine schwarze, kastenförmige Gestalt.

Sie beobachtete, wie der Geländewagen den Weg hinunterfuhr. Er bewegte sich langsam und sein Fahrer hatte es offenbar nicht eilig. Als das Fahrzeug etwa fünfzig Yards vom Tor entfernt war, erkannte sie Martin hinter dem Lenkrad. Er hatte einen sehr konzentrierten Gesichtsausdruck. Katya sah, wie sich das Auto dem Tor näherte, und als es das tat, schwang das Tor auf. Martin verlangsamte den Wagen, um zu warten, bis das Tor vollständig geöffnet war.

Katya war sich nicht sicher, was sie tun sollte. Sie wusste nicht, was in dem Haus vor sich ging. Sie hatte nichts mehr gesehen oder gehört, seit die Wachen zum Haus gerannt waren. Soweit sie wusste, könnten Ana und Elene auf dem Rücksitz des Geländewagens sitzen und weggebracht werden. Obwohl sie nur Martin im Fahrzeug sehen konnte, könnten sie auf dem Rücksitz liegen. Oder gefesselt im Kofferraum. Wenn sie Martin nicht aufhielt und er die Mädchen hatte, wer wusste, wo sie dann landen würden?

Es dauerte nur ein paar Sekunden, bis sie sich entschieden hatte. Als das Auto langsam durch das Tor fuhr, tauchte sie mit der Pistole in der Hand aus dem Gebüsch auf. Katya ging in die Mitte der Straße und stellte sich mit einer ausgestreckten Hand, dem universellen Zeichen für Stopp, vor das Auto. Mit überraschtem Gesicht tat Martin genau das. Dann hob er seine Hand und winkte sie zur Seite. Als sie stehen blieb, ließ er den Motor ein paar Mal aufheulen, so als wolle er ihr zu verstehen geben, dass er sie überfahren würde, wenn sie sich nicht bewegte.

Katya, die in Gedanken bei Ana und Elene war, rührte sich kein bisschen von der Stelle. Als das Auto noch einen Fuß weiterfuhr, hob sie die Pistole. Der überraschte Gesichtsausdruck von Martin wurde bei diesem Anblick nur noch größer, aber er fuhr weiter.

Mit dem Daumen klappte sie die Sicherung um, drückte ab und lächelte, als Martin hinter der zerbrochenen Windschutzscheibe verschwand.

134

Caleb fiel zu Boden, eine Millisekunde bevor der Inhalt des Magazins der MP5 eine Reihe von Löchern von links nach rechts in die Wand hinter ihm schoss. Kleine Gipsplatten flogen in die Luft, aber Calebs Aufmerksamkeit galt dem, was er hören konnte. Caleb blieb tief hinter den Theken gebückt und schob sich nach vorne, um den Abstand zwischen ihm und der Wache zu verringern. War die Maschinenpistole leer? Die anderen Wachmänner hatten fünfzehnschüssige Magazine an sich gehabt, die sich bei einer Waffe, die achthundert Schuss pro Minute abfeuern konnte, in Sekundenschnelle leerten. Aber Caleb konnte nicht davon ausgehen, dass diese Wache ein größeres, dreißigschüssiges Magazin hatte. Nicht, wenn die Waffe eine so verheerende Feuerkraft hatte.

Während er nach vorne schlurfte, hob Caleb eine Pfanne von einer Arbeitsplatte auf und warf sie auf die andere Seite des Raumes. Sie schlug mit einem lauten Klirren an der Wand auf und fast unmittelbar danach fielen zwei Schüsse in dichter Folge. Caleb stand auf, als er hörte, wie ein Magazin gedrückt wurde, gefolgt von einem scheppernden Geräusch, als das leere Magazin auf den Boden fiel. Da er wusste, dass er ein paar Sekunden Zeit hatte, bevor die Wache nachladen konnte, selbst wenn er die viel verspottete HK-Slap-Methode zum Nachladen verwendete. Caleb rannte vorwärts und legte so viel Kraft in seine Beine, wie er aufbringen konnte.

Gerade als Caleb das Ende der Theke erreicht hatte, kam die Wache ins Blickfeld. Er hantierte noch immer mit dem Magazin, als Caleb wie ein Rammbock mit dem Kopf auf ihn zustürmte. Die Wache knallte mit einem Stöhnen nach hinten und gegen die Wand hinter ihm. Zu Calebs Zufriedenheit ließ er das Magazin fallen, aber er benutzte die leere Waffe als Knüppel und schlug den Schaft hart auf Calebs Nacken.

Caleb blinzelte den Schmerz in seinem Nacken weg und hakte seinen Fuß hinter dem der Wache ein, bevor er ihn zurückzog, um ihm die Beine unter den Füßen wegzuziehen. Die Wache rutschte die Wand hinunter, während Caleb sich erhob und mit seinem Knie gegen das Gesicht des Mannes stieß. Caleb wollte mit seinem Knie die Nasenbeine des Mannes in sein Vorderhirn treten, aber im letzten Moment bewegte die Wache seinen Kopf und Calebs Knie schlug gegen die Wand. Dann benutzte die Wache den Stock, um ihn in die Seite von Calebs anderem Knie zu rammen.

Caleb musste seine Taktik neu überdenken. Dieser Mann konnte kämpfen. Caleb stolperte zurück, beide Knie schrien vor Schmerz, als die Wache begann, sich aufzurappeln. Caleb überlegte, ob er ihm einen Tritt verpassen sollte, aber der Mann konnte Caleb an den Beinen packen und ihn zurück auf den Boden zwingen, wo er das Gleichgewicht verlor. Trotz der Rüstung der Wache hatte er noch Möglichkeiten. Augen. Ohren. Das Gesicht. Die Genitalien. Alle waren ungeschützt und verwundbar. Aber nicht so verwundbar wie Caleb.

Gerade als die Wache das Gleichgewicht verlor, trat Caleb vor und packte den oberen Teil des Panzers neben dem Hals des Mannes. Er nutzte den aufkommenden Schwung der Wache, um ihn quer durch die Küche zu ziehen, bevor er ihn gegen den Herd schleuderte. Dann stieß Caleb kräftig zu, so dass der Mann sich bückte und mit dem Gesicht gegen das unnachgiebige Metall des größten Brennerrostes auf dem Herd stieß. Caleb legte sein ganzes Gewicht auf den Rücken des Mannes, damit er keinen Halt auf dem Herd fand, und griff nach dem Ziffernblatt. Als die Wache merkte, was Caleb vorhatte, verstärkte er seine Bemühungen, Calebs Gewicht zu verlagern, damit er ihn nicht mehr festhalten konnte, aber Caleb hatte seinen Unterarm im Nacken und sein ganzes Körpergewicht dahinter. Sein Arm zitterte unter der Anstrengung, die Wache in Position zu halten, und mit der anderen Hand drückte Caleb den Zündschalter.

Die Wache schrie auf, als die blauen Flammen sein Gesicht umhüllten, und Caleb wusste, dass dies zwar ungewollt, aber das Schlimmste war, was er tun konnte. Er hielt den Druck im Nacken der Wache noch ein paar Sekunden lang aufrecht, aber er konnte die Hitze des Brenners auf seiner eigenen Haut am Unterarm spüren. Um sich nicht zu verbrennen, ließ Caleb den Druck los und ging ein paar Schritte vom Herd weg. Die Wache sackte zu Boden und gab ein wimmerndes Geräusch von sich, während der Brenner weiter zischte.

Caleb sah ihn an, nicht ohne Mitleid. Das Gesicht der Wache war komplett gerötet, die schmerzhaften Verbrennungen ersten Grades waren unübersehbar, ebenso wie der schwache Geruch von verbranntem Fleisch. Ein oder zwei

Gesichtspartien sahen vergilbt aus, weil sie tiefer verbrannt waren, und die Nasenhaare des Mannes waren vollständig verbrannt. Er hatte keine Augenbrauen oder Wimpern mehr, aber die Lederhaut seiner Augen schien unbeschädigt zu sein – nicht, dass es dem Mann etwas genützt hätte. In dem Moment, als er geschrien und die heißen Gase und Flammen des Ofens eingeatmet hatte, hatte er sich die Atemwege von innen verbrannt. In den nächsten Momenten würde das empfindliche Gewebe als Reaktion auf den Schaden anschwellen. Bis sie sich vollständig verschlossen.

Er griff nach unten und zog die Wache auf die Beine.

»Nein, nein, nein«, sagte der Mann, als Caleb ihn durch die Küche zog. Seine Stimme war hoch und Caleb konnte bereits ein Keuchen in seiner Stimme hören.

»Ich bin barmherzig, mein Freund«, sagte Caleb, als er den Wasserhahn aufdrehte und das Gesicht der Wache sanft unter das kalte Wasser drückte. »So wie *er* barmherzig ist. Lukas, Kapitel sechs.«

Er ließ die Wache, die über dem Waschbecken zusammengesackt war, stehen und ging zurück zum Schrank, in dem sich die Frau und die Mädchen versteckten. Caleb klopfte leise an die Tür.

»Die Luft ist rein«, sagte er. Einen Moment später öffnete sich die Tür und Caleb sah drei verängstigte Gesichter, die herausschauten. »Kommt schon«, sagte er und lächelte Ana und Elene an. »Es ist Zeit, euch hier rauszuholen.« Er wartete ein paar Sekunden, damit die Frau übersetzen konnte, was er gerade gesagt hatte. Dann sah er einen Anblick, der sein Herz mit Liebe erfüllte.

Sowohl Ana als auch Elene lächelten ihn an.

Martin schrie auf, als kleine Splitter der Windschutzscheibe in sein Fleisch eindrangen. Er versuchte, sich auf dem Fahrersitz klein zu machen, falls die verrückte Frau wieder auf das Auto schießen würde, aber ein paar Sekunden später hörte er, wie die Autotür geöffnet wurde.

»Steig aus!«, schrie Katya. »Raus aus dem Auto!«

Er drehte sich um und sah sie an. Sie stand ein paar Schritte von der Tür entfernt, die Waffe direkt auf seinen Kopf gerichtet. Ihrem Gesichtsausdruck nach zu urteilen, war sie nicht in der Stimmung für eine Diskussion. Martin nahm seine Hände vom Lenkrad und hob sie in die Luft.

»Okay, okay«, antwortete er. »Ich steige aus.«

Langsam stieg Martin aus dem Auto aus. Katya trat weiter zurück, um ein wenig Abstand zwischen ihnen zu halten. Nicht, dass Martin versuchen würde, sie zu entwaffnen. Er wusste, dass er dafür viel zu langsam war. Er sah, wie sie einen Blick um ihn herum und ins Auto warf.

»Was ist das?«, fragte sie ihn und nickte in Richtung des

Innenraums. Er drehte sich um, um ins Auto zu schauen. »Auf dem Beifahrersitz?«

»Das ist mein Laptop.«

»Nimm ihn mit.«

Mit erhobenen Armen drehte sich Martin um und griff nach dem Laptop im Auto. Dabei fragte er sich, ob sich im Handschuhfach eine Waffe befand. Er wusste, dass Robert dort oft eine Ersatzwaffe aufbewahrte. Aber Martin wusste auch, dass er eine Kugel in sich haben würde, bevor er das Fach öffnen und eine Waffe herausholen könnte. Außerdem hatte er noch nie in seinem Leben eine Waffe abgefeuert. Das war nichts, was die Kirche ihren Geistlichen beibrachte.

»Langsam«, sagte Katya, ihr Tonfall war hart und bedrohlich.

Martin nahm den Laptop und klemmte ihn unter seinen Arm. Er drehte sich um und sah Katya an, die die Waffe auf das Haus richtete. Martin machte sich auf den Weg und ging langsam, während Katya hinter ihm blieb.

»Die Mädchen?«, fragte Katya. »Ana und Elene? Sind sie in Sicherheit?«

Martin dachte einen Moment lang nach, bevor er antwortete. Sollte er ihr die Wahrheit sagen? Dass er keine Ahnung hatte, wo die Mädchen waren?

»Als ich sie das letzte Mal gesehen habe«, antwortete er, »ging es den beiden gut.«

»Wenn ihnen etwas zugestoßen ist, Martin«, sagte Katya, »werde ich dich erschießen wie den Hund, der du bist. Hast du verstanden?«

Martin drehte sich um und lachte Katya an. Aber sein Lachen hielt nicht lange an, als er den entschlossenen Blick auf ihrem Gesicht sah.

»Ich glaube nicht, dass du in der Lage wärst, einen Mann

kaltblütig zu erschießen, Katya«, sagte Martin und versuchte, etwas Autorität in seine Stimme zu legen. Das war nicht einfach, denn eine Waffe war direkt auf sein Gesicht gerichtet.

»Du bist kein Mann, Martin.« Katyas Gesicht verhärtete sich. »Dich einen Hund zu nennen, ist eine Beleidigung für alle Hunde. Und jetzt beweg dich!«

Katya gestikulierte erneut mit der Waffe. Martin drehte sich um und ging weiter, wobei er sein Tempo langsam hielt, um Zeit zum Nachdenken zu haben. Irgendwie würde er sich aus dieser Situation heraushandeln müssen. Er fragte sich, wie viel es kosten würde, Katya zum Gehen zu bewegen. Nicht nur, dass sie verschwand, sondern auch, dass sie schwieg. Die Alternative wäre gewesen, sie und die Mädchen zu töten. Nicht unmöglich, aber schwierig. Und was, wenn noch jemand im Haus war, wie Robert gesagt hatte? Wenn das der Fall war, begab er sich wieder in Gefahr.

Martin wusste, dass er keine andere Wahl hatte, als weiterzugehen. Hoffentlich hatte sich Robert um das Problem gekümmert, wenn er und Katya das Haus erreichten. Vielleicht würde er auch mit dem Problem fertig werden, das hinter ihm her war?

Das Stechen in Martins Brustbein wurde noch stärker, als er sich der Haustür näherte. Während sie auf das Haus zugingen, hatte Martin nichts Ungewöhnliches gehört oder gesehen. Er trat durch die Haustür und stand in der Mitte des Flurs. Martin drehte sich um und sah Katya, die sich mit einem unsicheren Gesichtsausdruck von ihrer Position in der Tür aus umsah.

Sie hatte keine Ahnung, was sie als nächstes tun soll, dachte Martin, während er sie beobachtete. Sie hatte überhaupt keine Ahnung.

»Wohin jetzt?«, sagte Martin und versuchte, ihre Unsicherheit auszunutzen.

Katya machte ein paar zaghafte Schritte in den Flur. Martin bemerkte eine Bewegung aus der Richtung seiner Bürotür. Als er den Kopf nicht bewegte, sah er Robert mit einer schwarzen, gedrungenen Pistole in der Hand auf den Flur zukommen. Katya hatte ihn nicht gesehen und Martin schloss die Augen, als Robert die Pistole hob.

Das Geräusch des Schusses ließ Martin zusammenzucken, obwohl er es erwartet hatte.

136

Katya zuckte beim Klang des Schusses so sehr zusammen, dass sie ihre eigene Pistole fallen ließ. Ein paar Yards von ihr entfernt tat Robert genau das Gleiche. Dann, während sie zusah, fasste er sich an die Leiste und sackte zu Boden. Auf der anderen Seite des Flurs stand Caleb mit einer dunkelgrauen Pistole in der Hand.

»Die sind bei Einzelschüssen viel genauer«, sagte er und lächelte Katya an. Robert stöhnte leise auf, als er seine Knie in Fötusstellung brachte.

»Oh, Caleb, Gott sei Dank geht es dir gut!«, sagte Katya, vergaß ihre Waffe auf dem Boden und rannte zu ihm, um ihn zu umarmen. Sie warf ihre Arme um seinen Hals, während Caleb die Waffe wieder auf Martin richtete, der sowohl Katyas als auch Roberts Pistolen auf dem Boden des Flurs ins Visier nahm.

»Rühr dich nicht vom Fleck, Martin«, sagte Caleb. Katya konnte die Wut in seiner Stimme hören.

Sie löste ihre Arme von Caleb, trat einen Schritt zurück und schaute ihn an, um zu sehen, ob er verletzt war. Er hatte eine Schürfwunde an der Stirn, aber ansonsten schien er unverletzt zu sein.

»Ana und Elene? Sind sie in Sicherheit?«, fragte sie ihn.

»Das sollten sie sein. Es ist eine Frau bei ihnen. Ich habe ihr gesagt, dass sie zu dem Auto hinter dem Gebäude gehen soll.« Katya sah, wie er Martin ansah. »Das Auto deines Gastes?« Martin nickte nur zur Antwort. »Er wird es nicht mehr brauchen.«

»Was ist mit ihm passiert?«, fragte Martin. Anhand von Calebs Gesichtsausdruck wusste Katya, dass der Mann, der die Mädchen besuchen wollte, tot war.

»Ihm ist etwas im Hals stecken geblieben.« Caleb deutete auf die Tür von Martins Büro, die Katya über Roberts liegende Gestalt hinwegsehen konnte. »Lasst uns da reingehen. Machen wir es uns bequem.« Er nickte Robert zu. »Wer ist das? Ich glaube, ich habe ihn schon mal gesehen.«

»Sein Name ist Robert«, antwortete Martin und rieb sich die Brust.

Katya beobachtete, wie Martin über Robert hinweg in den Raum ging. Caleb gab ihr mit einer Geste zu verstehen, dass sie ihm folgen sollte. Als Caleb über Robert trat, griff er nach unten und packte den Mann am Genick.

»Komm schon, Robert«, sagte Caleb, während der Mann stöhnte. Katya sah Blut an seinen Händen, die fest gegen seine Leisten gepresst waren. »Reiß dich zusammen. Es ist nur eine Weichteilverletzung.«

Als sie in Martins Büro waren, zerrte Caleb Robert auf einen Stuhl neben dem großen Mahagonischreibtisch, den Katya durch das Spektiv gesehen hatte. Er warf ihn darauf, bevor er sich mit einem Grinsen an Katya wandte.

»Ich wollte nur sichergehen, dass er nicht versucht, sich in das Versammlungshaus des Herrn zu schleichen«, sagte

Caleb, bevor er sich Martin zuwandte, der sich immer noch die Brust rieb. »Was ist los mit dir? Geht es deinem Herz nicht gut bei all der Aufregung?«

»Ich habe ein Aneurysma«, antwortete Martin. Katya beobachtete, wie Calebs Augenbrauen ein Stück nach oben gingen.

»Na, das sei dir aber gegönnt«, sagte Caleb. »Glaubst du, dass *er* dir etwas sagen will?«, fragte er und blickte für ein oder zwei Sekunden an die Decke. Martin antwortete nicht.

»Was ist auf dem Laptop?«, fragte Katya und schaute auf den Laptop, den Martin immer noch unter seinem Arm hielt. »Es muss ziemlich wichtig sein, wenn du ihn mitgenommen hast?«

Sie beobachtete, wie Martins Augen sich in ihre bohrten. Dann schlich sich ein Ausdruck der Resignation über sein Gesicht.

»Alles«, sagte er einen Moment später.

»Mach ihn auf«, sagte Caleb. »Lass mich mal sehen.«

»Nein«, antwortete Martin und sein Blick der Resignation vertiefte sich. Katya sah ihn an und erkannte einen geschlagenen Mann. Er wusste, wenn er den Laptop öffnete, würde sein Leben, so wie er es kannte, vorbei sein – so oder so. »Er ist passwortgeschützt. Wenn ich dir sage, was es ist, wirst du mich umbringen.«

Katya wartete ab, wie Caleb reagieren würde. Sie dachte an Mateo und an Calebs Versprechen, ihn nicht zu töten. Aber es sah so aus, als würde Martin keine solche Gnade zuteil werden.

»Ich kann ihn öffnen«, sagte Robert mit zittriger Stimme. »Wenn du mich gehen lässt, mache ich ihn auf. Ich kenne die Passwörter.«

Katya drehte sich um und sah Robert an. Er hatte seine Hände immer noch an die Leiste gepresst, aber er schaute

Caleb mit entschlossenem Gesicht an. Caleb ging ein paar Schritte durch das Büro und nahm Martin, der ihn nur anschaute, den Laptop ab. Er legte den Laptop vor Robert auf den Schreibtisch.

»Mach ihn auf«, sagte Caleb. Roberts Hände zitterten, als er auf dem Bildschirm herumfummelte. »Katya, könntest du alle Passwörter aufschreiben?«

Katya nahm einen Stift von Martins Schreibtisch und einen kleinen Notizblock. Oben auf dem Block standen in kursiver schwarzer Schrift einige Worte. Sie riss das oberste Blatt ab und reichte es Caleb.

Vom Büro des Bischofs Martin Lockwood.

Sie sah, wie sich Calebs Gesicht verfinsterte, als er die Überschrift auf dem Notizblock las, bevor sie ihre Aufmerksamkeit Robert zuwandte. Während er auf der Tastatur tippte, schrieb sie jedes Zeichen auf. Als das Betriebssystem zum Leben erwachte, zeigte sie ihm, was sie auf den Block geschrieben hatte.

»Stimmt das so?«, fragte Katya. Robert nickte nur, also riss sie das oberste Blatt ab und reichte es Caleb. »Willst du sehen, was da drauf ist?«, fragte sie ihn.

»Nein, Katya«, antwortete Caleb. Seine Augen waren so dunkel, dass sie fast schwarz waren, und sie spürte, wie ihr ein Schauer über den Rücken lief. Es war, als ob die Temperatur im Raum gerade um zehn Grad gesunken war. »Ich habe kein Interesse daran, mir ihre Verderbtheit anzusehen. Es gibt andere, die das sicher nützlich finden würden. Warum gehst du nicht zu Ana und Elene?«

»Kann ich nicht hierbleiben?«, fragte sie ihn.

»Nein, Katya«, antwortete er. »Bischof Lockwood und ich müssen einige Dinge besprechen.«

Als Katya ging, spürte sie, wie die Temperatur noch weiter sank.

Caleb wartete, bis die Tür hinter Katya geschlossen war. Dann wartete er noch ein paar Sekunden, bevor er sich zu Robert umdrehte. Caleb hatte beobachtet, wie er den Laptop zugeklappt hatte und blutige Fingerabdrücke auf dem Gehäuse hinterlassen hatte. Sein Gesicht war grau. Caleb fragte sich, wie lange es noch dauern würde, bis er vor Schreck ohnmächtig wurde. Als er den Mann einen Moment zuvor gepackt hatte, hatte seine Hand Roberts Haut berührt. Die leichte Berührung hatte ausgereicht, damit Caleb spüren konnte, dass ein ganzes Leben lang Menschen durch seine Hände verletzt worden waren, und das hatte Roberts Reise bestätigt.

»Robert«, sagte Caleb, wissend, dass der Mann aus eigener Kraft nirgendwo hingehen konnte. »Du kannst gehen, wann immer du willst.« Wie Caleb vermutet hatte, machte Robert keine Anstalten, sich zu bewegen. Er wandte seine Aufmerksamkeit Martin zu, der zwar nicht ganz so grau war wie Robert, aber dennoch blass aussah. »Also, Bischof Martin, ja?«

Martin nickte als Antwort.

»Wie viel?«, fragte er. Caleb warf den Kopf zurück und lachte.

»Wie viel? Glaubst du, du kannst dich freikaufen?«

»Jeder Mensch hat seinen Preis«, antwortete Martin. »Nenn mir deinen.«

»Wie gut kennst du dich mit der Heiligen Schrift aus, Bischof Martin? Ich nehme an, du kennst sie recht gut.« Caleb wartete auf eine Antwort von Martin, aber er sagte nichts. »Ich denke an Timotheus. Das erste Buch. Kapitel sechs?«

»Klär mich auf«, sagte Martin mit zusammengebissenen Zähnen. Hinter dem Schreibtisch hatte Robert den Laptop von sich weggeschoben und stützte seinen Kopf auf seine Arme.

»Ermahne die, die in dieser Welt reich sind, nicht überheblich zu werden und ihre Hoffnung nicht auf den unsicheren Reichtum zu setzen«, sagte Caleb. »Kommt dir das bekannt vor? Bischof Martin?« Martin schüttelte den Kopf. »Warum, Bischof Martin?«

»Was meinst du mit *warum*?«

Caleb streckte seine Hände aus, um das prunkvolle Büro in Augenschein zu nehmen.

»Warum das?« Sein Gesicht verfinsterte sich. »Warum tust du, was du tust? Bist du ein Pädophiler?«

»Nein«, antwortete Martin. Caleb betrachtete sein Gesicht. Zu seiner Überraschung sagte der Bischof die Wahrheit. »Aber du bist ein Vergewaltiger.« Das war keine Frage. »Wie ist der Name der Frau? Die, die ich vorhin im Haus gesehen habe?«

»Lika.«

»Du hast mit ihr geschlafen. Sie vergewaltigt.«

»Wer unter euch ohne Sünde ist, der werfe den ersten Stein«, antwortete Martin. »Auch du hast mit Frauen geschlafen. Ich habe gesehen, wie Katya dich angeschaut hat.«

Caleb spürte, wie sich seine Wut über Martins Worte aufbaute, aber er verdrängte sie und unterdrückte sie in seinem Kopf und in seinem Herzen. Es war nicht seine Wut, die er gleich loswerden wollte. Es war *seine.*

»Ich bin nicht ohne Sünde, Bischof Martin. Ich bin ein Mann, ein bescheidener Mann. Aber was du getan hast? Das ist jenseits von Sünde.« Caleb konzentrierte sich auf den Mann vor ihm. »Das ist sicher das Werk des Teufels. Wie viele Leben hast du schon ruiniert, indem du dich hinter dem Gewand der Kirche versteckt hast?«

Martin sagte nichts. Caleb wusste, dass es nichts gab, was er sagen konnte. Er streckte seine Hand aus und drückte sie auf Martins Brustbein. Er konnte dessen Herzschlag durch seine Fingerspitzen spüren. Es raste und das war auch gut so. Die Zeit von Martins Erlösung war gekommen. Caleb schloss die Augen und konzentrierte sich auf das, was er fühlte, während er gegen die Galle ankämpfte, die ihm angesichts der Offenbarungen in der Kehle aufstieg. So viele Frauen und Kinder, die entsetzliche Schmerzen hatten. So viele Leben, die durch Geld- und Triebgier zerstört worden waren.

»Ich bin ein Vertreter des Zorns, Bischof Martin, der von *ihm* gesandt wurde, um den Übeltäter zu bestrafen«, sagte Caleb mit tiefer, monotoner Stimme. »In diesem Fall wärst du das. Er hat mich auf diese Erde geschickt, um Menschen wie dich zu suchen. Er hat mich aus einem bestimmten Grund in dieses Land gebracht. Aus einem bestimmten Grund bin ich hier in diesem Raum. Um nach Menschen zu suchen, die jenseits des Bösen sind. Menschen, die Satans Gefolgsleute sind.« Caleb machte eine Pause, um sich zu beruhigen und seine Wut zu kontrollieren. »Du bist kein

Bischof. Du bist nicht einmal ein Mensch. Du bist eine Abscheulichkeit.«

Caleb schloss die Augen, als er seine Hand von Martins Brust zurückzog. Er hielt seine Hand flach vor sich, nur ein Stück von Martins Brustbein entfernt.

»Lasst Raum für den Zorn Gottes, denn es steht geschrieben«, sagte Caleb und sprach seine Worte sorgfältig aus. Er hielt ein paar Sekunden inne, bevor er seine Augen öffnete und in Martins Augen blickte, um das Böse, das der Mann ausstrahlte, in sich aufzunehmen. Caleb erhob seine Stimme. »Die Rache ist Mein, ich werde vergelten.«

Mit diesen Worten rammte Caleb seine Handfläche in das weiche Fleisch direkt unter Martins Brustbein.

138

»Ana! Elene!«

Als ihre Namen ertönten, sah Katya, wie die beiden Mädchen die Autotür aufstießen und herauskletterten. Sie rannten auf sie zu und warfen ihre Arme um sie, als sie sie erreichten. Katya spürte, wie ihr die Tränen in die Augen schossen, als sie sie an ihren Körper drückte. Hinter ihnen stieg eine Frau aus dem Auto und kam mit einem breiten Lächeln auf sie zu.

»Hallo«, sagte die Frau auf Georgisch. »Du musst Katya sein. Sie haben mir alles über dich erzählt. Ich bin Lika.«

Katya ließ ihre Arme nicht los und wollte die Mädchen keine Sekunde lang loslassen.

»Geht es ihnen gut? Ist ihnen etwas zugestoßen?«

Katya sah, wie eine dunkle Wolke über Likas Gesicht zog, und für ein paar Schrecksekunden dachte sie, dass sie zu spät gekommen waren.

»Es geht ihnen gut«, antwortete Lika und ließ einen Schluchzer aus Katya heraus. »Dein Freund ist gerade noch rechtzeitig gekommen. Die Mädchen sagten, er sei eine Art Mönch?«

»Er ist ein Prediger«, antwortete Katya. »Jedenfalls so etwas in der Art.«

»Sind wir jetzt in Sicherheit, Katya?«, fragte Elene, deren Stimme durch Katyas Kleidung gedämpft wurde. »Ist es vorbei?«

»Ja, Elene«, sagte Katya, der jetzt die Tränen über das Gesicht liefen. »Ja, es ist alles vorbei.«

»Warum weinst du dann?«, fragte Ana. Katya sah zu ihr hinunter und die Unschuld in ihren Augen brachte sie nur noch mehr zum Weinen.

»Manchmal«, antwortete sie, »weinen Menschen, wenn sie wirklich glücklich sind.«

WENIGE AUGENBLICKE SPÄTER, als Ana und Elene wieder in dem grünen Auto saßen, gingen Katya und Lika aus ihrer Hörweite. Sie unterhielten sich eine Weile und Katya hörte zu, als Lika ihr eine vertraute Geschichte erzählte. Sie war aber nur bis zu einem gewissen Punkt vertraut. Likas Geschichte war viel, viel schlimmer als die von Katya.

Wie Katya war auch Lika mit einem kleinen Boot nach England gereist, mit dem Versprechen auf einen neuen Job und ein neues Leben. Beides hatte sich in gewisser Weise erfüllt, aber nicht so, wie Lika es sich vorgestellt hatte. Als Katya ihr von Aleksanders Tod durch Calebs Hand erzählte, hatte Lika gelacht, bevor sie anfing zu weinen.

»Gott sei Dank ist das Schwein tot«, sagte Lika, als sie Katya ansah. »Hat er...?«

»Nein«, antwortete Katya. »Er hat es versucht, aber es ist nichts passiert.« Sie streckte die Hand aus und nahm Likas Hand. »Aber jetzt ist es vorbei, Lika. Sowohl für dich als auch für die Mädchen.«

»Ich fühle mich schrecklich«, antwortete Lika und blickte auf das Auto. »Wenn ihnen etwas zugestoßen wäre, wäre es meine Schuld gewesen. Aber ich hatte keine Wahl.«

»Ich weiß, ich weiß«, erwiderte Katya, während sie Lika in eine Umarmung zog. »Du hättest nichts tun können, um sie aufzuhalten, Lika, glaub mir.«

»Ich hätte es versuchen können«, antwortete Lika schluchzend.

»Sie hätten dich getötet, Lika«, sagte Katya und strich der anderen Frau über den Rücken. »Du warst es, die sie aus dem Haus geholt hat. In Sicherheit.«

»Für mich fühlt es sich nicht so an, Katya.«

»Das wird es, Lika. Gib dem Ganzen Zeit.«

»Was wird jetzt aus uns werden?«, fragte Lika. »Werden sie uns wieder nach Hause schicken?«

»Ich weiß es nicht«, antwortete Katya. »Wir müssen abwarten und sehen. Caleb wird wissen, was zu tun ist. Das tut er immer.«

139

Martin taumelte zurück und setzte sich mühsam auf den Stuhl hinter ihm. Der Schlag hatte ihm den ganzen Atem geraubt. Er blickte zu Caleb auf, der einfach nur dastand und ihn anschaute. Martin schloss für ein paar Sekunden die Augen und sah eine Bewegung hinter seinen Augenlidern, aber als er sie wieder öffnete, war Caleb noch da, wo er vorher gestanden hatte.

»Sie kommen, Bischof Martin«, flüsterte Caleb. Martin hatte Mühe, ihn zu verstehen.

Zwischen Martins Schulterblättern spürte er einen winzigen Schmerzensstich.

»Wer kommt?«, fragte er. Der stechende Schmerz wurde stärker und drang bis in seine Brust vor.

»Die Dunkelmächte«, antwortete Caleb.

Martin schloss wieder die Augen und sah mehr Bewegung. Er konnte ein rauschendes Geräusch hören, das er als seinen eigenen Herzschlag erkannte. Die Bewegung begann sich in seinem Kopf zu verdichten. Martin sah kräftige

Beine. Er hörte Knurren. Er öffnete seine Augen. Caleb sah ihn mit einem gelassenen Blick an.

»Du glaubst doch nicht wirklich an diesen ganzen Unsinn, oder?«, sagte Martin und versuchte, den stechenden Schmerz zu ignorieren. Er begann, sich unter seinen Schulterblättern auszubreiten. Caleb sagte nichts.

Martin war noch nie ein gläubiger Mensch gewesen. Er hatte einfach eine Gelegenheit in der Kirche gesehen. In dieser Einrichtung gab es ein Spiel zu spielen, das er sehr gut beherrschte. Sobald der ganze Prunk und die Zeremonien weg waren, die Rituale, die Männern und Frauen Hoffnung gaben, wo keine war, war alles, was übrig blieb, ein Mittel zur sozialen Kontrolle. Aber das war keine Meinung, die Martin jemals geäußert hatte.

Plötzlich spürte Martin ein Ziehen in den Schultern und das Rauschen in seinen Ohren wurde lauter. Jedes Mal, wenn er seine Augen schloss, wurden die Visionen klarer. Er sah irgendwelche Kreaturen, wie er sie noch nie zuvor gesehen hatte. Gezackte Zähne, Augen mit schimmernden roten Flecken. Martin kämpfte darum, seine Augen offen zu halten, um sie von sich fernzuhalten.

Er blinzelte ein paar Mal und sah den Mann vor ihm an. Caleb starrte nur zurück, seine eigenen Augen waren dunkel und voller Zorn. Ein grauer Schleier umgab Martins Sichtfeld. Er sah, wie die Kreaturen begannen, in die dunkleren Ränder des Grauens zu tanzen.

Martin wusste, was in seiner Brust geschah. Der Schlag von Caleb hatte sein Aneurysma zum Platzen gebracht. Eines Abends, als er sich besonders krankhaft gefühlt hatte, hatte Martin im Internet nachgeschaut, was in einer solchen Situation passieren könnte. Er wusste, dass jeder Herzschlag das Blut nicht zu seinen lebenswichtigen Organen, sondern in seine Brusthöhle schickte. Er verblutete, ohne einen einzigen Tropfen Blut zu vergießen.

Martins Augen wurden immer schwerer. Das reißende Gefühl zwischen seinen Schulterblättern war einem unvorstellbaren Schmerz gewichen, aber Martin hatte nicht die Kraft, zu schreien. Der graue Kreis wurde immer dunkler und die Kreaturen wurden immer deutlicher. Er konnte immer noch Calebs Gestalt vor sich ausmachen, aber sie hatte sich verändert. Martin erkannte, dass Caleb ihm nicht mehr gegenüberstand, sondern sich umdrehte und davonlief. Martin versuchte, etwas zu sagen, als sich der dunkle Kreis schloss und die Kreaturen immer näher an das Zentrum von Martins Bewusstsein herankamen.

Aber Caleb schaute nie zurück.

Katya saß auf dem weichen Ledersitz des grünen Autos und war schon fast eingeschlafen, als sie die aufgeregten Schreie von Ana und Elene hörte.

»Caleb!«, rief eine der beiden. Sie dachte, es sei Ana, aber sie war sich nicht sicher. »Es ist Caleb!«

Genauso wie sie es getan hatten, als Katya zum Auto gelaufen war, sprangen die Mädchen heraus und rannten zu Caleb. Als sie sich ihm näherten, sank er auf die Knie und streckte seine Arme aus, um sie beide zu umarmen. Er trug Mateos Tasche, die er neben sich auf den Boden gelegt hatte.

»Du bist für uns zurückgekommen!«, hörte Katya Ana mit hoher Stimme sagen. Caleb antwortete nicht – er hatte keine Ahnung, was sie gesagt hatte – sondern lächelte die beiden Mädchen an, während er mit seinen Händen über ihre Köpfe fuhr. Dann schloss er die Augen und ein kurzer Ausdruck von Schmerz erschien auf seinem Gesicht. Zur gleichen Zeit sah Katya, wie sich die Gesichter von Ana und Elene entspannten.

Caleb hielt Ana und Elene an den Händen und machte sich auf den Weg zum Auto. Katya sah ihn an und wusste, dass Martin tot war, bevor er ein Wort sagte. Sie hoffte nur, dass es schmerzhaft gewesen war. Ein schwaches Lächeln huschte über Calebs Gesicht, denn die vorherige Spur von Schmerz war verschwunden.

»Das war es«, sagte er zu Katya. Sie runzelte die Stirn, weil sie nichts gesagt hatte. »Und er wird bis in alle Ewigkeit Schmerzen haben.«

Katya machte einen Schritt auf ihn zu und er ließ die Hände der Mädchen los, um seine Arme um sie zu legen. Als er sie fest an sich zog, spürte sie eine Welle der Erleichterung durch ihren Körper strömen. Es war vorbei. Endlich war alles vorbei.

»Katya«, sagte Caleb ein paar Augenblicke später, nachdem sie ihn Lika vorgestellt hatte. »Könntest du und Lika die Mädchen zum Wäldchen bringen, wie wir es vereinbart haben?«

»Natürlich«, sagte Katya. »Was ist mit dir? Du kommst doch auch mit, oder?«

»Ich muss zurück zum Haus, um den Laptop zu holen«, antwortete Caleb. »Du und Lika könnt sie dorthin bringen, ja?«

Katya schaute ihn ein paar Sekunden lang an und fragte sich, ob er tatsächlich zu ihnen kommen würde. Als er sie vorhin umarmt hatte, ging es bei dem Gefühl der Endgültigkeit um mehr als nur um Martin und die anderen. Zu ihrer Erleichterung lächelte er sie an.

»Ja, ich werde bald da sein.«

Sie beobachtete, wie er um das Auto herumging und die Sonnenblende über dem Fahrersitz herunterklappte. Ein Schlüssel fiel auf die Polsterung.

»Nimm das Auto«, sagte er. »Das Tor ist noch offen.« Dann drehte er sich um und ging zurück zum Haus.

ETWA ZWANZIG MINUTEN später saß Katya auf dem Baum, von dem aus sie und Caleb das Haus überwacht hatten. Ana und Elene, die sowohl Katya als auch Lika angefleht hatten, sie hochklettern zu lassen, saßen auf dem Ast neben ihr. Sie hatten beide feierlich versprochen, nicht zu zappeln, zu tanzen oder herumzualbern. Elene hielt das Fernglas an ihre Augen und schaute durch dieses auf das Haus.

»Ich sehe ihn!«, sagte sie mit aufgeregter Stimme. »Ich kann Caleb kommen sehen.«

Katya schaute zum Haus hinunter und sah, wie Caleb den Weg hinunterging. Es sah so aus, als hätte er eine Einkaufstasche in der Hand.

»Gib mir das mal, Elene«, sagte Katya und deutete auf das Fernglas.

Sie hob es an ihre Augen und stellte es so ein, dass sie gut sehen konnte. Caleb machte sich gerade auf den Weg über die Brücke, eine große Einkaufstasche in den Händen. Sie sah, wie er auf seine Uhr schaute, bevor er zu dem Wäldchen hinaufblickte. Caleb hob eine Hand zum Gruß, obwohl er sie nicht sehen konnte. Dann ging er weiter den Weg hinauf. Katya sah ihm zu, wie er sich auf das konzentrierte, was vor ihm lag, und sie spürte einen Kloß im Hals. Ein paar Sekunden später liefen ihr wieder die Tränen über das Gesicht.

»Katya«, sagte Ana von ihrem Sitzplatz auf dem Ast. »Weinst du, weil du glücklich bist, oder weil du traurig bist?«

Katya zerzauste das Haar des Mädchens, bevor sie antwortete.

»Weil ich beides bin, Ana«, sagte Katya und lächelte.

141

Caleb saß auf einem kleinen Grasbüschel vor dem Wäldchen. Neben ihm saßen Ana und Elene, daneben Katya und Lika. Vor ihnen stand ein wahres Festmahl, von dem er ihnen erzählt hatte, dass er es aus der Küche mitgebracht hatte. In der Einkaufstasche befand sich auch Martins Laptop, eingewickelt in Frischhaltefolie und mit dem Stück Papier mit den Passwörtern, das durch die durchsichtige Hülle deutlich sichtbar war. Caleb unterhielt sich mit den Mädchen, wobei Katya und Lika sich beim Übersetzen abwechselten.

»Also«, sagte Elene, den Mund halb voll mit Pommes. »Sie sind alle weg, die bösen Männer.«

»Ja, Elene«, sagte Caleb. »Sie sind alle sehr, sehr weit weg. Du wirst sie nie wieder sehen.« Während er darauf wartete, dass Katya übersetzte, beobachtete er sie und konnte sehen, wie ihre Schönheit durchschimmerte. Egal, was sie durchgemacht hatte, Katya hatte sie nie verloren. Aber Caleb wusste, dass es nicht nur um körperliche Schönheit ging. Sie ging viel tiefer als das. Während sie sprach, sah Caleb, wie sich der Gesichtsausdruck von Elene veränderte. Das Mädchen verstand genau, was Katya ihr sagte. Elene schaute Caleb mit Augen an, die weiser waren als ihre Jahre, während sie etwas zu Katya sagte.

»Sie will wissen, ob Gott ihnen böse sein wird?«, erklärte Katya, was Caleb ein Lächeln entlockte. Er warf einen Blick auf seine Uhr.

»Sag ihr, ja, er wird zornig sein. So zornig, dass er einen Donnerschlag auf Martins Haus schicken wird.«

Katya erwiderte sein Lächeln, während sie für Elene übersetzte. Sowohl Elene als auch Ana fingen an zu lachen. Ana sagte etwas zu Katya.

»Ana sagt, du sollst nicht albern sein«, sagte Katya. »Sie sagt, du machst dich über sie lustig.«

»Sag ihnen, sie sollen sich das Haus ansehen«, antwortete Caleb mit einem weiteren Blick auf seine Uhr. Es konnte jeden Moment so weit sein.

Die Explosion, als sie kam, wischte das Lächeln der Mädchen im Nu aus ihren Gesichtern. Sie starrten auf das Haus, als die Fensterscheiben durch die lodernden Flammen herausflogen und mehrere große Löcher im Dach entstanden. Ein paar Sekunden später wurden sie von dem dumpfen Grollen der Explosion getroffen, das voller Kraft war. Unter ihnen begann das Haus in sich zusammenzufallen und Martins Auto, das immer noch neben dem Tor geparkt war, wurde von mehreren herabfallenden Mauerstücken getroffen. Es schwankte auf seiner Federung, während hinter ihm die Flammen aus dem Haus schossen.

Caleb versuchte, sein Lächeln zu verbergen, als sich die beiden Mädchen mit offenem Mund zu ihm umdrehten. Er konnte auch sehen, wie Katya und Lika ihn anstarrten.

»Sag ihnen, dass ich es ihnen gesagt habe«, sagte Caleb und lächelte dabei. »Jetzt ruft die Natur.«

Er stand auf und ließ die Frauen zurück, die auf das

Haus unter ihm starrten, aus dem jetzt beißender schwarzer Rauch in die klare Luft stieg. Er ging um die Büsche herum und dachte daran, wie er in die Küche gegangen war, um Vorräte und Frischhaltefolie zu holen, um Martins und Roberts Fingerabdrücke zu schützen. Gerade als er die dunkle Küche verließ, nachdem er alle Gasregler am Ofen auf volle Pulle gedreht hatte, hatte Caleb zum zweiten Mal in seinem Leben mit einer Maschine gesprochen. Das erste Mal war ein paar Augenblicke zuvor gewesen, als er Alexa gebeten hatte, das Küchenlicht auszuschalten.

»Alexa«, hatte Caleb gesagt. »Schalte das Küchenlicht in dreißig Minuten wieder an.«

142

Katya saß in dem unbequemen Sessel und beobachtete die Nachrichten, die über den Bildschirm liefen. Ana und Elene saßen ihr gegenüber auf dem Sofa und Lika saß in einem anderen Sessel daneben. Die Frau, die Caleb ihnen vorgestellt hatte – Joan – machte sich gerade ein Getränk und Caleb war auf Toilette gegangen.

Sie saßen in den Büros des Britischen Roten Kreuzes in Lincoln. Caleb hatte sie direkt vom Ort der Explosion dorthin gebracht. Sie waren kurz nach der Zerstörung des Hauses aufgebrochen, weil Caleb den Feuerwehrleuten und Polizisten aus dem Weg gehen wollte. Als sie dort ankamen, hatte er sie der Mitarbeiterin vorgestellt und ihr erklärt, dass sie in England Zuflucht suchen würden. Die Frau, eine kleine, aber energische Person, die in den Sechzigern gewesen sein muss, hatte sie mit offenen Armen empfangen.

»Hier seid ihr richtig«, sagte sie, als sie sie in den Raum führte, in dem sie jetzt saßen. Dann hatte Caleb nach einer Briefmarke und einem Umschlag gefragt und Katya hatte zugesehen, wie er den Schlüssel des Nachtportiers zusammen mit einem Zettel mit der Adresse des Büros hineingesteckt hatte. Sein Auto stand draußen auf dem Parkplatz.

»Also«, sagte Joan, als sie wieder ins Zimmer kam. Sie trug ein Tablett mit Limonade für Ana und Elene und Tassen mit Tee für Katya und Lika. »Wir müssen noch ein paar Informationen von euch aufnehmen, bevor wir euch in unser Zentrum bringen können. Es ist aber sehr schön. Ihr könnt dort bleiben, bis eure Asylanträge bearbeitet worden sind.« Auf dem Fernsehbildschirm konnte Katya eine Luftaufnahme von dem sehen, was von Martins Haus übrig geblieben war. Die Laufschrift, die am unteren Rand lief, informierte die Zuschauer über eine mögliche Gasexplosion im Haus eines prominenten Bischofs. Katya hörte mit halbem Ohr zu, während Lika für Ana und Elene übersetzte, als sie hörte, wie Joan ihren Namen rief.

»Es tut mir leid«, sagte Katya und drehte sich zu Joan um. Sie hatte graue Haare, die eng an ihrem Kopf anlagen, und die freundlichsten Augen, die Katya je gesehen hatte. »Ich habe nicht zugehört.«

»Ich habe dich gefragt, wo dein Freund ist, meine Liebe. Der Amerikaner, der euch hergebracht hat?«

»Er ist auf die Toilette gegangen, glaube ich.«

»Er ist schon sehr lange weg.«

Katya nickte zustimmend und drehte sich um, um aus dem Fenster zu schauen. Sie sah die Menschen auf der Straße vorbeigehen, die ihren täglichen Geschäften nachgingen, als ob die Welt in Ordnung wäre. Was für sie vielleicht auch der Fall war.

Dann sah Katya einen vertrauten Anblick auf der anderen Straßenseite. Es war Caleb, wieder in seinem grauen Gewand und mit seiner kleinen Tasche über die Schulter gehängt. Er starrte sie an und sie konnte die

Intensität seines Blicks selbst aus dieser Entfernung spüren.

Sie beobachtete, wie er seine Hände hob und sie vor sich verschränkte, als würde er beten. Dann zeigte er auf sie. Sie konnte sehen, wie sich seine Lippen bewegten, und dann hörte sie in ihrem Kopf, wie er sprach.

»Ich werde für dich beten, Katya.«

Katya wiederholte die Geste mit Tränen in den Augen, während Caleb zur Bestätigung nickte. Dann drehte er sich um und ging weg. Sie wünschte sich, dass er sich umdrehte und sie ein letztes Mal ansah.

Aber Caleb schaute nie zurück.

143

Suzy Whittle lehnte sich in ihrem Sitz zurück und freute sich, dass sie und ihre Tochter zwei Plätze nebeneinander ergattert hatten. Der Bus war voll, wie die Busse nach London normalerweise waren, aber wenigstens benahm sich Leanne, ihre Sechsjährige, nicht daneben. Aber es war noch ein weiter Weg bis zu ihrem Ziel.

»Mami«, hörte Suzy ihre Tochter sagen, die an ihrem Ärmel zerrte.

»Was?«, seufzte Suzy. Vielleicht sollte es doch ein langer Tag werden.

»Mami, sieh dir den lustigen Mann an.«

»Pst«, antwortete Suzy instinktiv, als sie aufschaute. Ein Mann war gerade in den Bus gestiegen. Er trug ein graues Gewand, Sandalen und hatte eine kleine Stofftasche über eine Schulter gehängt. Während er durch den Bus lief, sah er Suzy und Leanne an und lächelte, bevor er sich hinter sie setzte.

Der Bus war gerade aus dem Busbahnhof in Lincoln abgefahren und der Fahrer begrüßte sie über die Lautsprecheranlage an Bord und teilte ihnen mit, dass er hoffe, dass ihnen die Fahrt gefalle und gab ihnen die Ankunftszeit in London. Suzy schaute gerade aus dem Fenster, als sie Leanne sprechen hörte.

»Bist du ein Mönch?«

»Pst, Leanne«, sagte Suzy und drehte sich zu ihrer Tochter um, die sich zu dem Mann hinter ihnen umgedreht hatte, um mit ihm zu sprechen. »Sei nicht unhöflich. Lass den Mann in Ruhe.«

»Bist du ein Mönch?«, sagte Leanne erneut und ignorierte ihre Mutter. Suzy seufzte und begann sich zu entschuldigen.

»Es tut mir leid«, sagte sie zu dem Mann im Gewand. »Sie ist nur neugierig, das ist alles.«

»Das ist schon in Ordnung«, antwortete der Mann und Suzy bemerkte seinen amerikanischen Akzent. Damit hatte sie nicht gerechnet. »Ich weiß. Ich sehe ein bisschen anders aus.«

»Bist du ein Mönch?«, fragte Leanne zum dritten Mal.

»Nein, ich bin kein Mönch«, sagte der Mann und lächelte das Mädchen an.

»Aber du bist gekleidet wie ein Mönch.«

»Ich bin kein Mönch.«

»Warum bist du dann wie ein Mönch gekleidet?«, fragte Leanne und ließ Suzy seufzen. Sie wollte sich gerade wieder entschuldigen, als der Mann im Gewand sie unterbrach. Er lächelte sie an und sie spürte eine merkwürdige Beruhigung.

»Ich bin ein Prediger«, sagte er und schloss die Augen, um weitere Fragen abzuwehren.

»Hast du das gehört, Mami?«, flüsterte Leanne verschwörerisch, als sie sich von dem Mann im Gewand abwandte.

»Was gehört?«, erwiderte Suzy und versuchte herauszufinden, wohin ihr ganzer Stress gegangen war.

»Er ist *Der Prediger*.«

TEAM PREACHER BEITRETEN

Um ein zusätzliches Exemplar der begleitenden Novelle zu Der Prediger zu erhalten, können Sie jetzt dem ›Team Prediger‹ beitreten. Die Novelle heißt Erstes Rodeo und ist exklusiv für Leserinnen und Leser. Sie ist nicht im Handel erhältlich und wird es auch nicht sein.

Wenn Sie dem Team beitreten, erfahren Sie als Erster von Neuerscheinungen, Verlosungen, Wettbewerben und besonderen Rabatten.

nathanburrows.com/de/teampreacher/